# EL ROBLE DE VALVERDE

Historia narrativa hondureña

Rigoberto Fernando Amaya

Reservados todos los derechos. No se permite la reproducción total o parcial de esta obra, ni su incorporación a un sistema informático, ni su transmisión en cualquier forma o por cualquier medio (electrónico, mecánico, fotocopia, grabación u otros) sin autorización previa y por escrito de los titulares del copyright. La infracción de dichos derechos puede constituir un delito contra la propiedad intelectual.

El contenido de esta obra es responsabilidad del autor y no refleja necesariamente las opiniones de la casa editora. Todos los textos fueron proporcionados por el autor, quien es el único responsable por los derechos de los mismos.

Publicado por Ibukku
www.ibukku.com
Diseño y maquetación: Índigo Estudio Gráfico
Copyright © 2021 Rigoberto Fernando Amaya
ISBN Paperback:
ISBN eBook:

# El Roble de Valverde

Esta narración gira alrededor de un hermoso árbol de roble y aunque también hay referencias de la ciudad más cercana llamada San Lorenzo, los sucesos se centran en este grande y bello árbol, qué en su nombre, llaman al pueblo "El Roble de Valverde", encontramos varias familias conformando una sola historia. En el desarrollo de la lectura sentirás la sensación de estar viendo el lugar y sintiendo la frescura del mismo, debido a lo profundo de la redacción.

Conocerás del esfuerzo de superación, llevado paso a paso, así como el crecimiento de un pueblo, verás crecer el amor.

Descubrirás en su lectura una combinación de riqueza-pobreza, humildad-arrogancia, conocimiento-ignorancia, felicidad-tristeza, pero todo lo anterior abarcado en el amor. Lo cual te hará mantener entretenido, pero con el interés en conocer de qué se trata la historia y de llegar al final de su lectura.

## Acerca del autor

Rigoberto Fernando Amaya Alvarenga, hondureño por nacimiento y ciudadano de Estados Unidos por naturalización.

Casado, con hijos nietos y bisnietos.

Incursiona en la escritura de libros con *El Roble de Valverde*, una narración que le llevó algún tiempo realizar debido a que perdiera sus escritos, pero que recupera en parte y con mucha dedicación y esfuerzo logra finalizarlo.

Continúa escribiendo y ahora cuenta con la redacción de pequeños libros entre los cuales tenemos: *La Alegría de una Visita, A Dónde Vas, Mentuba, Amar para dejar de Amar, A Nuestros Hijos, Los Coler, Los Franciscos, Justos Por Pecadores, Unas Cuantas Vidas Más* y cuentos cortos como *Lo Extraño de un Valor, Pequeña Historia de Amor*, actualmente escribe *Ironías, Decisiones y Consecuencias*.

# Introducción

Mi nombre es Rigoberto Fernando Amaya y quiero relatar una historia que podría ser basada en hechos reales, esperanzado en que aún haya lugares como "El Roble de Valverde" de no existir o de haber pocos en la tierra, la culpa es nuestra. Y lo peor es que no hay cuenta regresiva, por lo tanto, el daño está hecho. ¿Habrá la esperanza, por lo menos de parar la carrera destructiva que llevamos todos en contra de nuestro medio ambiente?

Quiero dedicar ésta historia a mi esposa Sandra Amaya y a mis hijos Fernando Roberto Amaya, Fausto Fernando Amaya, Tania Lili Amaya, Byron Manuel Amaya, Katia N. Amaya, Vera Amaya, Efraín Amaya y Sandra Lucía Amaya, a mis nietos y por el momento a mis bisnietos también, a mis sobrinos y sobrinas y en general a toda mi familia.

# CAPÍTULO 1

Hay una ciudad llamada, "San Lorenzo" tiene todos los servicios comunales, su alcaldía municipal, un colegio llamado "San Vicente de Paúl" conducido por sacerdotes católicos, también una capilla evangélica y la conduce el pastor evangélico Alan Doblado, de este hombre conoceremos un poco más ya que algunas de las personas de esta historia pertenecen a esta iglesia; por otro lado también hay una iglesia católica cuyo encargado es el Párroco Baltasar Mejía, un banco llamado "BA.DE.G.A.S.A.", este banco tiene todos los servicios bancarios y además un gran departamento de ventas de equipo y un gran surtido de productos veterinarios y agrícolas donde vienen todos los ganaderos y agricultores de todos los alrededores. En una parte alta de esta ciudad hay un negocio de comestibles en su mayoría, pero es muy variado; en este negocio trabaja Rocinda Valverde, ésta señora tiene un solo hijo, es una madre soltera.

En cierta época llegan a ésta ciudad y a muchas comunidades de por acá grupos pequeños de militares a reclutar jóvenes para el servicio militar; es muy común ver algunas madres alrededor del lugar donde resguardan a los jóvenes que custodian por que han sido llevados en contra su voluntad, las madres angustiadas suplican a los soldados que custodian a sus hijos; las lágrimas que derraman, en la mayoría de los casos, no son tomadas en cuenta por las custodios; dando como ultima respuestas a sus suplicas que "es deber de todo ciudadano ingresar en el servicio militar y servir de esa manera a su patria cuando esta lo requiera"; desilusionadas por esta contestación regresan a sus casas llorando aún más por su fracasado intento; algunas de estas madres han escondido a sus hijos y así no pasar esta amarga experiencia.

Cuando termina el día, los soldados se concentran en el lugar de reclutamiento, es un lugar que han improvisado a manera de cuartel general donde resguardan a los ya reclutados, dos soldados hacen guardia en la única puerta de entrada al improvisado cuartel y ven a la distancia la silueta como de un niño que a un paso muy lento va hacia ellos, uno de los guardias dice al otro, mira tú, creo que traen alguna carta o razón de alguna de tus novias; ¿No será a ti que te mandan algo? Cuando el jovencito se encuentra frente a ellos le preguntan ¿Qué buscas por aquí? Y el joven responde: quiero ser militar, así como ustedes, a los soldados les agrada esa contestación y le vuelven a preguntar ¿Qué edad tienes? ¿Sabe de esto tu papá? Realmente no me acuerdo de mi edad, además no tengo papá, y como les digo, me quiero quedar; los militares ante la insistencia del joven lo pasan adelante no sin antes decirle, quédate por hoy acá y mañana miraremos que dice el jefe.

Este día hubo mucho movimiento en el negocio donde trabaja doña Rocinda, el dueño se llama don Bartolomé Sánchez todos lo conocen como don Bartolo, por haber trabajado un poco más que lo de costumbre, ella llega un poco tarde a su casa y deduce que su hijo ya está dormido y se acuesta, como va más cansada que de costumbre luego queda bien dormida. Don Bartolo abre su negocio muy temprano en la mañana, doña Rocinda se levanta aún más temprano, solo se asegura de dejar lista la comida para su hijo para cuando éste se levante; ella se marcha para su trabajo y regresará después de la hora en que cierren nuevamente el negocio de don Bartolo.

Don Bartolomé solo tiene una hija que no vive con él. Cuando doña Rocinda se encuentra trabajando, una clienta, amiga suya, le hace una extraña pregunta: ¿Así que usted también se quedó sola doña Rocinda? ¿Sola? ¿Yo? ¿Por qué me hace esa pregunta? Pues porque mi hijo que tiene diez años me dijo que su hijo se fue con los militares, ¡no lo entiendo, eso no puede ser! Doña Rocinda muy angustiada, le pide permiso a don Bartolo y va a su casa a convencerse de lo que la amiga le dice, en verdad no lo vio ayer ni hoy por la mañana, ya antes de llegar lleva nauseas; muy preocupada y cuando abre el dormitorio de Demetrio ve la triste verdad, Demetrio no está, y no durmió anoche en su cama todo esta como el día anterior, solo le queda orar para que a su hijo no le pase nada. Experimentó el dolor que otras madres sufren.

Cuando ya ha pasado un mes, como que se empieza a acostumbrar a la ausencia de su querido hijo, ¡Que dolor! Nunca había sufrido tanto, pero, ¿Qué puedo hacer?, esperar nada más.

Aproximadamente a siete u ocho horas de distancia de San Lorenzo hay una hacienda, que la fundo un hombre que se llamó Genocidio Valverde, en esa hacienda le nació un hijo a quien puso Genocidio Valverde como él; hoy el dueño de esta gran propiedad es Genocidio Valverde el hijo. En este lugar trabaja un buen número de personas y quien maneja éste personal se llama Sebastián Argüijo es el mayordomo de la hacienda que se llamada El Roble, este nombre se lo dio el fundador de la hacienda porque a unas siete millas de donde se encuentra, hay un predio grande cubierto con una grama natural y en uno de los extremos de este lugar se encuentra un enorme árbol de roble.

A orillas de estas tierras donde está la planicie, se construyeron las casas en donde viven, don Genocidio a quien se le conoce como don Geno, contiguo a la casa de don Geno vive don Sebastián Argüijo (el mayordomo), en el otro lado y en una esquina vive don Benjamín Altamirano a quien llaman don Mincho. La esposa de don Geno se llama Aminta Rosa, una de las hijas se llama Aminta Rosa y la llaman Amintita, la otra se llama Oralia de los Santos y su hijo varón que también se llama Genocidio Valverde a quien todos conocen como Genito. Don Sebastián el mayordomo tiene dos hijos, el varón se llama Sebastián como él y la hija se llama Aminta Rosa, como se llama la esposa de su amigo y jefe don Geno Valverde; y su esposa es María de Los Ángeles. Benjamín Altamirano tiene dos hijos, uno se llama Benjamín y le dicen Minchito y el otro niño se llama Guadalupe, a quien le dicen "Lupito", su esposa se llama Bertila Sánchez; y a las orillas del río vive don Víctor Gómez y su esposa doña Carmelina quienes tienen una hija que se llama Olimpia.

La hacienda de don Geno es una de las dos fuentes que dan trabajo a la mayoría de personas y ha dado origen al nombre del pequeño caserío que, así como a la hacienda le llaman "El Roble"; Es una comunidad muy laboriosa, amantes de la naturaleza, cuidan mucho y protegen los árboles, amantes del trabajo y desconocedores de la maldad, en la hacienda además trabaja mucha gente, pero se destacan algunos como Serafino Maldonado, Hortensia Perdomo, Sixto Pérez y muchos otros más. La otra fuente de trabajo que hay es otra hacienda y es la de don Fausto y doña Romilda que tienen dos hijos, la primera se llama Sara Fernanda y el varón se llama Fausto Fernando después hablaremos más de esta hacienda y de su dueño.

Volvamos a la ciudad de San Lorenzo; en una tarde que doña Rocinda regresaba de su trabajo miró a la distancia pero dentro de su propiedad vio a un hombre que vestía de militar, de pura casualidad en éste momento en lo que menos piensa es en su hijo que ya hace un largo tiempo que se marchó y la dejo en un profundo dolor; apresura su andar para salir de las dudas y ve al joven un poco más de cerca y no lo reconoce, luce distinto, su camisa de mangas enrolladas le aprietan sus antebrazos, pues es bien fornido; pero ¿Quién es Dios mío? No puede ser mi hijo, no luce igual, pero se escucha la voz de Demetrio que dice: ¡Soy yo mamá! Y desaparece de la vista de doña Rocinda, pues él entró por la parte de atrás de la casa y corre a su encuentro saliendo por donde entró, se quedan viendo un segundo cara a cara y luego se abrazan con tanto amor que solo lo tienen las madres para sus hijos.

Pasaron muchos días y Demetrio no terminaba de contar a su madre todas las cosas que había aprendido en el ejército, de la gente que había conocido, doña Rocinda ya le había notado que hablaba distinto y que se había convertido en un joven muy hermoso y que sería además de su único hijo un gran orgullo.

Un buen tiempo pasa y el joven Demetrio se empieza a sentir incomodo porque no trabajaba; doña Rocinda que siempre le cuenta a don Bartolomé de sus asuntos le ha dicho de este problema y lo manda a llamar, Demetrio acompaña a doña Rocinda a su trabajo; mientras la madre trabaja don Bartolo le cuenta a Demetrio, que en el lugar llamado el "Roble" hay una hacienda muy grande y que allí trabaja el marido de su hija que se llama Benjamín, él podría llevarte a buscar trabajo. De mi hija Bertila ¿si te acuerdas verdad Demetrio? Me acuerdo muy vagamente de ella y no sé si ella se acuerda de mí; pero me parece que es una gran oportunidad y no la voy a perder.

Por la tarde que llegó Rocinda a su casa le dice a su hijo: ¿De qué quería platicar don Bartolo con mi niño? Me hablo de una hacienda que está en un lugar algo distante de aquí que se llama "El Roble" y que allí trabaja el marido de su hija y que a lo mejor él me pueda conseguir un empleo con su patrón. ¿Y usted que le dijo? A mí me parece que usted puede conseguir un empleo por aquí cerca; en el "Tabacal", por ejemplo, allí no solo cultivan tabaco, sino que también es una hacienda de ganado. Y con eso que usted aprendió a inyectar ganado, talvez no hay necesidad que se valla tan lejos. Si mamá, pero quiero probar donde don Bartolo dice y ¿Sabe que mamá? ¡Me quiero ir mañana mismo! Bien hijo si ya usted lo determinó así, Dios lo habrá de bendecir.

En el caserío El Roble tienen por costumbre reunirse por las tardes debajo del árbol de Roble, las pláticas casi siempre son relacionadas con el mismo trabajo y algunas que otras cosas, pero la mayoría de los casos, se planea más bien los trabajos que se harán el día siguiente, por ejemplo: creo que mañana por la mañana a más tardar como a las diez de la mañana he terminado de "templar" el alambrado del "corozo", ¿Me puedo pasar al que está a la par? ¿O tiene otro trabajo para mí? Todas estas preguntas son para Don Bachán y él contesta - no, después vamos a seguir con ese potrero, te necesito en la vega donde tenemos el zacate de corte, porque necesitamos limpiar otro tanto igual, porque recuerden, que luego nos cae el verano y tenemos que ordeñar una sola vez al día y quiero aprovechar ese tiempo para que sembremos un buen trecho más de ese zacate que nos saca de apuros en el verano. Y así por el estilo ese es el tipo de pláticas que aquí se ventilan.

Demetrio que por recomendaciones de don Bartolo se decidió ir a buscar trabajo al Roble, llega un poco tarde cuando recién se habían acostado Benjamín y su esposa Bertila y cuando toca a la puerta Benjamín no tiene ni la menor idea de quien pueda ser ¿Qué desea? ¿A quién busca usted? ¿Y a estas horas? Perdone usted señor, yo vengo de San Lorenzo y vengo de parte de don Bartolomé Sánchez, él es mi amigo y me recomendó venir en busca de su hija que se llama Bertila y don Benjamín su esposo, por eso estoy aquí, con la esperanza de que me den donde dormir unos cuantos días mientras encuentro un trabajo. Y poder pagarles su atención y además les quedaré muy agradecido; Bertila escucha toda la plática y quiere salir a ver si conoce a la persona que platica con su esposo; no tiene mucho que esperar por que don Mincho la llama y le dice: ¿Conoce usted a este joven, que dice que es amigo de su papá? Bertila le pregunta al joven ¿Cómo se llama usted? Me llamo Demetrio Valverde, mi mamá se llama Rocinda Valverde, trabaja con su papá; de su mamá me acuerdo, pero a usted no lo conozco, pero si mi papá lo manda, miremos pues, que dice mi marido, que es quien manda en esta casa y como él diga así se hace.

Mire Bertila dice don Benjamín, si este joven que ni usted ni yo conocemos, pero que lo manda su papá, para mí no hay problema, pase adelante ya veremos mañana.

Demetrio carga su hamaca y solo le pregunta a don Benjamín donde la puede instalar luego que se lo indica la coloca y por hoy todo está resuelto, se dan las buenas noches y a dormir. En la mañana que Demetrio se levanta ya don Benjamín se ha marchado a su trabajo, pero Doña Bertila muy amable lo invitó a desayunar, luego se levantaron los niños y saludaron a Demetrio y le preguntaron: "¿Usted busca a mi papá?" Si, anoche platiqué con él, yo vengo de San Lorenzo y soy amigo de su abuelo don Bartolo, y les mando esto, les dijo así y les entregó un pequeño paquetito que contenía una pequeña cantidad de "maules" canicas y también unos caramelos. Minchito el mayor no solo le dio las gracias a Demetrio, sino que también lo abrazó.

La parte del solar que queda al fondo de la casa de don Mincho estaba con muchas malezas y Demetrio después de desayunar se puso a limpiarlo, necesitó casi todo el día para terminar, porque cuando regresó don Benjamín de su trabajo encontró a Demetrio recogiendo en un solo sitio toda la basura que había quedado; don Benjamín fue hasta donde estaba Demetrio, los niños lo acompañaron y le dijo: "Muchas gracias yo tenía pendiente de hacer éste trabajo pero siempre me hacía falta tiempo, si le debo algo dígame que con mucho gusto le pagare", no diga eso señor, más bien soy yo el que debo de pagar por haberme alojado y darme de comer aquí en su casa; después de que cenaron Benjamín le preguntó a Demetrio ¿Qué apellido es el que tiene usted? Mi apellido es Valverde señor. Es el mismo apellido del dueño de la hacienda donde yo trabajo y de todo esto de por acá le contesta Mincho, Demetrio que también tiene buen sentido de humor le dice: ¡Ojalá que fuera mi papá! Y todos se rieron por esa broma, luego Benjamín le dice a Demetrio: Queda en casa jovencito, yo vuelvo luego, y se marchó, Bertila y los niños que ya saben a dónde va, no le pregunta nada y mucho menos Demetrio, los niños, que siempre acompañan a su papá, esta vez no fueron, a lo mejor el papá les dijo que se quedaran, Demetrio jugó un rato con ellos y los "maules" o canicas que don Bartolo les mandó, después colocó su hamaca y se recostó; don Mincho está en la reunión del Roble y no comenta con nadie de la existencia del joven Demetrio.

Es bien temprano cuando don Mincho regresa de la reunión, pero Demetrio ya se durmió, no hace ruido para no despertarlo y se acuestan todos hasta el siguiente día.

Demetrio cuando se despierta por la mañana nuevamente don Benjamín se ha marchado a su trabajo; don Geno no va hoy a la hacienda y Benjamín aprovecha para contarle a su amigo Bachán lo de Demetrio: Mira Bachán el problema que me ha caído, ¿Qué es ese problema si se puede saber? Le dice don Bachán, antes de anoche se me apareció un joven en mi casa, ya nosotros nos habíamos acostado cuando tocaron a la puerta, es un joven que viene de San Lorenzo y que dice que es amigo del papá de Bertila, y quiere que yo le consiga trabajo aquí en la hacienda y te pido de favor que si está en ti darle trabajo te lo voy a agradecer, Bachán le pregunta: ¿Cuándo dices que llegó? Hoy hace dos días, contesta Mincho ¿Y por qué no me lo dijiste ayer? Dice Bachán, ni te imaginas el otro problema dice Mincho ¿Cómo? ¿Hay acaso otro problema? Quizás el peor Bachán; dime pues de una sola vez porque ya estoy pensando donde lo puedo colocar y lo hago más por ayudarte a ti que te está costando su alimentación, pero entonces dime Mincho ¿Cuál es el otro problema? Mira Bachán por eso no te lo dije ayer el problema es su apellido, nuevamente Bachán ya casi intrigado le dice: Oye Mincho, me tenés en "un pelo" ¿Qué tiene que ver un apellido? Pues te lo digo, el joven éste es de apellido Valverde, ¿Qué dijiste Mincho? ¿Valverde? ¿Cómo es el hombre? De ser así tienes toditita la razón, yo no te lo puedo poner a trabajar sin que lo sepa antes don Geno. Sí Bachán yo te entiendo, tengo que decirle a don Geno, pero Bachán le dice nuevamente: Fíjate Mincho que me parece mejor que el joven ese se lo diga directamente a don Geno y así ni tú ni yo salimos algo "untados", ¿Qué te parece? Me parece perfecto, así será.

Cuando llegan a la hacienda Bachán le dice a Mincho: No te lo dije antes porque me empezaste a contar lo de ese joven; pero hoy solo voy a estar un momento aquí y te dejo recomendado como siempre; tengo que ir a San Lorenzo y no tengo la menor idea a qué horas estaré de regreso, acuérdate que el que está en el "corozo" termina temprano y pásalo para la vega y si puedes poner a alguien más, lo pones, tu sabes que nos urge sembrar allí más zacate de corte. No te preocupes por eso y déjalo de mi cuenta.

Se terminan las labores por el día de hoy, Benjamín asignó tres hombres a trabajar en la vega como dijo Bachán.

Llegan al Roble el caserillo, la misma rutina, pero Benjamín nota que el joven no se encuentra en la casa y pregunta por él, Bertila le dice: El joven Demetrio me preguntó que de quien era el frijolar que esta allá abajo y yo le dije que era de nosotros, se fue en la mañana para a allá, lo mandé a llamar para que viniera a almorzar y se regresó y no ha vuelto dijo que el "frijolar" está enmontado y se ha puesto a limpiarlo ¡Que joven éste! Y si le quiero pagar no me lo acepta; Mincho se disponía a ir a llamarlo pues ya va ser la hora de cenar pero no hubo necesidad porque aparece el joven Demetrio; lo mismo de ayer, después de la cena don Benjamín le dice a Demetrio: Mire joven yo voy para el Roble donde casi siempre nos reunirnos, si usted quiere venir, bien puede hacerlo, solo que yo voy a ir primero y luego llegue usted para que no le digamos desde un principio a don Geno de su trabajo y de las tierras que usted necesita para cultivar, me parece bien contestó Demetrio; el único gran ausente por el día de hoy es don Bachán anda en San Lorenzo; don Geno ya está allí debajo del Roble y algunas personas más ¿Qué cuentas Mincho? Bachán tuvo que ir a San Lorenzo y no ha vuelto ¿Te lo dijo verdad? Si, si don Geno me lo dijo.

Como siempre, pláticas de trabajo y en una oportunidad Mincho le dice a don Geno así: El día de hoy hace dos días que me llegó un joven a mi casa que viene de San Lorenzo y es amigo de Bertila; don Geno lo interrumpe y le dice ¿Cómo de Bertila? Si don Geno más bien es amigo del papá de Bertila porque yo no lo conozco, nuevamente don Geno le dice: ¿Cómo puede ser que es amigo de Bertila y tú ni lo conoces? Pues a la verdad si don Geno usted tiene toda la razón ni lo conozco. Pero si creo, que quiere hablar con usted y luego don Geno dice: ¿Será aquél que viene saliendo de tu casa con tus hijos? Si señor es él; Cuando Demetrio esta frente a ellos don Benjamín dice: Mira Demetrio él es don Geno, mi patrón, dueño de la hacienda donde trabajamos todos, te lo quiero presentar, don Geno no se levanta de su banquito solo tira por un lado su usual escupida, se limpia la boca con el dorso de la mano y se la da a Demetrio de la forma más natural, Demetrio dice: "Mucho gusto de conocerlo señor, mi nombre es Demetrio Valverde" ¿Cómo así? Dice don Geno, ¿Igual que yo? ¿Usted se llama Demetrio también? Le dijo el joven; no hombre, no, mi nombre no es Demetrio, mi apellido es también Valverde, ¿Crees tú que somos familiares? No lo creo señor, no lo creo, usted es el señor Valverde y yo soy solo Demetrio Valverde, y ¿De dónde sacas ese apellido de Valverde? ¿Tu papá es apellido Valverde o tu mamá? Mira que te voy a decir algo, y no es por nada, pero ese mi apellido, viene caminando desde muy lejos, viene como se dice de la madre patria España y como te repito.

¿Y tú de donde es que lo sacas? ¿Yo señor Valverde? De mi madre, ella se llama Rocinda Valverde a mi padre ni siquiera lo conocí, mi madre dice que a lo mejor ya murió, don Geno insiste y dice: Pero tú ¿Estás bien seguro que tu apellido es Valverde?

¿De dónde son tus padres? Bueno como le repito mi madre es de San Lorenzo allí nací y mi madre también, ¿Pero tus abuelos o tus bisabuelos serían de origen español como lo soy yo? No lo creo dice Demetrio, yo tampoco dice don Geno y por ultimo don Geno que quiere acentuar que no son familiares le vuelve a decir a Demetrio: a lo mejor tú escribes distinto el apellido ¿Verdad?, no lo creo dice Demetrio y pregunta a don Geno: ¿Con que "V" escribe su apellido? ¿Y es que acaso hay varias pues? Si Don Geno, hay dos, tenemos la b que llamamos "b" labial y tenemos también la "v" labiodental.

Como don Geno ni nadie en la aldea el Roble saben leer ni escribir en este momento solo se le ocurre decir, pues yo con la "b" labial, que se le hizo más fácil decirlo, entonces Demetrio le dijo: Pero yo he visto que su ganado tiene la letra "G" que a de significar Geno y la "V" labiodental Valverde, así es dice don Geno ¿Y qué tiene que ver eso? Pues que es la misma "V" con la que yo escribo mi apellido, contestó Demetrio ¿Quiere decir entonces que eso nos hace familia? No don Geno de ninguna manera eso no nos hace familiares, aunque el apellido Valverde no es muy común por estos lugares, yo definitivamente soy de otros Valverdes, eso mismo pienso yo dijo don Geno, y agregó, bueno y cambiando de conversación me dice aquí Benjamín ¿Que querías decirme algo? Si señor don Geno, quería que me ayudara prestándome algunas poquitas tierras para cultivar y de esa manera yo pueda ayudar a mi mamá, que vive en San Lorenzo y también le agradecería que me diera alguna colocación en su hacienda, yo conozco algo de ganado lo cual aprendí en el ejército, yo puedo inyectar ganado y a gente también y algunas otras cositas más que aprendí en el ejército. Qué bueno dice don Geno, pero mira muchacho, hoy no está aquí mi mayordomo, fue precisamente allá a San Lorenzo, pero viene hoy mismo, mañana por la mañana puedes irte con tu amigo Mincho y te entrevistas con mi mayordomo, él se llama Sebastián Argüijo y dile que ya hablaste conmigo, talvez te quiera poner a ordeñar, ¿Sabes ordeñar verdad? Si señor yo puedo trabajar en el puesto que me pongan., bueno pues, entonces quedamos en eso y no se te olvide que tienes que preguntarle a mi mayordomo si te necesita; se termina la reunión y todos se retiran.

En el camino a casa Demetrio pregunta a don Benjamín, ¿Cree usted señor que don Geno no se haya molestado por lo de mi apellido y no me de el trabajo, o talvez don Sebastián no quiera? Mira muchacho, don Geno es el dueño y con solo que te manda a donde Bachán eso es todo, creo que ya tienes tu trabajo, y con respecto al apellido, tú no tienes la culpa de tener el apellido de tu madre solamente y si hay una persona que pueda tener la culpa, es tu papá que no te dio su apellido, hay en el mundo, muchos de esa clase de padres, que niegan el apellido a sus hijos, ¡Que le vamos a hacer! De esa clase de hombres siempre la vamos a tener; nos vamos a "chupar" unas naranjas que traje y después a dormir.

Cuando don Geno llega a su casa va muy preocupado con el apellido de Demetrio y al momento de haber llegado, llegó también de San Lorenzo don Bachán, don Geno le mandó llamar y empieza a contarle así: Fíjate Bachán que allí donde Mincho hay un joven que me pidió trabajo y unas tierras que quiere cultivar, allí te va a llegar mañana yo le dije que hablara contigo y le dije que talvez le dabas el trabajo del ordeño, solo te lo estoy sugiriendo y pones a Seferino en algo por otro lado. Lo que me tiene intrigado de todo esto es que tiene el mismo apellido que yo, no sé por qué Mincho no me lo dijo antes de que tu fueras a San Lorenzo y me averiguaras algo, yo estoy pensando en hacer un viajecito a ver si averiguo algo con la mamá de este muchacho, y me salió con que hay dos letras "V" y que él y yo escribimos el apellido con la misma "V" pero él también dice que eso no nos hace familiares, ¿Qué crees tú Bachán? Creo don Geno, que no necesita viajar a San Lorenzo solo por eso, y yo pienso que el joven ése, tiene razón, no pueden ser de ninguna manera usted y él familiares; ¿Verdad Bachán? Así es que pienso yo también, mi papá jamás me contó que tuviera algún pariente, por acá; allí lo tiene usted, dice Bachán, no tiene que tener algún "ahogo" por eso, mejor permítame que me retire que vengo un poco cansado y miremos que sucede mañana; dices verdad Bachán, buenas noches.

## CAPÍTULO 2

Muy de mañana, quizás más que de costumbre Benjamín y Demetrio están listos para partir, Demetrio muy contento por su trabajo y como don Mincho le dijo que don Geno es el que manda, considera un hecho lo de su trabajo, y en efecto cuando llegan a la hacienda Sebastián le dice a Mincho, este es el joven que está en tu casa ¿Verdad? Así es Bachán, bueno pues que se ponga allí contigo y Sixto en el ordeño, voy a poner a Seferino a seguir allá en la vega. Demetrio se prepara igual que Sixto y Mincho ya listos para empezar con el ordeño. Demetrio fue a saludar y a presentarse con Genito y Bachancito, que son los que dejan salir los tres primeros terneritos.

Primer día de trabajo de Demetrio en la hacienda y todo lo hizo muy bien, don Bachán muy satisfecho le dijo a Mincho: Pensé que no daría resultado aquí, pero veo que lo hizo muy bien, así es dijo Mincho lo hizo muy bien. El día termina, don Geno que estuvo viendo como ordeñaba Demetrio, le gustó bastante también, no le dijo nada a él, pero si se lo dijo a Mincho: ¿estuvo bien el joven amigo tuyo? Si don Geno, estuvo bien.

Empieza la participación de Demetrio en las reuniones que hay debajo del árbol, la tarde de hoy están también Genito y Bachancito por que quieren saber si Demetrio dice algunas cosas, Demetrio ve que al hermoso árbol de Roble lo maltratan los cerdos que se rascan en él y lo tienen sucio y maltrecho y podría secarse y tiene en mente una idea, después que se ha tratado todo lo relacionado con el trabajo, Demetrio le dice a don Geno: No sé a quién pero escuché que usted tenía la idea de hacer un murito alrededor del árbol porque lo maltratan los cerdos ¿es cierto señor? ¿Quién te dijo que yo tenía esa idea? No recuerdo sería que escuche mal, pero el "murito alrededor del Roble" si lo escuché y me dije a mi mismo ¡Que buena idea! Y como yo sé que esas buenas ideas vienen de usted por eso es que le pregunto. En verdad desde ya días tenía esa idea porque es cierto yo he visto a esos animales rascarse en este árbol y como dices tú lo podrán secar; así es dice Demetrio yo creo señor qué si usted pone los materiales aquí entre todos, en uno o dos Domingos lo terminamos, ¿Verdad muchachos? Si, si dicen todos, don Geno dice: bien, que Bachán les de todo lo que ocupen y que no se hable más.

Todos colaboraron en la construcción del murito, les quedo muy bonito y hoy se sientan en él muchas personas.

Los niños de don Geno, tienen su propio negocio que, aunque a manera de juego les produce alguna ganancia. Se les ocurrió llenar con agua, azúcar y un color en unas bolsitas plásticas y cuando amarran un extremo de la bolsita quedan puntitas levantadas que semejan a dos orejas de conejo y de allí sale el nombre de "conejos" hay de mora, de fresa, vainilla, de leche, de uva, etc. El árbol tiene hoy su muro y relleno de tierra negra con estiércol de ganado, siendo un buen fertilizante de materia orgánica, eso es lo que piensa Demetrio; y cuando va a una de las acostumbradas reuniones, por toda el área se miran bolsas de "conejos" y de alguna manera habrá que mantener limpio el lugar. Saluda a don Geno y a los demás, Benjamín tenía uno o dos minutos de estar allí; en la tierra fértil que han colocado alrededor del árbol hay ya flores que doña Aminta trajo de su casa, pero allí también hay bolsitas de conejos, Demetrio agarra una bolsita y se queda con ella en la mano hasta que don Geno se fija y dice: estos niños tiran por todos lados esas bolsitas, es verdad dice Demetrio, es verdad, si se pudiera tener algo en que depositarlas sería mejor ¿Cómo qué? Dice don Geno, algo así como un barril dice Demetrio, don Geno mira a don Bachán y le dice en el solar de mi casa hay dos de esos barriles manda por ellos y que les abran unos agujeros en el fondo para cuando llueva no se llenen de agua, y pongamos de ya a los niños a recoger todas las bolsitas de conejos y cualquier basura que encuentran los depositan en los barriles. Demetrio muy complacido solo dice: Que bueno es poder hacer todo lo que usted hace don Geno.

Cuando los niños recogían las bolsas de conejos, Demetrio tiene una brillante idea y sabe que si don Geno lo apoya tendrá éxito en lo que ya se está imaginando y sin pensarlo mucho le dice a don Geno así: ¿Cuántos niños verdad don Geno? Sí dice don Geno y no están todos hoy aquí jugando; creo que hay más, y pienso dijo Demetrio que ninguno sabe leer y escribir porque me he dado cuenta que no hay escuela, si usted lograra que éstas personas que son muy amigos suyos hicieran un esfuerzo por traer un maestro, sería algo que nunca olvidarían los habitantes del Roble. Don Geno le dice a Bachán ¿Qué opinas tú de esto que estamos hablando? Tu opinión vale mucho mi amigo Bachán. Me parece una buena idea, pero primero, pienso yo, verdad, que usted don Geno nombre aquí una comisión para que vaya a San Lorenzo y averigüe con quien hay que hablar para conseguir un maestro y una vez conseguido; nos preparamos aquí con lo demás; bueno esa es mi opinión, pero aquí hay más personas que también pueden opinar; Mincho solo opinó dando todo su apoyo a lo que don Bachán dijo. Me parece muy acertada la opinión de Bachán dijo Demetrio, casi dijo lo mismo y pidió la opinión de todos los que estaban allí y estuvieron de acuerdo en que se nombre una comisión y procedieron a formarla y opinaron que don Bachán fuera uno de los integrantes, propusieron a Demetrio que es el único que puede leer y escribir y a Benjamín. Don Geno por tener la última palabra, acepta y autoriza la comisión que se compone por Sebastián, Benjamín y Demetrio, partirán mañana mismo, lo más temprano que se pueda. Con esto termina la reunión de hoy.

Muy de mañana parten los tres comisionados a San Lorenzo; como ésta tarea no se tenía programada van para San Lorenzo las dos personas más importantes, después de don Geno por su puesto; Don Bachán y Benjamín, cuando van a la altura de la hacienda don Geno dice a don Bachán que hasta allí llegará con ellos, en otras palabras, don Geno no va a San Lorenzo. Tengo que detenerme un rato aquí por que debo dejar en sus puestos a los muchachos y ordenar algo que no les dije ayer dijo Bachán, como tú quieras dice don Geno y los cuatro entran a la hacienda, al primero que mira Bachán es a Seferino y le dice que el día de hoy él, Sixto y otro empleado cualesquiera harán el ordeño porque don Mincho y Demetrio no van a estar. Luego don Bachán dice a otro empleado que cuando él y Seferino terminen el ordeño se pongan en la vega, y parece que da otras ordenes que hace que se entretengan un buen rato, algo que ocasiona la pérdida de un buen avance hacia San Lorenzo; efectivamente, llegaron a su destino muy tarde.

Doña Rocinda se encontraba profundamente dormida, y cuando reacciona piensa que puede estar soñando porque pensó que escuchaba la voz de su hijo, y pensando en un mal presagio se hincó y empezó a orar y por último dijo, y se lo pido en nombre de su hijo nuestro Señor Jesucristo, amen. En este momento le abro la puerta hijito, ya un poco más serena; Benjamín decidió amarrar las bestias y por el momento solo entran don Bachán y Demetrio, mamá este señor es el mayordomo de don Geno y mi otro amigo se lo presento mañana, porque quiero que se acueste, nosotros arreglaremos nuestras hamacas y la miramos por la mañana; está bien hijo y agrega: buenas noches. Don Sebastián, Demetrio y Benjamín se instalan y luego se duermen. A don Benjamín algo se le hacía familiar pero no aclaraba en su mente lo que era. Por la mañana él se levantó primero y se dedicó a preparar las tres bestias, luego se levantó doña Rocinda que tiene que ir donde don Bartolo a comprar algo que necesitaba para preparar el desayuno de ellos, la señora se dirige al hombre que esta de espaldas muy atareado en alistar las tres bestias; buenos días señor, dice ella y Benjamín con una sonrisa vuelve a ver a la señora que él sabe que es la mamá de Demetrio y contesta buenos días señora, cuando Benjamín mira a la señora, pasa por su mente algo así como un relámpago, un vago recuerdo, y por la señora también.

Demetrio que escucho cuando su mamá se levantó y la vio salir hacia el solar, la siguió con el propósito de presentársela a don Benjamín, frente a frente doña Rocinda y Benjamín, ella solo le dice "¿No le habrás contado verdad?" Mira mamá él es don Benjamín donde yo vivo, él y su esposa son muy buenos conmigo y tiene dos niños yo me llevo muy bien con ellos también; doña Rocinda le extiende su mano y le dice: mucho gusto señor, gracias por cuidar a mi hijo, no hay cuidado por eso, para mi señora, es de mucho agrado, Demetrio es un buen muchacho; luego dice ella: Ya vuelvo, voy allí nomás donde don Bartolo, y regreso rápido; ella vuelve, les preparó su desayuno y cuando están por partir don Bachán le dio un dinero a doña Rocinda y ella no lo aceptó, luego don Bachán le dijo que don Geno había dicho que si no aceptaba el dinero que no podían volver a su casa a dormir y mucho menos a comer, ante esa situación doña Rocinda aceptó y le dijo a don Bachán, por favor siempre vuelvan que para mí es muy agradable atender a los amigos de mi hijo. Doña Rocinda se despide de ellos, no sin dar a Demetrio su acostumbrada bendición.

Decidieron ir a una escuela para informarse como poder conectarse con alguna oficina gubernamental para lo de la maestra; el director del plantel fue muy amable con ellos y les dio la dirección del supervisor departamental de educación primaria; todos conocen el lugar y se van para allá. Benjamín muy a propósito se quedó atrás luego Demetrio y don Bachán ya no lo vieron, pero don Bachán le dice a Demetrio: no te preocupes por él pues ya sabe a dónde es que vamos, al llegar a la oficina del supervisor departamental, don Benjamín aun no aparece, y ya empezaban a preocuparse cuando lo ven con una bolsa amarrada; don Bachán un poco molesto le pregunto ¿Dónde te metiste Mincho? Ya nos empezábamos a preocupar; perdónenme muchachos es que fui donde don Bartolo mi suegro a comparar unas encargas de Bertila y me atrasé un poco. Pero nos hubieras dicho, lo recrimina don Bachán, Demetrio solo dice, tengo que ir también a comprar algo, pero cuando ya nos vayamos.

Luego ya están en plena plática con el supervisor departamental: yo no tendría ninguna dificultad en proveerles un maestro, a mi gobierno le interesa el asunto, pero tenemos experiencia, que cuando se trata de mandar a un maestro a lugares muy apartados, van muy ilusionados al principio, pero luego por alguna razón, se desilusionan y entonces, no solo quedamos mal con la comunidad sino que nos ocasiona algunos gastos y después no nos quieren autorizar un maestro cuando realmente lo necesitamos. ¿Quién es el representante de esta comisión?

Demetrio se anticipa y le dice: aquí el señor Sebastián Argüijo es el mayordomo de don Geno Valverde y son personas de confiar igual que el señor Benjamín Altamirano, en esta ocasión el representante de esta comisión es el señor Argüijo; muy bien señor Argüijo, podemos asignar un maestro a ese lugar ¿Cómo dicen que se llama? Se llama El Roble dice don Bachán, pues bien podemos asignar como les digo, a un maestro, pero, como les dije antes, no queremos quedarnos gastados, así que les propongo un trato, y usted señor Argüijo como representante de esta comisión me dirá si lo acepta o no. El maestro devengará un sueldo, del cual pagaremos la mitad cada uno durante tres meses, ustedes procurarán los alimentos y el alojamiento del dicho maestro, cuando pasen los tres meses, el gobierno asumirá toda la responsabilidad.

¿Qué les parece? Don Sebastián mira por unos segundos a Demetrio y a Mincho y les dice ¿Qué les parece a ustedes? Mincho que es el que contesta dice, yo pienso que no habrá problema; está bien aceptamos; y ¿Cuándo tendremos el maestro por allá? que nos está haciendo mucha falta- pienso que a más tardar quince días o un mes.

Aceptando el trato se despiden dándole las gracias al señor supervisor departamental de educación primaria, pasaron por donde don Bartolo comprando los encargados de don Geno. Demetrio de una manera muy apurada fue a despedirse de su mamá, Mincho no quiso ir, según dijo ya habría hecho sus "mandados" y les dijo que los esperaría en el camino; así fue lo alcanzaron en una sombra agradable que hay en el camino, se había bajado de su caballo y sentado en una piedra golpeaba con una varita el suelo, no los detectó hasta que estaban bien cerca y como que se hubiera asustado; emprenden el camino y él se atrasaba; apura tu caballo Mincho no queremos llegar tan tarde, si muchachos decía, pero un par de minutos más tarde se volvía a retrasar, apúrate Mincho, eso pasó como unas tres o cuatro veces, llegaron al Roble muy cansados y directo a dormir, don Mincho necesita descansar, pues se nota que viene muy cansado.

Al día siguiente don Geno no va a ir al Roble y solo se van don Bachán, don Mincho y Demetrio, las noticias se las darán a don Geno por la tarde y debajo del árbol.

En el trayecto hacia la hacienda Mincho continuaba retrasándose, aunque iban caminando se notaba que caminaba despacio y Demetrio sin darse cuenta se adelantaba y sin que don Benjamín lo notara, él lo esperaba, no pasaba antes, cuando llegaron a la hacienda; Bachán ya tenía varios minutos de haber llegado y solo dijo: se quedaron muy atrás, ¿Verdad? Si don Bachán, nos atrasamos un poco, el ordeño ya lo había empezado Sixto y apresurándose un poco más están listos para empezar, Benjamín se adelantó un poquito y Bachán aprovecho para comentar con Demetrio; ¿Qué piensas tú Demetrio que le pueda estar pasando a Mincho? Desde ayer lo noto muy cansado, ¿Crees que pueda estar enfermo? No lo sé don Bachán, pero yo también lo he notado, hoy en la mañana no comió lo que acostumbra comer, casi todo lo trajo para el almuerzo, doña Bertila le preguntó también, qué si comería algo ayer que le haya caído mal, y él le dijo que no, que todo estaba bien que lo que pasaba era que simplemente no tenía ganas de comer y que se comería todo en el almuerzo. Se termina el día de trabajo, sin ningún contratiempo más, solo que antes de partir los que van para el caserío el Roble, Sixto le comunicó a don Bachán que Mincho estuvo muy lento en su trabajo de ordeño que cuando él ordeñaba dos vacas Mincho ordeñaba una. Le cuento esto don Bachán no con el deseo de mal informar a Mincho, si no que pienso que algo malo le pasa; es verdad Sixto yo también me fijé tengo que hablar con él de seguir así.

En el Roble y a la hora de costumbre la reunión debajo del árbol, Benjamín se recostó en su hamaca y Demetrio no quiso despertarlo, y asistió solo a la reunión. Bachán ya le ha contado de la actitud de Benjamín a don Geno y la ausencia a la reunión es evidente que hay algo que le está pasando; don Geno le dice a Bachán: Mañana yo también voy a la hacienda y tengo que platicar con él después del ordeño; cuando se termina la reunión y Demetrio regresa, Benjamín ya está despierto y levantado, ¿Qué tal hijo? ¿Cómo estuvo la reunión? Muy bien don Mincho; me preguntó por usted don Geno y yo le dije que usted se había dormido, ¿Solo eso dijo? Sí, solo eso contesta Demetrio, luego dice Mincho: Si hombre me dormí, me siento un poco cansado.

Al día siguiente por la mañana toda la laboriosa gente del Roble van a sus trabajos, algunas personas a una hacienda que hay a unas cuantas millas de allí y algunas otras a "El Roble" la hacienda de don Geno, otras personas a su propio trabajo en la agricultura. Algunas mujeres tienen alrededor del predio plano donde está el Roble (el árbol) ventas y venden los productos que ellas producen, manualidades, verduras, miel de abeja, frijoles, maíz, etc. Demetrio y Benjamín dan alcance a don Geno y su grupo, todos se ríen de lo que platican; Benjamín lo celebra con una sonrisa, es que es notorio que algo le está pasando, don Geno también lo nota y tiene planes de platicar con él, pero por el momento, no hace ningún comentario; la presencia de don Geno hace que Benjamín trate de aligerar el paso y llegan a la hacienda todos al mismo tiempo. Empezaron a trabajar normalmente y en el descanso del medio día don Geno llamó a Benjamín y empezó diciéndole: Benjamín creo que tú sabes que aquí todos te queremos bastante, y es el caso que los demás trabajadores algunos de ellos le han dicho a Bachán y otros a mí personalmente, que te han notado algo, pero todos aclaran que no es de ninguna manera de mal informarte sino que a todos los tenés muy preocupados, dicen que a lo mejor estas enfermo, porque hasta en tu trabajo estas rindiendo menos, que conste que eso no es lo que me preocupa, sino que tu estado de salud, nosotros nunca vamos a ver al doctor, pero mejor dime tu Mincho que es lo que te pasa por que aunque tú no lo creas a leguas se te hecha de ver que algo y debe de ser algo serio lo que te pasa, y no me extrañaría que tu mujer ya lo haya notado, haber Mincho dime algo, ¿Qué pasa? Para eso somos amigos; don Geno, empieza diciendo Mincho; me apena que le hayan dicho que no estoy rindiendo en mi trabajo a lo mejor mis compañeros tienen toda la razón, trataré de mejorar en mi trabajo y por lo ya ocurrido le pido a usted que me perdone.

Perdona Mincho, dice interrumpiéndolo don Geno, pero ese no es el punto, y si me he tomado el atrevimiento de preguntarte es porque me considero tu amigo, lo del trabajo eso es secundario para mí, lo que me interesa realmente es tu salud, pero si tú no me quieres decir nada, estás en todo tu derecho; dice todo esto don Geno y se reacomoda en su hamaca; don Geno le dice Mincho, no se imagina usted como lo he pensado y repensando para decirle esto a usted, porque usted es y será a la única persona a quien le voy a contar, le aseguro don Geno que mi confianza es ciega con usted, porque me consta la calidad de hombre y amigo que es, lo que también me preocupa es lo que pueda pensar de mi después que le cuente, y las demás personas también si lo llegaran a saber. Por mí, tú sabes que no hay problema, nadie lo sabrá, pero anda dime que como te repito, para eso somos amigos y mi único interés es ayudarte en lo que pueda.

Muy bien don Geno, no sé si es para bien o para mal lo que me ha traído al tener un maestro acá en el Roble don Geno, pero de no haber sido por ese detalle yo no hubiera ido a San Lorenzo y darme cuenta de este problema que me ha quitado el hambre, el sueño y quizás hasta el deseo de trabajar, no encuentro ni yo mismo que es en verdad lo que siento y como empezar a contarle esto, que en realidad lo que yo siento es una gran alegría que quisiera compartirlo con todos, pero no puedo y por eso es que estoy muy alegre y muy triste a la vez; don Geno hoy sí que está más confundido, porque para él o se está triste o se está alegre, una de dos, pero no mezcladas a la vez, pero dime entonces Mincho si es así como tú dices, ¿Porque solo te vez triste y nada de alegre? Es que sabe don Geno, el sentimiento de alegría que tengo hace sentirme culpable y la culpa me da gran tristeza que cubre o tapa la gran alegría, pero déjeme contarle porque relaciono al maestro que fuimos a solicitar allá a San Lorenzo aquel día; resulta que como llegamos tarde a la casa de Demetrio no entré en el mismo momento con ellos porque me quedé amarrando las tres bestias y quitando las monturas porque a Demetrio y a Bachán les dije que entraran que yo me encargaría de hacerlo y fue por eso que…parece que no se va a poder contarle por hoy a don Geno por que don Bachán viene hacia acá y desde una distancia corta ya viene platicando con don Geno. Mincho se levanta y se retira, don Bachán que nota o se da cuenta que interrumpió, dice: Mincho no tienes por qué retirarte yo solo le pregunto a don Geno algo y me marcho, no hombre Bachán no me retiro porque vienes, es que tengo que terminar algo en el corral que deje pendiente.

Perdóneme don Geno creo que fui muy imprudente y a lo mejor Mincho se retiró por culpa mía, no tengas cuidado Bachán, mejor dime ¿A que es que venías? Nuevamente le tengo que pedir disculpas don Geno por que usted no me va a creer ya se me olvidó también a lo que venía, bueno Bachán también no importa, cuando te acuerdes me lo dices, si don Geno, claro que sí; lo que puedes hacer en este momento es acompañarme a que nos tomemos una taza de un buen café, me caería bien dice don Geno. Aunque Don Geno y Benjamín fueron interrumpidos en su plática le quedó a don Geno una curiosidad; tal parece que Benjamín trataba de decir algo que a él le parecía importante, y buscaba la forma de reanudarla; pero no se ha dado la oportunidad.

La mañana siguiente hay noticias alarmantes, la muerte de tres terneros en la hacienda lo cual preocupa muchísimo a todo el personal y no saben qué hacer, es realmente una emergencia. Los terneros murieron en diferentes horas, uno de ellos amaneció muerto, los otros dos cuando reunían a las vacas para el primer ordeño (otro murió después del ordeño y el otro cuando se reunían los animales para el segundo ordeño.)

Cuando llega el grupo de trabajadores que vienen del "Roble" (el caserío) viene también don Geno y la noticia que Sixto le da de la muerte de tres terneros, lo enfada mucho, y aún más porque Sixto no le fue a avisar a su casa, el informe de Sixto es muy desalentador y además quiere saber que se va a hacer con esos tres animales muertos, porque el que amaneció muerto según la manera de pensar de Sixto, ya no podría usarse para el consumo de la hacienda, pero los otros dos talvez si se podrían comer y guardar las pieles. Don Geno a estas horas de la mañana no va mascando su tabaco y no da su escupitajo, pues se le heló la sangre de pensar que esto podría ser una epidemia y matarle todo su ganado. El recuerda haber escuchado un tiempo atrás de algo parecido y que todo el ganado murió a consecuencia de una epidemia; luego le contesta a Sixto: Yo pienso que las pieles se las pueden sacar, y si tú quieres y crees que se pueden comer los dos últimos en morir y que tienen poco tiempo de haber muerto eso ya es cosa tuya; luego vuelve a ver a Sebastián y le dice: ¿Qué dices tú a esto Sebastián? Yo pienso que Sixto tiene razón ya hace mucho tiempo que no comemos carne fresca por acá. Tal parece que se están poniendo de acuerdo en usar para el consumo de la hacienda los dos últimos terneros que murieron y el que murió primero, solamente sacarle la piel y que la carne se la coman las aves de rapiña, buitres y animales carroñeros. Demetrio solo ha estado escuchando y como no le participan no opina en el delicado asunto, sin embargo, don Geno le dice a Demetrio: Que callado que estás Demetrio, ¿No crees que debes de opinar en algo? O ¿Es que no tienes ninguna opinión de todo esto? Don Geno dice esto en un tono mal humorado.

Demetrio entendió lo que está pasando, ya que el problema es muy serio y el mal humor de don Geno es entendible pero luego dice: Perdóneme usted don Sixto y usted también don Bachán pero creo que esos animales, no deben de comerse, lo que se debe de hacer es, según mi opinión es enterrarse y bien enterrados, para que los buitres no se los coman, porque si se los llegarán a comer, estos animales defecan cuando vuelan y cae en el pasto que los animales o sea el que el ganado come, así es como se contagian y me temo, que es probable que de esa manera llegó la enfermedad acá; a mí me gustaría ver a esos animales muertos, yo no lo creo así, dice Sebastián. Don Geno se ha quedado asustadísimo de lo que Demetrio dijo y luego dice: Demetrio francamente hablando, ni Sixto, ni Sebastián, ni yo pudimos haber dado una explicación así; tal parece que ni siquiera escuchó lo que Sebastián dijo y luego don Geno agrega vamos, vamos, vamos; Sixto llévanos a donde se encuentra esos animales muertos para luego enterrarlos como dice Demetrio, no se hace muy difícil de encontrarlos ya los buitres rondan el lugar, los animales muertos se encuentran relativamente cerca uno del otro y por esa razón cuando el grupo de personas llegan todos los buitres alzan el vuelo, pero aún no han empezado a devorarlos y por lo que don Geno da gracias a Dios; allí los tienen dice Sixto; Sebastián está pensando que al paso que van las cosas, Demetrio podría gustarle a don Geno como caporal de la hacienda y él piensa que su puesto podría estar en peligro.

Benjamín, dice don Geno de pronto, llévate los dos muchachos y empieza el ordeño con Seferino, nosotros veremos que hacemos aquí, buena idea don Geno dice Benjamín y parte con los dos muchachos para la hacienda a empezar el ordeño; el ternero que tienen allí enfrente es el que murió por último y es el que según Sixto y Bachán se lo podrían comer.

Demetrio se acerca al animal con mucho cuidado, tanto cuidado que Sebastián le dice en un tono sarcástico "no le tenga miedo Demetrio que no te va a morder" Don Geno vuelve a ver Sebastián y solo guarda silencio, déjame, yo te ayudo agrega Sebastián, y apresuradamente se dispone a agarrar el animal, pero Demetrio le dice: no, no, don Sebastián, aún no sabemos de qué murió este ternero y podría ser peligroso para usted. Sebastián se asusta un poco y para con la intención de ayudar, luego Demetrio abre con mucho cuidado el hocico del animal y lo huele, lo repite tres veces y luego dice: no murió de rabia, eso era lo que me temía don Sebastián y es que la rabia se desecha por la saliva.

Sebastián todavía un poco incómodo dice: ¿De rabia? Yo no sabía que un ternero de este tamaño o de ningún tamaño podría morir de rabia, pues según entiendo yo, a los que le pega la rabia es a los perros y esto si un perro con rabia lo "revuelca"; discúlpeme usted don Sebastián responde humildemente Demetrio pero sí, también al ganado le da rabia y es muy mortal al grado que puede acabar con toda una hacienda a menos que se vacune todos los animales antes de que aparezca la enfermedad, por que la vacuna solamente actúa como preventiva, no es curativa. Luego de dar ésta explicación Demetrio se pone en pie por que todo el tiempo que estuvo explicando esto se mantuvo en cuclillas, pero ya toca el animal con más tranquilidad.

Bueno dice don Geno, ¿Y crees tú Demetrio que se puede saber de qué fue que murieron mis tres animalitos? Demetrio contesta, bueno don Geno, como usted sabe no soy veterinario ni nada que se le parezca, estas cositas uno las aprende, pero vamos a ver qué más podemos encontrar, y se vuelve a colocar en cuclillas y empieza a revisar el animal, le oprime la pierna, lo repite unas cuantas veces más y por último se para nuevamente y dice con seguridad bueno don Geno estos animales han muerto, por lo menos este murió de una enfermedad que se llama "pierna negra" y le dice a Sebastián oprima acá don Sebastián y luego me dice que es lo que siente, Sebastián lo hace un poco rápido y se levanta y dice: bueno yo igual no soy veterinario, pero siento algo así como si hubiera un poco de espuma debajo de la piel, haber déjenme tocar, a mí también, dice con gran curiosidad don Geno y cuando palpaba hacía un gesto extraño y decía, "que cosa tan rara es ésta, jamás había sentido algo igual", se pone en pie y dice a Demetrio sin salir de su asombro ¿Cómo dijiste que se llama esta enfermedad? ¿Es peligrosa? ¿Es también contagiosa? ¿Crees que nos podemos contagiar nosotros también? ¿Cómo aprendiste esto? ¿Tiene cura? ¿Qué se puede hacer? "Bien sabe Dios que no quiero que se me mueran mis animales" Demetrio le dice así: Calmase usted don Geno que solo para la muerte es que no hay cura, esta enfermedad se llama "Pierna negra" y sí es contagiosa y peligrosa, pero para el ganado y solo ataca a los terneros , hasta cierta edad por eso es necesario que los terneros se amamanten de las madres por lo menos unos diez o quince días de nacidos, porque así toman de la madre todo lo que se llama calostros que necesitan para inmunizarse de algunas enfermedades que los atacan en la primera edad, ¿Se ha fijado usted don Sebastián y usted don Geno que cuando un ternerito recién nacido saca la leche de la madre se ve algo rojizo? Si claro dicen casi al mismo tiempo, pues eso son los calostros que necesitan los terneritos para inmunizarse; otra vez la cara de asombro de los dos.

Pero Sebastián hoy piensa que hay que tener muy en cuenta todo lo que Demetrio dice, Demetrio sigue diciendo: hay una vacuna que se les pone a los terneros para prevenir esta enfermedad; también, me pregunta que como aprendí esto, pues, así como están aprendiendo ustedes ahora, viendo; y ¿Cómo estás tan seguro que es esa pierna negra como tú dices y no otra cosa? Muy buena pregunta don Geno y déjeme contestarle con hechos, don Sebastián dice Demetrio, présteme su cuchillo por favor, don Bachán se lo da y Demetrio les dice antes de empezar lo que va hacer, ¿Recuerdan que cuando palparon la pierna del animal sintieron como si hubiera espuma debajo de la piel? Si claro dicen otra vez casi al mismo tiempo, pues bien dice Demetrio, toda esa parte de la pierna tiene que estar negra, de allí quizás viene el nombre de la enfermedad, de inmediato procede a abrir la pierna del animal, mientras Demetrio abre con el cuchillo la pierna del animal parece como si Sebastián se prepara para reírse ya que desea en el fondo de su corazón que Demetrio esté equivocado; pero no - sucede así.

Demetrio está completamente seguro de lo que dice y hace. Don Sebastián y don Geno no tienen más que asombrarse y dar a Demetrio toda la razón; una vez que se ha confirmado la enfermedad don Geno dice: ¿Y entonces Demetrio que tenemos que hacer? bien preocupado; pues primero hay que enterrarlos por lo menos a seis pies de profundidad y no hay que arrastrarlos, allí mismito donde están hay que hacer la tumba y enterrarlo, sería bueno mandar a los muchachos que den una vuelta por los pastizales en busca de defecadas de buitre y que también la entierren juntamente con el poquito de pasto infectado, eso se mira algo blanco creo que los muchachos ya deben de conocerla; después don Geno hay que vacunar a todos los terneros, don Sebastián y usted deben de saber cuántos terneros hay, cuanto antes hay que mandar a comprar todo lo que se necesita. Unas cuantas agujas para inyectar terneros y unas jeringas, ahora la medicina esta, viene en frascos de diez dosis o sea que es para diez animales, si nos sobra lago tenemos que enterrarlo porque generalmente es un virus vivo o sea que es como si le estuviéramos inyectando la misma enfermedad, pero no se preocupe usted don Geno porque eso así funciona, si tenemos cien animales necesitamos diez frascos y así sucesivamente. Se tiene que tener el animal inmóvil para no derramar nada de la medicina. Otra cosa, para ir a traer esa medicina tiene que llevarse una hielerita con hielo porque esta medicina tiene que estar en refrigeración y como usted tiene refrigeradora en su casa allí podemos tenerla y traer para acá lo que vayamos necesitando; la puesta de la medicina no hay problema yo la pongo y de paso ustedes también aprenden, así como yo aprendí, mirando.

Don Geno dice a Demetrio así: yo pienso Demetrio que como tú sabes de esta medicina eres el indicado para que vayas a San Lorenzo a comprarla; para ese momento Sebastián fue a ver en un libro donde él tiene las cantidades de terneros que hay en las condiciones que Demetrio dijo y le dice a don Geno que hay 182 terneros que se pueden vacunar, ayer teníamos 185, don Geno que está muy de mal humor le dice a don Bachán: Y tú ¿Qué piensas Sebastián? ¿Qué soy tan bruto que no sé qué me faltan tres terneros? No, no dice Sebastián, no, no don Geno, Dios me guarde yo nunca pensaría así de usted, bueno Sebastián tengo que mandar nuevamente a Demetrio a San Lorenzo por esa medicina y luego dice a Demetrio: Entonces Demetrio ¿Cuánto ocupamos? Tenemos que comprar para 190 ósea 19 frascos pues como le dije viene en frascos de diez dosis, contesta Demetrio, y ¿Tienes idea de cuánto cuesta todo lo que vamos a necesitar? Dice don Geno, yo creo que cuesta diez pesos para cada diez animales, pero hay que comprar para 190, eso es don Geno si aún cuesta lo mismo que costaba antes.

Te voy a dar más de lo que necesitan pues no quiero que les haga falta. Demetrio se da por enterado que es él el que irá a San Lorenzo y no le agrada mucho manejar dinero ajeno y además de nada sirve traer comprobante de compra por que en el Roble nadie puede leer y por ese temor le dice a don Geno, me gustaría que fuera don Sebastián conmigo pues es mejor dos que uno y por aquello de las dudas mejor ir acompañado.

No se hable más dice don Geno y prepárense los dos para salir cuanto antes, y se regresan los tres a El Roble pues don Geno tiene que darle el dinero a Bachán para las medicinas, y después regresará nuevamente a la hacienda ya que están cortos de personal.

# CAPÍTULO 3

Se ha terminado el ordeño y es un poco tarde son ya las once de la mañana, y luego de que las vacas madres terminen de pastar junto a sus crías durante un tiempo; les van a separar nuevamente para el siguiente ordeño que empieza a las tres de la tarde aproximadamente, esta tarea es encomendada a los dos muchachos Genito y Bachancito, pero quieren esperar que don Geno vuelva del Roble, porque Mincho y Seferino tienen que ir a ayudar a Sixto que lo dejó don Geno cavando los hoyos para enterrar los terneros muertos, y por esa razón esperan que don Geno vuelva para sugerirle que por esta vez solo se ordeñe una sola vez.

Mincho y Seferino se preparan para ir donde Sixto a ayudar en la tarea que por cierto es muy dura para un solo hombre el cavar tres hoyos de esa profundidad, tienen ya "picos" y palas, agua y dulce, pues no regresarán hasta que hayan terminado.

Don Geno que no conoce donde están los otros dos animales muertos se dirige donde ya conoce, cuando llega ya se preparan para enterrarlo, se lo hubiera perdido si hubiera entrado a la hacienda; los tres hombres halan de la cola y patas al animal y lo tiran al fondo de la fosa y don Geno dice al ver que el animal quedó con las medidas que Demetrio recomendó "perfecto, perfecto muchachos" así me gusta así quiero que los otros dos queden, pues así es como Demetrio dijo.

Benjamín le dice a don Geno de lo del otro ordeño, le sugiere que no se haga ya que es muy tarde y será más aún cuando terminan con los otros dos que faltan, don Geno acepta y no se ordeñará otra vez el día de hoy, en ese preciso momento aparece Bachancito el hijo de don Bachán montando su caballo y muy sudado le dice a don Geno: ¿Ordeñaremos otra vez por la tarde? Es que ya es la hora de separar a los terneros de las madres, don Geno le contesta: Vienes bien sudado y agrega no

Bachancito no vamos a ordeñar otra vez dejen a las madres junto a las crías un rato más, y luego las separan para el ordeño de mañana; como a las cinco y algo de la tarde terminaron la tarea de enterrar los animales muertos, don Geno dice a Mincho: Anda y trae tus cosas a la hacienda y nos vamos para la casa, que se nos va a hacer muy tarde y no quiero que Minta se preocupe y dile a Hortensia que se quede a dormir acá en la casa de la hacienda y que mañana nos vemos muy temprano. Ese día no habrá reunión debajo del árbol pues se hizo tarde.

Llegó el momento que don Geno esperaba, paso que en la hacienda cuando Benjamín y don Geno quedaron solos por un momento y es que Sebastián no lo deja solo en ningún momento, esto fue una casualidad y don Geno la quiere aprovechar y dice a Mincho: ¿Recuerdas Mincho que tenemos pendiente una plática? Tú me querías decir algo el otro día y no me lo dijiste porque alguien llego y nos interrumpió, así que este es el momento que podemos aprovechar para que me digas que es lo que está pasando contigo, ya que casi todas las personas de acá de la hacienda están notando que algo te sucede, y creo que debe de ser algo malo ya que se te nota preocupado y tu trabajo está rindiendo menos y te como te lo dije antes esto no porque yo esté disgustado, sino que me preocupa, que algo malo te pase y para eso somos amigos, anda cuéntame. No sé si deba o no deba de contarle, yo sé que usted no va a contar a nadie mi problema, eso no me preocupa, lo que aun me preocupa es lo que pueda pensar usted de mí y lo que piense Demetrio, don Geno lo interrumpe y le dice: Oye Mincho ¿Que tiene que ver Demetrio en todo este enredo? Ni se lo imagina usted don Geno, y bien, le seguiré contando, agrega Mincho, como es que están las cosas; el día que fuimos a San Lorenzo con Sebastián y Demetrio, paso algo que me dio escalofrío, no me asustes Mincho por el amor de Dios, mira que ya tengo bastante con lo que me pasa con esos terneros.

Mincho se sonríe y dice; no se trata de ninguna enfermedad don Geno - bueno pues dime entonces, ¿Que te pasó? Bueno pues la noche que llegamos a la casa de Demetrio, no pude dormir muy bien; recordaba esa casa vagamente y algo le decía a mi mente como si yo ya había estado en esa casa, no podía coordinar mis pensamientos, recordaba algo pero no ordenaba en mi mente que era, que era aquello y por eso no pude dormir muy bien esa noche y presentía que algo me iba a pasar, en la mañanita que me levante y preparaba mi caballo para salir, la mamá de Demetrio estaba allí parada detrás de mí y saludo: buenos días señor, y cuando la volví a ver, resultó que la recordé y como Demetrio también se levantó y salió detrás de su mamá ella solo pudo decirme: ¿No se lo habrás dicho verdad? Eso fue lo que me helo la sangre, pero y ¿Por qué? Dice don Geno, que casi igual a Mincho en aquel momento no entendía bien que es lo que quería decir la señora; luego continua diciendo, y como Demetrio se nos acercó solo eso me dijo y se marchó a comprar algo a donde don Bartolo y cuando regresó no pudo decirme nada más, porque luego nos fuimos para la escuela, y cuando íbamos ya de regreso de la escuela para la oficina del representante del gobierno para el asunto de la escuela me desvíe un poco y pasé nuevamente por la casa de ella; después que me llevara el susto de mi vida fui donde don Bartolo, mi suegro.

Don Geno lo interrumpe nuevamente y le dice: pero que fue exactamente lo que te dijo la mamá de Demetrio ya un poco nervioso; don Geno creo que hoy tenemos tiempo y le voy a contar con detalles lo que pasó; allí cerca de San Lorenzo hay una hacienda donde también se cultiva tabaco, yo era el mayordomo de todo eso, tenía que ver con la ganadería y con el tabacal también, siempre en mis días de descanso me daba una vuelta por donde don Bartolo, resulta que éste señor solo tiene una hija que es Bertila y aunque él había permitido que la visitara en calidad de novio se oponía a que nos casáramos, yo lo entendía don Geno, era su única hija y además le ayudaba en su negocio y fue por esa razón que planeamos fugarnos, don Geno como sigue sin entender y a consecuencia de esto se ha echado un sin fin de escupitajos y dice, pero perdona Mincho sigo sin entender nada, sé que te robaste a Bertila, pero ¿Qué papel juega en todo esto la mamá de Demetrio? Allí voy don Geno allí voy, pues resulta que el día que nos fugamos, yo no encontré un lugar donde esperar a Bertila y como había visto a Rocinda que trabajaba con don Bartolomé, me atreví a pedirle de favor que me permitiera esperar a una amiga en casa de ella, pero que ésta amiga llegaría un poco tarde de la noche, y ella aceptó, llegué a su casa con mi caballo y otro más, listo para mi amiga y además algunas cosas personales mías y ella traería las suyas. Como yo sabía que la espera iba a ser larga se me ocurrió traer conmigo una pacha de un licor que quizás es fuerte, porque de trago en trago nos tomamos toda la botella y como resultado, pasó lo que pasó, cuando Bertila llegó casi me encuentra acostado durmiendo al lado de Rocinda, pero no, no pasó así y salí apresuradamente a la parte de atrás de la casa donde tenía los caballos, pero antes de partir desperté a Rocinda y le pedí perdón por lo que había sucedido y salimos galopando con Bertila como si nada había pasado.

¿Y ahora que cree usted don Geno? Pues me contó que de aquella relación ella quedo en estado y me aseguró que yo soy el papá de Demetrio, yo tenía, aún tengo mis dudas porque eso solo fue una vez y, ¿Que cree usted don Geno? Solo que me pidió que por nada del mundo lo cuente y que mucho menos se lo diga a Demetrio. Me preocupa también que Bertila se dé cuenta, no me quiero ni imaginar lo que podría pasar, ¿Qué le parece don Geno? Menudo lío ¿Verdad? Por eso es que quizás que la gente de acá me ha notado algo, pero yo le prometo don Geno que trataré de rendir como antes con mi trabajo. Don Geno que se quedó completamente callado, le parece que no es verdad lo que Mincho le ha dicho, le suena como una historieta, es que lo tiene en su propia casa y no sabe que Mincho es su papá, ha dejado de escupir no se sabe si es que se tragó la saliva que le produce el tabaco, pero lo cierto es que no volvió a escupir al menos en todo este rato.

Mientras Mincho contaba éstas insólitas cosas permanecía con la cabeza gacha sin mirar la cara de don Geno y cuando lo hace al terminar su relato, ve que don Geno tiene los cachetes inflados por no haber escupido durante un largo tiempo, nunca se lo tragó y eso le causó una sonrisa a Mincho, don Geno se hecha un "súper escupitajo" y dice así: pasándose primero la mano sobre su boca ¡Qué bárbaro hombre! ¿Y todavía te ríes? ¿Te parece poco? Creo que si yo tuviera esa clase de problemitas ya estaría loco y me la pasara hablando solo allá debajo del Roble y tú te ríes, "nombre" no don Geno, no me río de mi problema, yo estoy muy preocupado y me doy cuenta que la gente lo ha notado, ya van varios que preguntan si tengo algún problema y yo les digo que no desde luego, de esto que le conté don Geno, solo usted lo sabe y por favor guárdame el secreto. No te preocupes por eso mi amigo Benjamín yo seré una tumba como dicen, el problema es que ese asunto que a ti te pasa a mí también me preocupa, solo dime que es lo que tengo que hacer yo, bien sabes que no te voy a dejar solo con ese problemón, pero dime por lo menos en que te puedo ayudar; de nuevo aparece Sebastián que ya hace un rato buscaba a don Geno y le dice, "Lo encontré al fin" Mincho se va a retirar pero Sebastián le dice: Mincho no tienes por qué retirarte, yo solo le digo algo a don Geno y me tengo que retirar ya que aún no termino lo que estoy haciendo, no, no, no dice Mincho tengo que terminar un trabajo en los corrales y no quiero que me agarre la tarde en eso, lo dijo y se fue.

Benjamín (Mincho) es un hombre muy bueno, muy disciplinado en su trabajo, no es un charlatán, don Geno lo tiene como el segundo de don Bachán, igual no sabe leer ni escribir, tiene la esperanza de aprender con Demetrio, así como les está enseñando a sus dos hijos, es un hombre alto delgado pero fornido, musculoso como si pasara haciendo gimnasia, su pelo es medio rojizo y un poco crespo, sus cejas bien pobladas no le ha gustado tener bigote, usa botas vaqueras que las mantiene relucientes que se las quitas cuando tiene que trabajar en los corrales principalmente, y se pone unas botas de hule que mantiene bien limpias pues cuando termina su labores las lava con jabón y le quedan limpias para el día siguiente. En su pensamiento siempre está lo de Demetrio, tiene una remota duda que pueda ser su hijo.

¿Porque tanta casualidad? ¡Como vino llegando a mi propia casa! y además doña Rocinda me lo dijo con tanta seguridad y fijándome bien sus cejas y su cabello se parecen a mis cejas y cabello y como siempre andan juntos, recuerda que no hace mucho tiempo que vino un comprador de ganado le dijo: que hermoso hijo el que usted tiene y como se le parece, cuando pasó eso Mincho recuerda que miró a Demetrio y le contestó al comprador de ganado con mucha satisfacción y le dijo: ¡Ay que bueno fuera! Como me gustaría tener un hijo como tú Demetrio y recuerda también que Demetrio contestara diciendo: gracias don Benjamín, gracias. Para ese entonces don Benjamín no tenía ni la menor idea de la "trampa" que el destino le tenía preparada, ya que, al siguiente día de esto, viajaría a San Lorenzo con lo de la escuela y se llevaría la gran sorpresa de su vida al escuchar el relato de doña Rocinda.

Para Benjamín, Demetrio a de pensar que tiene un padre muy malo, irresponsable, ni siquiera sabe si vive o no, él no sabe cómo pasaron las cosas, el solo sabe que su papá abandonó a su mamá cuando él no había ni siquiera nacido. Benjamín pasa tan ensimismado y a veces piensa que a lo mejor sería decirle la verdad a Demetrio y que pase lo que pase, contarle como fueron las cosas aquella noche, pero ¿Que podría pensar Demetrio de su mamá? ¿Acaso podría cambiar la manera de pensar de su madre? La quiere tanto, ¿Podría culparla a ella? O ¿Culparme a mí? ¡Ay no! Creo que me estoy "chiflando" y no quiero que la gente me pregunte nada, sobre todo mi señora, la pobre de Bertila que no tiene nada de culpa ¿Qué tal si se da de cuenta que la noche en que se escapó conmigo yo le hice esto? Yo pienso que el único culpable soy yo, que no me pude controlar, y a estas alturas ¿Qué puedo hacer? Mejor miro las cosas de una manera más positiva porque de que es mi hijo es mi hijo y dentro de mí, debo de sentirme orgulloso de ser el papá de Demetrio no hay nadie como él, pero como me gustaría que Minchito y Lupito supieran que es su hermano, pero ¿Cómo puedo hacer? No lo sé, solo llevar por dentro ese gozo que Demetrio es mi hijo, ¡aleluya! él es mi hijo, de hoy en adelante mi corazón estará muy gozoso, con verlo, con admirarlo, ya que todo lo que hace lo hace bien, y con tenerlo junto a mí y en mi propia casa debo de dar gracias a Dios que me lo trajo, es un milagro, es realmente un milagro ¡aleluya!

Benjamín rebosa de alegría, nunca se sintió así y dice "aleluya" sin saber que significa pero que experimenta un gran gozo cuando lo dice; a sus hijos no les puede explicar, no importa, ellos lo quieren bastante, lo quieren muchísimo, se llevan muy bien por eso dicen que "la sangre llama".

Demetrio y Sebastián por su parte, ya casi llegan a San Lorenzo, Demetrio comenta a don Bachán: muy pronto estaremos en mi casa don Bachán y mi madre se va a sorprender otra vez ya que regresé bien pronto, pero yo sé que será de mucha alegría para ella y para mí, sabe don Bachán yo admiro mucho a mi madre, bueno, pienso que todos admiramos muchos a nuestras madres ya que no solo nos dan la vida sino que también nos dan crianza y en el caso de mi mamá fue más difícil pues mi papá la abandono cuando yo no había nacido, esos son muy malos padres don Bachán y por eso es que yo no quiero ser como mi papá, aunque yo también la hice sufrir mucho, cuando me enlisté en el ejército y es que fíjese don Bachán que a mí no me llevaron a la fuerza, fui por mi propia voluntad y mi mamá no quería que fuera y me dijo que me escondiera para que los soldados que andaban reclutando no me vieran y yo le desobedecí y me presenté por mi propia cuenta, pero fíjese usted don Bachán que eso me ayudó mucho, mucho ya que tuve mucha consideración de los jefes y ellos dijeron y especialmente mi sargento Amaya que yo era un ejemplo para todos, que yo me presenté voluntariamente a servir a mi patria y por eso ligerito fui encargado de un grupito de doce soldados y mi sargento Amaya les dijo que de ahora en adelante deberían de llamarme "mi cabo Valverde," cuando de pura casualidad me encontraba con mi sargento Amaya me decía: ¿Cómo le va cabo Valverde con su docena de reclutas? Yo solo le contestaba ay vamos mi sargento, ay vamos, y así de esa manera don Sebastián fui aprendiendo muchas cositas, como leer y escribir, a inyectar gente y animales también, por todo eso que le digo es que mientras yo estuve en el ejército no pude comunicarme con mi madrecita, así que ella no sabía si yo vivía o había muerto, pero como dice el dicho don Bachán "hierba mala nunca muere".

Don Sebastián un hombre de unos 50 años conoció al papá de don Geno que también se llamaba Genocidio Valverde, tiene mucha experiencia práctica en el manejo de animales, también, "amansaba" las bestias que nacían en la hacienda, hoy no lo hace más, don Geno tiene miedo que tenga un accidente.

Don Sebastián muy calladamente escuchó todo lo que Demetrio le contó y finalmente le dice: ¡Ay Demetrio! Si yo te contara, ni si quiera te puedes imaginar lo que ha sido de mi vida, ummm..., ummm..., yo no soy como tú dijiste el otro día abajo del Roble acerca de los hijos de

Mincho, que querían saber las cosas que había dentro del libro, pues ni más ni menos así soy yo, como un libro grande que nadie sabe lo que tengo adentro y lo que saben es porque yo lo he dicho y es tan poquito, igual que lo que tú les leíste a los niños y que no seguiste porque Bertila los llamo a comer, ¿Te acuerdas? Muy bien que me acuerdo, responde Demetrio, esos niños tienen muchas ganas de saber todo lo que dice ese libro, un día de estos les voy a continuar leyendo de ese libro; es muy buena la comparación que usted hace, yo no había pensado de esa manera, pero en verdad todos somos como un libro, sabrá Dios cuantas cosas hay en cada persona, solo saben lo que uno mismo quiere contar, así como yo con los niños de don Benjamín, que solo les leí un poquito de todo el libro y así la mayor parte de él está dentro de él mismo libro; bueno don Sebastián estamos llegando ya a mi casa y son como las siete de la noche así que mañana muy temprano compramos las vacunas y nos regresamos, don Geno debe de estar "comiendo ansias" muy preocupado por el problema por el que está pasando con sus animales; así es muchacho dice don Bachán esto que está pasando en la hacienda nunca antes había pasado.

Doña Rocinda de pura casualidad se encontraba en la puerta de su casa ya que recién llegaba de donde don Bartolo de comprar algunas cosas para el siguiente día, y vuelve la mirada hacia un lado y ve a dos personas y que por la distancia y la debilidad de las bombillas eléctricas que hay en cada esquina, no logra en un principio distinguir que es su hijo Demetrio el que viene y su corazón se agita de tan solo pensarlo, pero luego piensa: debo de estar loca, no puede ser mi hijito si se acaba de ir para esa tal hacienda el Roble, pero no es así pues al aproximarse un poco más la pareja de hombres que vienen montando a caballo, ve claramente que uno de ellos levanta su mano como saludándola y que sí es su hijo Demetrio, de inmediato entra a la casa y como un "rayo" tira las cosas que trae en sus manos y sale apresuradamente al encuentro de su hijo, Demetrio le dice a Sebastián.

¡Mire usted como es mi mamá!, por eso yo la quiero muchísimo y digo que es la mejor del mundo, Sebastián no tiene tiempo de decir nada al comentario de Demetrio, porque su madre se aproximó rápidamente, y él se baja rápidamente de su caballo y abraza a doña Rocinda y ella al mismo tiempo levanta su mano saludando así a don Bachán que se quedó un poquito atrás, pero luego se baja de su caballo y saluda a doña Rocinda y le dice: usted tiene un gran hijo no tiene idea de cuantas cosas muy bonitas dice de usted y me doy cuenta que es purita verdad todo lo que él dice usted como madre; llegan a la casa y doña Rocinda les dice que se sienten mientras ella muy aligerada se va para la cocina y aunque a esa hora que son como las ocho de la noche ya el fuego de su fogón está muy apagado, pero eso no la imposibilita de reavivarlo y preparar comida para su hijo y su amigo; don Bachán por su parte recrimina a Demetrio y le dice: no debiste de haber molestado a tu mamá para que nos diera de comer, mira qué hora es, no pase usted cuidado don Bachán a mí también no me gusta incomodarla pero a ella ni decirle, fíjese que dice que para ella es un gran placer en hacer comida para que yo coma, ¡Ay! don Bachán de esa clase de madre es la que yo tengo, yo me siento mal con ella pues a vivido, costurando, haciendo alguna ropita para vender por allí, lavando ropa ajena, para poder irla pasando. Cuando vine del ejército le traje todo lo que pude guardar, pero es que en el ejército no se gana mucho don Sebastián y como yo aún no recibo ningún pago de don Geno, no le puedo dejar algún dinero a ella, pero fíjese usted don Bachán que, si le pregunto qué si necesita dinero, con seguridad que me va a decir que no, por eso cuando tengo no le pregunto solo se lo doy y ya, pero como hoy no hay, no hay y ya.

Para don Sebastián, Demetrio no ha sido "santo de su devoción" aún que reconoce que es un buen hombre, siempre abriga en su corazón que Demetrio podría sustituirlo en su trabajo en la hacienda pues él se ha ganado la simpatía de don Geno; Sebastián tiene decidido por decirlo así, que Bachancito su hijo quede en su puesto como caporal de la hacienda; pero la realidad de las cosas es que Demetrio no tiene el menor asomó de pretender ese puesto, pero como a Demetrio le dijo que él era como libro cerrado así como todos no se sabe lo que tiene adentro hasta que se abre y se lee y por esa razón, Sebastián es más cauteloso y la verdad no se sabe que es lo que hay en su corazón y podría y ser una trampa lo que le propone a Demetrio cuando le dice: Mira Demetrio entiendo muy bien todo lo que me cuentas de tu mamá y por eso quiero proponerte un trato dígame usted don Sebastián dice Demetrio, pero en ese momento doña Rocinda que se afanó mucho en preparar la comida le dice: bueno muchachos arrimen que ya la comida está puesta, y hay me perdonan que no esperaba visitas el día de hoy. No tenga usted pendiente doña Rocinda esto es hasta mucho, dijo Sebastián se ha esmerado hasta más de la cuenta, ay no, como se pone a pensar que van a ir a dormir sin comer, aunque mi hijo dice que en el ejército muchas veces se acuestan sin comer y no es porque no haya comida, sino que, por falta de tiempo, y mire usted don Sebastián esas son las cosas que me quitaban el sueño ¿cómo sabía yo don Sebastián todo eso? Solo me lo imaginaba, y es que una madre nunca se equivoca, todo o casi todo me lo imaginaba y resulta que así como yo pensaba estaba pasando, yo lo soñaba enfermo yo lo soñaba herido lleno de sangre, en un hospital y yo sin saber nada, esa fue don Sebastián la peor parte que me ha tocado vivir pero gracias a mis oraciones al divino creador, a mi muchachito nunca le pasó nada, pero yo he quedado como un costal de nervios, y me parece mentira que lo tenga aquí junto a mí, y mientras dice esto le acaricia el cabello, Demetrio levanta sus pobladas cejas y mira a Sebastián que está enfrente de él y solamente le guiña el ojo.

Terminan de comer, doña Rocinda se pone a lavar los platos, Demetrio pide permiso para levantarse y se va para el baño, Sebastián le dice a doña Rocinda ¿Para dónde va Demetrio? Va para el baño le contesta ella.

Muy de mañana del día siguiente después de desayunar Demetrio va al baño antes de partir, Sebastián platica con doña Rocinda y le dice: Doña Rocinda, Demetrio dice que usted no volvió a casarse, perdóneme el atrevimiento de la pregunta, pero ¿Porque no lo hizo? Ay don Sebastián eso del matrimonio como que no fue hecho para mi yo nunca me casé, el papá de mi hijo como que nunca hubiera existido, pero de alguna forma no me importa mucho, ya que el amor de mi hijo ha sido solo para mí y no lo comparto con nadie, bueno asienta, por el momento, pero yo le digo que cuando encuentre su compañera que se fije bien, talvez la suerte le favorece y se encuentra por esos lugares una buena esposa con quien formar su familia y si además Dios le quiere dar una buena esposa y además con dinero ya será su suerte y mucho mejor para él y es que mi Demetrio se lo merece todo, es un gran muchacho y no es porque sea mi hijo, pero fíjese don Sebastián que toda la gente me dice lo mismo ¡Que buen hijo el que le dio Dios a usted! y eso como usted comprenderá me hace muy feliz y por eso creo que no ocupamos del papá para criarlo.

En ese momento preciso Demetrio regresa del baño y dice a don Sebastián: Allí está el baño don Bachán por si lo quiere usar, recuerde que es un viaje largo el que nos espera, si tienes mucha razón muchacho contesta don Bachán, es un largo día.

Mientras don Sebastián está en el baño, Demetrio y doña Rocinda platican muy animosamente y notan que don Sebastián como que ha perdido la noción del tiempo pues tarda mucho en salir, Demetrio está a punto de hablarle cuando aparece, y dice perdónenme creo que me estaba durmiendo, Demetrio y su mamá se ríen y doña Rocinda le dice: no se avergüence usted don Sebastián eso le pasa a medio mundo, lo dice para que don Bachán no se apene y lo logra pues don Bachán se ríe también y dice: bueno muchacho es hora de que nos larguemos de acá porque también tengo que comprar unas ristras de sabores para los conejos de las muchachas, y también, ya me acordé de una pomada para las ubres de las vacas, una creolina, la violeta esa morada que se le pone en la boca de los animales y también en los rayones de alambre que se dan las vacas en las ubres y que otra cosa me dijo hombre, ha, dice, las pastillas de cuajar la leche y por ultimo unas pastillas para el dolor de cabeza que a doña Aminta le pega de vez en cuando.

Demetrio nota que don Bachán se ve un poco perturbado pues se le dificultó recordar esas "compras". En realidad, Demetrio tiene razón don Bachán está preocupado y le empezó cuando se encontraba en el sanitario de doña Rocinda.

Bien, es el momento de despedirse, ya no van a regresar, don Sebastián se despide con un apretón de manos, pero Demetrio lo hace con un abrazo bien fuerte y besos, doña Rocinda lo bendice diciéndole: que Dios te cuide, te bendiga y que vuelvas pronto hijo mío; Demetrio suspira profundamente, y se siente tan complacido, porque siente que las palabras de su madre vienen de lo más profundo del corazón de ella y que son muy sinceras.

Luego que han partido llegan primero donde don Bartolomé, suegro de don Benjamín, este señor se alegra mucho de ver a Demetrio pues él fue el de la idea que se fuera para el Roble y hoy lo mira con el hombre que es mano derecha de don Geno, el hombre fuerte de todos aquellos lugares; en su negocio compran el hielo las ristras de sabores bolsitas plásticas para los conejos, las pastillas para el dolor de cabeza y hasta las pastillas para cuajar la leche; tienen mucha prisa y se despiden de don Bartolo y se dirigen a la "Veterinaria" como lo llaman a este lugar, compran todo lo que necesitan y están listos para partir.

Ya han caminado un poco cuando don Sebastián se detiene y se acaricia la quijada, porque se acordó de algo, cuando estaba en el baño de la casa de Demetrio, y como se ve visiblemente pensativo Demetrio le pregunta pues además ha detenido el paso a su caballo ¿Qué olvidamos don Sebastián? él le contesta diciéndole ¿Te acuerdas que en tu casa te dije que quería proponerte un trato? Si, si don Bachán me acuerdo muy bien fue cuando mi mamá nos llamó dice Demetrio, exactamente afirma don Sebastián, y también ¿te acordás que me dijiste que a lo mejor tu mamá ya no tenía dinero? Si señor repite Demetrio, él lo recuerda y se entristece, pues mira muchacho, del dinero que me dio don Geno para las vacunas y los demás encargos me ha sobrado una buena cantidad, tú te fijaste cuanto pague ¿Verdad? dice Sebastián, me acuerdo muy bien dice Demetrio y agrega, pero ¿Que tiene que ver esto con los problemas de mi mamá?

Sebastián es muy precavido y no se sabe que puede tener en su mente ya que ahora Demetrio se ha vuelto a convertir en su rival en potencia, esto piensa Sebastián por la plática que sostuvo con doña Rocinda que aunque fue muy corta no lo ha dejado en paz, desde que entró al baño y no fue porque se estaba durmiendo como dijo él; Demetrio no sabe nada de lo que Sebastián piensa, pero él sigue siendo un hombre honrado, muy disciplinado y muy cabal en sus asuntos, cualidades que fortaleció cuando estuvo en el ejército; las dos situaciones se enfrentan la de Sebastián y la de Demetrio.

Bueno Demetrio, vuelve a decir Sebastián el asunto es que me sobró una buena parte del dinero que me dio don Geno, Demetrio no sabe cuánto dinero le dio, pero si sabe la cantidad que gastó, y Sebastián sigue, a ti te gustaría dejarle dinero a tu mamá y podríamos tomar la mitad cada uno del dinero que me sobró, don Geno nunca lo sabría, pues yo éstos papeles los quemo y solo apunto las cantidades que se gastan lo anoto en un libro porque de números yo sí sé un poco y además Demetrio, no vayas a pensar que esto ya lo he hecho antes, esta vez lo hago por lo que tú dices de tú mamá.

Demetrio se ha quedado muy sorprendido, ya que sabe que don Sebastián es el hombre de mayor confianza de don Geno, y por eso su pensamiento se confunde y se pregunta así mismo, ¿Será que sintió lastima de mi mamá y de mí? De ser así yo no puedo permitir que por ayudarme se meta en una seria dificultad con don Geno después de tanto tiempo que tiene de trabajar con él; ya que lo ha pensado bien responde: don Sebastián créame, nunca pero nunca en mi vida he tenido un amigo tan cabal como usted y no sabe cuan agradecido se siente mi corazón con usted, pero no puedo dejar que por ayudar a un hombre como yo, usted pueda tener problemas y serios con don Geno, porque sabe usted don Sebastián, en ésta vida no queda nada oculto, y por mi culpa usted no va tener ningún problema.

Sebastián guarda silencio, está muy confundido a cualquier persona que le hubiera hecho esa oferta, no la rechazaría, pero Demetrio sí. Sebastián ha probado una vez más que este hombre humilde pobre y en este momento muy necesitado, es muy íntegro, y ahora se encuentra en un grave aprieto, pero con él mismo, porque Demetrio es como es y no pretende nada y todo lo que le dijo a Sebastián lo dice de todo corazón, con toda la sinceridad de un hombre honrado, eso también confunde a Sebastián y dice: bueno muchacho yo solo pensé en ayudarte y como no hemos avanzado nada creo que podemos hacer otra cosa Demetrio, ¿Qué cosa don Sebastián? Escucha bien muchacho, ya te dije que me sobró un buen dinero del que me dio don Geno para los encargos y como yo soy el que maneja los dineros que tienen que ver con la hacienda, yo le puedo decir a don Geno que te di el dinero en forma de adelanto a lo que tú vas a ganar con él y yo le voy a explicar que vas a pagar en partes para que así vayas pagando el préstamo, eso ya lo hemos hecho con otros trabajadores, ¿Qué te parece? ¿Te parece bien? Y mira que no hemos dado paso alguno así que decídete pero luego, y así ahorita mismo te doy esa plata y vas de una carrerita a dejarlo a tu mamá; esto le pareció a Demetrio más razonable, sin embargo sigue creyendo que puede poner en problemas a don Sebastián, pero también piensa en su mamá y que a lo mejor las cosas que trae de donde don Bartolo las ha de estar sacando al crédito y como ella sabe que yo estoy trabajando puedo hacer un compromiso de pago y pagar después, y ese pensamiento lo hace tomar la decisión y le dice a don Sebastián: Si usted me promete que esto no lo va a poner en ninguna dificultad con don Geno, acepto don Bachán ,ese gran favor que usted me hace, no te preocupes ya por eso y como diría don Geno "no se hable más".

Aquí tienes la plata y "vuela" a tu casa y regresa lo más pronto que puedas que aquí mismito te estaré esperando. Demetrio "aprieta" el paso de regreso a su casa y cuando ha terminado de amarrar su caballo en un árbol que hay enfrente de su casa aparece doña Rocinda, que no puede creer que Dios le haya contestado tan pronto y exclama ¡Dios santísimo! hijo mío, me voy a morir de un susto, pero esta clase de susto a mí me gusta, y dígame mi amor ¿Que olvidó? No mamá, me regresé solo para traerle esto y extiende la mano y le da el dinero, ella se sorprende un poco y le dice a Demetrio: Santo Dios hijo ¿Y esto que es? Hay mamá no esté preocupada por eso, es un dinero que don Sebastián me dio en forma de adelanto a lo que yo gane con mi trabajo. Y ¿Porque me lo da todo? Usted puede necesitar allá donde vive, no mamá allá no gasto en nada, ni si quiera en la comida, don Benjamín dice que me la gano con mi trabajo es que trabajamos juntos en las tierras que él cultiva y algunas cosas más en las que yo ayudo, mamá no tenga usted cuidado que don Benjamín y doña Bertila me tratan como si yo fuera su hijo, son muy buenos conmigo mamá, y por favor no me atrase más que don Sebastián me está esperando así que deme su bendición que hoy si me voy.

Nuevamente doña Rocinda bendice a su hijo, Demetrio se quita el sombrero pues ya sabe que cuando su mamá lo bendice, le soba la cabeza acariciando su pelo de la frente hacia atrás y repite las mismas benditas palabras que a Demetrio confortan tanto, y de inmediato monta su caballo y antes que empiece a caminar le dice: hijo, hijo ¿Cuánto dinero me deja aquí? Cuéntelo mamá ya sabrá cuanto es porque yo tampoco sé la cantidad que don Sebastián me dio no tuvo tiempo de contarlo.

Sigue caminando más rápido como para reponer el tiempo que se perdió pues una larga caminata les espera.

Ya han caminado un buen trayecto y los dos van callados, luego don Sebastián dice: parece que nos vamos durmiendo pues vamos bien callados, platicamos de algo o ¿Qué te parece si cantamos un par de canciones para alegrarnos y espantar el sueño? Qué bueno dice Demetrio, a mí me gusta cantar también, aunque tengo voz de sapo a mí no me importa, pero antes ¿Le puedo preguntar algo? De que se trata contesta don Bachán. Yo quiero saber don Bachán ¿Cuánto dinero le estoy debiendo?

Bien dice don Bachán en primer lugar a mí no me debes nada, a quien le debes es a don Geno y ¿Quieres saber la verdad? No lo sé ni yo lo conté, ni tú lo contaste la única que sabe es tu mamá y no nos vamos a regresar para averiguarlo, pero no te preocupes pues en este bolsillo traía lo que don Geno me dio y lo que me sobró de ese dinero fue lo que te di y en este otro traía el que me dio doña Aminta para sus gastos así que es muy fácil saberlo sobre todo para ti que entiendes bien de números además aquí tengo el papel que me dieron y allí dice lo que gasté en la "veteranía" Demetrio lo corrige y le dice "veterinaria" don Sebastián "veterinaria" remarca, pues como quiera que sea el caso es que esta más clarito que el agua, por que fíjate don Geno me dio quinientos veinte pesos pero los veinte no lo tomemos en cuenta por que él dijo que esos veinte eran para que nos bebiéramos un fresco o para que comiéramos algo, pero ni en eso gastamos pues tu mamá nos dio de comer y por otra parte Demetrio yo no te voy a decir que debes una cantidad que no sea la correcta o la merita verdad, o que crees tú Demetrio que yo…, no, no, no don Sebastián lo interrumpe Demetrio no, repite nuevamente. Yo sé que usted es un hombre de alto "calibre", si no fuera así, don Geno no le confiara como le confía a usted, él sabe que sin usted él quedaría como sin una mano, perdóneme si me expresé mal lo único que quería saber es la cantidad para saber también que cantidad tengo que pagar a la quincena, ya te dije lo que vamos a hacer y es rebajar de los quinientos que me dio don Geno el dinero que gasté y lo que falte es lo que tú le vas a deber, pero como te vuelvo a repetir yo soy el que paga y yo soy también el que te va a rebajar de tu sueldo la cantidad que tú quieras pagar del préstamo y mira mejor hablemos de otra cosa.

Dime, ¿Qué es eso de "alto calibre"? Ah ¿Eso? dice Demetrio, es una expresión don Bachán que se usa como un calificativo a las personas cabales, de una sola pieza y de mucha importancia como usted mi querido don Bachán, ¡Ah bueno! Eso me agrada Demetrio, me gusta que pienses así de mi ¿Sabes? Te lo agradezco y agrega ¿Que canción vamos a cantar? Te sabes aquella que dice y "tararea" una que Demetrio se sabe y dan comienzo a la cantada que les dura un gran rato, Demetrio dice: de haber sabido me hubiera traído la guitarra y nos hubiera ido mejor, es verdad dice Bachán es verdad ya he oído que tocas muy bien la guitarra, bueno pues ya lo sabe usted don Bachán, cuando guste, usted mi guitarra y yo le entramos un poco más formal a la cantada, ya sea en su casa, en la casa de don Benjamín o en la misma hacienda cuando tengamos un ratito libre ya eso queda a su gusto.

Ya están por llegar al Roble y quien llega primero es don Sebastián y le pregunta a Demetrio; oye ¿Que tengo que hacer con estas vacunas?; Abren la hielerita y ven que tiene casi la misma cantidad de hielo, pero si se pudieran meter en la refrigeradora de don Geno para más seguridad, pero ya no se puede, no, no dice don Bachán si se puede yo tengo la llave de la parte de atrás que da a la cocina y guardar allí las vacunas y que hago con este hielo dice también don Sebastián, Demetrio le dice: Allí mismo déjelo. Tenemos que averiguar si don Geno le dijo a Sixto o a Seferino que tuvieran listos todos los terneros para así no perder tiempo. Bueno Demetrio te veo por la mañana en camino a la hacienda, por hoy que tengas unas buenas noches, salúdame a Mincho; igual la pase usted don Sebastián, buenas noches.

Demetrio por su parte también ha llegado a su casa, bueno la casa en donde él vive, entra por la puerta de atrás y hace todo lo posible por no hacer ruido, pero cuando está amarrando su caballo nota que una ventana que da hacia atrás, está entre abierta vuelve a ver y no mira nada, vuelve a ver de nuevo y mira a Mincho, parece que ya rato lo estaba mirando, o sea que desde que entró al solar de la casa y le dice: No te asustes hijo soy yo que te escuche llegar ¿Qué tal les fue? Pues bien, contesta Demetrio, y acá don Benjamín ¿Hay alguna novedad? Pues sí dice Benjamín a don Geno se le murieron dos animales más y se enterraron como los primeros que bien que hicieron eso dice Demetrio don Benjamín vuelve a decir vieras Demetrio que "chulada" de terneros eran, bueno Demetrio acuéstate que hay que "mañanear".

Desde que el joven Demetrio apareció en el caserío El Roble, causó mucho alboroto y en algunas personas celos, como los que siente Sebastián. Demetrio se ha vuelto una persona muy popular y como consecuencia ha aumentado la preocupación de don Sebastián; aún sigue pensando que podría pretender su puesto como caporal de la hacienda, pero desde que fueron a San Lorenzo por las vacunas a seguido otra preocupación, quizás peor que la de perder su puesto; y esta preocupación le viene a don Bachán por la corta platica que tuvo con doña Rocinda mientras Demetrio estaba en el baño. Resuena en la mente de Bachán cuando ella dijo "Y si Dios me le quiere dar una esposa con dinero, mejor, pues mi hijo lo merece todo".

Sebastián siempre ha soñado que Amintíta, la hija de don Geno ponga sus ojos en Bachancito su hijo y a lo mejor por eso le dijo que podían tomar el dinero que le sobró de la compra de las vacunas y de haber aceptado, don Bachán lo hubiera podido meter en problemas con don Geno, en fin quien sabe cuáles eran sus planes, pero como Demetrio es muy integro; en su mente no hay maldad, y ni siquiera pensar que don Bachán le pueda poner una "trampa" piensa que todos son como él, de un corazón limpio, y nunca ha pensado ni en el trabajo de don Bachán, ni en acercarse con alguna malicia a ninguna de las hijas de don Geno, a las dos "garcitas" como las llaman los pobladores del lugar, ese nombre se lo dicen porque son delgadas, no usan pantalones, el cabello bien largo, su garganta bien estilizada y siempre andan juntas. Entonces pues parece que el sufrimiento de don Bachán no tiene fundamento, pero él seguirá preocupado.

Este día se terminaron los labores de la hacienda muy temprano ya que no se ordeñaron dos veces y por esa razón se van para el Roble el caserío, cuando llegan, todos para sus casas, pero Sixto que también vino con el grupo, trae en un costal blanco de manta, algo que solo él y Demetrio saben que es y se va directamente para el árbol de Roble se sienta en el murito y coloca el costal a un lado de él y en posición de vigilante mira hacia la casa de don Mincho que al momento aparece con Demetrio, Bertila, Minchito, y Lupito. Las reuniones bajo el Roble han sido por lo general para los hombres, pero hoy Bertila y los niños lo acompañan, Demetrio lleva en el hombro la guitarra y parece que esa es la novedad, pues nunca la ha llevado para debajo del árbol, poco a poco se han acercado las demás personas y esta vez como que hay más de lo acostumbrado, como si fuera a suceder algún evento "nuevo", todo el lugar está lleno de gente, pero hay dos asientos o espacios en las cuales no se sienta nadie, son los puestos que están reservados de por vida para don Geno y Sebastián, que ya vienen caminando hacia el Roble y ésta vez y por primera vez viene con ellos doña Aminta, la esposa de don Geno, y las dos niñas, Genito ya hace un rato que está por allí, junto a Bachancito, Amintíta la de Bachán viene en el grupo de don Geno; sentado junto a Sixto esta un hombre que sede el puesto a Demetrio, porque piensa que Demetrio va a tocar la guitarra y así es, va a tocar la guitarra; no se empieza nada mientras don Geno no se sienta, luego que ya lo está dice: Bueno pues y entonces ¿Cuándo vamos a escuchar la música? Sixto se inclina saca su violín del costal y dijo: Solo estamos esperando que usted lo diga patrón, y empezó la alegría, todos felices y contentos especialmente don Geno que estaba tranquilo porque todos sus terneros habían sido vacunados.

De cada canción que se terminaba se escuchaba estruendorosos aplausos y algunos gritos, gritos de alegría, la música era tan contagiosa que Benjamín se les unió a cantar junto a Demetrio y Sixto que eran los que cantaban, eso fue muy bonito ya que cuando Demetrio y Benjamín cantaban se les escuchaba el mismo tono de voz, pero el que quizás más gozo sentía además de Mincho era don Geno, que se consternó tanto que se le humedecieron los ojos porque pensaba así: ¿Qué diría Demetrio, si supiera que el que lo acompaña cantando es su padre? Se le han humedecido tanto sus ojos que no se dio cuenta que se le salieron un par de lágrimas, su esposa que también gozaba del concierto lo notó y se acercó a don Geno y un tanto preocupada le dijo: ¿Pasa algo viejo? No, no mujer dijo don Geno agarrando su mano; simplemente me emociono con esta música que es tan bonita, no te preocupes mi amor.

Esa fue una reunión bien larga pues ya pasaban unas cuantas horas de puro cantar y cantar, esa reunión seria inolvidable, todos sentados en el engramado, pero Sebastián en un plano más alto, observaba a Amintíta la de don Geno, que no apartaba sus ojitos de Demetrio y del corazón de él brotaban otra vez las dudas que lo atormentaban; ya en una que otra vez le había dicho a su hijo, que tuviera cuidado con Demetrio que él miraba que parecía que le gustaba Amintíta la de don Geno.

El concierto sigue y como todos siguen sentados, nadie nota que allí hay dos caras extrañas la de un hombre y la de una mujer, los dos son bien jóvenes y en cuanto termina una canción que parece que fuera la última, la pareja se pone de pie y el joven dice: "disculpen la interrupción", todos los quedan viendo por que como todos están sentados y sobresale la pareja que se puso de pie y el joven luego agrega ¿Quién es don Geno? Un tanto nervioso, no quiso mencionar el nombre completo de don Geno pues el sí sabe lo que significa y como ha escuchado que así lo llaman, así preguntó por él y repite nuevamente ¿Quién es el señor Geno Valverde? Don Geno no dice soy yo si no que dice ¿Quién lo busca? Entonces el joven dice: Se me ha encomendado traer a ésta señorita cuyo nombre es Gloria Alvarenga y quien es la maestra que ustedes solicitaron a la supervisión departamental de educación primaria en San Lorenzo; hubo un corto silencio que no se escuchaba nada a excepción de un escupitajo de don Geno, y de inmediato todos se ponen de pie y la alegría es desbordarte y el ruido que hacen se escucha por todo el caserío tanto que hasta la señora de Sebastián que está un poco enferma y por esa razón no está con todos, se levantó, fue al corredor de su casa y miró el alboroto, pero no se asustó pues no pasaba nada malo, después se dará cuenta de lo que está pasando.

Esta tarde que aparece la maestra de una manera inesperada, causó una gran alegría entre todos los moradores de la comunidad, y por pura casualidad se encontraban reunidos debajo del Roble, casi toda la gente del lugar; los maestros dejaron sus caballos fuera del área verde y se encaminaron a pie y nadie notó su presencia, de haber sabido que venían don Geno los hubiera mandado a encontrar, pero bien, parece que las cosas salieron bien, sucediendo de ésta manera, cuando Demetrio se le acercó a don Geno y le dijo al oído algo que don Geno movió la cabeza en un ademán afirmativo y es por eso que Demetrio dijo así: Por favor señores y señoras denme un poquito de su atención, por favor señores, nuevamente un silencio, y luego Demetrio agrega muchas gracias; don Geno me ha pedido que diga unas palabras en nombre de él, pues bien señores y señoras, con la llegada de esta señorita Alvarenga, se empieza en este caserío el Roble, una nueva época, que podemos llamar la "época del aprendizaje" gracias a don Geno Valverde por haber tenido la brillante idea de formar una comisión para ir a San Lorenzo y hacer los arreglos necesarios, y no escatimo en los gastos que ocasionó ese viaje a San Lorenzo, porque todos los gastos fueron financiados por don Geno; pero tuvieron muy buenos resultados ya que a consecuencia de esos esfuerzos de la comisión que don Geno formó nombrando a don Sebastián Argüijo, don Benjamín Altamirano y este su servidor quien les habla Demetrio Valverde, tuvo al final, buenos, muy buenos resultados pues todos ustedes miran, aquí tenemos ya a nuestra querida profesora Gloria Alvarenga y por favor un fuerte aplauso para ella, ni había terminado Demetrio de decir para ella cuando empezaron los aplausos para la profesora, después de unos cuantos segundos de aplausos, Demetrio les vuelve a decir: escúchenme por favor ya que guardan silencio les dice: también les pido un caluroso aplauso para, pero se detiene un poco en su elocuente intervención y vuelve a ver al joven que acompañó a la maestra Alvarenga y le dice: disculpe usted joven ¿Cómo es su nombre? Me llamo, le dice el joven "Rigoberto Alemán", pues un rigoroso aplauso para nuestro amigo Alemán que nos trajo a la maestra. Y nuevamente los aplausos no se hicieron esperar, después de esto Demetrio sigue: Bueno señores y señoras muy a propósito he querido dejar por ultimo quizás el más grande de los aplausos para la persona que sin su ayuda nada de esto se hubiera podido hacer y nada de lo que falta por hacer se podría hacer, esa persona señores y señoras es don Geno Valverde, vengan pues esos aplausos y otra vez el bullicio y gritos y aplausos, don Geno se pone de pie a una señal de Demetrio y lo hace después de su escupitajo respectivo, solo que esta vez le falló la puntería y se la tiró en todo el zapato derecho de Sebastián que siempre está a su lado, sintiéndose muy complacido con la palabras de Demetrio don Geno no tuvo palabras que decir, más, inclinó la cabeza estilo japonés hacia delante y dijo: gracias, gracias, muchas gracias y nuevamente se sentó.

Demetrio retoma la palabra y luego dice: tuvimos que hacer un compromiso con el supervisor departamental de educación primaria y es el siguiente: con respecto a sueldo de ella, es que tenemos que pagar la mitad de su sueldo durante tres meses y después el gobierno pagará el sueldo completo de nuestra maestra, Demetrio quería dar una idea de qué forma reunirían entre todos la mitad del sueldo de la maestra pero lo interrumpió la misma maestra levantando su mano derecha como queriendo decir algo, Demetrio le sede la palabra y la joven dice así: Lo que el joven Valverde dice es todo cierto (La maestra piensa que Demetrio podría ser hijo de don Geno, no solo por lo elocuente que es, sino por el apellido) pero antes de mandarme para acá, tuve una plática con el representante del ministerio de educación y quedamos en un arreglo, que durante tres meses yo voy a devengar la mitad de mi sueldo que me lo pagará el gobierno, no quise cargar a esta comunidad con la otra mitad y cuando ya hayan pasado los tres meses devengaré mi sueldo completo, solo procúrenme mi alojamiento y alimentación y yo después de tres meses pagare mis gastos, bueno, agrega eso era todo lo que quería decir y guardó silencio; nuevamente le aplaudieron como dándole las gracias por su favor. Demetrio mira a don Geno y le dice: bueno don Geno este es el primer logro de la "época del aprendizaje".

Se termina la reunión con esto y don Geno se pone de pie, Sebastián hace lo mismo y luego todos.

Como se había determinado que don Geno daría techo y comida al maestro en este caso maestra, se la llevó para su casa y en el camino le dice: ésta es mi esposa Aminta, esta señorita es Amintíta mi hija y esta otra es Oralia mi otra hija, tengo un varón que se llama igual que yo, pero le decimos Genito, ésta otra jovencita, también se llama Aminta, es la hija de mi mayordomo que se llama Sebastián también tiene un hijo que se llama Sebastián, pero le decimos Bachancito.

Llegan a la casa de don Geno y dice a doña Aminta así: que por esta noche la señorita profesora duerma en el cuarto de las muchachas en la cama de Amintíta y que Amintíta duerma con Oralia, si, si, si, dice Amintíta, pero Oralia dice no, no, no. Que duerma en mi cama, que duerma en mi cama, la profesora se siente alagada y dice gracias muchachas gracias y Oralia dice: solo Aminta, solo Aminta, aparentando un mal humor como jugando.

Las camas donde duermen no tienen colchón, pero tienen un enmallado de yute o mescal y encima unas sábanas gruesas que parecen un colchón y la sabana con que se arropan, resultan ser bien cómodas.

Mientras Demetrio, Mincho, Bertila y sus hijos Minchito y Lupito también han llegado a su casa, doña Bertila le dice a Demetrio: que bien estuviste, que bien hablaste, yo creo que ni el mismo don Geno lo hubiera hecho mejor, hay doña Bertila responde Demetrio, favor que usted me hace, no hijo es verdad lo que Bertila dice agrega don Benjamín.

El día de ayer no se ordeñó por la tarde y tiene que hacerse el día de hoy, las niñas de don Geno aún no se levanta pues es muy de mañana y la maestra también, don Benjamín y Demetrio esperan ya; don Geno y Sebastián, ven venir a Sixto montando el caballo de Genito que viene de la hacienda a dejarlo porque el día de ayer se lo tuvo que llevar, pues le agarró la tarde; en el solar de Sebastián hay un cuarto algo grande que se podría utilizar por mientras para empezar a dar las clases, solo habría que darle una limpiadita y ya, el día de ayer Demetrio dijo que hoy todos los niños y adultos que tengan tiempo para estudiar que se presentaran como a las ocho de la mañana para tener una entrevista con la maestra y que ella les dará instrucciones. Los niños de ocho años para abajo hasta los seis años, deberían de venir acompañados con sus padres o con un mayor de la familia. La maestra en su equipaje trae como 150 libros para el primer grado escolar y la mitad de cada libro sirven para el segundo año escolar en otras palabras cada libro es para el primer año escolar y también para el segundo año ¡Qué bueno! Estos libros no son nuevos, nuevos, pero están en perfectas condiciones, trae la maestra también, lápices, saca puntas, compases, reglas y algunas cositas más que dará gratis a todos los alumnos.

Al joven Rigoberto Alemán lo han alojado en la casa de don Bachán, pero parte hoy por la mañana para San Lorenzo porque tiene que entregar las bestias ya que son alquiladas y tiene que entregarlas hoy.

Se levantaron los jóvenes, los de don Geno y la maestra, también aparece el joven Rigoberto, don Geno despacha para la hacienda a todos él también va, hoy vuelven a estar cortos de personal, pero solo será por un corto tiempo y es que Genito y Bachancito tienen que ver a la maestra Gloria. Solo Demetrio se quedará todo el día ayudando en la limpieza del cuarto.

Todos se han marchado para la hacienda, los jóvenes terminaron sus desayunos y el joven Rigoberto está listo para partir y se despide de todos, la maestra le abre el portón, se vuelve a despedir de ella y se marchó. En el trayecto que la maestra va del portón al corredor en donde se encuentran todos, ven que el joven Rigoberto regresa, la maestra va a su encuentro y le dice ¿Olvidaste algo? Él contesta: oye Gloria ¿Y no es que yo tenía que llevar la lista de los alumnos que se matricularán?

¡Recórcholis! Que bien que te acordaste, anda desmonta y esperemos que vengan los que se van a matricular.

Mientras esperan a los que se van a matricular, empiezan la tarea de la limpieza del cuarto y en verdad no hay mucho que limpiar pues Sebastián mantiene limpio el lugar, solo barren bien toda el área y acomodan bien unas tablas de madera que hay dentro del cuarto, a estas tablas ya Demetrio les "echó el ojo" y piensa que si don Bachán se las da de allí podrían salir las bancas y pupitres para que los alumnos se sienten; los primeros que aparecen son los hijos de Benjamín, vienen con su mamá Bertila, ya Demetrio ayudado por Amintíta han traído una mesita y un banquito para que la maestra se siente, la mesita tapada o cubierta con un mantel blanco, bordado por Amintíta pues ella se lo dijo a Demetrio, el caso es que es bien bonito y para Demetrio mucho más. Su nombre por favor dice la maestra al primer niño, Benjamín Altamirano Sánchez, contesta el niño, Demetrio que está cerca lo ve y siente en su corazón, una gran satisfacción y piensa muy complacido, el niño sabrá todo lo que el libro dice con la historia del león; luego la maestra dice: el siguiente por favor ¿Cómo se llama usted? Guadalupe Altamirano Sánchez dice el otro niño ha dice la maestra ¿Son hermanos? Sí señorita contesta Bertila que se encuentra a la par de los dos niños.

Demetrio que sigue muy emocionado con la matrícula de los dos niños porque los quiere entrañablemente y ni siquiera sabe porque, está muy lejos de saber que los quiere de esa manera porque son sus hermanitos, que tienen su sangre, pero él no lo sabe.

Luego siguen, Saulito Perdomo, Romancito Perdomo y Desiderio Perdomo son los hijos de Hortensia Perdomo, la trabajadora de don Geno, también se matriculó Olimpia Gómez la hija de la pescadora que se llama Carmelina Gómez, esta niña que ya tiene unos 15 o 16 años así como otras que tiene la misma edad o más, recibirán clases del primer año escolar, las hijas de don Geno ya se matricularon, Amintíta y Oralia los hijos de Sebastián que son Sebastián y Aminta Argüijo, cuando le toca matricular a Genito, le pregunta: ¿Dígame su nombre por favor? él dice Genocidio Valverde, la maestra vacila un poco para poner ese nombre en el listado escolar, sabiendo lo que significa, pero en fin, ese ya no es su problema y lo matricula así.

Dejan de llegar por un momento y lo aprovecha para a ir a ayudar en la limpieza del cuarto, pero cuando se acerca al grupito la maestra ve que todos se están riendo y ella dice: bueno, yo venía a ayudar, pero veo que ya terminaron, si dice Rigoberto esto no era mucho. Ya terminamos, que bien dice Gloria, luego aparece un grupo que viene a matricularse la maestra vuelve a su puesto y continua matriculando, los que ya fueron matriculados no se han marchado a su casa se han quedado jugando, algunos otros viendo los libros que la maestra les regaló, a excepción de Genito y Bachancito que se fueron rápido para la hacienda, los niños sentados, unos en el murito alrededor del árbol y algunos otros sentados en el llano, solo pueden disfrutar de los dibujos a colores que los libros traen, pero luego entenderán lo que allí se dice.

Demetrio y Amintíta se mantuvieron juntos y platicando mientras limpiaban el cuarto ¡Ay si Sebastián los hubiera visto! El "pobre" de Sebastián allá en la hacienda está pasando un muy mal momento, pues no aparta de su mente lo que pueda estar pasando allá en su casa y se imagina a Demetrio y Amintíta muy cerca se imagina más de la cuenta y por eso se preocupa más. Por la tarde cuando llega el grupo que viene de la hacienda, Sebastián le dice a don Geno: parece que no hay nadie aquí ¿Dónde se habrán metido? Mirando para todos lados como si se le hubiera perdido algo, solo falto que se espantara moscas con el sombrero y no lo hizo porque cuando se aproxima más ve a todos que están en la parte de atrás de su casa platicando muy amenamente.

Parece que por el día de hoy no vendrán más a matricularse pero no estuvo mal se matricularon 31 alumnos, y esperamos que vengan muchos más, muy satisfechos por el trabajo que se hizo el día de hoy ya Rigoberto Alemán tiene un número de alumnos para informar y es más que suficiente para abrir un primer año escolar y puede partir el día de mañana muy temprano, don Geno se aparece donde se encuentra el grupo y Demetrio le dice en voz baja: mire don Geno aquí don Sebastián tiene una madera que yo puedo usar para construir los asientos para los alumnos, ya le tomamos sin su permiso un pedazo de "plywood" que tenía allí y fabricamos la pizarra. De la madera me gustaría que usted le diga a don Bachán; don Geno le dice a Demetrio primero dime a qué hora despachaste a Genito para la hacienda, él se fue junto con Bachancito como a eso de las 9 y media de acá, ajá está bien, solo eso quería saber y luego dice ¿Qué me decías de una madera que tiene Sebastián aquí? Le decía don Geno, que las puedo usar para los asientos de los estudiantes, las puedes agarrar Demetrio esa madera es mía, tómalas, Sebastián que se aparece dice sonriendo ¿Qué es lo que tengo allí? Dice, oí mi nombre, a lo que responde don Geno hablábamos de las tablas que están en el cuarto, ese que limpiaron, Demetrio las va a usar para hacer los asientos de los alumnos, y por favor Sebastián préstale a Demetrio lo que ocupe para hacerlos, y otra cosa Demetrio no podrá ir nuevamente a la hacienda, sino que hasta que termine con todo lo que tiene que hacer aquí; pero mira Sebastián todo este tiempo que Demetrio trabaja aquí siempre apúntaselo, como usted ordene don Geno dice Sebastián.

Doña Aminta va al encuentro de su esposo que ya viene de regreso del solar de Sebastián y le trae una taza de café negro que siempre le da cuando regresa del trabajo, dámele también a Sebastián dice don Geno que después de comer vamos para el árbol.

Cuando van para el Roble van a paso lento, Sebastián le dice a don Geno: tengo algo que contarle patrón, ¿De qué se trata? Dice don Geno, mire don Geno para mí, Demetrio no ha sido "Santo de mi devoción" don Geno se detiene de inmediato ¿Qué pasa Sebastián? No, no don Geno no es para preocuparse, sigamos caminando, por favor don Geno dice Bachán. Por suerte no ha llegado nadie al árbol y tienen tiempo de seguir la plática; entonces Sebastián ¿Qué es lo que está pasando? Dice don Geno un tanto nervioso ¿Qué es lo que hay de Demetrio? Vea usted don Geno a mi, Demetrio no me ha caído muy bien que digamos, pero de que es un hombre cabal, si lo es, don Geno; a lo que don Geno realmente no entiende bien que es lo que don Bachán quiere decir claramente, le repite a don Bachán ¿A qué viene todo esto? Verá usted don Geno: cuando fuimos a San Lorenzo por las vacunas me sobraron 295 pesos y le dije a Demetrio, como para probarlo, que tomáramos mitad cada uno del dinero que sobró y que usted no lo sabría nunca, por supuesto que usted lo iba a saber de haber aceptado él, pues yo no hago nada a escondidas suyas, ajá y ¿Entonces? Dice don Geno, pues bien él no aceptó, no quiso de ninguna manera y esto que se dio cuenta que su mamá estaba en aprietos de dinero y aun así no quiso, luego le propuse otro trato y para que no sospechara que era una trampa lo que le propuse anteriormente, y le dije que tomara el dinero en forma de anticipado a su sueldo y que yo creía que usted no se molestaría y fíjese don Geno que aun así me dijo: si esto no le trae ningún problema con don Geno y si usted me lo promete yo lo acepto en forma de anticipo a mi sueldo; entonces le di el dinero y rápido se lo llevo a su mamá, y ni siquiera lo contó; entonces dice don Geno ¿Cómo sabe que son doscientos noventa y cinco pesos? Bueno yo le dije lo que usted me dio de dinero, rebajamos lo que gastamos y lo que sobró que son doscientos noventa y cinco pesos es lo que él le debe. Ya Demetrio sabe que le debe ese dinero pues yo le dije que se lo apunté. Paran de hablar, porque van llegando. Benjamín y Demetrio, Benjamín le dice a don Geno como para empezar un tema: Demetrio está muy contento porque el día de hoy se matricularon treinta y un alumnos y esto como que sigue, porque Bertila y yo queremos matricularnos también pero solo para los sábados y domingos, pero como dice mi señora con algo que aprendamos, eso sí que esta bueno dice don Geno, algo es algo, a lo mejor Sebastián y yo también le haremos la fuerza ¿Verdad Bachán? Claro qué si responde Bachán; Benjamín y Demetrio se sientan y don Geno dice a Demetrio: Oye Demetrio me decía Sebastián en este momento que sobraron doscientos noventa y cinco pesos de las vacunas y que te los dio a ti en forma de anticipo a tu sueldo, me dice Bachán que se lo dejaste todo a tu mamá.

Demetrio agacha la cabeza y piensa que quizás ya hay un problema entre don Bachán y él, y sin levantar su cabeza dice: es verdad señor pero no fue la culpa de don Bachán fui yo que miré que mi mamá no tenía dinero y le dije a don Bachán que me diera el dinero en forma de adelanto a mi sueldo, así que don Geno yo le debo ese dinero a usted y puede ordenar a don Bachán que me quite todo el dinero que gane en esta quincena y si no ajusta que me lo saque en la siguiente a manera que yo le pague a usted todo lo que le debo y guardó silencio, don Geno dice a esto, no hombre, nada de eso, como te pones a creer eso, nada de eso, ni que yo fuera animal, solo eso faltaba que tu pensaras de mí, fíjate que yo buscaba un momento para que platicaremos de eso, por lo de la vacunada, Sebastián me dijo que ya te apuntó esos doscientos noventa y cinco pesos pero mejor dime tú Demetrio cuanto te debo yo a ti además de esos doscientos noventa y cinco pesos, pues no solo me salvaste todos los animales, me ahorraste lo que me hubiera costado traer un médico veterinario desde San Lorenzo, no hombre, ¿Cómo crees? luego mira a Sebastián y le dice: Sebastián, hoy mismo borras ese dinero de la cuenta de Demetrio. Y tú Demetrio mira cuanto más te debo por ese trabajo extra que me hiciste y con mucho gusto te voy a pagar y que no se hable más.

Este día que fue el primer día de la matrícula, Genito y Bachancito ya estaban montados en sus caballos, listos para partir para la hacienda, pero de repente Bachancito le dice a Genito: espérame un tantito Geno que quiero decirle algo a Demetrio; se bajó de su caballo y le habla a Demetrio en voz alta pues solo llegó hasta el portón que comunica con la casa de don Bachán, Demetrio que platicaba con la maestra y Amintíta escucha el grito de Bachancito y le dijo a las dos muchachas: con permiso, quiero ver qué es lo que quiere Bachancito, se ve que los dos muchachos platicaban de algo y Demetrio coloca su mano derecha en el hombro de Bachancito y le dijo: todo lo que tú quieras hermano, claro y se despidieron.

Esta tarde que ya el grupo vino de la hacienda encuentran a Demetrio que tiene todo el material de las bancas ya cortado y un pupitre casi terminado; hombre Demetrio sos un "rayo", tienes bien avanzado el trabajo, dice don Geno, Demetrio contesta: bueno es porque las muchachas nos han ayudado.

El día siguiente de una serenata y por la tarde, como siempre, las reuniones debajo del árbol son después de las labores diarias de los moradores, don Geno, don Sebastián, y don Benjamín, eso de "mirarse" debajo del árbol, es como una religión, es pues parte muy importante que integra sus vidas.

Genito y Bachancito también se encuentra allí, solo que un poco separados del grupo sentados en la grama platican de sus cosas; mira Geno, quiero contarte algo dice Bachancito ¡Aja! dice Genito, fíjate que anoche bien de noche, creo que más bien ya era de madrugada, yo había quedado con Demetrio que fuéramos a darle una serenata a Olimpia Gomes, ya dice Genito, ¿La que vive allá abajo? esa misma contesta Bachancito, pues mira Geno, habíamos quedado en que Demetrio me iba a esperar abajo del Roble, ese Demetrio es cosa seria mano, yo pensé que lo iba a tener que ir a despertar, pero no fue así, yo me levanto con gran cuidado para no despertar a nadie en mi casa, salí además por la puerta de atrás y cuando salgo ya aquél estaba allí, más bien él me estaba esperando, por eso te digo que, ese sí que es verdad, mano, cuando me vio fue a mi encuentro y agarramos para allá abajo donde vive Olimpia y empezamos a cantar, allí merito adentro del corredor, y enfrente de la ventanita, que allí es donde duerme ella; vieras Geno que re-bonito se escuchaba, cantamos los dos pero Demetrio me echaba la segunda y la guitarra mano ¡Como la toca! Mira Geno cantamos como dos o tres canciones y que por suerte nos salieron bien bonitas yo no sé si Olimpia se dio cuenta que fuimos nosotros los que cantábamos, me refiero a Demetrio y yo por su puesto, además fíjate que ... espera, espera interrumpe Genito, mira quien viene para acá, los dos se ponen de pie, pues quien viene hacia ellos es ni más ni menos que la muchacha de quien ellos están hablando, y van apresuradamente a encontrarla, pero la joven no viene para donde ellos, ya que dobla a la derecha y se encamina a la casa de Sebastián o a la de don Geno ya que las dos casas están a la par una de otra, cuando van hacia ella Bachán le dice a Genito: Oye, yo creo que se dio cuenta que fui yo el que le llevó la serenata y viene a poner la queja a mi mamá o a mi papá; pero no, no entra a la casa de Bachancito, sino que a la de don Geno y cuando esta por tocar el portoncito, Genito y Bachancito la saludan diciéndole ¿Cómo estás Olimpia? Hola muchachos, contesta ella y agrega ¡Cómo se llevan ustedes! Siempre se tiene con quien platicar de sus cosas pues, si dice Geno y dime continúa Genito, en que te puedo servir, quiero ver a la maestra dice ella, es que... pasa, pasa dice Genito abriendo el portoncito que da al corredor de la casa de él y luego va en busca de la maestra Gloria, Bachán por su parte piensa; "parece que no se dio cuenta que fui yo el de la serenata", y eso lo tranquiliza; Geno antes de ir por la maestra les dice: siéntense y platiquen mientras voy por la maestra.

Es un buen momento para que Bachancito le diga algo de sus sentimientos a Olimpia, pero, no encuentra la forma y se limita a decir; pues si Olimpia, y ella por su parte dice lo mismo, pues si Bachancito, entonces dice él si quiere no me diga Bachancito solo dígame Bachán o si lo prefiere me puede decir Sebastián, no se moleste conmigo dice Olimpia yo digo "Bachancito" porque todas le dicen así, luego él dice ¿Cómo que todas? Todos, y todas recalca, y no hay tiempo de seguir con las aclaraciones porque Genito y la maestra ya llegaron. Gloria saluda a Olimpia y le pregunta ¿En qué le puedo ayudar Olimpia? Ella contesta, es que cuando me matricule le dije a usted que yo tenía años dieciocho, pero mi mamá dice que tengo catorce y que ya muy pronto voy a cumplir los quince allí por Julio, a esto la profesora dice, no hay problema yo borro el dieciocho y le pongo catorce así que no hay problema a lo que Olimpia dice: Bueno señorita ya no le quito más su tiempo y pase usted muy buenas tardes y muchas gracias, Gloria le dice: a la orden Olimpia y además le dice: no se te olvide que de mañana a pasado mañana empezamos las clases. Solo espero que Demetrio termine con los pupitres o sea los bancos donde ustedes recibirán las clases. Muy bien dice la muchacha y sale de la casa, acompañémosla Geno dice Bachancito, yo puedo ir solo pero no quiero que me miren solo con ella, la muchacha lo vuelve a ver y le dice: ¿Tiene miedo Bachancito que lo regañe su novia? No, no, no, dice Bachán en un tono de afligido, no es eso, no, ay, no; yo no tengo novia, me preocupo por su mamá, que puede pensar que la vengo molestando y por eso y solo por eso es que le digo a Geno que me acompañe, no es por nada; conque me da miedito que se enoje con los dos, con Geno y conmigo, entonces ella dice, no, no, mi mamá los conoce muy bien a los dos ustedes, por eso no se preocupen si es por eso el miedo, ¿Quién no conoce a Bachancito y a Genito en todos estos lugares? Ustedes quizás son los muchachos más famosos del mundo.

Quienes están curiosos y haciendo conjeturas son don Geno y don Bachán qué desde allá del árbol, vieron como entraron y después salieron y se fueron con ella, Sebastián es el más preocupado, porque no quiere a nadie para su hijo más que a Amintíta Valverde.

Lo que Sebastián quiere para su hijo, no es lo que su hijo escoja, él piensa la que le conviene por todo y todo es Amintíta Valverde y nadie más; pero Bachancito mira a Genito, Amintíta y a Oralia como sus hermanos se conocen desde tiernitos han crecido juntos, él no se ve de novio de ninguna de las dos hijas de don Geno y mucho menos con Amintíta que tiene el mismo nombre que su hermanita.

Se termina la reunión debajo del árbol y todos se marchan a sus casas y cuando Sebastián y don Geno llegan a sus casas ya los muchachos están allí que han regresado de la casa de Olimpia, don Geno pregunta ¿Qué quería la muchacha? Solo quería ver a la maestra por un asunto de su edad que cuando se matriculó se equivocó y dio una edad equivocada, solo eso y se fue, dijo Genito, don Sebastián dice: si vimos cuando ustedes la fueron a dejar a su casa, don Geno y yo creemos que ustedes tuvieron miedo de que se perdiera ¿Verdad? No papá dice Bachancito, no es para tanto, solo fuimos a dejarla y ya, y como diría mi tío que no se hable más.

La familia de Olimpia, la muchacha que le gusta a Bachancito, la mamá de ella, viven solas y se sostienen de la pesca, su casa queda muy cerca del río, pescan para vender y para su consumo; pero para "colmo de males" la señora se ha estado sintiendo muy mal de salud a tal extremo que un día de estos que regresaban de pescar, solo entró en la casa y se desmayó ¡vaya susto que su hija se llevó! También ha estado teniendo náuseas y la ve que con mucha frecuencia va al sanitario; el otro día Olimpia la sorprendió comiendo arroz crudo, mamá ¿Que comes? Que te truenan los dientes. Ay hija vieras que rico es el arroz crudo no lo había probado antes así le contestó; a Olimpia le preocupa mucho esta situación, porque muchas de estas cosas que le pasa a su mamá, ella ha escuchado que solo le pasa a algunas mujeres que están en estado o que están esperando niño, cosa que para Olimpia no puede ser, su papá don

Víctor tiene ya tres meses más o menos que se fue para San Lorenzo y no ha vuelto, jamás la ha visto con ningún hombre que no sea su papá o sea que para Olimpia eso queda descartado, mi mamá no es capaz de una cosa como esa, pero y entonces ¿Qué es? Olimpia no sabe qué clase de enfermedad pueda tener su mamá.

Las dos familias, la de don Geno y la de don Sebastián en estos momentos se encuentran cenando, solo que en la de don Geno sucede algo que no tiene explicación pues don Geno dice a su esposa así: Imagínate Aminta que me estaba comentando Demetrio que…solo pudo decir eso, porque Amintíta lo interrumpe un tanto brusca y dijo de esta manera: papá por favor aunque sea mientras comemos dejemos de mencionar a ese Demetrio que lo encuentro hasta en la sopa, ya no aguanto más, pareciera que ya no hay otra cosa de que hablar, si no aparece Demetrio y va Demetrio y va Demetrio, platiquemos de otra cosa y mejor perdónenme, ya se me quito el hambre y me voy para mi cuarto, se levantó y se fue a su cuarto sin terminar su comida, todos guardaron silencio y no entendían esa actitud, la más sorprendida es Oralia que rompió el silencio y dijo: ¿Y a mi hermanita que pulga le picó? Si hace un par de días que antes de empezar las matriculas ella y Demetrio vinieron a traer la mesita que teníamos en el cuarto de nosotras y ella le presumía a Demetrio del mantelito bordado y él le decía que estaba lindísimo y trabajaron juntos todo el día limpiando el cuarto, ayudó a Demetrio con los bancos o pupitres, en fin, estuvimos contentos, todos muy contentos, felices, por eso digo que no sé qué pulga le picó.

Doña Aminta dice: ¿Crees tú Geno que Demetrio le haya faltado? o ¿La haya irrespetado? o ¿Hacerle o decirle algo que no le haya agradado? Pues no sé, dice don Geno, luego Genito dice no lo creo mamá, Demetrio es muy formal, ni siquiera tiene bromas con nadie, muy bien dice don Geno, a mí no me gusta esperar, ya han terminado de comer y luego le dice a Genito: Anda donde Demetrio a la casa de Mincho y dile que me urge hablar con él, un asunto muy serio, muy bien papá, dice Genito y se va para donde Benjamín, pero pasa cerca de la puerta de Bachancito y le hace un silbidito que solo ellos entienden, luego aparece Bachancito, y parten a buscar a Demetrio a casa del tío

Benjamín, en el camino Genito le dice a Bachancito: Algo serio sucedió entre Demetrio y mi hermana Aminta, porque mi papá está muy enojado con él y no sé qué pueda ser, Bachán muy sorprendido le dice a Geno, no te lo puedo creer, no, es que no puede ser, eso pienso yo, le dice Geno, cuando llegan a casa de Mincho encuentran a Demetrio tocando la guitarra, rodeado de don Mincho que cantan una canción con toda la familia la están pasando muy bien, muy feliz, tanto que Genito y Bachancito no encuentra la forma de decirle a Demetrio lo que está pasando, bueno pues en verdad ni ellos lo saben, termina la canción y Genito le dice a Demetrio: Permíteme un momentito por favor, Demetrio contesta ¿Llevo la guitarra? No, por esta vez no Demetrio, luego que están aparte Genito le dice: Oye Demetrio no sé qué es lo que pasa en mi casa, pero mi papá está bien enojado y no sabemos porque, pero el caso es que te manda a llamar con urgencia, que vallas, inmediatamente a la casa que quiere platicar contigo un asunto muy serio, bueno eso fue lo que él dijo, Demetrio siente como miedo primeramente y se queda mirando fijamente hacia el suelo y luego le dice a Genito ¿Qué crees que pueda ser? No es lo del dinero, eso ya se aclaró y ¿Qué otra cosa entonces?

# CAPÍTULO 4

Bien Genito pues vamos, primero guarda su guitarra y cuando va a salir, Benjamín le pregunta que para a donde va. Demetrio le dice: voy donde don Geno que me quiere ver con urgencia, Benjamín le dice ¿Quieres que te acompañe? ¿Qué será? Demetrio le dice a Mincho, "Yo creo que no es necesario que usted me acompañe don Benjamín" y luego agrega, ya regreso y se va con los dos muchachos, en el camino a casa de don Geno, Bachancito le dice a Demetrio: Oye Demetrio ¿Has tenido algún problema con Amintíta? A qué viene esa pregunta dice Demetrio, ella y yo no tenemos muchas platicas, solo el día que trabajamos juntos cuando limpiamos el cuarto y esto fue enfrente de la profesora Gloria y Oralia la hermana tuya Bachán, y luego recuerda que fueron juntos por la mesita al cuarto de ella, pero por dos o tres minutos, yo recuerdo que en ese tiempo no le dije ni una palabra, están llegando a la casa de don Geno y allí, sentada se encuentra Amintíta en las sillas del corredor, Genito le dice a Amintíta: dile a mi papá que aquí está Demetrio, dice eso y se va con Bachán, siempre platicando de sus asuntos pues tienen muchos, Amintíta dice a Demetrio: Pase adelante y siéntese aquí y apunta una silla que es la que está muy cerca de ella; hay tres sillas más alrededor de la mesa redonda pero ella señala una y eso hace que Demetrio no se sienta cómodo ya que él y ella allí, a todas luces, es un problema y el solo hecho de sentarse allí como que empeora su situación, sin embargo acepta gustoso de todas maneras a él le agrada mucho estar cerca, muy cerca de esa preciosa niña, después dice: disculpe Amintíta pero es que su papá me mandó a llamar con urgencia y quisiera que por favor le diga que ya estoy aquí y eso me tiene muy preocupado, ella le responde diciendo ya lo voy a llamar, pero antes platiquemos un momentito.

Empezaron a platicar, fue tan grato lo que platicaban que a Demetrio se le olvidó por completo el problema por el cual lo había citado don Geno y empezaron a reírse de manera que se escuchaba hasta el comedor, a don Geno y a doña Aminta les pareció muy extraño y le dicen a Oralia, que también ha escuchado las risas de los dos ¿Con quién se ríe Amintíta? Dice don Geno, un par de segundos y aparece Amintíta aun riéndose de algo que le dijo Demetrio y sin ni siquiera voltear a ver a su familia, que se miran unos a otros porque no entienden que es lo que está pasando.

Amintíta abre la refrigeradora y saca dos "conejos" y los lleva al corredor de la casa donde está Demetrio que piensa que Amintíta anda llamando a don Geno y avisándole que ya llegó, pero se equivoca, porque se sorprende cuando la ve llegar con los dos "conejos" y que es obvio que uno es para él; cuando don Geno la ve pasar con los dos "conejos" le dice: Oye Amintíta ¿Estás vendiendo "conejos"? Y ella contesta "Ay papi".

Don Geno que aún tiene el mal sabor que le dejó hace unos cuantos minutos la actitud de Amintíta; se levanta y va tras ella y cuando don Geno va siguiéndola, doña Aminta y Oralia también la siguen, don Geno las mira y les dice: Este asunto lo arreglo yo, las dos llegan hasta la sala y allí se quedan como con la esperanza de escuchar lo que va a pasar.

Por otra parte, Benjamín y Bertila, también están muy preocupados por la forma en que los muchachos fueron por Demetrio ¿Cuál sería la urgencia que tenía don Geno de ver a Demetrio? Don Benjamín le dice a su esposa: ya vengo mujer, voy a ir al árbol, talvez de allí puedo ver a Demetrio. Bertila quiere ir, pero Benjamín le sugiere que mejor se quede y ella se queda.

Don Geno que ya llega al corredor, donde se encuentra su hija Amintíta y Demetrio, los dos disfrutan de un "conejo" muy rico con sabor de uva, Demetrio coloca su "conejo" en la mesa, sus labios los tiene bien morados, se paró firmemente como si estuviera frente a un general y por su disciplina militar casi se pone la mano derecha en la frente para saludarlo, pero se detiene y se limita a decir: Señor, aquí estoy señor, don Geno que se encuentra a dos metros de distancia de él, mira la firme posición de Demetrio que ni parpadea, seriamente y con la mirada fija viéndole a los ojos, don Geno se ha detenido por un par de segundos frente a Demetrio y observa la firmeza militar que mantiene Demetrio frente a él, le ve los labios morados por el "conejo" de uva y casi se ríe, luego da unos pasos hacia Demetrio y lo abraza como abraza a un hijo y le dice: Gracias hijo por venir, doña Aminta y Oralia que se habían acercado como para escuchar, pero cuando ven lo que pasó, se quedaron atónitas, mirándose a la cara una a la otra, y con la boca abierta; don Geno que sostuvo a Demetrio fuertemente abrazado por un par de segundos luego le volvió a decir: gracias y lo soltó, meneando la cabeza como cuando se dice no, no.

Como esto sucede en la casa de don Geno, Mincho que está sentado en el murito del árbol, mira todo y se asusta aún más pues al ver a don Geno que abrasa fuertemente a Demetrio pareciera que le está dando una mala noticia y como lo quería ver con urgencia se asusta más y se levanta como para empezar a caminar hacia la casa de don Geno, pero don Geno a visto a Benjamín y se dirige al árbol donde está Mincho y cuando don Geno está muy cerca de don Mincho le dice así ¡Caramba Benjamín que hijo ese tuyo! Benjamín vuelve a ver para todos lados como temeroso de que alguien pudiera oír lo que don Geno le dice ¿Qué pasó don Geno? ¿Cuál era la urgencia de ver a mi hijo como dice usted? Los muchachos me dejaron preocupado, también a mi señora, ¿Qué es lo que pasa? También lo miré a usted abrazando a Demetrio ¿Hay alguna mala noticia? ¿Sabes que, Benjamín? Ajá dice Mincho, pues no pasa absolutamente nada y repite, nada, nada, y entonces ¿Cuál fue el apuro de ver a Demetrio? Ya te dije, para nada, Benjamín aún un poco intranquilo le dice: Ay don Geno a lo mejor usted no me lo quiere decir; no Mincho de veras no pasa nada, discúlpame tú y Bertila si los preocupé, pero es la verdad no pasa nada.

Como ya está oscureciendo don Geno le dice a Mincho: vámonos Mincho que ya está oscuro, es verdad dice Mincho, dígamele a Demetrio que aquí lo espero para que nos vayamos para la casa, está bien dice don Geno y se despiden.

Genito que aún se encontraba con su amigo Bachán, ve venir a su papá y se van juntos a su casa y encuentran a Demetrio rodeado de doña Aminta, Oralia y Amintíta. Demetrio se levanta cuando aparece don Geno que le dice, oye hijo allí te espera a tu…tu amigo Benjamín, para que se vayan juntos para la casa, como Demetrio está en pie desde que él entró, le dice: sí señor, muchas gracias y se despide de toda la familia diciéndoles, pasen ustedes muy buenas noches.

Benjamín que espera con mucha angustia a Demetrio le dice ¿Qué es lo que está pasando hijo? ¿Cuál era la gran urgencia que tenía don Geno de verte? No se preocupe usted don Benjamín, pero no me lo va a creer, pero es que no pasó nada, yo más bien creo que fue una broma un poco pesada de Genito y Bachancito; Benjamín exclama ¡Vaya bromita! Ni que fuera el día de los inocentes, Bertila y yo quedamos, como se dice con el alma en un hilo; ya van casi llegando a su casa y doña Bertila sale a su encuentro y empieza a preguntarles ¿Qué fue lo que pasó? Demetrio empezó a reírse y Mincho también, doña Bertila vuelve a decirles bueno pues, ¿Qué fue lo que pasó y a que viene tanta risa de ustedes dos? Yo preocupada y ustedes riéndose a toda risa, dígame algo, no fue de puro gusto que don Geno mandara por Demetrio con gran apuro, algo debe de haber pasado, a mí no me engaña nadie; a sus preguntas un poco nerviosas don Benjamín le dice: mira mujer si te lo digo no me lo vas a creer, pero fíjate que yo miraba fijamente para el corredor de la casa de don Geno; allí en el corredor mismo, miraba que Demetrio platicaba con Amintíta, luego ella se levantó y fue por dos "conejos" y cuando los dos "chupaban" su "conejo" apareció don Geno y cómo te vuelvo a repetir de repente se detuvo por un momentito enfrente de Demetrio y luego se le acercó y lo abrazo fuerte y luego lo soltó, después de eso se fue para donde estaba yo, allá debajo del árbol, y lo primero que hice fue preguntarle que para que quería con tanta urgencia a Demetrio y él muy tranquilo, ¿Sabes cómo me dijo? Pues para nada Mincho, para nada de veras no pasa nada, no te voy a mentir, la purita verdad, no está pasando nada. Doña Bertila les dice: como les digo yo a ustedes a mí no ha nacido el que me va a engañar, yo sé que aquí pasa algo, ya lo verán y entonces ustedes van a decir: francamente "la Bertila tenía razón" de veras hombre aquí pasa algo y algo grave y que al viejo Geno algo lo hizo cambiar de idea, pero que algo le pasó, no me equivoco ustedes no lo creen, pero eso es así como yo digo.

Mincho y Demetrio que escuchaban a doña Bertila, como que están creyendo lo que ella dice; don Benjamín reacciona un poco, y después dice: como les digo, yo vi todo, pero pienso que esta mi mujer podría tener razón, claro que tengo razón, recalca ella, entonces Mincho agrega, ajá y entonces pues como les dije vi a don Geno que salió de la sala a paso ligero como si iba a atacar a Demetrio; Dios santísimos no, aja ¿Y después? Dice doña Bertila, pues nada como les digo, se detuvo de repente y luego lo abrazó fuertemente y lo demás ya te lo conté; mejor acostémonos que ya es tarde, y como siempre hay que "mañanear" buenas noches hijo, buenas noches don Mincho contesta él y además dice buenas noche doña Bertila, ella contesta buenas noches y se retiran todos a sus respectiva dormitorios.

Cuando Benjamín y Bertila están en su cuarto, ella le dice a él, de ahora en adelante dile a Demetrio que tenga un poco más cuidado con ese viejo Geno, me muero si le llega a pasar algo, lo quiero como si fuera mi propio hijo a mí me encantaría tener un hijo como él, es tan bueno y tan inteligente y yo lo miro lindo, a saber Mincho si no es que ese viejo Geno tiene miedo que la Amintíta se le enamore de él, solo Dios lo sabe; Benjamín le contesta: como te dije hace un rato Bertila creo que en todo tienes mucha razón.

Don Geno que también ya se encuentra solo con su esposa en su dormitorio, ella le dice a él: Geno nos asustaste a todos cuando saliste "corriendo" al corredor como si fueras muy enojado, como si ibas a pelear con Demetrio y luego te detuviste, y en vez de decirle algo a Demetrio, te detienes y luego lo abrazas, ¿Qué fue lo que pasó? Don Geno no le contesta, sino que se le queda mirando por un ratito y después le dice: de manera ¿Qué si doy una orden a mi esposa y a mi hija es como si nada? ¿Quiere decir que ustedes dos me siguieron? Y agrega, pues claro que iba enojado y mucho, mujer, yo estaba esperando a Demetrio y lo escucho riéndose con Amintíta en el corredor y además pensé que allí se encontraban algunas personas más y mi sorpresa es que Amintíta con quien se ríe a grandes carcajadas es con el mismo Demetrio, y entonces, ¿Qué podía hacer yo? Nada y nada y por eso es que no hice nada, acostémonos amor que mañana es otro día.

Oralia y Amintíta que también se están acostando, Oralia le dice así: Oye Aminta, que fue o mejor dicho porque fue ese arrebato que tuviste cuando cenábamos, fíjate que cuando te fuiste a tu cuarto mi papá quedo tan "ardido" con Demetrio por culpa tuya, y mandó a Geno a casa de tío Mincho por Demetrio, mi mamá y yo quedamos muy preocupadas por la actitud de mi papá que llegamos a pensar que cuando lo viera se iban a pelear o algo así y todo por tu culpa y ¿tú no puedes decir que fue lo que realmente pasó?

Aminta guarda silencio y un momento después dice así: ¡Ay Oralia! Cuando crezcas un poco más, vas a entender, a Oralia que no le satisfizo en nada tal contestación le vuelve a decir: de modo que según tú tengo que crecer un poco más para entender que lo que te pasa es ¿Que te estás enamorando de Demetrio?

Las dos muchachas duermen en el mismo cuarto ya que la maestra que dormía con ellas, ya le han arreglado su propio dormitorio y por eso es que Oralia le habla de ese modo, Amintíta está de espaldas a Oralia, porque se pone un camisón para dormir y cuando Oralia le dice eso el camisón se lo deja a la altura de la nuca y se voltea hacia Oralia con la boca completamente abierta, sorprendida; por lo que su hermanita menor le dice, de nuevo le dice: tápate mujer, Amintíta se cubre rápidamente y aún sin perder su asombro le dice a su hermana: ¿De dónde sacas esa locura? Ni que te escuche mi papá o mi mamá porque me vas a meter en un gran problema.

¿Mi papá y mi mamá te dijeron algo de lo que tú dices? No hombre contesta ella, eso que te dije es pura intuición femenina, Aminta dice: Vaya palabrita ¿De dónde la sacaste? Acostémonos contesta Oralia y ambas se acuestan a "dormir", bueno parece que a Amintíta le va a costar mucho dormirse ya que lo que le dijo su hermana menor no es para menos y se preocupa también por la palabrita aquella que le dijo su hermana y que en este momento ya se le olvidó, y le pregunta: ¿Te dormiste Oralia? No hombre dice; ¿Qué quieres? ¿Cuál es la palabra que me dijiste? ¿Ferminita, ferminina? ¡Ah! Dice Oralia intuición femenina, ¿y tú crees que mi papá tiene eso? ¿O mi mamá talvez? Bueno dice Oralia, en todo caso quien podría tenerlo es mi mamá no mi papá ¡A valla! dice Amintíta y agrega buenas noches, buenas noches agrega Oralia ya casi dormida, para Amintíta va a ser difícil dormirse pero se tranquiliza un poco pues de acuerdo con lo que dice su hermana su papá no puede pensar en que ella se podría estar enamorando de Demetrio ya que en verdad ni siquiera ella misma lo sabe; y le da rienda suelta a su imaginación, y pensando en el muchacho se dice así misma: bonito, bonito, que digamos no lo es, pero de que todo mundo lo admira es verdad y yo también, pero no significa que me esté enamorando de él como dice Oralia, lo que debo de estar sintiendo como toda la gente, es admiración, que está muy lejos de que me esté enamorando, porque si así fuera, todo mundo se estaría enamorando de él, pero …pero…en lo que a mí se refiere yo prefiero que un hombre sea inteligente como es Demetrio y no bonito y bruto no señor, y si mi mamá tiene lo que dice Oralia, mañana mejor me voy a levantar tarde y así pues talvez se le olvida.

A la mañana siguiente a Amintíta la despierta unos ruidos que se escuchan en la casa de Sebastián, y es que las clases en la escuela ya han empezado y los alumnos disfrutan de su primer recreo y Gloria la profesora grita fuerte a uno de los niños que ha subido a un árbol que hay en el solar de don Sebastián y le dice en repetidas veces "bájese de allí" y al repetir ese grito despierta a Amintíta.

Cuando sale del dormitorio doña Aminta su madre le dice: ya iba a despertarla ya que nunca se levanta tan tarde y pensé que quizás podría estar enferma o algo así, el caso es que me preocupé y vine a verla, gracias a Dios que no tienes nada, si mamá, mami, deja que me dé un baño para platicar un ratito, ¿Dónde está Oralia? Está en la escuela contesta la mamá y además dice: yo no sé si usted tenía clases también, la profesora me estuvo preguntando por usted. Si mamá tenía que ir a la escuela hoy, pero no me dijo a qué horas iba a recibir clases ¿A qué hora le preguntó? En este mismo momento y por eso es que vine a ver cómo estaba usted; bueno mamá ya salgo me daré un baño.

En una esquina en el corredorcito del pequeño cuarto que sirve de escuela han colocado un hierro que la profesora golpea con un pedazo de varilla de hierro también y suena fuerte, haciendo un sonido que se escucha por todos lados y que indica que el recreo o el descanso ha terminado, este hierro que alguien consiguió hace la labor de una campana que llama a los niños para avisar que las clases van a continuar.

Amintíta sale del baño, su mamá está en la sala, Hortensia que no fue a la hacienda el día de hoy se encuentra afanada en los quehaceres de la cocina, esta señora no va a la hacienda todos los días, solo cuando la necesitan, Oralia en la escuela y Amintíta con su mamá pueden platicar sin ningún cuidado, sin embargo, Amintíta le dice a su mamá que mejor se vallan al corredor. Sentadas ya alrededor de la mesa redonda que hay allí, la mamá inicia la plática preguntando a su hija así: ¿Qué es lo que pasa hijita mía? Mamá le contesta ¿Sabes tú que es institución femenina? No hijita no lo sé, Oralia dice que lo tenemos todas las mujeres y que eso nos permite algo así como averiguar o saber algunas cosas que le pasan a las demás personas, yo hijita, yo quizás no tengo eso que dice Oralia, pero sí le puedo decir que nosotras las madres no damos cuenta cuando nuestras hijas tienen algún problema, y eso si pienso de usted, que a lo mejor tiene un problema, le digo eso por la actitud de ayer, y lo que no se es, que clase de problema tiene, si usted no me lo dice, porque para eso si somos buenas las madres, y nuestras hijas o hijos deben de confiar en sus padres cualquier problema que tengan, ya que cuando nos cuentan se comparte el problema y ya es la mitad para cada una, eso lo digo solo por decirlo, la verdad es que uno de madre absorbe toda la dificultad y buscamos la forma de resolverlo, y entonces el problema ya casi no es de la hija sino que de la mamá, por eso es que se dice que los padres son los mejores amigos de los hijos; ¡Ay mamá! que bonito eso que me dijiste, entonces mamá ¿Quiere decir que tengo que decirte si tengo un problema o no para que me aconsejes? Si hijita, pero las madres tenemos mucha imaginación también; y lo que yo me imagino es que usted se me está enamorando de Demetrio, dígame si ¿me equivoco? Mamá eso es lo dice Oralia que tenemos las mujeres; ¿Entonces hija eso es así? ¿Se me está enamorando de Demetrio mi niña? A mí me parece un buen muchacho, todo mundo lo admira; pero yo no sé lo que dirá su papá si se lo decimos, Geno le tiene mucho aprecio, pero ya para esas cosas no sé.

El país donde se encuentra el caserío el Roble es un país tropical y las estaciones del año no están bien definidas; podríamos encontrarnos en estos días ya en la primavera, pero realmente no se sabe en qué estación del año es, pero en la primavera se dice que el romanticismo florece, como esas cosas están pasando hoy acá, podría ser causa de la época primaveral; tal parece que no solo Genito y Sebastián se han enamorado, sino que Amintíta también.

Van para el Roble, el árbol. Don Geno ya se encuentra en el corredor como esperando a Sebastián, pero éste está teniendo una plática con su hijo que lo tiene muy preocupado, desconcertado, pues el muchacho le dice así: Papá, yo no sé cómo va tomar estas cosas, pero yo tengo que contarle un problema por el que estoy pasando; por favor hijo no te preocupes que cualquiera que sea ese problema que tienes lo vamos a arreglar los dos, pero por el momento pienso que don Geno me espera para irnos al Roble y no lo quiero hacer esperar. Me lo cuentas cuando regrese, está bien papá, pero antes de que te vayas te adelantaré un poquito, ajá le dice don Bachán ¿Cuál es el adelantito que me vas a dar? papá, le dice, pienso que me he enamorado de Olimpia ¿Qué? ¿Cómo? ¿Cuál Olimpia? Responde Sebastián y como si le hubieran tirado un poco de arena en su rostro se quita el sombrero y hace el gesto acostumbrado como si se espantara insectos con él, luego dice: me espera don Geno y no me puedo quedar a oírte esos arrebatos tuyos así que cuando vuelva me lo cuentas todo y piensa bien lo que me vas a decir

Don Geno que ha empezado a caminar y por esa razón Sebastián tiene que aligerarse un poco para alcanzarlo y dice a don Geno: perdone el atraso usted don Geno, pero es que ese Bachán sale con unas cosas. ¿Qué cosas? Responde don Geno, ay don Geno imagínese que me dice así de repente que se ha enamorado de Olimpia, ¿De cuál Olimpia? Dice don Geno, es esa muchacha la hija de Víctor que viven allá abajo cerca del río, la que vino el otro día y Genito y mi hijo la fueron a dejar a la casa de ella, ¡A! ya recuerdo dice don Geno y ¿Tú que dices a eso? Pues yo pienso que son arrebatos que tienen los jóvenes hoy día y que luego pasan, bueno dice don Geno ojalá que sea así como tú dices, aunque esos caprichitos de los hijos, muchas veces lo convierten a uno de padre, en abuelo; ni lo permita Dios don Geno, mi Bachancito todavía es un niño y no creo que esté listo para esos "trotes" Ummm dice don Geno, nunca se sabe; no me asuste don Geno a esa muchacha ni la conozco muy bien, solo sé que es la hija de Víctor aquel que trabajó con usted un tiempo y que después desapareció, de eso hace como 5 o 7 meses creo y abandonó a la mujer y la hija "a la buena de Dios"; paran de platicar del asunto, pues también llegan al Roble Mincho y Demetrio y las personas que acostumbran a ir a platicar al Roble, los niños corretean en el área verde, Amintíta, Oralia y la profesora andan caminando alrededor de toda el área verde y los muchachos las miran cuando pasan frente a ellos, solo falta Olimpia para completar el cuadro, son muy agradables esos atardeceres en esa planada, Bachancito le dice a Genito: fíjate Geno que le acabo de decir a mi papá lo de Olimpia, no te lo creo, le dice Genito, palabra Geno que se lo dije, pero fue así a la carrera por que ya se iba con tu papá para el Roble, solo me dijo que pensara bien lo que le iba a decir. Mira Bachán, sos la primera persona que le cuento esto, nadie lo sabe, ni siquiera ella, ¿Quién es esa ella? dice Bachán sin entender, pues quien va ser hombre, la maestra Gloria, pero y ¿Qué es lo que pasa con ella? No la "amueles" Bachán, no la "amueles" no ves que no me di cuenta a qué hora me he enamorado de ella, no me la puedo quitar de la mente, allá, aquí, en todo lugar estoy con ella mano, y sabes que Bachán, me incomodó un poco cuando la miro con esa confianza que trata a Demetrio, no me gusta en nada mano, el otro día me preguntó si era mi hermano, o algo de mí, aunque eso creo que es por mi apellido y ¿Sabes qué Bachancito? Estoy enamorado de ella, y creo que, si yo se lo digo a mi papá o a mi mamá, me voy a armar un problema y peor que ella vive en mi casa, la mera verdad es que no sabemos cómo vamos a salir de este embrollo ni tú ni yo.

En el momento que se retira la mayoría de las personas que estaban en el árbol o mejor dicho debajo del árbol solo quedan don Geno, Sebastián, Mincho y Demetrio, como aprovechando la oportunidad Demetrio dice a don Geno: fíjese usted don Geno que lo último que aprendimos en el ejército fue la construcción de servicios sanitarios con pozos sépticos, y veo que aquí ninguna casa lo tiene, y el otro día que me encontraba en la casa de don Sebastián vi que las muchachas salían al solar de la casa y me imagine que iban para el sanitario, y por eso es que quería presentarle a usted el proyecto ya que es más higiénico y más bonito, a ver de qué se trata Demetrio a lo mejor me gusta ¿Cómo funciona eso?, pues bien don Geno, don Sebastián y usted don Mincho; Demetrio tiene el acuerdo de no dejar de mencionar a don Bachán en todo, pues sabe que es muy celoso; como ustedes tienen el mismo tamaño de solar que es grande, se construye el pozo séptico al fondo y desde allí se trae la tubería a la entrada de la casa, se usan tubos de plástico que no se corroen, puede ser de 4 pulgadas y ya para el interior de unas 3 pulgadas y hacemos un especie de ramal hacia los 3 dormitorios, no es cosa del otro mundo; podemos instalar uno, dos o tres, uno en cada dormitorio y si quiere uno, más para huéspedes ¿Y para que tantos? dice Sebastián, yo decía para que las niñas, Genito y don Geno tengan cada quien su baño privado, pero todo será como usted quiera y cuantos usted quiera, termina diciendo Demetrio.

Sebastián que siempre ha querido como de llevarle un poco la contraria a Demetrio dice: Bueno pues, yo he vivido toda mi vida y mi familia también, así como estoy, quiero decir que no siento que me haga falta, eso a mí me da igual, pero usted don Geno y tú también Mincho pueden probar aunque sea con uno y allí después deciden si necesitan más; don Geno dice: mira Demetrio no había pensado en hacer esa clase de mejoras a mi casa pero déjame contar con Minta a ver qué le parece a ella y mañana volvemos a platicar del asunto, por el momento vamos a acostarnos que se nos está haciendo tarde, sí don Geno dice Sebastián pero antes dime Demetrio ¿Cuándo fue que estuviste en mi casa y viste ir a las niñas al sanitario? Eso fue el día que terminé de hacer los bancos para los alumnos y las niñas Amintíta, Oralia, la profesora y Aminta su hija fueron las que salieron al solar, Bachancito, Genito y yo dábamos los últimos toques a los bancos, pero ahora dígame usted don Bachán ¿A qué viene esa pregunta? No, no por nada contesta él, y luego de esto se saludan y se van a sus casas, don Geno y Sebastián ya se acercan a sus casas, y antes de despedirse don Geno le dice a Sebastián: me parece Bachán que la pregunta que le hiciste a Demetrio lo molestó; ¿Usted cree don Geno? ¿Por qué lo piensa usted? Bueno pues por lo que te dijo él aquello de que a qué viene esa pregunta, él pensó quizás que tú estabas molesto de que él estuviera en tu casa, francamente don Geno usted es un hombre muy inteligente, por que sí es verdad eso, me sentí molesto cuando dijo que estaba en mi casa yo no me acordaba que había estado trabajando en los bancos; vamos a ver qué pasa mañana, buenas noche don Geno, buenas noches Bachán hasta mañana.

Cuando ya están en el dormitorio don Geno comenta con doña Aminta la idea que tiene Demetrio y doña Aminta le dice: qué lindo sería Geno si eso no fuera tan caro a mí me gustaría, nada es caro, si algo le gusta a mi esposa, galantea don Geno, a las niñas quizás más que a mí, agrega doña Aminta, bueno amor mío, mañana veo que platico con Demetrio, pero no le digamos nada a las niñas.

Bachancito espera a don Bachán para terminar la plática pendiente, pero don Bachán le dice: Bachancito, acostémonos que ya es tarde y mañana platicamos del asunto tuyo, bueno papá, dice él, pero cuando se encuentra solo con su esposa le dice: mira con lo que me sale Bachancito, que es lo que pasa dice doña María ¡Casi nada! Te lo voy a decir pero cuando se levante mañana no le digas nada, hace como que no sabes nada, imagínate que me dijo que está enamorado de esa muchacha, ¿Cuál muchacha? dice ella, esa joven, hija de Víctor, aquel que se desapareció y no volvió a aparecer, ah dice ella, te refieres a Olimpia, lo dices como si fuera la gran amiga tuya le dice él, pues amiga que digamos no lo es, pero es la joven compañera en la escuela de los muchachos dice la señora, y por eso es que se quién es, mira para lo que va a servir la bendita escuela dice don Bachán, muy mal humorado, durmámonos María, vuelve a decir; Benjamín y Demetrio ya en casa le dice a Benjamín que mala pregunta la que me hizo don Bachán, pareció que estaba enojado conmigo porque estaba en su casa ¿Que habrá pensado? ¿Que estaba quizás en su sala? ¿O que se le cruzaría malamente por su cabeza?, mira hijo le dice Mincho, yo me fijé y pienso que don Geno también y te apuesto y no pierdo, que se lo va a decir a Bachán y esto es si ya no se lo dijo, usted cree don Mincho, claro hijo conozco bien a don Geno.

Doña Bertila aparece y les dice ¿Que de nuevo muchachos? No hay nada nuevo, mejor nos acostamos, si dice ella, buenas noches don

Mincho, buenas noches doña Bertila dice Demetrio, buenas noches hijo dice don Mincho.

Al día siguiente todo es igual, siempre un gran movimiento; hay que aclarar que no todos los pobladores del caserío trabajan con don Geno, hay muchos otros que trabajan para sí mismo siempre en la agricultura, y unos pequeños "puestos" de ventas de todos los productos que allí se producen, muchos de ellos trabajan en otra hacienda que queda a unas cinco millas de allí y no es de ganado vacuno sino que de ganado lanar y no solo tienen ovejas de donde producen mucha lana sino que también una gran cantidad de cabras y de la leche de ellas producen quesos que tienen gran demanda en el mercado y además son grandes productores de miel de abejas y algunos cultivos más, en esa otra hacienda está la familia de don Fausto que como dije anteriormente tienen dos hijos, una niña se llama Sarita de cinco años y el niño se llama Faustito de dos años; cuando un empleado de don Fausto, trae a Sarita, el niño de dos años también quiere quedarse con su hermanita en la escuela y llora cuando se despide de ella, ya que la verá nuevamente hasta las cuatro cuando salga, solo el día de la matricula vinieron sus padres don Fausto Del Cid y doña Romilda de Del Cid, todo lo que produce en la hacienda "El Buen Pastor" así se llama , se los compra BA.DE.G.A.S.A., este banco tiene una sección donde se vende al detalle o sea en pequeñas cantidades de todos los productos que se producen en todos los alrededores, pero tiene su sección donde se realizan todas las transacciones financieras, las personas al referirse a este banco dicen "bodegaza", siendo en realidad el nombre BA.DE.G.A.S.A., siglas que significa Banco de Gran Ayuda Sociedad Anónima.

En el grupo acostumbrado que van para la hacienda el Roble hoy, hay una pequeña diferencia, Benjamín va platicando con Demetrio, don Geno con Genito y don Bachán con Bachancito, tal parece que ninguno de ellos quiere que escuchen lo que cada pareja va platicando pero la pareja que se nota a simple vista que no les agrada lo que se dicen es la de Sebastián y Bachancito, porque Sebastián tiene algo así como un tic nervioso que se quita el sombrero y hace un movimiento como si espantara insectos y eso lo delata, todos lo saben menos él,

Bachancito trata de convencerlo que entienda de una vez, que está enamorado de Olimpia y le explica así: Pero papá yo pienso que también nosotros somos pobres y que solo somos empleados de don Geno y no se cual pueda ser la diferencia entre ella y yo, sé que si me hago de ella, seguiré trabajando con don Geno, buscar donde vivir, pues pienso que como usted no la quiere no podré quedarme en su casa y pienso que talvez don Geno me pueda dar la vivida aquí, Bachancito dice acá en la hacienda porque están llegando y don Sebastián solo logra decir: bueno y es que eso es ya para hoy o para mañana ¿Que ya estás buscando donde vivir? Papá con decirte que de todo esto ni siquiera la misma Olimpia lo sabe, yo he hablado por mí mismo. Ya no pueden seguir platicando, todos están soltando sus caballos en un pequeño predio que hay solo para eso, les quitan las sillas de montar y las guardan en otro lugar que también es solo para eso y todos para sus puestos de trabajo.

Genito y Bachancito trabajan juntos en el "enrejado" de terneros para que las madres sean ordeñadas y solo mientras cada ordeñador esté ocupado ordeñando, los muchachos tienen la oportunidad de platicar y es en ese momento que Genito le dice a Bachancito, oye Bachán, tu papá como que venía ardido contigo pues al "tiro" se le notaba por que se quitaba el sombrero y se espantaba moscas, mi papá me decía: ¿Qué le pasará a Bachán? Que por todo el camino se ha venido quitando y poniendo el sombrero y como ya sabemos que eso lo hace cuando no le gusta algo, yo me imaginaba de que se trataba, pero no lo comenté con mi papá, ahora cuéntame tú mejor, ay Geno si supieras, imagínate que dice que Olimpia es muy pobre que ni siquiera papá tiene y que además, vaya Dios a saber qué clase de papá es ese que las abandonó a las dos sin importarle nada y que también me puede hacer algún daño a mí y otra cosa más, ¿Sabes con quien le hubiera gustado que yo me casara? Ajá, dice Genito muy interesado, ¿Con quién te dijo? Casi nada hermano, con tu hermana, no te lo puedo creer dice Genito, ¿con cuál de mis dos hermanas? con Amintíta; quizás él no entiende que yo miro a tus hermanas y a ti también como mis propios hermanos; yo le dije que eso no podía ser le dije que tu hermana era para mí como mi propia hermana y que hasta tenían el mismo nombre; ¿Y él que te dijo? Dice Genito; espérate un poquito Geno, le dije también, que es como que don Geno quisiera que tú te casaras con mi hermana Aminta que tiene el mismo nombre que tú hermana y de tu mamá y ¿Sabes lo que dijo? Ajá dice Genito, pues que eso fuera perfecto, yo con Amintíta y tú con Aminta, ¿Qué te parece? y luego dijo: yo no sé por qué le hice caso a tu mamá en ponerle Aminta a tu hermana y hoy tengo ese problema, aunque eso del nombre no importa nada; me dan ganas de hablar con don Geno, solo para ver que dice de esto y yo le dije: cuidado papá, no le digas eso a don Geno, por que sabrá Dios que va a pensar; tiene muchas razón Bachancito nosotros somos como hermanos yo al menos te miro a ti y a Aminta como mis hermanos y no creo que mi papá piensa como el tuyo, bueno en eso de que le gustaría que yo me case con Aminta ojalá que no, pues pronto tengo que decirle lo que siento por la maestra.

Ya es hora de descansar un par de horas, ya es medio día; y después se reanudarán los trabajos a las dos de la tarde, ya que a esa hora Genito y Bachancito empiezan a separar los terneros de las madres para el segundo ordeño que será a las 3 de la tarde.

Don Geno acostado en una hamaca en el corredor de la casona de la hacienda, platica con Demetrio; es una de las pocas veces que no está con él don Sebastián; don Benjamín como aprovechando la misma situación le dice a Sebastián: oye Bachán buscaba la oportunidad para preguntarte ¿Si tienes o has tenido algún problema con Demetrio? Me dejaste muy pensativo cuando le preguntaste a Demetrio que era lo que hacía en tu casa, te lo digo porque fue notorio tu enojo, por eso te digo ¿Qué fue lo que pasó?

Mira Mincho, don Geno también me hizo esa pregunta y yo le contesté la verdad, pero pienso que él como dueño le preocupe en algo los problemas entre trabajadores, pero Demetrio no es nada tuyo y por eso me extraña tu preocupación tu y yo sí somos amigos y un mal entendido entre los dos pueda que le preocupe a don Geno porque él quiere que sus trabajadores se lleven bien, no te preocupes por eso Mincho sin embargo te diré que no tengo ni he tenido ningún problema con Demetrio, solo que me incomodó como a cualquier hombre eso de que estaba en mi casa, pero la verdad es que se me olvidó que había estado trabajando en los bancos de los niños, pero ya olvídate de eso, y espero que eso no dañe nuestra amistad de años que tenemos y además Demetrio no es ni tu hijo, ni tu hermano, mejor vamos a la cocina a ver si conseguimos un café ya que veo que Hortensia les da a Demetrio y a don Geno y cómo te digo, olvida eso de Demetrio que yo ya lo olvidé y ni siquiera estoy molesto con él.

Los dos se acercan a don Geno y a Demetrio, Hortensia les sirve café pues a eso es que ellos van y le pregunta a don Geno ¿Le sirvo más don Geno? No gracias Hortensia ¿Tú Demetrio quisieras más? No don Geno, gracias, me tengo que retirar pues tengo que ir a darles una mano a los muchachos para que no nos agarre la tarde. Cuando se han quedado los tres hombres solos don Geno dice a Bachán: dime Bachán si es que se puede saber ¿Qué es lo que te pasa? te noté preocupado con tu hijo, sí don Geno es verdad, imagínese que; dice eso y Mincho se levanta aún sin terminar su café y dice: con permiso yo también me retiro, no hombre dice don Bachán quédate para que escuchas las brutadas de mi hijo, Mincho se vuelve a sentar y don Bachán continúa, imagínense ustedes que mi hijo se casa mañana; don Geno y don Mincho responden con una carcajada, tanto que a Mincho se le derraman unas gotas de café caliente que le acaban de servir y dice así: Ay Bachán ya hiciste que me quemara con esa broma tuya, de veras Bachán, que broma es esa que nos haces, recalca don Geno, parece una broma, pero como lo dice él, parece que se casa mañana y lo peor que dice él, que ni siquiera la tal novia lo sabe, no se lo ha dicho todavía, yo le dije que él no conoce a Víctor y que como él no está allí en el Roble, cualquier rato aparece y podemos llegar a tener problemas todos, la tal Olimpia esa, la mamá de ella, también Bachancito y yo por supuesto; luego Bachán agrega, no sé ni para que les cuento esto, ya le dije a don Geno que puedan ser locuras de juventud, sí, dice don Geno, es verdad, pero también te acordarás de lo que te dije de esas locuras de juventud ¿Verdad? Sí don Geno me acuerdo muy bien, luego le dice a Mincho: es que don Geno dice que esas locuras de juventud, muchas veces lo convierten a uno de padre en abuelo, don Benjamín sonríe y dice: don Geno tiene toda la razón.

Después de toda esta plática y de disfrutar una taza de café "de palo", todos a su trabajo, don Geno se queda un rato más en su hamaca y les dice: los veo más tardecito.

Cuando se termina la jornada de hoy y van para el Roble el caserío; esta vez todos van juntos y todos escuchan lo que se dice, Genito tenía la idea de decirle a su papá lo que siente con la profesora, pero le parece que está muy reciente lo de don Bachán y Bachancito y decide esperar un poco; Don Geno le dice a Demetrio: Oye Demetrio anoche hablé con Aminta de los sanitarios, Demetrio lo interrumpe y dice: ¿Y qué dijo la patrona? Espérate un tantito muchacho, dice don Geno, para empezar ¿Dime más o menos en cuanto tiempo se podría terminar todo ese trabajo? No espera a que Demetrio le conteste ya que él sigue y su más o menos, no es contestado, es que fíjate que después que le dije y me ha preguntado varias veces que cuando vamos a empezar, o a qué horas voy a platicar del asunto contigo y yo le digo "mejor no te hubiera contado eso" y hoy en la mañana le dije así: Aminta hoy voy a hacer los arreglos finales con aquél, te puedo asegurar Demetrio que ella está entusiasmada.

¿Ahora dime tú si en unos cinco o seis meses podemos terminar con eso? Ay don Geno ni que fuéramos a construir una catedral, eso es un trabajo de dos a tres semanas, ya que el "dilate" es tener en el puesto todos los materiales. Muy bien dice don Geno, mañana mismo me sacas la "minuta" de todo para tres sanitarios, así como tu dijiste, bien don Geno necesitare picos y palas para empezar y entre más equipo tenga más hombres contrato y le vamos a echar "la vaca" a ese proyecto, solo que yo tengo que quedarme en su casa haciendo y vigilando el trabajo, no te preocupes por eso y quédate el tiempo que sea necesario dice don Geno. Demetrio siente como alegría que don Geno apruebe ese trabajo, ¿Será por qué va a poner en práctica lo que aprendió allá en el ejército? Cuando llegan al Roble, Demetrio le dice a don Mincho: adelántese usted don Mincho solo quiero ver con don Bachán cuantos picos y palas tienen en la bodega, luego llego, muy bien dice Mincho, don Sebastián y Demetrio cuentan que hay diez y diez "picos" es suficiente dice Demetrio, y luego busca a la maestra y la encuentra platicando con Amintíta, las dos muchachas le extiendan la mano para saludarlo, pero como lo hacen al mismo tiempo o sea que las dos tienen sus manos levantadas, Demetrio decide por saludar primero a la maestra y Amintíta baja su mano, después Demetrio tiene que sostener su mano levantada por unos segundos y pensando que ella no lo quería hacer, cuando va a bajar su mano un poco apenado, ella la levanta en una postura tan coqueta, la levanta un poco volteada, su mirada profunda y sus ojos entre cerrados, que Demetrio como que perdió la orientación y su actitud es como se dice, después de un fuerte impacto y como si se preguntara "¿Bueno a que venía yo?", pero la maestra "lo despierta" y le pregunta: bueno Demetrio ¿Le podemos servir en algo? Ha, dice él, quiero que me haga el favor de decirles a los niños que les digan a sus padres que si pueden venir a la casa de don Geno para que hagamos un trabajo; Necesito nueve hombres, claro Demetrio dice la maestra solo que eso será mañana para que pasado mañana vengan sus padres, desde luego dice Demetrio, ¿Qué clase de trabajo será? Dice Amintíta, Demetrio se hace el desentendido y no le contesta, don Geno aún no quiere que lo sepan, Demetrio luego dice a la maestra, ¿Cuento con su ayuda profesora? Claro, contesta ella, y Demetrio se despide de ellas, en su casa lo esperan para cenar; luego que las dos jóvenes quedan solas la maestra un tanto intrigada por la actitud de Amintíta de bajar su mano al saludar a Demetrio y hacerse como de rogar para levantarla de nuevo, Gloria quiere preguntar algo, pero Amintíta se le adelanta y le pregunta ¿Oye Gloria a ti te gusta Demetrio? ¿O le gustarás tú a él?

Mira Aminta, ni lo uno ni lo otro, no te puedo negar que lo admiro mucho pero él no es mi tipo para eso de novio, te digo Amintíta que si acá en el Roble eligieran a una persona como un representante del gobierno pienso que él es la persona más indicada y yo votaría por él, de allí a lo otro no, a mí me gusta otro muchacho pero él ni siquiera se dio cuenta; cuando la maestra dice "él ni se dio cuenta" Amintíta de inmediato lo relacionó con el maestro Rigoberto Alemán, quien acompañó a la maestra desde San Lorenzo. Amintíta siente como un alivio y piensa que Gloria no es un rival como para preocuparse, a ella le preocupaba pues Gloria no solo es muy bonita sino que es muy preparada intelectualmente, es maestra de educación y tiene también título de psicóloga infantil, los alumnos con frecuencia le "echan flores" como: "nosotros decimos que usted es bien bonita y no queremos que se nos valla nunca de aquí" pero para Amintíta lo mejor que tiene es que no le gusta Demetrio para novio, ante esa interrogante Gloria responde nuevamente dando la impresión que le preocupó lo que Amintíta dijo y por esa razón dice así: Dime Aminta y tú ¿Por qué me preguntas eso? ¿Será que a ti si te gusta el hombre? Pues en verdad te diré que; solo dice así porque doña Aminta las llama: muchachas ya la cena está servida apúrense; en el corto trayecto que tienen que caminar para llegar al comedor, Amintíta dice a la maestra: ¿Qué cosas verdad Gloria? ¿Cosas? ¿Cómo qué Aminta? Eso de que una no tiene valor como los hombres, no te entiendo, dice Gloria, pues sí; Amintíta dice, eso que tú dices que el hombre que a ti te gusta ni cuenta se dio, por eso te digo que somos como que nos falta valor para decirle a un hombre "me gustas" pienso que es por el hecho de ser mujer y que el hombre pueda pensar mal si una se les insinúa; pero a lo mejor vuelve y se da cuenta que a ti te gustas, no te entiendo dice Gloria ya se sientan a cenar y lo último que dijo Gloria lo escucha Genito y dice así: a esta mi hermana Amintíta, a veces ni yo le entiendo lo que quiere decir, tu mejor come y cállate, que no sabes qué es lo que Gloria y yo platicamos ¿Verdad Gloria? Y a saber cómo irás a ser también ¿Ve lo que le digo? Dice Genito a la maestra, ella siempre sale con unas cosas que uno no entiende, mira Geno, Gloria y yo teníamos una plática y ella si me entiende lo que digo, ¿Verdad Gloria? Si claro dice ella, todos se acomodan en la mesa del comedor pues se dispone a cenar, toda la familia tiene establecido el puesto que ocupan en el comedor, don Geno a la cabecera, a su derecha doña Aminta en la otra cabecera Genito, luego se coloca Gloria que queda a la izquierda de Genito y después Amintíta, y Oralia a la derecha de Genito, sobran dos asientos que no los usa nadie, Hortensia termina de servir, esperan que don Geno se sirva primero para que los demás hagan lo mismo después; en la mayoría de las veces doña Aminta le sirve a don Geno, pero ésta es una de las pocas veces que él se va a servir; extiende su mano para hacerlo y se queda con la mano extendida por que Genito un tanto brusco se levanta, don Geno se asusta un poco y dice: ¿Qué te pasa Genito? Genito ya de pie, mira a todos uno por uno, deteniendo su mirada por unos segundos en cada uno de ellos, tal parece que no puede hablar, más bien parece que pueda llorar, pero luego dice: Papá, mamá estoy enamorado de Gloria y me quiero casar con ella; dijo esto y se desplomó, nuevamente con brusquedad y colocó su frente en el bordo de la mesa como si estuviera llorando o avergonzado talvez.

Fueron segundos o un par de minutos los que permaneció así acompañado de un gran silencio y solo se recuperan con otro susto que ocasiona un ruido en la puerta de la cocina y es un plato de vidrio que se le cayó de las manos a Hortensia que también escuchó lo que Genito dijo, doña Aminta por su parte dice: ya me quebró el primer plato de mi vajilla ésta Hortensia y todos se rieron de una manera nerviosa ya que todos tenían los ojos húmedos no hay ninguna diferencia con los demás, solo que él tiene dibujada una leve sonrisa y una raya roja en la frente que le causó el bordo de la mesa y dice: ¿De qué se ríen? Doña Aminta se levanta, se acerca a él, lo abraza y lo besa en la cabeza y visiblemente muy emocionada y llorosa solo pudo decir: "¡Ay hijo que feliz me siento!" en la cabecera de la mesa y en la silla que hay allí donde Genito se sienta queda con vista a la cocina y él escuchó lo que su mamá le dijo a Hortensia y se rio y doña Aminta piensa que es por lo que ella le dijo a Hortensia, pero no, no era por eso, Genito se río así porque en la puerta de la cocina esta Hortensia a todo llorar y no se puede limpiar las lágrimas porque en sus dos manos tiene los pedazos del plato, que se le rompió cuando escuchó lo que Genito dijo, Genito levanta su mano y señala a Hortensia y entonces todos se ríen nuevamente, y se levantan con gran alegría a abrazar a Genito y a Gloria y a felicitarlos y por un momento se les olvidó que estaban a punto de empezar a cenar; don Geno dice: bueno, bueno, bueno sentémonos y no se hable más; cenemos y después seguimos platicando; sin embargo él es el último en sentarse, pues se fue para una esquina del comedor donde guarda algunos vinos de muy buena calidad, saca una botella de esas y llama a Hortensia y le dice: Hortensia tráeme siete copas bien limpias y cuidado como quiebras una de ellas porque entonces si te ahorca Aminta, se sienta y dice: primero tomaremos una copa de éste buen vino para brindar, vamos a brindar por la felicidad de mi hijo y por la señorita Gloria; Gloria no sale de su asombro y no ha podido decir ni una palabra, Amintíta no podía entender nada, estaba desconcertada, ella sabe que Gloria ya tiene un hombre a quien ella quiere y piensa que su hermano se va a llevar una terrible desilusión cuando la maestra lo rechace y que a lo mejor no a dicho todavía para no avergonzar a su hermano.

Hortensia trae las siete copas y le dice a don Geno: dígame usted patrón y ¿Por qué siete? ¿Si acá solo hay seis personas? Pues porque tú también eres una persona le contesta don Geno; después del brindis que fue bien emotivo, Oralia que también está sorprendida le dice a Gloria, ¿No quieres decir algunas palabras Gloria? Porque a todos nosotros esto nos tomó por sorpresa, la maestra no contesta a Oralia, sino que Genito se pone de pie y dice así: Perdóneme usted Gloria, y se vuelve a sentar.

No hay explicaciones que dar, nadie tiene una, don Geno y doña Aminta quisieran oír alguna, y por eso cenan en silencio y un poco "a la carrera", por eso doña Aminta dice: coman despacio, que por eso se dice que "hay más tiempo que vida", bien dicho amor, dice don Geno.

Se terminó la cena, Hortensia recoge los platos y trae la acostumbrada taza de café a don Geno, pero siempre pregunta, ¿Alguien quiere café? Nadie quiere más que don Geno, pues tienen mucha prisa por platicar con Gloria y ella es la primera en decir: con permiso y se levanta, la siguen Amintíta y Oralia, se queda don Geno, doña Aminta y Genito. Don Geno dice: vaya hijo eso sí que fue una gran sorpresa y muy agradable, a mí me encanta esa muchacha y es muy inteligente, bueno dice doña Aminta: Y muy bonita, lo que a mí me sorprende es ¿Que como no me di cuenta cuando empezó esto? nunca vi malicia en Gloria y ni en ti hijo, bien dice Genito no sé ni cómo decirlo, porque a la verdad no sé lo que va a pensar Gloria ya que nunca le he dicho nada y ahora no quiero verle a la cara ¿Qué quieres decir hijo? no te entiendo bien dice el papá, bueno papá lo que realmente pasa es que no, ¿Es que no qué? Le dice don Geno, es que no he le dicho nada a Gloria, quiero decir pues que ella ni siquiera sabe que estoy enamorado de ella; valla, valla, valla, dice don Geno, como son las cosas hoy; antes se hablaba primero con la muchacha, luego con los padres y si lo aceptaban a uno, seguía de novio, visitándola en la casa y cuando uno estaba de visita, la madre estaba presente, hoy las cosas son distintas, allí tienes a Bachancito, ¿Que hay con Bachancito? dice doña Aminta, pues le dijo a Bachán que quiere casarse con Olimpia pero que Olimpia no lo sabe, ¿Qué te parece? Oralia y Aminta van a un lugar apartado para platicar con Gloria, Genito ve eso y les dice a sus padres; con permiso, me voy a levantar y sale detrás de las tres muchachas y alcanza a escuchar que Amintíta le decía a Gloria.

¿Verdad que te lo dije? Los hombres así son, no tienen miedo de decir las cosas y una de mujer no tiene ese valor, Genito las alcanza y les dice: con permiso hermanita, pero por favor préstenme a Gloria un momentito, después se las dejo a ustedes, se las quita y se aparta con Gloria para el corredor de la casa y se sientan por que Genito le pide de favor que lo haga, entonces le dice a Gloria: yo solo quiero decirle que me perdone lo que dije allá en el comedor, es que…por un momentito no dice nada porque su papá va cruzando, que va para el Roble, el árbol, en compañía de don Bachán asoman ya también Mincho y Demetrio que van a las acostumbradas reuniones que hay todas las tardes, cuando vienen caminando Mincho y Demetrio, don Bachán le dice a don Geno: mire a esos don Geno, no sé si Mincho le ha copiado a Demetrio el caminado o Demetrio se lo ha copiado a Mincho, es que caminan igualito los dos, tienen el mismo andar; hombre de veras dice don Geno, los cuatro llegan al Roble al mismo tiempo, solo que don Geno se queda pensando un momento en lo que Bachán dijo, él sabe que a lo mejor los dos tienen el mismo "andar" como dice Bachán por la razón que solo él sabe. Bachancito se acerca también al Roble y le pregunta a don Geno por Genito ya que nunca tarda tanto en salir, ni te imaginas Bachancito en el menudo lío que está tu amigo, pero mejor espera un poco para que él se lo explique, Bachancito se retira y se acerca un poco a la casa de don Geno y ve que Genito está bien cerca de Gloria y le dice algo que Bachancito solo lo sabrá cuando Genito se lo diga.

En el árbol no hay mucha gente el día de hoy solo los que ya mencionamos don Geno les dice de esta manera: imagínese ustedes que

Bachán dice que su hijo está por casarse pero que la novia ni siquiera lo sabe, pero eso no es todo, mi hijo nos acaba de decir que se va a casar con la maestra, pero la maestra ni siquiera lo sabe.

¿Qué será lo que pasa hoy en día? Tienen unas cosas que vayan ustedes a saber, no lo entienden nadie, don Bachán es el más sorprendido porque lo mismo le pasó con Bachancito y Olimpia que se está casando y ella ni lo sabe todavía, a esta juventud yo tampoco los entiendo.

Bachancito no se ha movido de donde está, por que espera con ansiedad a su amigo y necesita saber qué es lo que está pasando, don Geno y Demetrio tienen el tema de los sanitarios y parece que van a ir mañana a San Lorenzo ya que Demetrio tiene todo un presupuesto de los materiales que necesita comprar, pero esta vez como que va don Geno, don Bachán y Demetrio, eso será mañana y por hoy solo se preparan; Bachancito se pone de pie por que mira que Genito viene hacia él y Gloria comienza a platicar con las muchachas, pero las que tienen muchas preguntas son Oralia y Amintíta y no tienen ninguna respuesta de Gloria, sin embargo, Amintíta insiste en algo que tiene en mente y esta vez es más directa para preguntar lo siguiente: Entonces Gloria, se puede decir que eres una mujer de suerte, no te lo digo por lo de mi hermano, lo digo porque ya son dos los enamorados que tienes, solo que uno de ellos ni se ha dado cuenta todavía, ¿De qué habla Aminta, Gloria? Dice Oralia, no Oralia es por algo que yo le dije, pero entonces dime, ¿Tú estás enamorada de Rigoberto Alemán y mi hermano enamorado de ti? ¿Cómo vas a hacer? ¿Dinos a cuál de los dos vas a preferir? ¿Saben que muchachas? Me encanta Genito y tú Aminta me mal entendiste, en ningún momento me refería a Rigoberto, te dije que él ni cuenta se dio; pero me refería a tu hermano, Rigoberto ni se cruza por mi mente, que buenísimo, ahora te vamos a querer más porque vas a ser nuestra cuñada ¿Verdad Ora? Claro voz, quien no va a querer una cuñada tan bonita como Gloria, Oralia pregunta nuevamente a Gloria, ¿Qué crees que pensarán tus padres de esto? Digo por el hecho de que vives aquí en nuestra casa, pero quiero que sepas que todos somos felices contigo aquí; miren muchachas, por lo que Genito dijo en la cena y lo que platicamos en el corredor él y yo, hemos quedado oficialmente como novios, pero creo que no es necesario que mis padres lo sepan todavía; creo que es bien pensado dice Oralia. Mientras Genito y Bachancito sostienen una plática muy bonita, se supone porque solo se les oyen sus grandes rizadas y los oyen hasta el Roble donde están sus padres. ¡Qué alegres están los muchachos! comenta don Mincho, han de estar disfrutando de algo bueno; parece que la reunión ya se va a terminar por que se empiezan a retirar.

Genito le contó a Bachancito todo lo que pasó en la cena y lo que más le ha gustado contarle es que ya es novio oficial de Gloria; eso le da a Bachancito más ánimo y más valor y mañana le va a contar a su mamá lo que le dijo a su papá, por que según él su mamá todavía no sabe nada.

Ya todos están en sus respectivos dormitorios, don Geno dice a doña Aminta: mañana voy para San Lorenzo, te lo digo para que vallas pensando en las cosas que quieres que te traiga ¿Y a qué se debe ese viaje? Voy a comprar los materiales que Demetrio necesita para aquello que tú ya sabes, ¡Ay Geno! Qué bueno, le da un beso y además lo abraza, y luego comentan lo de Genito y los dos están contentos de que Genito se haya fijado en una mujer tan bonita y que además Gloria lo haya aceptado.

Por la mañana Demetrio y Benjamín llegan a la casa de don Geno, pero solo Mincho se tiene que ir para la hacienda por que don Geno, Demetrio y don Bachán van para San Lorenzo; Bachancito y Genito reciben clases por la mañana y se irán para la hacienda como a las doce del día, Benjamín le dio una cantidad de dinero para que le compre lo mismo que a don Geno pues los espacios que hay en las dos casas son iguales y no necesita medir, ni sacar presupuesto.

También han llegado nueve hombres que esperan a Demetrio, porque les dijeron que era con Demetrio que tenían que entenderse. Demetrio está muy emocionado, por el agua no tiene que preocuparse por que don Geno tiene un gran tanque en lo alto, sobre un artesón de madera y muy cerca de la cocina desde allí acarrean agua a un pequeño cuarto que está afuera, cuando se quieren bañar; el agua la sacan de un pozo profundo con motor de gasolina que además de sacarla la sube al tanque, eso ya está resuelto, el mismo sistema tienen don Mincho y don Bachán a lo mejor algunas otras personas más.

Demetrio va hacia el fondo del solar y da las instrucciones exactas a los nueve hombres de lo que tienen que hacer, les marca muy cuidadosamente, el perímetro del hoyo grande, Demetrio sabe que a lo mejor hoy no van a terminar con eso, pero ha contratado a nueve hombres para terminar lo más pronto posible; estos nueve hombres son padres de familia que tienen sus hijos en la escuela, Demetrio nombra a uno de ellos como encargado responsable del trabajo y le dice: mira Julio, éste tanque que vamos a hacer aquí y pone una piedrita será hasta aquí, coloca otra piedrita, y de aquí hasta aquí sigue colocando piedritas y en esa forma, dibuja un rectángulo que Julio remarca después para no equivocarse, Demetrio dice; bueno está bien así, y le da las medidas de profundidad y luego le advierte a Julio, por favor Julio esto que voy a decir es quizás lo más importante así que pone mucha atención, parece que Demetrio no se da cuenta que todos lo están esperando y escuchando todas las instrucciones que da a Julio y escuchan que dice, como te digo Julio si llegaran a pasar el día de hoy de unos veinte a veinticinco pies de profundidad quiero que todos ustedes si empezaran a sentir algo así como fatiga, cansancio, bueno, que les dificulte respirar salgan inmediatamente, hay que tener tres escaleras para que salgan lo más rápido posible y no vuelvan a bajar, tú Julio sos el responsable de esta orden es muy importante que se cumpla, ¿Me has entendido bien? Si Demetrio, claro, claro qué si Demetrio dice Julio, Demetrio da la orden tipo militar pues eso es él, todos han escuchado esa orden, incluyendo también a Amintíta, Gloria, Oralia algunas de las que escucharon todo lo que Demetrio ordenó, están un poco retiradas, pero la forma de militar que tiene Demetrio tuvieron que escuchar.

Aunque quizás nadie entienda bien esa orden que Demetrio da a Julio pero para Demetrio es muy importante que Julio la cumpla; Benjamín tuvo que irse primero porque tienen que preparar la carreta grande y las mulas de tiro, tarea que tienen que hacer Sixto y Seferino, don

Geno tiene dos carretas solo que una es más pequeña que la otra, hoy necesitarán la grande por todo lo que hay que traer de San Lorenzo, doña Aminta los llama a desayunar, esta vez se le llena la mesa porque Demetrio y don Bachán van a desayunar también. Cuando ya todos están sentados para comer, don Bachán le dice a Demetrio: mira Demetrio yo conozco muy bien a esos nueve hombres que están trabajando allí afuera todos son hombres fuertes y pienso que exageraste mucho cuando les dijiste que si se cansaban al extremo de no poder respirar que se salieran inmediatamente y yo no veo la razón para tener tres escaleras como si fueran a salir huyendo de un incendio o de una serpiente. Perdóname usted don Sebastián, pero es peor que un incendio y una serpiente juntos, dice Demetrio, y don Bachán dice de veras Demetrio que no te entiendo, y creo que aquí nadie te entiende nada, Gloria interviene y dice: don Sebastián tiene razón en parte, pues verdad es que no entendemos, pero lo más prudente sería decir que no sabemos y yo me incluyo porque yo tampoco sé, pero creo que Demetrio nos puede explicar cómo está ese asunto, ¿Verdad Demetrio? Por supuesto profesora dice él y cuando va a empezar que es lo que podría pasar con los nueve hombres, se aparece Genito para desayunar pero doña Aminta sin pensarlo sentó a Sebastián en su puesto y Demetrio está entre Gloria y Sebastián entonces Demetrio se levanta y Genito queda junto a Gloria que es lo que él quería y dijo a Demetrio: gracias Demetrio por dejarme sentar a la par de mi novia; luego Demetrio dice a don Geno: como usted tiene dos carretas allá en la hacienda quisiera usar la pequeña para acarrear las piedras del río, ya que todo el hueco que se va a hacer tiene que ir empedrado por dentro, y vamos a ocupar piedras de este tamaño o un poquito menos, Demetrio para explicar eso, usa sus manos agrandando y achicando el espacio entre ellos, muy bien dice don Geno allá le explicas a los muchachos los tamaños que ocupas y que no se hable más.

Sebastián como que sigue mal humorado por lo de Bachancito y por eso parece que todo le molesta por esa razón le preguntó a Demetrio lo del hoyo que se está haciendo en el solar de don Geno, siempre está tratando que quede mal enfrente de don Geno y quizás principalmente enfrente de Amintíta, siempre con la esperanza que esta joven sea para su hijo.

Se termina el desayuno, Demetrio no tuvo tiempo de dar la explicación que también la maestra quería, doña Aminta llama a Gloria, la muchacha le dice a Genito: con permiso Genito quiero ver que quiere tu mami, y la quiere para que la haga una lista de las cosas que necesita traer de San Lorenzo, esa lista de cosas don Geno se la da don Bartolo y él se la surte; ya se encuentran listos para partir, don Geno, Demetrio y Sebastián, cuando ya están abriendo el portón que da a la calle, para partir, Demetrio le habla en voz alta a los nueve hombres ¿Hasta qué horas van a trabajar muchachos? Julio responde hasta las cuatro o a las cuatro y media patrón; al momento Sebastián se quita el sombrero y se "espanta insectos" y parce que su nerviosismo aumenta un poco cuando Demetrio dice después: no se te olvide Julio lo que hablamos y al medio día se toman unos cuarenta y cinco minutos de descanso, y se marchan, don Geno y Sebastián van en sus caballos, Demetrio va a pie y tienen, don Geno y Demetrio una plática que don Bachán no puede escuchar muy bien, y no es porque vaya muy lejos de ellos, sino que por que va de mal humor, en sus pensamientos se va diciendo: Patrón le dice el muy bruto, patrón, lo que no entiendo es ¿por qué don Geno no dice nada? me da ganas de decirle porque si no, se nos va a "encaramar" a los dos a don Geno y a mí, aquí el patrón es don Geno, mi amigo, él es un simple peón de don Geno, y después de don Geno yo soy el patrón, a lo mejor yo voy a tener que hablar con él porque tal parece que se le están subiendo los "humos" a la cabeza, y como siempre anda con ese "cuete camisiado", se cree mucho y qué tal si por su culpa mi hijo bruto que no se case con Amintíta y se me casa con esa Olimpia dejándole a él, el campo libre y se casa con Amintíta allí sí que la "amolamos" porque el Demetrio va a ser hasta mi propio patrón y todo sería por culpa del "bruto" de Bachancito.

¿Es normal no? que un padre quiera un futuro sólido, económicamente para su hijo, pero que en esas cosas del corazón como que los padres perdemos el control.

Don Bachán es un excelente hombre, un buen padre, un buen esposo, un gran trabajador, trabaja desde niño con don Geno, conoció al papá de don Geno con quien empezó su trabajo y un hombre honrado, pero todas esas cualidades que tiene no le permiten ver con claridad que, en el corazón de su hijo único, no puede mandar.

Sebastián es interrumpido en su profundo pensar cuando don Geno le dice; Bueno Bachán allí está Seferino con la carreta que vamos a llevar, tú te vas en tu caballo, Demetrio y yo vamos a viajar en la carreta, este momento lo aprovecha Demetrio y le dice a Mincho que ponga a alguien a que haga 10 viajes de piedra del río, en la carreta pequeña y que la ponga en el solar de don Geno y le dice también los tamaños, don Geno dice a Mincho: Benjamín, te encargo todo, y si Dios lo permite, nos vemos mañana por la tarde. No pase usted cuidado don Geno que todo va a estar bien.

Las dos mujeres pescadoras, doña Camelina y su hija Olimpia, en estos últimos días han tenido que trabajar más sobre todo Olimpia y todo por la "enfermedad" de su mamá, el pequeño negocio de la venta de pescado no les da mucho y algunas veces sin la ayuda de su mamá la situación es más penosa y además su mamá no da ninguna mejoría; pasa la mayor parte del tiempo durmiendo, el olor a pescado hoy le molesta, eso no pasaba antes, la cosa realmente van de "mal en peor" y por esa razón, están pasando por muchas dificultades.

Sebastián en unos días anteriores ha pasado por la casa de ellas comprando pescado y según ellas también las ha aconsejado, en vista de su precaria situación diciéndoles que lo mejor que ellas podrían hacer es irse para San Lorenzo y a lo mejor allí puedan encontrar a don Víctor y así todos vuelven a estar juntos, si necesitan algún dinero como para los primeros meses yo se los puedo proporcionar y si ustedes no pueden regresármelo no se preocupen y a lo mejor les dice, allá pueden atender bien a Carmelina de su enfermedad; realmente su preocupación puede ser otra.

La maestra Gloria mandó con Demetrio una carta al supervisor departamental de educación primaria de San Lorenzo, y está muy ansiosa que Demetrio regrese con la contestación. Los nueve hombres que hacen el hoyo en la casa de don Geno ya tienen bien avanzado el trabajo y solo han trabajado cuatro horas, en este momento se toman un descanso; don Geno, don Bachán y Demetrio están como a tres horas para llegar a San Lorenzo, doña Rocinda no tiene ni idea de que dentro de un rato verá a su hijo otra vez; en la carta que la maestra envió al supervisor escolar le sugiere que le mande más maestros y la ayuda para construir una escuela grande ya que en un principio se matricularon treinta y un niños pero ya hay cincuenta y siete y siguen llegando y ha tenido que hacer dos jornadas, la de la mañana es de siete de la mañana hasta las doce del mediodía incluyendo media hora de recreo, la jornada de la tarde lo mismo, que empieza a la una y termina a las cinco de la tarde, para ella es agotador las dos jornadas, hay un predio o lugar muy adecuado para la escuela en el área donde vive Mincho, es bien grande, y la maestra piensa que talvez don Geno podría donar para la construcción, pero también sabe que la mayoría de los pobladores del Roble son pobres y no podrán financiarla, y por eso le pide ayuda al gobierno central por medio del supervisor departamental de educación primaria y que además es muy amigo de sus padres que viven en San Lorenzo.

Don Geno, Sebastián y Demetrio ya han llegado a San Lorenzo y se encuentran en casa de doña Rocinda, madre de Demetrio, doña Rocinda nunca sale de su asombro cuando mira a su hijo como si tuviera años sin verlo, Demetrio le presenta a don Bachán y a don Geno, tuvo el cuidado de presentarle primero a don Bachán pues ya sabe que se reciente con poco; luego a don Geno y le dice: él es don Geno, mi patrón don Bachán es mi segundo patrón con eso Demetrio arregla muy bien la situación.

Doña Rocinda muy servicial como siempre les ofrece café, tómense este cafecito mientras les preparo algo de comer, y ni decirle que no, pues cuando sirvió el café la cena ya la tenía empezada, bueno es que así es esa mamá y por mientras dice: a usted don Bachán ya lo conocía, pero mi hijo me lo ha vuelto a presentar eso quiere decir que Demetrio le tiene mucho aprecio a usted; eso es verdad mamá dice Demetrio y discúlpeme Bachán por un momento me olvide que ya usted conocía a mi mamá.

Son aproximadamente las cinco de la tarde y BA.DE.G.A.S. A ya lo cerraron, y allí es donde comprarán los materiales de construcción, las otras cositas como las encargadas por doña Aminta las pueden comprar hoy ya que don Bartolomé cierra su negocio a las nueve de la noche. Doña Rocinda los llama a cenar y cuando ya se sientan don Geno dice: este café señora Rocinda no tiene nada que envidiar al que me prepara mi esposa usted lo prepara igualito, me gusta, gracias señor Valverde contesta ella.

Allá en el Roble y en el solar de don Geno hay un gran "alboroto" que hasta la maestra, un grupo de niños, doña Aminta, y sus dos hijas por lo que ha pasado y es que a cierta profundidad del hoyo que están terminando los nueve hombres, dos de ellos se desplomaron cayendo sin sentido, los otros también habían sentido algo extraño en su cuerpo como fatiga, pero querían tener terminado el trabajo cuando Demetrio volviera, pero éstos siete también vomitaban muy sudorosos, y es que no cumplieron lo que Demetrio les dijo de las tres escaleras, Julio lo consideró innecesario y solo pusieron una, haciendo muy difícil salir y auxiliar a los dos que estaban sin sentido, con mucha dificultades sacaron uno y buscaron dos escaleras más para hacer muy fácil la sacada del otro y con su sombreros les daban aire, les apretaban el estómago, doña Aminta trajo alcohol y se los acercaban a la nariz y por último, recuperaron el aliento quedando solamente mareados.

# CAPÍTULO 5

Allá en San Lorenzo, ya han terminado de cenar, y don Geno dice a Sebastián que para ir adelantado, vaya con Demetrio a comprar donde don Bartolo los encargos de doña Aminta y que él se quedará descansando en una hermosa hamaca que tiene la señora allí, además tiene dos hamacas más guardadas; don Bachán y Demetrio van para donde don Bartolomé que conoce muy bien a Demetrio, don Geno que estaba acostado en la hamaca se sienta y dice a doña Rocinda ¿Le habrá sobrado un poquito de café como el que me dio antes de cenar? Si señor Valverde si tengo le dice y ahorita mismo se lo llevo, deja de lavar los platos y lleva el café a don Geno que le dice así: traiga para usted también y platicamos un ratito mientras los muchachos vuelven; mientras toman el café don Geno inicia la conversación así: bueno doña Rocinda, ¿Así que usted es de apellido Valverde como yo? Demetrio no me ha dado mucha explicación de su apellido: en verdad yo también quizás no le pueda dar mucha explicación, ya que mi padre y mi madre murieron cuando yo era una niña, toda mi vida me la he arreglado yo sola, trabajé desde jovencita con Bartolo y logre guardar unos cuantos centavos y me hice de esta casita, quizás por eso no se de mis padres y creo que el apellido Valverde lo tengo de mi papá, don Geno un tanto inconforme le vuelve a preguntar ¿Y su mamá o su papá vendrían de España? No lo creo dice ella yo recuerdo que platicaban de un país de Centro América me parece; bueno pues dice don Geno, entonces parece que no somos familiares, yo tampoco lo creo dice la señora.

Pero vuelve a surgir una nueva pregunta de don Geno y le dice: Pero ¿Y el papá de Demetrio no vive con usted acá? No, contesta ella, yo a las personas que me preguntan por ese señor, les digo que Demetrio es solo hijo mío y que no tiene papá. Demetrio ya no me pregunta por él, ya que le dije que su papá a lo mejor ya murió, y que no me gusta acordarme de él. Don Geno un poco avergonzado dice: ¡Ay doña Rocinda! Disculpe que me haya atrevido a hacerle esa pregunta tan indiscreta, no, no, no, responde ella, no me ha incomodado para nada, es muy natural que usted me pregunte esas cosas, usted es el patrón de mi hijo, se escucha un: "Ya estamos aquí" Demetrio y Sebastián que han regresado, con las encomiendas de doña Aminta, Demetrio muy aligerado coloca las encomiendas por allí y con la misma prisa sale de nuevo a cortar un poco de pasto para que los animales coman, el caballo de don Bachán y las mulas de tiro de la carreta; el dormitorio de Demetrio siempre está muy bien arreglado y dice a su mamá; que don Geno duerma en mi dormitorio y don Bachán y yo dormimos en las hamacas, muy bien hijo dice la señora. Don Geno como que no quiere incomodar y se reúsa a dormir en el cuarto de Demetrio, pero eso ya está determinado y como los tres están muy cansados pronto están profundamente dormidos.

La noche se les hace tan corta que parece que no han dormido nada, y son despertados por los ruidos que doña Rocinda hace en la cocina cuando les está preparando el desayuno; se levantan y después de asearse están listos para desayunar y luego a partir para el banco, y comprar lo que necesitan para luego irse para El Roble, pero por el momento son las siete de la mañana y el banco lo abren a las nueve pero la sección donde venden al detalle lo abren a las siete y media; terminan de desayunar y van para el banco pero primero Demetrio prepara el caballo de don Bachán y la carreta con las mulas, Demetrio llama a su mamá al cuarto donde durmió don Geno y le da un dinero, su madre ya sabe que su hijo siempre le da alguna cantidad, a la hora de despedirse don Geno le quiere dar a doña Rocinda una cantidad pero doña Rocinda no se lo acepta, más le dice: Ha sido un gran placer haber conocido al patrón de mi hijo, y que Dios lo siga bendiciendo ya que de lejos se ve que usted es un buen hombre, Demetrio al oír eso que su mamá a dicho dice: eso también es verdad mamá, muchas gracias doña Rocinda dice don Geno; don Bachán dice lo mismo; la despedida de Demetrio es distinta. Demetrio se ha quitado el sombrero y espera su rica bendición. "Que los ángeles de Jehová me lo cuiden, me lo lleven con bien y me lo mande muy pronto otra vez" y le da un fuerte beso en la mejía y en su frente, don Geno piensa: "Demetrio es bueno porque tiene una madre buena, y además Demetrio es muy feliz creo que es por la misma razón."

Parten para BA.DE.G.A.S.A., la sección de ventas ya está abierta, y empiezan a escoger todos los materiales que usarán en los sanitarios y sus respectivos lavamanos y son seis juegos tres para don Geno y tres para don Benjamín, don Geno escoge el color de los suyos y Demetrio los de don Benjamín, don Geno escoge dos blancos marfil y uno rosado para las niñas, Demetrio le recomendó el rosado; para don Benjamín los tres de blanco marfil, don Sebastián y Demetrio siguen en la escogencia de los demás materiales, don Geno se dirige a una oficina del banco que ya abrió al público, a don Geno lo conocen muy bien en el banco un oficial del banco lo va a atender en su oficina, este oficial es el gerente , llama a su secretaria y le dice que sirva dos tasitas de café le dice que le llame a un empleado que se llama Jacobo, mientras se toman el café, don Efraín, así se llama el gerente, con don Geno, Bachán y Demetrio ya tienen todo cargado en la carreta solo esperan que salga don Geno para que pague su cuenta, Demetrio ya pago la de don Mincho, don Geno trajo de su casa una bolsa doble que se llama alforja, la usan en las ancas de la bestia pero esta vez don Geno la trajo consigo en la carreta que viajó con Demetrio, en esa alforja don Geno trae dinero en efectivo que Jacobo el empleado y don Efraín el gerente del banco lo cuentan en presencia de don Geno, cuando terminan de contarlo todo le dan a don Geno su respectivo recibo, guardan el dinero y don Efraín le dice a Jacobo que le llame a un joven que es el encargado del departamento de ventas al detalle, Jacobo no sabe para qué es, cuando el hombre que ha mandado a llamar don Efraín ya está frente a él, le dice: por favor ponga mucha atención a lo que éste señor le va a decir y quiero que haga tal y como él ordene; bien dice don Geno: ¿Usted conoce donde vive la señora Rocinda Valverde? Don Efraín le pregunta disculpe usted don Geno, ¿Ella es familiar suyo? Lo digo porque en todos estos lugares no hay otro Valverde, más que ella y el hijo el militar; no, dice don Geno, pero su hijo trabaja conmigo allá en la hacienda, yo lo conozco dice don Efraín él es un gran muchacho; pues bien dice don Geno entonces ¿Ya saben dónde vive ella? Sí por supuesto que sí, entonces necesito que mañana mande para su casa el juego de muebles color café que tienen allí en exhibición, don Efraín lo interrumpe y le dice le mandaremos uno nuevo que esta empacado en la bodega, es completamente nuevo, ya que ese que usted vio allí en la sala es la muestra que tenemos y mucha gente se sienta en ellos, es verdad allí me senté yo dice don Geno son muy cómodos, quiero que tomen las medidas del piso de toda la casa y contraten una o varias personas para que pongan piso de cerámica, para la cocina le piden a ella el color que quiera para lo demás usen este dice y señala uno que es el mismo que tiene en su casa y luego agrega también quiero dos camas matrimoniales, una estufa como esta, dice así y toca una linda estufa que parece que ni él tiene allá en su casa; pero esa quiere él para doña Rocinda y por ultimo quiero un juego de comedor como aquel y puede mandarme también ese mueble con espejo para el cuarto de ella, don Geno mira para todo lados, como buscando algo por ultimo dice bueno eso es todo por el momento; ya veremos después, mire usted don Efraín que es lo que hay que hacer primero, pero quiero que esto empiece hoy mismo; don Efraín que ha tomado nota de todo dice a don Geno: No tenga cuidado don Geno, hoy mismo mando a alguien a medir todo el piso para empezar poniendo la cerámica primero y posteriormente lo demás.

Cuando sale de la sala de exhibición que tiene el banco, a don Geno lo espera don Bachán y Demetrio para que pague su factura, lo de Mincho ya la pagó Demetrio. Don Efraín acompaña a don Geno a la sección de ferretería donde está Demetrio y Bachán, cuando don Efraín mira a Demetrio que ya lo conoce se le adelanta un poco a don Geno pero don Geno lo detiene y le dice: por favor don Efraín ni una sola palabra al muchacho de la compra, descuide usted don Geno contesta don Efraín, y entonces se le adelanta un poco a don Geno y con un apretón de manos saluda a Demetrio, al mismo momento Demetrio le presentó a don Bachán diciéndole así: Don Efraín, le presentó a don Sebastián Argüijo, él es el mandador de los negocios de don Geno, don Sebastián muy alagado por la forma muy elegante que tuvo Demetrio de presentarlo, se quita el sombrero, pero esta vez no es para espantar insectos sino que contestó el apretón de manos diciendo: es un gran placer saludarlo señor; don Efraín dice: para mí también es un placer saludarlo don Sebastián y además dice: no le he visto antes por acá, ¿O es que usted guarda sus ahorros en algún otro lugar? Le digo esto don Bachán porque me gustaría guardarlos aquí y fuera también nuestro cliente, don Bachán le agrega: Si aquí es que yo guardo mis centavos, lo que pasa es que no son como los de don Geno, para mi cualquier cantidad es importante dice don Efraín, pero que bueno, usted es nuestro cliente también, y ¿Tú Demetrio? Ay don Efraín yo todavía no, dice Demetrio, don Geno solo se ríe.

Se disponen a partir cuando ven a don Fausto del Cid que también anda en negocios con el banco, saluda al grupo de don Geno y al mismo tiempo les presenta a su hermano Miguel del Cid y a su cuñada o sea a la esposa de don Miguel que se llama Veralia del Cid y también a la cuñada de don Miguel que se llama Lucía Villalta y le dicen Lucy, esta señorita es maestra ya titulada pero no ejerce su profesión, se terminó de graduar en el mismo colegio que la profesora Gloria Alvarenga la maestra del Roble, don Geno dice: bueno amigos nosotros tenemos que irnos ya vamos para el Roble y es un largo "trecho" se despiden y se marchan.

Mientras don Geno estuvo en el banco, Demetrio tuvo tiempo de ir a la oficina del Supervisor Departamental de Educación Primaria a entregar la carta que mandaba la profesora Gloria, y cuando el señor la termino de leer le dijo a Demetrio, dígale a la profesora Gloria Alvarenga, que voy a tomar muy encuesta lo que me pide en esta carta, dígale también que le mandaré una copia de su carta al ministro de Educación y yo le prometo que trataré de resolver lo que me pide lo más pronto posible.

Ya han viajado como 2 horas hacia San Lorenzo, solo que esta vez don Geno va en el caballo de don Sebastián, don Bachán y Demetrio van en la carreta que va bien cargada con todos los materiales que compraron en San Lorenzo.

Todos van en silencio, don Geno parece que se va durmiendo, pero no importa, del caballo no se va a caer, lo ha hecho muchísimas veces, don Bachán de repente se sonríe, Demetrio lo nota y le dice ¿De qué se irá acordando don Bachán si es que se puede saber? Claro que se puede saber hombre dice él y agrega ¿Te acuerdas Demetrio que la primera vez que vinimos juntos a este pueblo me dijiste que yo era de alto calibre? Si por supuesto que sí me acuerdo y se lo repito usted es un hombre de "alto calibre", don Bachán vuelve a decir, pues fíjate que hoy en el banco cuando me presentaste al gerente, si me sentí, así como tú dices, de "alto calibre" y ¿Sabes que Demetrio? Te lo agradezco mucho que lo hallas hecho, no pase usted cuidado contesta Demetrio, usted es una persona muy importante también, gracias Demetrio muchas gracias; ahora te voy a contar algo. Dígame don Bachán, te acuerdas que, en el viaje pasado, me contaste de ¿Cómo había sido tu vida? ¿Qué entraste al ejército voluntario? También me dijiste que a tu papá no lo conociste y ¿Que tú creías que era un hombre malo? ¿Y qué tu no querías ni conocerlo? Sí don Bachán me acuerdo muy bien de todo lo que le dije; bien, dice Bachán, hoy te voy a contar lo mío, lo escucho don Bachán; resulta pues muchacho que tú si eres un hombre muy afortunado con la madre que Dios te dio, fíjate que yo con decirte que ni me acuerdo de mi mamá, ni me acuerdo de mi papá, al grado que yo no sé porque es que me llamo Sebastián Argüijo, yo soy huérfano de padre y madre, dormía donde me agarraba la noche, dormía en cualquier rincón y muchas veces sin cenar, y cuando me despertaba me iba para el mercado que hay allí en San Lorenzo y allí pedía a cualquier persona que me diera algo de comer a cambio de cualquier trabajito, allí en el mercado hay comedores y yo iba para ver si podía conseguir algún trabajito a cambio de comida, allí mismo en el mercado, me regalaban algún poquito de comida que algunas personas no se la terminaban de comer, y fue allí mismito que conocí a don Geno el papá de don Geno, él estaba comiendo y yo lo miraba y él me miraba y me adivinó lo que yo quería y me llamó, mira Demetrio, lo recuerdo como si hoy fuera, él me llamó y me dijo: "siéntese hombrecito y ordene su comida acá a la par mía" Yo me apresuré a sentarme, pero me detuve, porque luego pensé: me estará convidando o solamente quiere que me siente a la par de él porque allí había un espacio y que ordene mi comida pero que yo la pague yo no tengo plata para pagar, pero luego dijo ¿Qué le pasa hombrecito? Venga y siéntese acá al par mío y ordene su comida lo que usted quiera ordenar, por el pago no tanga apuro que yo la pagaré. ¡Ah! Me dije que bien, ¿sabes Demetrio?, tenía una gran hambre, porque el día anterior ni almorcé, ni cené; ya te podrás imaginar el hambre que me cargaba, así que pedí mi comida y me la comí todita. Demetrio no hace ningún comentario tiene los ojos húmedos, se ha quebrantado con lo que don Bachán va diciendo; en este momento siente, así como deseos de tener a su mamá allí mismo para abrazarla y besarla, don Bachán lo nota y le dice: pero eso ya quedo muy lejos mi amigo, ¿Sabes una cosa más Demetrio? Diga usted señor, dice Demetrio con su voz un poco quebrantada, nunca he contado esta parte de mi vida a nadie, con decirte que de esto no lo sabe ni Geno que es mi amigo de toda la vida, te ruego que no le cuentes de esto que te acabo de contar a nadie por favor. Demetrio no solo se ha entristecido, sino que también hasta sorprendido, porque esto que le contó don Bachán no se lo ha contado ni a don Geno por eso es que Demetrio le dice: Pierda usted cuidado don Bachán mi amigo, que lo que usted me ha contado hoy, por mi boca, jamás, jamás, lo sabrá nadie, se lo prometo, con decirle que ni a mi madre se lo diré, y se lo puedo jurar que cumplo don Bachán.

¿Pero dígame usted don Bachán, como es que llega usted a la hacienda de don Geno? Y pasa todo este tiempo allí en el Roble; bueno pues imagínate que después que comimos, el viejo don Geno, me compro un par de zapatos que los llaman "burros" y me compro también dos mudadas, allí mismito en el mercado, como eso era todo lo que tenía, nos venimos para el Roble, allí en la hacienda dormía y mi trabajo era el que mi hijo Bachancito hace hoy con Genito. Y hoy como tú ves soy nada menos que el caporal de don Geno, se puede decir que tengo algo de mando en la hacienda el Roble ¿verdad? desde luego que si, por supuesto don Bachán yo al principio, cuando don Benjamín me llevó a la hacienda yo pensé que usted y don Geno eran hermanos, porque en el mando no hay diferencia entre los dos ustedes.

Ja, ja, ja, se ríe don Bachán ¡hermanos! no se sabe si don Geno se despertó de la risada de Bachán o porque han empezado a cantar, los de la carreta; pero lo que más sorprende a don Geno es que Bachán le ha puesto su brazo izquierdo sobre el hombro a Demetrio como abrazándolo y se les ve muy contentos, se acuerda don Geno que Bachán le dijo que Demetrio no era "santo de su devoción", por eso le extraña mucho esa actitud, y cree que algo ha cambiado entre ellos y le agrada mucho, ya que Sebastián es su mejor amigo de toda la vida, y Demetrio es y solo él lo sabe qué es el hijo de su otro gran amigo, Mincho Altamirano; aligera su caballo y se pone a la par de ellos y dejan de cantar, don Geno les dice: no, no, no, no dejen de cantar ¿Qué les pasa? no la "amuelen", yo me pongo a la par de ustedes para oírlos mejor, si yo pudiera cantar, cantaba con ustedes pero no puedo, así que síganle, y guardó silencio. Demetrio y don Bachán siguen en la cantada y parece que aún más contentos.

Están como a media hora para llegar al Roble son las cinco de la tarde, es la hora que también cierran el departamento de ventas del banco, dos hombres que han estado midiendo todo el piso de la casa de doña Rocinda ya se marcharon, a estos hombres doña Rocinda no los quería dejar entrar, parecen desconocidos, y si los dejó entrar fue porque dijeron: venimos de parte de un señor Valverde, dijo ella, es mi hijo.

Ya son las cinco y media de la tarde don Geno, don Bachán y Demetrio ya están en el Roble en casa de don Geno, Sebastián quita la silla de montar de su caballo, Demetrio suelta las dos mulas de la carreta, don Geno les dice que no van a descargar hoy, lo harán mañana, solo sacan las cosas de doña Aminta, Demetrio va después a ver cómo va el trabajo de el gran hoyo, y vio que casi termina en un solo día eso le gustó, doña Aminta, la maestra y Amintíta ayudan sirviendo la mesa para cenar, cuando Demetrio viene hacia ellas, Amintíta le dice que su cena ya está servida, por si él pensaba en irse para su casa ya no lo pudo hacer ¡Como despreciar a la linda mujercita! En el corto trayecto hacia el comedor le dice a Demetrio, si hubieras visto el gran susto que nos llevamos todos acá en la casa con esos nueve hombres que dejaste trabajando allí en el solar, ya no pudo contar más porque se están sentando todos a cenar y solo faltan ellos dos; la maestra dice a Amintíta: ¿Le contaste todo lo que pasó con los nueve hombres a Demetrio? No exactamente cuéntale tú, bien dice Gloria.

Resulta que fui interrumpida en mi clase cuando escuché gritos y un gran bullicio allí en el solar donde trabajan los nueve hombres, por que dos de ellos se estaban ahogando en el fondo del hoyo y hasta hoy no sabemos lo que pasó y solo hemos estado pensando que tú lo advertiste, lo que tenían que hacer, pero como que Julio no colocó las tres escaleras que le recomendaste porque él creyó innecesario, perdone usted señorita profesora dice don Bachán creo que toda la culpa es mía y no de Julio ¿Por qué? Dice don Geno, porque cuando nos íbamos le dije a Julio que a mí me parecía innecesario las tres escaleras, pero en verdad no le dije que solo usara una, eso ya lo determinó él, como les repito yo solo le di mi opinión, ya que el proyecto no está bajo mi responsabilidad, pero de todas maneras Demetrio te ruego que me perdones, yo soy un tipo ignorante, no, no, dice Demetrio, ni usted es ignorante ni tiene culpa, Julio solo tenía que hacer como yo le dije que hiciera además así como usted dice, no le dijo que solo usara una escalera, más bien pienso que el de la culpa soy yo, por dejar solos a estos nueve hombres, así que no se culpe usted don Bachán, termina Demetrio; un momento, dice don Geno si ustedes buscan un culpable ese soy yo. ¿Tú? Dice doña Aminta, ¿Por qué? Porque yo me llevé a Demetrio para San Lorenzo y yo debí de dejarlo aquí con esos nueve hombres necios, pero gracias a Dios que no están muertos, ¿Verdad Gloria? Sí don Geno, responde ella - estarán aquí mañana para continuar, que bien dijo Demetrio, luego la maestra vuelve a decir, sabemos que todos están bien, pero dinos Demetrio ¿Qué fue lo que pasó? Tal parece que tú como que sabías que esto iba a pasar, por favor explícanos. Muy bien dice Demetrio esto lo aprendí de mi sargento Amaya cuando nos daba la clase de este trabajo y él dijo que era una ley física, creo que ni yo sé con exactitud que es una ley física, pero mi sargento Amaya nos explicó así: En un hoyo que se haga en la tierra de un metro a un metro y medio de entrada o de ancho, y cuando ya pasa de unos ocho o más metros de profundidad no hay ningún problema porque el aire entra por una pared del hoyo y sale por la otra oxigenando de esa manera todo el hoyo, no pasa lo mismo cuando el hoyo es más ancho de entrada como ese que estamos haciendo allí, el aire pasa por encima del hoyo o como que solo entra un par de metros, luego no hay aire, y eso fue lo que pasó con los 9 hombres; la cantidad de metros hacia abajo donde ya no llega el aire no me acuerdo por el momento, pero lo más importante es tomar las precauciones necesarias, mientras Demetrio explicaba este fenómeno tenía en sus manos una tasa que le servía de ejemplo para explicar con más claridad el problema y como siempre dando los méritos al ejército de su país que le enseñó todo lo que él sabe y en especial al sargento Amaya que parece que para Demetrio él fue su líder.

Este joven militar no es egoísta, él enseña de una manera espontánea a otros lo que él sabe porque piensa que no todos tienen la suerte de entrar en el ejército del país y aprender las cosas que él aprendió. Los que sí dice Demetrio aprendieron muy bien esta lección son los dos hombres que por poco no cuentan el susto.

Bien a todos les gustó mucho la explicación que Demetrio dio. La maestra piensa: Que bonito esto que dijo el Demetrio, ojalá que fuera cierto y yo poder explicarles a mis alumnos esa ley física.

Ya es hora de irse para su casa, mañana es otro día de labores y veremos qué pasa; cuando Demetrio va a la altura del Roble, el árbol lo miran Minchito y Lupito, ellos están más que seguros que Demetrio les trae algo, don Mincho y Bertila se quedan observando a sus hijos, Mincho le dice a Bertila: Te apuesto y no pierdo que Demetrio ya cenó en casa de don Geno yo por eso te dije que no le guardaras comida, a los niños les trae unos dulces, pero les dice que pregunten a su mamá si se pueden comer alguno y si ella dice que no, será hasta mañana, efectivamente cuando Bertila pregunta: ¿Vas a cenar Demetrio? No doña Bertila acabo de comer en casa de don Geno; bien dijiste Mincho dice ella. Demetrio sugiere que se acuesten por qué viene muy cansado, pero le dice a don Mincho que sus cosas están en la carreta y que don Geno dijo que mañana la van a descargar, no te preocupes por eso hijo dice don Mincho y se acuestan. Demetrio da las buenas noches a todos, pero los niños tienen la costumbre de darle un beso en la mejilla, los dos niños al mismo tiempo y que les gusta mucho porque Demetrio dice ¡Que rico! Algunas veces les pide otro, a ellos les gusta.

Por la mañana Benjamín y Demetrio después de tomar sus alimentos van de viaje, don Benjamín se va de paso para la hacienda y Demetrio se queda y se va directamente para donde están haciendo el hoyo, ya los nueve hombres, le están esperando y le cuentan el gran susto que se llevaron, Demetrio no dice nada pero a Julio le dice: Creo que talvez con este susto que te has llevado aprenderás a obedecer órdenes, se lo dice en un tono molesto, la maestra y un grupo de niños y algunos adultos están también allí alrededor del hoyo que miran que en el fondo hay dos gallinas muertas y una rata; todos quieren saber quién será el valiente que bajará al fondo, Demetrio le dice a la profesora lo que el supervisor le dijo: El supervisor dijo que la apoyaba en todo lo que usted hiciera que mandaría una copia al ministro, yo creo que todo marcha bien, gracias a Dios le dice; así que profesora, puede hacer como usted quiera con su escuela, gracias Demetrio, eso quiere decir que tengo "carta blanca" para actuar, pues sí, dice Demetrio.

Suena la "campana" indicando que las clases ya van a empezar y también la hora de continuar con los trabajos del hoyo, Demetrio llama a Julio y le dice que lo acompañe, los otro ocho hombres piensan que Julio ya no va a continuar en el trabajo, pero no, luego aparece nuevamente con Demetrio cargando unos cartones grandes, Demetrio coloca a tres hombres a cada lado del hoyo y les recomienda que abaniquen los cartones aireando y que bajen de esa manera, muy luego se dan cuenta del buen resultado por qué no soportan el mal olor que viene del fondo, Demetrio les dice hoy no colocaremos las tres escaleras bajaremos solo tres para terminar el fondo cónico del hoyo y empezaremos después a empedrar los lados, sacan los animales muertos, Demetrio llevaba consigo unas bolsas plásticas y allí los metieron y continuaron el trabajo siempre aireando el hoyo con los cartones, cuando terminan el fondo cónico empiezan a empedrar las paredes pero las primeras líneas de abajo las hacen Demetrio y los dos hombres que están con él, los 6 hombres que están afuera no paran de abanicar hasta que están a cierto nivel donde ya se puede respirar y todos siguen hasta terminar el empedrado, solo Demetrio deja de trabajar porque Amintíta lo llama y le dice: ¿Qué hace usted allí adentro? Ese no es su trabajo, deje que ellos lo hagan, para eso usted les está pagando, Demetrio se ríe y le dice: bueno su papá es el que les paga a ellos y a mí también, como sea que sea, usted no tiene que trabajar, usted solo ordéneles, "si mi amor" dice él en su pensamiento, luego de ese rico pensamiento le dice: si señorita, luego hacen un enmallado de hierro, amarrado, colocan unas tablas de madera a manera de tapar el hoyo, encima de las tablas colocan la malla de hierro, colocan también un tubo de dos pulgadas que servirá de "respiradero" y dos de los hombres preparan el cemento para la fundición de la plancha, ya están haciendo el zanjo que va desde la orilla del hoyo hasta la entrada a la casa, Demetrio marca hasta donde quiere que se haga.

Ese mismo día allá en San Lorenzo en casa de doña Rocinda los hombres que contrató el banco, también terminaron de a nivelar todo el piso de la casa y también empezaron a colocar la cerámica, doña Rocinda fue al banco a escoger el color que pondrá en la cocina, así fue que dijo don Geno, ella sigue creyendo que su hijo es el de todo esto.

Termina la jornada de trabajo para el día de hoy; don Geno, don Bachán y Benjamín se quedan asombrados al ver cuánto se avanzó el día de hoy en el trabajo. Demetrio pide a los nueve hombres que cuando se vallan le ayudan a llevar las cosas de don Mincho a su casa, ya que cuando terminemos aquí les dice nos pasamos para allá, los nueve hombres no tienen ninguna dificultad en hacer el traslado y cuando terminan se despiden diciendo hasta mañana.

Un nuevo amanecer en el caserío el Roble. En algunos casos las mismas actividades cotidianas, pero algunos van para San Lorenzo otras a sus propios trabajos, unos para la hacienda de don Fausto, y algunos más para la hacienda de don Geno; el caso es que en este lugar hay mucho movimiento; hoy por hoy no hay días festivos en la escuela, hay clases todos los días, a excepción del día sábado y domingo; pero por el día de hoy Demetrio tiene mucho trabajo en casa de don Geno y ya se encuentra allí el grupo acostumbrado que se va para la hacienda, solo que un poco antes de que se vallan Demetrio quiere consultar con don Bachán, quien ahora ya se puede considerar más amigo de Demetrio y también quiere consultar con don Geno el lugar más apropiado donde habrá de construir los tres pequeños cuartos que harán dentro de los tres respectivos dormitorios; don Bachán conoce mucho de construcción, la casa de don Geno él la dirigió, la de él y la de Mincho también, así que cualquier sugerencia de él tiene que tomarse muy en cuenta y por eso es que después que se ha establecido el mejor lugar para los baños, don Bachán, don Geno y Benjamín se van para la hacienda.

Demetrio, como ya dijimos hoy tiene mucho que hace y cuando ya han empezado los trabajos, la maestra llega donde Demetrio y hoy Amintíta la acompaña, la maestra como que ha notado que Amintíta le agrada Demetrio le hace una señal para que la acompañe para hablar con Demetrio. Demetrio ha llegado a trabajar con el uniforme de militar que usó en el ejército y se ve bien elegante. Amintíta no puede ocultar su postura coquetona que adopta enfrente de Demetrio, pero no hay mucho de qué hablar, pues la maestra solo quiere saber si se podrán reunir mañana, como a las siete de la tarde en el Roble. Para Demetrio no hay ningún inconveniente solo que habrá que decirle a don Geno, a don Bachán y a don Mincho para que puedan participar en la reunión. La maestra está muy de acuerdo, pues para ella don Geno quizás es uno de los más importantes que deben de participar en la reunión de mañana, entonces consideran los tres ellos que no habrá ninguna inconveniencia, y se retiran, Amintíta solo le dice a Demetrio: no se valla a ir hoy al medio día para su casa "señor militar", pues tiene que almorzar con nosotros y tómelo como una "orden" Demetrio siente esa invitación algo electrizante y se le sale una expresión que después que la dice se avergüenza un poco, ya que cree que la señorita Amintíta como él la llama, podría molestarle ya que le dijo "es para mí un gran placer, más de su presencia que de cualquier manjar que pudiera comer", parece que no se molestó como piensa Demetrio, al contrario, más parece que le agradó ya que se retira con una gran sonrisa.

La maestra una vez en clases, lo primero que dice a todos los alumnos, es que digan a sus padres que mañana a las tres de la tarde tendrán una reunión frente al árbol y les ruega que no falte nadie porque se tratarán cosas muy importantes, y esto ya queda determinado.

Demetrio y los nueve hombres empezaron con el dormitorio de Oralia y Amintíta, derribaron parte de una pared del tamaño de una puerta y modificaron algo para instalar el servicio sanitario, el lavamanos y el baño, casi está completo todo en este dormitorio, el tubo que conduce el agua lo han traído desde debajo del tanque de abastecimiento hasta este dormitorio y han dejado ya instaladas las entradas de agua para la cocina, el baño de Genito y el de don Geno.

Demetrio quiso así porque es el dormitorio que queda más retirado del depósito de agua, éste dormitorio queda al lado de la propiedad de don Bachán; y cuando queda terminando todo como para hacer un ensayo del funcionamiento del servicio sanitario, solo falta reparar el piso que tuvieron que quebrar algunas piezas de cerámica pero todo esto está contemplado en la mente de Demetrio y se acordó de traer esas piezas que se van a necesitar en los tres baños; se terminaron las clases en la escuela y Gloria, Oralia y Amintíta llegan a ver cómo está quedando el dormitorio, y parece que también vienen llegando don Geno, don Bachán, Mincho, Genito y Bachancito y todos quieren ver también el primer baño ya terminado, bueno dice Demetrio ahora probemos si todo esto funciona bien y le dice a Oralia: abra la llave del lavamanos por favor, Oralia gustosamente lo hace y el agua sale con una muy buena presión y después le dice a Amintíta, que descargue el agua del servicio sanitario y también funciona perfectamente, la maestra no espera que Demetrio le diga algo y abre la válvula del baño y como la presión del agua es bien fuerte que cuando lo hace moja a casi todos los que están allí, porque también no se ha puesto ninguna cortina que servirá para que el agua no moje afuera del baño, pero lo que hizo la maestra causó un griterío nervioso, mezclado con risas de alegría, Amintíta no se puede aguantar más y en presencia de todos incluyendo sus padres, da un fuerte abrazo a Demetrio y le dice muchisisimas gracias Demetrio por ese lindo trabajo, luego Oralia hace lo mismo y antes de que sigan las felicitaciones Demetrio dice: bueno muchachas, el que se merece estos abrazos es su papá, ¡hay si también! dice Aminta y al mismo tiempo las dos jovencitas abrazan a don Geno y él se siente muy complacido, no es el momento de agradecer a su amigo Demetrio ya que el abrazo que sus dos hijitas le dan es bien prolongado y eso es muy agradable que sus dos garcitas le den un abrazo así, como que quizás ya hace algunos días que sus hijas no lo hacen y hoy gracias a Demetrio lo está disfrutando.

Hoy es sábado en la hacienda se trabajó la mitad del día, Demetrio y los nueve hombres, siguen con el baño de Genito, solo que el día de hoy no se podrá terminar, son ya más o menos las doce y media, ya se han parado todos los trabajos, y se oyen gritos de las niñas que corretean en el área verde, al rededor del árbol que han llegado con sus padres, el día de hoy no hubieron clases, se ven entre otras personas a don Fausto, y a su hermano Miguel que han venido de San Lorenzo con su esposa y su cuñada Lucy Villalta, y a otros padres de familia, doña Romilda corretea también pero atrás de sus hijos Faustito y Sarita, en fin hay mucha gente por la invitación que hiciera la maestra y en verdad solo ella sabe de qué se trata la reunión.

Ya llega don Geno acompañado de don Bachán y don Mincho, Demetrio va en compañía de Amintíta, Oralia, Gloria la maestra y Aminta la hija de Bachán, doña María la esposa de don Bachán como siempre, parece que no le gusta mucho estar en las reuniones.

Las personas que ya han estado en estas reuniones, algunas de ellas le gritan a Demetrio ¿Qué pasó con la guitarra? si, si dice una gran mayoría, Demetrio, no contesta solo se sonríe, en el camino hacia el Roble don Geno se entretiene un poquito platicando con don Fausto y su familia pero luego les dice, arrimémonos don Fausto y veamos de que se trata hoy esta reunión, solo don Fausto se encamina con don Geno a la orilla del Roble y las mujeres se quedan a una corta distancia, don Bachán cede su puesto a don Fausto y éste se sienta a la par de don Geno, don Fausto no sabe que hay que tener cuidado con los escupitajos de don Geno, pero tal parece que hoy no está masticando tabaco.

Demetrio como siempre inicia la reunión y dice: por favor damas y caballeros, pongamos atención a lo que la señorita maestra tiene que decirnos y después de que lo diga, ustedes pueden preguntarle lo que quieran; la maestra que lleva consigo un cuaderno de notas, dice así: muy buenas tardes queridos padres de familia e invitados, es para mí un gran placer, tenerlos a todos reunidos acá para informarles del avance que hemos tenidos en la educación de sus hijos, penosamente no puedo mandar notas a ustedes con ellos porque me han dicho en su mayoría que sus padres no saben leer ni escribir, pues por esa razón he querido tener esta reunión personalmente con todos ustedes.

Bueno dice, primero quiero informar a ustedes y pienso que esto es los más importante de esta reunión es que deben de saber que sus hijos han tenido un gran avance en su educación escolar, para mi es asombroso la facilidad con que están aprendiendo; quiero también explicarle como es que funciona esto: se nos da un programa de estudio para todo el año escolar, es decir que para que cuando esté por finalizar el año escolar esté también para finalizar el programa, pero lo que me ha pasado aquí en esta escuela es que estamos a la mitad del año y ya terminé el programa de estudio, en otras palabras ya sus hijos están preparados para el segundo año escolar; pero desgraciadamente no puedo aún darles clases de un segundo año y lo que estamos haciendo es que hemos empezado otra vez como si estuviéramos empezando el año; pero no importa, a eso le llamamos un repaso al programa, y les puedo asegurar que cuando sea el día de examinarlos para el segundo año escolar todos ellos estarán listos, y ninguno se va quedar a repetir el año.

Ahora bien con mi amigo Demetrio mandé una carta al director departamental de educación primaria, donde le exponía muchas otras cosas más, y no he tenido contestación ya que como ustedes saben, no podemos tener comunicación diaria, pues él está en San Lorenzo, sin embargo me mandó a decir que me daba toda la autoridad para que yo maneje los asuntos de la escuela acá en el Roble, y ya con esa autoridad que se me ha sido dada, lo primero que pienso hacer a partir del próximo lunes es: seccionar los alumnos en dos grupos, como ustedes saben tenemos dos jornadas una por la mañana y otra por la tarde, pero no me refiero a eso, como ya terminamos el programa quiero separar a los alumnos mayores en un grupo y a los menores en otro y que además tengo un problema muy serio y es que una buena parte de mis alumnos reciben sus clases en el corredorcito del apartamento que don Bachán nos ha prestado muy generosamente, démosle por favor un aplauso muy fuerte por eso. Y de inmediato se escucha un gran aplauso para don Bachán que se pone en pie, se quita el sombrero y se inclina hacia delante como recibiendo las muchas gracias de todos, don Fausto como está muy cerca de él le da un apretón de manos. Sigamos pues con el desarrollo del programa y cuando termine me pueden preguntar lo que ustedes quieran, pero el siguiente punto que tratar con ustedes es que quiero que Demetrio se los presente, ya que él y yo ya lo discutimos primero.

Demetrio se pone en pie y se dispone a empezar con su parte, pero no puede empezar porque en medio de todos los presentes una joven levantando su mano derecha y enseñando un sobre grande dice: un momento por favor, cuando se encuentra muy cerca de Gloria se reconocen pues fueron compañeras en el colegio de San Lorenzo luego se dan un gran abrazo y Gloria le dice a la joven ¡qué alegría de verte mujer! ¿Qué haces aquí? Y la joven contesta ¿Ya ves? Acá estoy y te traigo esta carta de San Lorenzo y creo que ha de tener relación con lo que tú les estas diciendo; la carta viene en un sobre grande y como remitente dice: Ministerio de Educación Primaria del municipio de San Lorenzo, la maestra levanta su mano enseñando el sobre a todos y que se supone trae muy buenas noticias, las personas aplauden mecánicamente sin saber exactamente lo que la carta dice y que además la maestra Gloria aún no la ha leído y se dispone a hacerlo y lo primero que lee dice así: señorita Gloria Alvarenga directora escolar de la escuela el Roble, se ríe y muy entusiasmada dice: para empezar les digo que de acuerdo a esta carta ya me nombraron directora de la escuela. Vuelven a aplaudir después sigue leyendo pero esta vez en silencio y todos quieren saber que más dice la carta pero ella les dice: creo que el contenido de lo que falta por leer lo voy a hacer cuando Demetrio les exponga su punto, ya que lo que la carta dice a continuación tiene que ver con lo que él les va a comunicar; Demetrio que se ha mantenido de pie les dice: por favor pongan atención porque se oye un murmullo como si platicaran entre si y en voz baja, su atención por favor y entonces todos se callan y les dice: la maestra Gloria y yo hemos platicado algo pero sin la ayuda de todos ustedes no se podría hacer nada; necesitamos una escuela más grande con capacidad para unos dos cientos o tres cientos o quizás más alumnos, cuando dice esto todos se miran entre si y se dirán quizás ¿Para qué tantas aulas? Pero Demetrio les vuelve a decir: no se asusten fíjense que al principio solo se matricularon treinta y uno alumnos y hoy por hoy la maestra tiene que colocar a muchos alumnos en el pequeño corredor y también ésta es una comunidad que crece cada día más y más, y la escuela nunca será muy grande, ya que pienso en los padres de familia que viven en otras aldeas vecinas del Roble, pero para empezar con ese proyecto lo primero, primero, y primero que necesitamos es comprar un solar. Que dé las condiciones.

Ya le hemos puesto el ojo a uno que creemos que si lo obtenemos podemos construir la escuela y adjunto un cuarto más para que en un futuro nos sirva para un centro de salud; conseguir con el gobierno que mande un doctor y que de consulta gratis por lo menos dos veces por semana, y tener también venta de medicinas a un precio especial pero el doctor pagado por el gobierno; bueno sigue diciendo Demetrio, ese es un proyecto pero por el momento necesitamos ideas, de todos ustedes para tener un principio, o mejor dicho realizar algunas actividades para reunir un adelanto que podamos dar al dueño de ese terreno que es el señor Geno Valverde.

¿Yo? Dice don Geno, que casi si atraganta porque no ha podido escupir durante todo este rato, pero escupe muy bien después, agachándose un poco más ya que a la par de él esta Don Fausto y luego de esto vuelve a decir "¿Yo?" "¿Pero de cual terreno estamos hablando?" "De ese" dice Demetrio y al mismo tiempo que la maestra señalan con el dedo índice, pero por el día de hoy solo queremos saber si nos lo podría vender y así iniciar las actividades y poder darle algún adelanto, mientras Demetrio hace su exposición la maestra Gloria y Lucía Villalta la que trajo la carta están muy cerca una de la otra, pues mientras Gloria leía la carta se detenía en la lectura y le decía a Lucy al mismo tiempo que la abrasaba y se reían; que bueno tú, ¡qué bueno! Vamos a trabajar juntas; Don Geno que también se siente emocionado con todo lo que Demetrio a expuesto dice sin mucho rodeo: Bueno pues, el terreno no va a ser un problema y ya desde este momento se lo entregó a la señorita maestra para la construcción de la escuela y centro de salud, y no quiero que me paguen ni un centavo; solo Genito murmuró entre dientes y dijo a Bachancito "adiós a mi casa", pero luego agregó "hay más de todos modos", tal parece y por la expresión que le dijera a Bachán es que quizás había pensado en ese solar para construir su casa pero como dice él "hay más".

Gloria que ya terminó de leer la carta agarra a Lucy del brazo y la lleva para enfrente donde está Demetrio, eso era lo que ella quería, que termine con lo del solar, porque quiere decir algo más; la gente que está presente no ha parado de aplaudir a Don Geno porque, así como pensó Gloria acerca del terreno Don Geno lo donó, y ahora los planes cambian. Ya no hay que preocuparse por pagar el terreno, pero no se cambia la idea de las actividades para reunir dinero; siempre para el mismo proyecto. Dejan de aplaudir y la maestra retoma la palabra y les dice: queridos padres de familia, en mi intervención anterior les dije que mandé una carta al director de educación primaria, pues aquí tengo ya la contestación, me la trajo esta linda señorita que se llama Lucía Villalta y que cariñosamente le llamamos Lucy, esta señorita será del lunes en adelante, otra maestra que impartirá clases al primer año escolar. Y en la carta dice también que hagamos un presupuesto de la construcción de la escuela y de la compra de un terreno.

Como ya tenemos el solar, creo que pronto la escuela del Roble será una realidad y adjunto su centro de salud. Todos se mantienen sentados en el césped, solo los que están sentados en el murito del Roble tienen vista a más distancia, por eso don Geno y don Bachán pueden ver a un hombre que va para la casa de don Geno eso es lo que don Geno y don Bachán piensan, pero se equivocan, pues el hombre va para la casa de don Bachán y toca el portoncito y aparece doña María y platican de algo que no se puede saber por el momento. Pero doña María llama a un niño y manda a llamar a don Bachán, cuando el niño corre a llevar el recado, ya don Bachán lo ha visto y no espera a que llegue hasta donde se encuentra, él sale al encuentro de el niño que le dice: doña María lo manda a llamar porque un hombre lo quiere ver, don Bachán sin detenerse a escuchar al niño va caminando aligeradamente y cuando ya se encuentra cerca del hombre, le dice hola Víctor no te reconocía, vienes muy bien vestido; gracias don Bachán pero este vestir es lo de menos vengo a pedirle de favor que le dé permiso a doña María para que vaya a mi casa pues mi esposa quizás pudiera estar en paso de muerte; ¿Qué tan grave es la cosa? Dice don Bachán ay don Bachán, parece que llego el momento que mi señora tenga el hijo ¿Cómo el hijo? Responde don Bachán, pero tú no has estado acá ¿Y cómo es eso? Es probable que todos los de acá puedan pensar mal de mi esposa pero yo me fui de acá para San Lorenzo el día que carmelina me dijo que sospechaba que estaba "esperando" y me dio miedo que naciera el niño y yo sin trabajo y por eso me fui, pero todos los días he estado pensando en la fecha en que podría nacer, y anoche que vine la encuentro con los dolores de parto por eso vengo a suplicar a usted que permita a doña María que me acompañe para que atienda a mi señora; parece que es muy urgente que doña María se apure ya que llega Olimpia a decirle a don Víctor que se apure que la cosa urge y eso hace que doña María se apure después que don Bachán dice que sí.

Doña María lleva algunas cosas que podría necesitar en el parto; cuando ya llegan a la casa de don Víctor solo se oyen los "ayes" de Carmelina. Doña María que tiene mucha experiencia en este tipo de trabajo, se pone ya en acción y le dice a don Víctor que espere afuera; Bachancito y Genito que miraron al hombre, también no lo reconocieron, pero como el hombre iba apresuradamente con doña María y Olimpia, Bachancito y Genito que vieron a Olimpia se fueron con ellos a su casa, y entonces reconocen que el hombre que está afuera en el corredor de la casa de Olimpia, es don Víctor el esposo de carmelina y lo saludan no sin preguntarle ¿Qué es lo que pasa con su esposa? No tiene tiempo don Víctor de contestar a los muchachos, ya que se oye el grito característico de un recién nacido, y que después de asearlo doña María lo carga en brazos y se lo trae a don Víctor y le dice: don Víctor es usted el padre de un hermosísimo barón.

Después de esto doña María se dirige para su casa acompañada de los dos muchachos, pero solo ella entra porque los jóvenes se van para el Roble ya que está la reunión en lo mejor. Olimpia no sale de su asombro y le pregunta a su papá cómo es esto que…no sigue porque don Víctor la interrumpe diciéndole ya se lo que me va a preguntar usted, y yo le digo que no se preocupe por nada, yo me fui de aquí sabiendo que carmelina quedaba en astado y por eso más es que me fui, todo éste tiempo he trabajado y me regresé calculando que ya podría ser hora, y mire usted que cálculo el mío.

Todos están muy sorprendidos; pero la reunión sigue, solo Genito bromea con Bachancito y le dice: con que Bachán ya tienes un cuñadito tiernito como un ternerito, pero es tu cuñado y apuesto, ¿estas contento?; Bachancito se ríe y contesta si es verdad estoy muy contento.

Como ya tienen el terreno para la escuela se va a necesitar que don Bachán vaya calculando todo el presupuesto para la construcción, pero eso puede ser el lunes por la tarde, pero lo que se puede hacer hoy son otras cosas y como la reunión no se ha terminado, Demetrio aprovecha para comprometer a todos los presentes y les dice así: tenemos lo que es más importante, el solar; para la construcción, el gobierno puede ayudar, pero nosotros podemos contribuir con trabajo, por ejemplo, uno o más días de la semana podríamos venir a trabajar, el caso es que debemos hacer la escuela y desde este momento cedo la palabra para que todos opinen o digan algo o pregunten si quieren preguntar. Demetrio se calla, y el primero en opinar o mejor dicho en dar una idea, es don Fausto y dice: amigos, quiero decirles que estoy con toda la disposición de ayudar en la construcción de ésta escuela, pero me gustaría saber cuánto es con lo que el gobierno va a colaborar y entonces yo les prometo mi ayuda; por esta actitud aplaudieron calurosamente a don Fausto y así sucesivamente todos ofrecieron ayudar con trabajo; en otras palabras tienen ya el solar y la mano de obra para la escuela, solo hay que nombrar una comisión para que vaya a San Lorenzo y presenten el estudio al director departamental de educación primaria y en ese momento se nombra la comisión que irá a San Lorenzo la próxima semana con el presupuesto de la construcción de la escuela; don Geno también ofrece las dos carretas para el acarreo de los materiales desde San Lorenzo, don Fausto también tiene dos carretas que las pone a la disposición y se puede decir que no hay ningún problema con el acarreo de los materiales, para terminar don Bachán dio también una muy buen sugerencia y dijo: como el invierno se acerca sería muy bueno tener lo más pronto posible los materiales ya en el solar, porque en el invierno el río crece y no se puede pasar, así que tenemos dos o tres meses más, también dijo: a mí me parece que Demetrio, la maestra gloria y alguien más pueden nombrarse en la comisión a San Lorenzo, Amintíta que oye esto, se le hace pequeñito el corazón no puede ni pensar que Demetrio y la maestra vayan a San Lorenzo, aunque Gloria ya es oficialmente novia de Genito pero a ella eso no le parece bien y le dice a la maestra: ¿También puede ir mi tío Sebastián y mi tío Benjamín? (Los hijos de don Geno le dicen tíos a don Bachán y a don Mincho y los hijos de estos a don Geno también así le llaman aún sin serlos) Amintíta le dice a Gloria que a ella también le gustaría ir como miembro de la comisión, entonces la comisión queda nombrada de la siguiente manera: Demetrio, Gloria, Lucy, don Fausto, don Miguel, Amintíta y Genito y con esto se termina la reunión; Se determina el día martes para partir, se llevarán las cuatro carretas y probablemente las carretas tendrán que hacer unos dos o tres viajes, se determina el día martes, porque todo el día lunes se sacara cuidadosamente el presupuesto de los materiales.

Todos para sus casas y a esperar las noticias hasta el día jueves; la maestra gloria les dice antes de que se retiren que los van a convocar o a invitar a que vengan de la misma forma que lo hizo hoy a través de sus hijos pero que también traigan amigos que, aunque no tengan hijos en la escuela por hoy, ya los tendrán después, y que se necesita su colaboración.

Cuando ya han llegado a su casa Oralia dice en voz baja a doña Aminta ¿mami y yo porque no puedo ir también a San Lorenzo? Hijita, claro que puede ir, solo que tiene que decirle a Demetrio; ay mami como que Demetrio fuera mi papá, no hijita yo digo eso porque Demetrio es el de todo esto, mire cuantas cosas se han hecho por él, es cierto que el dinero lo da su papá pero el dinero no lo es todo, de nada sirve por mucho que sea si no se utiliza en algo bueno, mire usted que lindos tenemos los baños y no era por falta de dinero, en fin ya usted mira todo, así que dígale a Demetrio que usted quiere ir a San Lorenzo y después se lo dice a su papá.

Como es temprano todavía son como las cinco y media de la tarde y Oralia no se puede esperar, le dice a Amintíta: Aminta acompáñame a casa de Demetrio, Amintíta ni corta ni perezosa le responde ¡si claro vamos! Y luego dice: ¿Y a que tú? ¿Ya pediste permiso a mi mamá y a mi papá? Claro que si hombre le dice y se van para la casa de don Mincho y se les une Gloria.

Genito, Bachancito, Aminta y Oralia la hija de don Bachán cuando llegan encuentran que Demetrio tiene la guitarra, y lo tienen rodeado Minchito, Lupito y don Benjamín, que parece que estaban cantando. Doña Bertila por su parte está cocinando para la cena, luego todos quieren que Demetrio cante alguna canción, y Demetrio como siempre no tiene ningún inconveniente y de inmediato se pone a cantar, también lo acompaña don Benjamín que hace la segunda voz y se escucha muy bonito; solo logran cantar dos canciones por que los jóvenes miran que doña Bertila ya ha terminado de servir la cena y por eso es que Oralia dice a Demetrio que ella quiere ir a San Lorenzo en la comisión, Demetrio le responde que para él no hay ningún inconveniente, pero tiene que decirle a su papá y a su mamá; ella muy alegre le dice: eso ya está arreglado Demetrio; muy bien dice él y el grupo de jóvenes se retiran; el día siguiente es domingo, todos en sus casas, Mincho y Demetrio limpian el solar de su casa porque el día lunes los nueve hombres empezaran los trabajos y hoy domingo solo va a venir don Julio que será como siempre el responsable, Demetrio le vuelve a dar todas las indicaciones que le dio en los trabajos de don Geno; Julio le dice pierda cuidado patrón el susto que nos llevamos allá donde don Geno no nos vuelve a pasar, eso espero le dice Demetrio.

El día lunes, el mismo movimiento de siempre, el grupo que va para la hacienda de don Geno, los nueve hombres también están en la casa de don Geno por que les van a prestar la herramientas para trabajar en la casa de don Benjamín; la maestra dice a todos los alumnos ya ésta vez en carácter de directora: niñas y niños quiero presentarles a la nueva maestra que trabajará con los alumnos menores, y yo trabajaré con los mayores, y quiero que también le vuelvan a decir a sus padres que no se les olvide que el próximo sábado y a la misma hora tendremos otra reunión; aunque ésta vez creo que va a ser más corta vuelve a decir, pongan atención, en esta semana solo vamos a tener clases el día de hoy y regresamos a clases el próximo lunes ¡hay no! Ese ¡hay no! Se escuchó casi en todo el alumnado, y uno de ellos preguntó ¿Y por qué maestra? Porque el día jueves que regresemos vamos a estar muy cansados y por eso vamos a tener clases hasta el día lunes; el mismo niño dice: ¿Y porque no va solo una maestra a San Lorenzo? Y la otra que se quede a darnos las clases; entonces la maestra le dice al niño eso sería lo mejor pero ya se determinó que las dos maestras vamos a ir y por eso les ruego que nos perdonen ya que es por el bien de todos que vamos.

Se hizo un presupuesto muy minucioso de todos los materiales para la construcción de la escuela, y el centro de salud; hoy es el día que hay que partir a San Lorenzo, allí afuera de la casa de don Geno se encuentra don Fausto y su familia, las dos carretas de él, ya se han marchado también las dos carretas de don Geno, don Fausto tiene un carruaje muy cómodo y le caben ocho personas cómodas y el cochero, por eso se baja de su carruaje y le dice a don Geno que tiene espacio para dos personas más por si quieren viajar con él, y Oralia es la única que se entusiasma, toda la comitiva está lista para partir, don Geno llama a Demetrio a un lugar privado y le dice: Demetrio a mí nunca me ha gustado que mis hijas viajen solas, y esta es la primera vez que lo permito por favor cuídamelas, me muero si me les pasa algo malo, yo sé que ellas ya están grandes y entienden el bien y el mal, pero para mí siguen estando tiernitas como un ternerito, te voy a dar este dinero para que pagues todo lo que ellos quieran se lo pensaba dar a Genito y él me dijo que lo que fuera dinero te lo diera a ti; otra cosa quiero que duerman en tu casa y si tu mamá les da de comer quiero que le des esta cantidad aparte que te doy para ella y dile que si no lo acepta mis hijos van a ir a comer a otro lugar y que no van a dormir en tu casa, ¿Sabes Demetrio? Es que quiero que tu madre acepte mi ayuda, y para serte franco Demetrio yo quiero mucho a tu mamá como si fuera mi hermana, yo no tengo más familiares más que mi esposa, y mis hijos, yo abrigaba la esperanza que tu madre fuera familia mía porque tenemos el mismo apellido, pero resultó que no y sigo siendo un hombre solo, por eso te recomiendo mucho a mis hijos, que después de mi esposa es todo lo que tengo, mis hijos.

Solo Demetrio falta para partir, lo están esperando y ya para irse le dice a don Geno no tenga el menor cuidado señor que a sus hijos los defiendo yo aún con mi propia vida; y además, también siempre cargo esto cuando le dice "esto" se toca una escuadra calibre cuarenta y cinco que siempre anda y le dice, lo único don Geno es que las dos muchachas van a tener que dormir solas en mi cama y no está en muy buenas condiciones que digamos; don Geno se ríe y le dice apúrate muchacho que te están esperando y por eso que dijiste ni siquiera te preocupes.

Están allí afuera también, una que otra persona que han venido a despedir la comisión, algunas de ella han traído frutas para que lleven y coman en el camino, y hoy si parten para San Lorenzo; en la casa de don Benjamín los nueve hombres ya empezaron a trabajar en el pozo séptico y hoy si se hará como Demetrio ordenó la primera vez, y ya que no fue para menos el gran susto que se llevaron cuando hicieron lo mismo en la casa de don Geno. En la casa de carmelina, hay mucha alegría, Olimpia se apena a si misma por lo que pensó de su mamá, y carga en sus brazos a su hermanito varón que tanto deseó desde que era una niñita, hoy ya lo tiene y disfruta mucho de él, le han puesto de nombre Víctor Manuel como su padre.

La caravana que va para San Lorenzo está ya por llegar y la gran sorpresa que se lleva doña Rocinda que otra vez no entiende lo que sus ojos miran ya que ve un gran grupo de personas que van en dirección de su casa y no logra distinguir que uno de ellos es su hijo que va vestido con su uniforme militar y solo lo reconoce cuando ya está cerca y corre a recibirlo. Demetrio se baja de su caballo y camina con ella hasta llegar al frente de su casa donde hay un árbol de almendras que da una hermosa sombra; la puerta de su casa, doña Rocinda la dejo bien abierta que permite a Demetrio mirar hacia dentro y ve un reflejo brillante y no entiende que es y se acerca aún más y pregunta a su mamá ¿Qué es esto mamá? Y mira de una vez en la sala los muebles, el comedor, las paredes bien pintadas, y aún no ha visto los dormitorios que será otro susto más, doña Rocinda solo le dice ¿Qué tal se mira hijo? Es todo lo que usted mandó ¿Yo? Claro dice su madre, pero no se puede seguir platicando del asunto pues toda la comisión está frente a su casa, y de todas las presentaciones que Demetrio tiene que hacer, la primera es Amintíta, y a Genito.

Oralia se baja del carruaje de don Fausto y se la presenta y en ese momento también le presentó a don Fausto y a la familia de él; ya pasada las presentaciones don Fausto se retira con su familia, son aproximadamente la una y media o dos de la tarde y Demetrio piensa que se puede aprovechar lo que falta del día y le propone a don Fausto antes que se retire que se pueden ir de una ves a la supervisión departamental, con el presupuesto de la escuela y a ver que más noticias les tiene el señor supervisor, a don Fausto le parece muy buena la idea y solo Oralia desea quedarse con doña Rocinda y los demás van para la supervisión departamental. Efectivamente cuando llegan a la oficina del señor supervisor, quien es muy amigo de don Fausto y también de don Miguel, su cuñado y de Lucy la nueva maestra, y claro igual lo es de Gloria la maestra que llegó primero al Roble; entonces entre abrazos y apretones de manos el señor supervisor les dice: qué bueno que vinieron no los esperaba tan pronto, pero mejor que ya estén aquí pues tengo la aprobación del gobierno central para que hagamos esa escuela; éstas cosas están en el programa de nuestro gobierno central, ya que una de las prioridades de nuestro gobierno es acabar con el analfabetismo de éste país y que desgraciadamente es mucho; dicho esto, pasemos a lo que los ha traído hasta San Lorenzo y me alegro mucho que usted don Fausto forme parte de esta comisión, Demetrio, entrega el presupuesto de todos los materiales que se usarán que incluye también una bomba de gasolina para sacar agua de un poso y subirla a un tanque de almacenamiento, tres servicios sanitarios blancos y sus respectivos lava manos, también materiales para la construcción de un tanque séptico para los mismos; todo absolutamente todo, está contemplado en el presupuesto y lo que no está son los precios que los pondrá BA.DE.G.A.S.A. y el señor supervisor departamental solo tiene que firmar el presupuesto, y conociendo muy bien a don Fausto, a Demetrio, a Genito y a Amintíta en representación de don Geno y a los demás miembros de la comitiva, no duda en firmar y sellar el presupuesto, que es como una orden de compra para el banco y lo firma también porque confía plenamente en las personas ya que él sabe que los materiales se usarán, única y exclusivamente para la contracción de la escuela.

Después de firmar y sellar con el sello de la supervisión departamental de educación primaria, el señor supervisor mira se reloj "de bolsillo" que lo tiene asido de una cadena de oro y enganchado de un "pretal" de su pantalón y ve la hora y dice a la comisión: creo que es tiempo aún para que vallamos al banco y puedan empezar a preparar todos estos materiales, me parece perfecto dice don Fausto yo también creo que podemos hacerlo ahora, al mismo tiempo que él, mira también su reloj de puño. Ya llegan todos al banco, lo recibe muy alegremente don Efraín sabe que algo bueno trae ese grupo, ya que los conoce muy bien a todos; una vez en la oficina de don Efraín no los puede sentar a todos, pero llama a su secretaria para los respectivos cafés y que también que le llame a don Jacobo. Primero aparece don Jacobo, y don Efraín le dice después que él también ha firmado y aprobado esa venta para el gobierno central; lleve este presupuesto al departamento de ventas y dígales que preparen todo, y como ya es un poco tarde creo que lo que se les puede entregar hoy o por lo menos una buena parte, son los bloques de construcción y que los carguen en esas cuatro carretas que están allí afuera.

Ya todo arreglado, salen de la oficina de don Efraín y se despiden todos de él dándole las gracias por su aprobación y también por el crédito. Demetrio va donde los que han traído las cuatro carretas y les da una cantidad de dinero para que cenen mientras los empleados del banco cargan los bloques de construcción y solo les dice que les diga cuantos bloques cargaron en las carretas.

# CAPÍTULO 6

La comisión no tuvo ningún contratiempo, todo salió a las mil maravillas, a Demetrio le dieron una copia de todos los materiales que van a necesitar, don Fausto pasara mañana a cualquier hora de la mañana recogiendo a Oralia que se va a quedar con sus hermanos en casa de doña Rocinda; cuando llegan a la casa ya ella les tiene preparada la cena que aunque es un poco temprano todos tienen hambre, Demetrio es la primera vez que va a sentarse en todos esos muebles nuevos, el de la sala y el del comedor, ya vio la linda estufa en que hoy cocina su madre, aún no ha visto su dormitorio, esa será otra sorpresa, pero por el momento no puede preguntar nada a su madre en frente de sus cuñados, perdón, de sus amigos. Oralia que ya estuvo dándose una siesta en la cama de Demetrio, se levanta un poco adormitada por que doña Rocinda le hablo para que cenen todos juntos.

Cuando terminaron de cenar, una cena muy deliciosa, doña Rocinda como que se esmeró quizás más que antes ella como que presiente que una de esas dos muchachas es la novia de su hijo, y ella cree que quizás es la que se quedó con ella, pero mientras Oralia platicó con doña Rocinda, ella no pudo detectar nada ya que Oralia solo platicó de todos los trabajos que Demetrio realizó en el Roble y por eso es que no logra entender si Oralia puede ser o no la novia, pero sí cree estar segura, que una de las dos muchachas es la novia de su hijo; como se encuentran en la sala platicando animosamente de lo que pasó en el banco y en la oficina del supervisor no se dan cuenta que alguien toca la puerta del corredor de la casa, y doña Rocinda se acerca a ver quién es, y son dos jóvenes vestidos de militar que le dicen: nos dijeron que por acá anda Demetrio y nos gustaría verlo, Demetrio escuchó que pronunciaron su nombre y se acercó a ver quién es, y exclama con gran alegría diciendo: ¡mi sargento Amaya y mi cabo Gonzáles! ¡que agradable sorpresa!, pero, pasen adelante y les voy a presentar a mis amigos y les dice éste es Genito Valverde ésta es Amintíta Valverde y ésta es Oralia Valverde; el sargento Amaya les dice: ¡qué bonita familia tienes Demetrio!, porque también le presento a su mamá y luego agrega: nunca nos dijiste que tus dos hermanas eran muy bonitas, gracias mi sargento dice Demetrio pero éstas jovencitas y éste joven no son mis hermanos solo es que tenemos el mismo apellido pero ellos son hijos de mi patrón y viven en el Roble donde yo trabajo; ¡a! dice el sargento discúlpenme por favor. No hay cuidado por eso, responde Genito y empezaron a platicar del ejército, de las nuevas experiencias que han tenido, el cabo Gonzáles le dice a Demetrio, veo mi cabo Demetrio que sigues enamorado del ejército se lo digo porque trae puesto su uniforme; sí, desde luego que sí, le debo tanto que no podría más que seguir enamorado de él, lo dice riéndose, Amintíta no sabe en qué momento dice es de lo único que quizás Demetrio esté enamorado; fue bien visible la molestia en que lo dijo y además agregó: con permiso y se levantó y se fue para el dormitorio de Demetrio pues ya doña Rocinda les dijo a las dos muchachas que allí es donde van a dormir, Oralia y Genito piden permiso también a los dos militares que están de visita allí y salen al corredor y dejan que Demetrio platique con sus amigos y entre otras cosas que se dicen, el sargento Amaya dice a Demetrio que si no ha considerado en regresar al ejército; Demetrio dice, pues realmente no, hoy por hoy trabajo con don Geno, un hombre que me trata muy bien, pero dígame sargento ¿a qué viene esa pregunta? ¿Están necesitando personal? Bueno dice el sargento Amaya necesitando realmente no, pero lo que pasa es que usted es un buen soldado y creemos que usted nos podría dar una manito; no andamos en plan de reclutamiento, solo fue que fuimos al banco y un amigo que tenemos allí nos dijo que usted andaba por acá y decidimos venir a visitarlo, hoy se nos terminan los tres días francos que tuvimos, pero mañana muy de mañana partiremos nuevamente de regreso.

Mientras continúan su plática doña Rocinda fue al cuarto de Demetrio y ve que Amintíta tenía sus ojos un poco enrojecidos como si hubiera estado llorando, doña Rocinda con un tanto de prudencia le dice, que si le puede servir algo, como un vaso de agua, ella le dice que no pero le dice que no se valla y que se quede a platicar con ella, la señora acepta y quien empieza la plática es Amintíta, que le pregunta a doña Rocinda: ¿Dígame doña Rocinda como se llamaba la novia que

Demetrio tenía antes? ¿Novia? Contesta ella no, no que yo sepa jamás mi hijo me ha dicho de novia alguna, una vez le pregunté cuando regresó del ejército si había dejado alguna novia por allí y él me dijo: no mamá los dos días que me daban de franco me quedaba en mi barraca, me quedaba descansando y repasando las cosas que nos enseñaba el sargento Amaya, yo creo que es ese señor que está allí con él ¿Por qué me pregunta eso hija? ¡hay doña Rocinda! no hayo ni cómo explicarle, solo dígamelo y yo lo voy a entender le dice la señora, pues mire doña Rocinda, la verdad es que me he enamorado de Demetrio, y el parece que ni cuenta se ha dado, nunca me dice nada y a mí me da vergüenza como de insinuármele; como usted comprenderá una tiene su orgullo, hijita no sé cómo ayudarla en este problema pero yo puedo hablar con mi hijo y… no, no, no ni lo quiera Dios es lo mismo como si se lo dijera yo no, no doña Rocinda dejemos las cosas como están y miremos a ver qué pasa; yo se dice doña Rocinda que lo que le pasa a mi Demetrio, es que es una persona muy, quizás demasiado, respetuoso y de seguro piensa que si le dice algo se va usted a enojar y creo que él de ninguna manera quisiera ofenderla; Demetrio llama a su mamá porque sus dos compañeros se quieren despedir de ella y la señora sale y se despiden.

Genito y Oralia fueron al negocio de don Bartolo y doña Rocinda que no ha tenido tiempo para platicar con su hijo, aprovecha este momento y le dice así: ¿De manera hijito que usted dice que no compró todo esto que tenemos aquí? Los muebles de la sala, del comedor, el piso de la casa, las camas, ¿las camas? Dice él todavía más asombrado si hijo las camas son bien bonitas y cómodas allí esta acostada la señorita Amintíta por el momento; mamá, yo no compré todo esto, pero ahora ya sé por qué don Geno me dijo: por eso último que dijiste no te preocupes es que fíjese mamá que yo le dije que las niñas no iban a dormir muy cómodas por que las camas estaban un poco viejas.

El compró todo esto mamá, ¿Sabes que mamá? ¿Si hijo? Que él dice que tenía la esperanza de que usted fuera familia de él y que le tenía mucho cariño como si fuera su hermana; no ve que tenemos el mismo apellido y fíjese mamá, que al principio él pensó mal de mí, quizás él pensó que yo quería tener ventaja por eso no ve que él es el hombre más rico de todos esos lugares y hasta creo que él es dueño o por lo menos de una buena parte de ese banco, BA.DE.G.A.S.A., ¿De veras hijo? Si mamá, viera como lo atienden allí, y todo lo que él dice lo toman como una orden que él da, si hijo te lo creo pues fíjese que el día en que empezaron a trabajar aquí en su casa todos ellos, los que hicieron el piso, los que pintaron y los que trajeron los materiales y las camas también decían que eran órdenes del señor Valverde y que el señor Valverde por allí y que el señor Valverde por allá en fin, entonces debe de ser como usted dice, otra cosa hijo; la joven que está en su cuarto la que se llama Amintíta, si mamá ¿Qué pasa con ella? Pues mire hijo, yo le pregunté, ¿Qué mamá? Por favor ¿Qué pasa? Hay hijito usted como que no se ha dado cuenta que ella esta locamente enamorada de usted y usted ni caso le hace; ¿Por qué dice eso mamá? ¡Hijo mío me lo acaba de decir ella misma! ¿De veras mamá? Por su puesto hijo ¿Cómo le voy a decir algo a usted que no sea la mera verdad? Voy a verla mamá dice él; no podía creer que esa niña tan bonita, que todo en ella es tan lindo, su sonrisa, su pelo, sus dientes, su forma de caminar, de vestir, su forma de hablar, bueno todo en ella es lindísimo para Demetrio y casi no puede creer que lo que su mamá le acaba de decir; bien, dice doña Rocinda yo tengo que lavar unos platos y voy para la cocina.

Demetrio que nunca ha tenido una novia y ni siquiera sabe lo que le va a decir, y casi como que se quiere arrepentir de ir a verla, pero no se detiene y entra al dormitorio, Amintíta está también en las mismas condiciones, nunca ha tenido novio, y tampoco sabe que palabras decir, cuando ve que Demetrio sin medir las consecuencias a entrado al dormitorio, Amintíta como que quiere incorporarse o sentarse, pero Demetrio se le acercó mucho y no se pudo sentar y los dos no se resistieron al amor intenso que ocultamente se han tenido, y se prendieron en apasionado beso que a los dos se les detuvo el tiempo; Amintíta por su puesto no estaba lista para dormir y por tal razón se encontraba vestida lo mismo que Demetrio.

Genito y Oralia cuando regresan de donde don Bartolo encuentran a los dos militares que van de la casa de Demetrio, recién acaban de despedirse pues están bien cerca de la casa de Demetrio, Genito y

Oralia los saludan con un apretón de manos y se despiden de ellos muy rápido pues llevan en sus manos algo así como que se les puede descongelar, y más por eso apresuran el paso y se van directamente a la cocina y se los entregan a doña Rocinda para que ella le dé una a Demetrio, uno a Amintíta y uno para ella al mismo tiempo que le preguntan ¿Dónde están aquellos? Bueno dice ella se acaban de ir los dos amigos de mi hijo y Demetrio anda por allí, los dos se van a buscarlos, pero primero entran al dormitorio de Demetrio que es donde se supone esta Amintíta y la gran sorpresa que se llevan cuando miran que Demetrio y Amintíta aún no se separan del profundo beso, y solo lo hacen cuando Genito grita ¡Aminta!; y después que grita así se sale del dormitorio y se va para donde están las dos hamacas, ya listas donde va a dormir él y Demetrio. Doña Rocinda que escucho el grito de Genito corre al dormitorio de Demetrio y no sabe que decir, realmente no ha pasado nada, doña Rocinda se sintió la única culpable ya que Amintíta le rogó que no le fuera a decir nada a Demetrio, pero esto ya pasó y no hay forma de remediarlo.

Demetrio les dice: no se preocupen ustedes, si esto que yo he hecho yo mismo lo puedo resolver; y se sale del dormitorio las tres mujeres quedan muy preocupadas porque no saben de qué manera Demetrio piensa resolver lo que él llamó un problema y la primera intención que Demetrio tuvo, fue de ir donde Genito que ya se encontraba acostado en su hamaca y cuando se percata o se da cuenta que Demetrio se sienta en la hamaca en la que va a dormir, Genito mueve su cuerpo acomodándose, demostrando que no está dormido y es cuando Demetrio le dice: mira Genito bien sabe Dios que en ningún momento he tenido la intención de faltar el respeto a ninguno de ustedes que han sido tan gentiles conmigo, pero créeme Genito no pude resistir el impulso de besar a tu hermana, sé que cometí un gran error yo debí de esperar que ella saliera del dormitorio para hablar con ella pero como te digo no resistí el impulso pero si te digo, nunca en mi mente abrigué algo malo, y otra cosa Geno yo estoy enamorado de ella desde el mismo día en que la vi pero también comprendo que ella es mucho, mucho, muchísimo para mí, que está muy alto para un pobre diablo como yo; Genito solo le dice, mira Demetrio tu sabes que ésta no fue la mejor manera de demostrar tu respeto a mi padre, a mi madre, a mí y a mis hermanas así que a mí, no me digas nada acuéstate y piensa bien que es lo que le vas a decir a mi papá, y a mi mamá mañana que lleguemos al Roble.

Para Demetrio eso fue como una sentencia de muerte él a don Geno le tiene un respeto de general y no sabe cómo le va a explicar lo que pasó con Amintíta, ¿cómo puede pedirle que lo perdone si la cama que con cariño de un padre comprara para él y que esa cama fuera para mancillar el honor de su hija?, que falta de lealtad, ¡o Dios mío! ¿Qué es lo que puedo hacer?; y por esa preocupación le vino a la mente lo que hacen los cobardes en el ejército y que desertan, él sabe bien eso, en su estadía en el ejército desertaron dos compañeros suyos y tiene bien claro el concepto que se forman de un desertor en el ejército, pero ¿Porque piensa en eso? Él no está en el ejército pero parece que lo relaciona y sin pensarlo más se levanta sin hacer el menor ruido, agarra una mochila donde guarda sus efectos personales y se larga, sale de su casa sin hacer el menor ruido y se va para donde se encuentran sus dos amigos los militares, los encuentra listos para partir, pues tienen que caminar un buen trayecto en donde se encuentra la base militar a que pertenecen, son como las tres de la mañana y por eso los dos militares se asombran de ver un compañero que viste igual a ellos y que avanza en su dirección, no tardan mucho en reconocer que se trata de Demetrio, y se alegran de verlo y le dicen: que bien que cambiaste de parecer, ya lo ven compañeros como puede cambiar un hombre de manera de pensar, o mejor dicho, circunstancias que lo obliguen a uno a cambiar de manera de pensar; bueno pues arranquemos.

Cuantas dificultades se hubiera evitado si el pobre de Demetrio no hubiera perdido el control de su impetuosidad, pero lo hecho, hecho está y ahora a esperar las consecuencias.

Cuando amanece, doña Rocinda muy atareada en la cocina ni siquiera sospecha por donde estará su hijo y lo peor de todo es que ella sabe que todo lo que pasó y lo que pueda pasar es solo culpa de ella y de nadie más. Cuando se levanta Genito lo primero que pregunta es que a qué horas se van a ir al Roble, las muchachas no se han levantado y Genito quiere saber a qué horas se van a regresar para su casa, no se le quitó el mal humor del día anterior y se va para la cocina y le dice a doña Rocinda: señora ¿Dónde está su hijo? Doña Rocinda siente un poco incomoda la forma en que el joven le pregunta, pero le contesta diciendo creo que aún no se ha levantado. Pero no está en su hamaca responde Genito, doña Rocinda fue a ver la puerta que da a la calle y la encuentra que no está cerrada por dentro y eso quiere decir que Demetrio salió por allí ¿Pero a qué hora? ¿Adónde se fue?

Son aproximadamente las cinco de la mañana y don Bartolo no abre el negocio hasta las seis y por tal razón no tiene idea donde puede estar su hijo, el caballo en que vino del Roble allí está, entonces ¿Adonde fue? La noche de anoche allá en el Roble, doña Aminta le comenta a don Geno así: oye Geno hace algunos días que te quiero decir algo y no he tenido tiempo de hacerlo. ¿Qué pasa mi amor? Le dice don Geno; pues fíjate que tu hija Amintíta está enamorada de Demetrio y dice que Demetrio ni se ha dado cuenta porque no le ha dicho nada y ella está que se "muere" porque él le diga algo, y ésta niña piensa que lo que pasa es que Demetrio le tiene o mucho respeto o mucho miedo pero que nunca le ha dicho nada, eso sí es verdad, dice don Geno, miedo no lo creo respeto si pues yo sé que él es muy respetuoso, pero te voy a decir algo Minta, a mí me gusta Demetrio mucho, como para que trate como novio a mi niña y quién sabe si en algún tiempo y se llegan a entender y hasta se quieren casar yo no me voy a oponer, ¿Y tú que dices a eso Minta? Pues claro, que yo estaría feliz con un yerno como Demetrio, es un buen muchacho, aunque no sabemos quién es su papá, pero tú dices que la mamá es una gentil señora y que te cayó muy bien, pues creo que con eso a mí me basta; pero lo que no sabemos es como le podemos hacer para que Demetrio se dé cuenta que mi hija lo quiere como a un enamorado, o ¿Será que a Demetrio no le gusta mi hija? Ni digas eso Aminta ¿A quién no le va a gustar nuestra garcita? Si cuando la he llevado al banco los jóvenes que trabajan allí y que andan bien "catrines" se la comen con los ojos y una vez escuche cuando don Efraín le dijo a uno de ellos "cuidadito con decirle algo a esa muchacha que es la hija de don Geno", Demetrio también lo que tiene es que es bien respetuoso.

Hoy ya es el día que tienen que regresar, todos los materiales los tienen reunidos en un solo lugar en el banco y cuando regresan los carreteros, los empleados de banco cargan las carretas y ya no necesitan que nadie más este allí; Demetrio no aparece por ningún lado y doña Rocinda es la más desesperada y parece que está llorando. Genito se siente como culpable pero no se arrepiente de lo que pasó, pues él cree que estaba en todo su derecho, nadie puede faltarle el respeto a su hermanita, el mismo Demetrio lo reconoció y prueba de ello es que no quiere verle la cara, pero bien, él también está enamorado de Gloria y por ese lado comprende un poco a Demetrio pero no encuentra la forma de entenderlo completamente, doña Rocinda les sirve el desayuno y cuando lo hace, un niño toca la puerta de su casa, Amintíta le dice: doña Rocinda tocan a la puerta, doña Rocinda escucha y va a ver quién es y es que don Bartolo le manda una nota que dejó Demetrio debajo de su puerta que le ruega que se la mande a su mamá.

Cuando lee la nota se entristece más y llora con más intensidad, pero sin gritar, sus lágrimas son más abundantes, que las muchachas la ven y le preguntan ¿Qué es lo que pasa doña Rocinda? ¡Hay muchachas lo que fui a hacer! Quien me mandó a decirle, los jóvenes no entienden bien todos piensan que Demetrio anda por allí y que pronto va a aparecer, pero la nota dice lo contrario; ¿Por qué llora doña Rocinda? Le dice Amintíta mientras le acaricia el hombro hay hijita le dice, esta nota dice que para que no me preocupe me dice para donde se fue mi hijito y les pide perdón a ustedes y en espacial a Amintíta que le deja dicho que por no poder ocultar más su amor lo echó todo a perder, y dice también que les diga que usted ya es su amor y que lo ha sido siempre desde el mismo día en que la vio, y que será para siempre su primero y su único amor mientras tenga vida; las dos muchachas contagiadas por las lágrimas de doña Rocinda, ellas también lloran pero aún no les dice para donde se fue y Genito pregunta ¿Pero y no le dice donde esta? Pues ya se acerca la hora que nos vayamos, doña Rocinda con un gran nudo en su garganta les dice no lo esperen él no volverá, a regresado al ejército, así que pueden irse sin él ¡lo feliz que me sentía que estuviera trabajando con ustedes! Pero bien ¿Qué le vamos a hacer? Y quien sabe cuántos años voy a volver a estar sin él.

Ya se está haciendo tarde y es hora de emprender el viaje de regreso. Para esta hora es posible que las cuatro carretas estén de regreso para continuar acarreando los materiales para la escuela; la copia de todos los materiales que se compraron en el banco se la dieron a Demetrio y el la dejo también con don Bartolo debajo de la puerta de su negocio, don Bartolo no sabe de qué se trata, pero él mandó todo a doña Rocinda, Amintíta, todo éste rato ha permanecido sentada en un sillón de la sala, hundida en su pensamiento y entre muchas cosas que piensa se dice así: ¿Porque tendría que pasar esto? Me conformaba con verlo tan alegre, dispuesto en cualquier trabajo, no puedo culpar a su mamá, aquí si hay un culpable, ese es el amor, pero yo creo que el amor no es malo, si su mamá le dijo que yo estaba enamorada de él, eso también no es malo, ella es su madre y lo que quiso fue ayudar a que su hijo también fuera feliz, de todo esto que ha pasado, de lo único que me pude dar cuenta es que Demetrio me quería, ya que no resistió en demostrarlo, mala suerte que Geno nos encontrara pero tampoco me molesta el gesto de él, él no sabía que los dos nos queríamos; Amintíta, dice Genito, allí como que viene Gloria con un señor y una señora, ven a ver y ya no estés tan triste, yo creo que Demetrio va a regresar, aquí en San Lorenzo vamos a dejar su caballo para cuando el venga se regrese al Roble; efectivamente es Gloria que viene acompañada de sus padres don Rigoberto Alvarenga y doña Sandra Alvarenga; Amintíta corre y abrasa a Gloria y quiere llevársela para el cuarto donde ella durmió y por eso Gloria les presenta muy rápido a su papá y a su mamá mira mami, papi, este es Genito, ella es Oralia y ésta es Amintíta y ella es, y apunta a doña Rocinda la mamá de Demetrio el joven del que te hable, se sientan en la sala y empiezan a platicar de todo el avance que han tenido para la escuela, que ya tienen los materiales, en fin de muchas cosas más, solo Amintíta y Gloria en el dormitorio de Demetrio, Amintíta cuenta la "tragedia" de lo que pasó con Demetrio y que se fue para el ejército otra vez y que no volverá, también le dice: mira Gloria yo no me regreso para el Roble, yo no sé lo que vaya a pasar, pero yo aquí me quedo, de aquí yo no me muevo, aquí voy a esperar a Demetrio, no me importa si se tarda un año o diez yo aquí me quedo con doña Rocinda ya que si ella sufre por que él se fue yo me quedo a sufrir con ella también, y mientras dice esto tiene un llanto incontrolable y seca sus lágrimas con su mano pues Gloria no tiene en mano algo para secar sus muchas lágrimas.

En la sala de la casa se escucha otra bulla y es que don Fausto ha llegado a recoger a Oralia y párese que la caravana esta lista para partir, Genito no sabe que explicarle a don Fausto solo le dice que van a dejar el caballo de Demetrio en casa de doña Rocinda porque Demetrio llegará después al Roble, Genito pide permiso a los padres de Gloria y va a llamar a Amintíta y le dice apúrate Aminta y usted también Gloria que es hora de partir, Amintíta dice a Gloria: déjame un momentito sola con mi hermano Gloria por favor, cuando quedan solos, Amintíta le dice a su hermano, todo lo que le dijo a Gloria; cuando Genito escucha todo esto se sienta como desplomado en la cama y con una cara de gran asombro, le dice a su hermana: Aminta, tu no nos puedes hacer esto y si piensas que quedándote aquí lo arreglas todo, te equivocas, estás completamente equivocada, con esto lo qué harías es empeorar la situación de esta señora y la de Demetrio, ya que mi papá y mi mamá van a creer que todo esto es un plan de Demetrio para dejarte aquí, y pensarían que te ha robado y allí sí que a Demetrio le tocaran muchos años de cárcel, esté donde esté, así que piénsalo bien; después de que lo pienses dímelo para así nosotros irnos para el Roble y sale del dormitorio; doña Rocinda ve que Genito sale del cuarto y ella entra y encuentra a Amintíta aún inconsolable y le dice ¡hay hija mía! las dos estamos sufriendo igual pero no lo podemos remediar, todos están esperando por usted, si doña Rocinda dice ella, pero le acabo de decir a Geno que no me voy a ir y que aquí me voy a quedar con usted y que de aquí no me muevo, ¡hay mi amorcito qué más quisiera que usted se quedara conmigo! me sentiría acompañada con la mujer que también quiere a mi hijo, pero pienso mi niña que esto empeoraría las cosas para mi hijo, no podemos saber la reacción de sus padres y creo que es mejor que usted se vaya con sus hermanos y confiemos en Dios que Demetrio regresará pronto, mire hija ese hombre que está allí afuera es el cuñado de esa señorita profesora, él es quizás el mejor abogado que hay aquí y tiene que ser muy buen amigo de su papá y si llegan a acusar a mi niño de algo malo, algo así como de violación o algo parecido no me lo quiero ni imaginar, usted no tiene idea de la cantidad de años que le dan de pena a un hombre por ese delito, son de diez años para arriba y no importa que usted lo defienda aquí "la ley baila al mejor postor"; y cuando dice esta última palabra hace un circulo con sus dos dedos, el índice y el pulgar, Amintíta con lo que doña Rocinda dice de lo de diez años o más le da un escalofrío en su columna vertebral desde la nuca hasta el coxis y se levanta de la cama, aunque sigue llorando sale y le dice a Genito: espérame Geno ya voy, Genito se acerca a ella y le dice es lo mejor que puedes hacer.

Doña Rocinda ha quedado muy triste con la partida de su hijo y no sabe si va a regresar, o talvez no, se fue desilusionado, no creo que vuelva pronto, y peor si tiene miedo al hombre ese del Roble, el patrón de él, pero bien ¿qué puedo hacer yo?, sin embargo, se ha quedado asombrada la clase de personas con las que se estaba relacionando su hijo, conoce al abogado que llegó con Don Fausto, a Don Fausto mismo ¿Quien no lo conoce en San Lorenzo? Es uno de los hombres más ricos del lugar y la gente las ha mirado visitando su humilde casa, bueno, que mala suerte que haya pasado lo que pasó; en el camino de regreso a El Roble encuentra a la mitad del camino las cuatro carretas que vienen de regreso a seguir cargando los materiales, los carreteros creen que con dos viajes más terminan; la caravana sigue su camino y los carreteros también, esta vez Oralia se cambió de lugar, Amintíta va en el coche con Don Fausto y Oralia en el caballo de Amintíta y ya han transcurrido varias horas y están por llegar a El Roble; ¡qué diferencia cuando iba! piensa Amintíta, todo era alegría y hoy solo quisiera morirme, no sé qué voy hacer todo será diferente para mí ya no lo voy a ver todas las mañanas como antes, yo pienso que mejor me hubiera quedado en San Lorenzo con doña Rocinda, no se para que regrese para mi casa; bueno todo depende como me trate mi papá, si me dice algo que no me agrade, me regreso a San Lorenzo otra vez, bueno miremos que pasa.

Llegan a su casa Amintíta se despide de Don Fausto y Don Miguel y demás familia, Gloria le dice a Lucy que el sábado es la reunión de todos en el árbol y también se lo dice a Don Fausto y queda listo para el sábado.

En casa de Don Geno no han empezado las preguntas, pero notan que no todo anda bien pues Amintíta saluda, besa a sus padres y se va directamente a su dormitorio, sus padres piensan que va a salir para cenar, pero no, no sale y don Geno le pregunta a Genito ¿Qué es lo que está pasando? Genito les dice: Papá, mamá, Oralia y yo tenemos algo que contarles y se sientan en el comedor Hortensia la trabajadora pregunta ¿Sirvo ya? Si dice Doña Aminta, bueno Geno dime que pasa, ¿Dónde está Demetrio? De él es que tenemos que hablarte papá, bueno pues, empiecen; pues fíjense que llegaron dos amigos de Demetrio a la casa de él a visitarlo y Oralia y yo fuimos a comprar algo allí a la tienda de don Bartolo, cuando veníamos de regreso cerca ya de la casa de Demetrio encontramos a los soldados amigos de Demetrio que venían ya de su casa, los saludamos ligeramente, porque se nos derretía lo helado que llevábamos en las manos y nos apuramos más, cuando llegamos nos fuimos directamente a la cocina y le dijimos a Doña Rocinda que le diera uno Amintíta uno a Demetrio y otro para ella y nos fuimos con Oralia a buscar a Demetrio y a Amintíta, entramos en el dormitorio de Demetrio y... y... ¿qué pasa? dice Don Geno, ¿qué pasó? Genito mira a Oralia y ella dice, bueno realmente nada, solo que Demetrio estaba besando a Amintíta y Geno le grito; si papá vuelve a decir Genito, le grité fuerte y me dirigí a mi hamaca donde iba a dormir, me dijo que se enamoró de Amintíta desde el mismo día que la conoció aquí pero que nunca le dijo nada por el gran respeto que les tiene a ustedes y que él es un pobre diablo que no tiene nada que ofrecer a Amintíta solo su amor, pero que si eso es una gran ofensa para ti mamá y para ti papá no sabría cómo explicarles el amor que por ella siente, yo le dije que se durmiera y que pensara bien lo que les iba a decir a ustedes, pero a mi ver él les faltó el respeto a ustedes y pienso que él cree que los ofendió, no quiso verlos y se marchó para el ejército con sus dos amigos y dejó una nota con todo el dinero que tú le distes para los gastos; y Amintíta ¿que dice a todo esto? Bueno papá, Amintíta ha llorado como nunca, la hemos visto sufrir, ella también está muy enamorada de Demetrio ¿Y sabes qué? Quería quedarse en San Lorenzo en la casa de Demetrio y esperarlo hasta que vuelva, yo le dije algunas cosas, pero creo que lo que dijo doña Rocinda la convenció y se decidió por regresar con nosotros; vuelve a preguntar don Geno y ¿Porque están tan seguros que volvió al ejército? Papá te dije que él le dejo a Doña Rocinda una nota y el dinero que tú le distes lo dejó en la mesa del comedor y también con una nota para la mamá y que ella me lo diera, lo que yo creo que hice mal es dejarle el caballo allá en su casa por si quiere regresar, no, dice don Geno hiciste muy bien así si regresa se puede traer el caballo; estaban platicando y comiendo y cuando terminaron de comer se han quedado a platicar un rato más y se oye que alguien toca la puerta del corredor, Hortensia va y abre la puerta y quien está allí es Don Benjamín que viene con sus dos niños a encontrarse con Demetrio.

Pasa Mincho, le dice don Geno, y siéntate; mira Mincho que problema el que tenemos, Demetrio no vino con los demás; si por eso es que vengo dice Mincho, me di cuenta que ya habían venido y Demetrio tardaba y aquí estoy, entonces ¿Qué fue lo que pasó? Dijo Mincho, mira Mincho es una cosa muy familiar, pero por tratarse de ti te lo voy a contar; Genito se levanta lo mismo que Oralia y Doña Aminta quedando ellos dos solos en la mesa, y luego don Geno dice: pues como te iba contando Mincho, mi hijo Genito sorprendió a Demetrio besando a Amintíta y mi hijo Genito le grito a Amintíta y también le dijo algunas cosas a Demetrio y como sabía que Genito me va a contar quizás sintió temor y se incorporó al ejército nuevamente.

¿Cómo saben eso? Dice Mincho, él dejó una nota para la mamá donde don Bartolo tu suegro y en esa carta le decía que regresaba al ejército con los amigos que fueron a visitarlo ¡Santo Dios! Dice don Benjamín y luego agrega, don Geno y en cuanto a usted ¿Cómo mira todo esto?, ¿qué tan grande es la ofensa que para usted esta situación no tenga algún arreglo? bueno, yo digo arreglo en el sentido en el que usted lo pueda perdonar, dígame algo don Geno y yo le pido en nombre de nuestra amistad que lo perdone y que lo deje seguir trabajando para usted y si no le quiere devolver su trabajo yo lo puedo tener en mi casa.

Mira Mincho yo no le puedo devolver su trabajo, si don Geno me lo suponía, no, no hombre espera, te digo que no se lo puedo devolver porque él no lo ha perdido, el trabajo allí está, pero mira Mincho solo quiero que las cosas se hagan como yo digo, por supuesto don Geno diga usted, yo quiero que eso que te conté de ese tal beso que le dio tu hijo a mi hija no lo sepa nadie, eso solo lo sabes tú y mis hijos pero a ellos ya les dije que no le cuenten a nadie; yo creo que como dice Genito, allá en San Lorenzo Amintíta llamó a Gloria al cuarto, él piensa que a ella sí le contó lo mismo, pero en este lugar nadie debe saberlo ni siquiera Bachán ¿Me has entendido Benjamín? Perfectamente bien don Geno, y ¿Cómo le hacemos para que regrese si ni siquiera sabemos dónde está? Ese será tu trabajo Benjamín dice don Geno, parece que la mamá tiene una carta que dejó Demetrio y creo que allí le dice dónde está y como eso pasó el día de hoy en la madrugada pienso que aún no esté en la lista de los soldados pero para eso tendrías que irte hoy mismo a buscarlo y te puedes llevar cualquier caballo de esos y espera un momento, Genito, dice don Geno en vos alta llamando a Genito si papá contesta él, venga hijo repite don Geno, cuando está cerca le dice: hijo ¿Cree usted que puede ir a San Lorenzo otra vez con su tío Benjamín a buscar a Demetrio? Yo encantado papá pues pienso que por mi culpa es que está pasando esto ¿De veras hijo? ¿No se siente cansado? No papá, le aseguro que no, entonces que no se hable más; Benjamín corre a dejar los niños y medio le explica a su esposa que tiene que salir de inmediato para San Lorenzo que tiene que ir a buscar a Demetrio, pero también le dice: no te preocupes él está bien, solo que quiere volver al ejército y don Geno dice que lo necesitamos aquí.

Mincho regresa rápido de su casa ya Genito lo espera y Amintíta se apresura un poco como a encontrarse con Mincho y un poco a la ligera le dice, cuando lo encuentre dígale que dije yo, que mejor hubiera sido que nunca hubiera venido al Roble y así no conocerlo, y no que se va dejándome sin saber cómo voy a vivir sin él, fue todo lo que pudo decir ya Genito tiene listo los caballos para partir y sin mucho protocolo de despedida, salen, pero antes don Geno que ha visto sufrir a su hija y que él no puede ayudarla en ese problema sentimental le dice a su amigo Mincho: encuéntralo Mincho y tráelo, no importa si mañana o pasado mañana o cuando tú puedas, pero tráelo, no se preocupe don Geno usted sabe que yo también deseo que esté a mi lado, y sin más salen para San Lorenzo. Ojala que se me haga fácil piensa Mincho yo también no quisiera perderlo de nuevo, cuando no sabía que lo tenía para mí no tenía ninguna importancia, pero hoy que gracias a Dios sé que es mi hijo y que lo tengo, no pienso perderlo y algo que también me tiene sorprendido y que aún no logro entender son las cosas que me dijo Amintíta y parece que no le importó que don Geno la estuviera viendo de veras no lo puedo creer, cuando se lo diga a Bertila también se sorprenderá, otra cosa que también no entiendo es la forma en que don Geno me pide que lo vaya a buscar, me está dando un poco de miedo, no sé si se lo voy a traer y él me le haga algún daño, casi me están dando ganas de no encontrarlo, porque si don Geno me le quiere hacer algún daño lo prefiero vivo y lejos a que me le pase algo que no pueda remediar, otra cosa más ¿para qué habrá querido que Genito me acompañe? ¡Hay Dios! Alúmbreme y lo que yo haga lo haga sin causar algún daño a mi hijo, algo más que no logro entender es como Demetrio sabiendo que Amintíta está enamorada del salga huyendo, no quiero creer que no le agrade Amintíta, o será que él ya tiene su propia novia, la mera verdad es que no se ni para que torturo mi mente pensando en cosas que a lo mejor ni cerca.

Benjamín realmente no encuentra la forma de calmar su inquietud, Genito como que lo nota y quiere saber qué es lo que le preocupa a Benjamín y se aproxima un poco a él y le dice: ¿Tío a usted le preocupa que Demetrio no regrese? Pues si Genito toda mi familia, mi esposa, mis hijos y yo estamos acostumbrados a él y si no regresa todos estaremos tristes; hay tío no sé si usted sabe lo que paso, pero yo se lo cuento, resulta que Oralia y yo llegamos de repente a la casa de Demetrio y entramos al dormitorio, donde sabíamos que estaba Amintíta, allí durmieron mis hermanas, entonces pasó que por la tarde visitaron a Demetrio dos amigos del ejército y mientras ellos platicaban Oralia y yo fuimos a comprar algo a la tienda de don Bartolo y cuando regresamos yo entre al dormitorio donde estaba Amintíta y encontré que él, Demetrio la estaba besando y me enoje y le grite a ella y a él, le dije que mi papá lo iba a saber y que se preparara como le iba a responder y por eso creo que él tuvo miedo y se largó, yo creo que él tiene que entender mi posición de hermano y ¿Usted qué cree tío? Yo creo hijo que usted no cometió ningún error ya que el que lo cometió fue él, usted por eso no esté preocupado.

Han viajado bien rápido porque ya casi llegan a San Lorenzo y Mincho tiene una idea de donde puede estar Demetrio, el conoce bien toda esa zona y por eso conoce también el asentamiento militar que hay cerca de allí y no quiere perder tiempo en ir a preguntar dónde doña

Rocinda, pero al final deciden ir para que ella les diga si tiene alguna idea de donde puede estar su hijo, cuando llegan a San Lorenzo y se dirigen donde doña Rocinda, tocan la puerta y ella se asusta y sobresaltada dice ¿Demetrio? No doña Rocinda soy yo Genito, que vengo con mi tío Benjamín hay hijo ya le abro la puerta y cuando lo hace dice ya supieron de mi Demetrio no doña Rocinda aún no dice Genito al mismo tiempo que le dice usted ya conoce a mi tío Benjamín verdad, si claro que lo conozco vino con don Sebastián para el asunto de la escuela, pero pasen, pasen que les voy a preparar algo de comer, no, no dicen al mismo tiempo ya comimos pues es verdad doña Minta les preparó algo para que comieran en el camino y le dicen que lo único que quieren es dormir aquí en su casa, ella como siempre muy amable les dice por supuesto, uno puede dormir en la cama de mi hijo y el otro allí y señala la hamaca, Genito dice muy bien tío duerma usted en la cama y yo en la hamaca, no hijo yo dormiré en la hamaca y no se preocupe que dormiré muy bien, lo dice y ya se sienta en la hamaca, y así es, Genito a la cama, doña Rocinda pregunta que a qué hora van a partir bueno dice don Mincho, solo queremos dormir un rato es que queremos llegar antes que enlisten a Demetrio en el ejército, si es que fue para allá, tengo la esperanza que aún no lo hallan echo, ay si ojalá dice doña Rocinda, bueno pues a dormir, no lo creo, doña Rocinda tiene un grave problema; en dos veces este joven Genito ha llamado tío a Benjamín, ¿Cómo es eso? Quiere decir que Amintíta es prima hermana de Demetrio y entonces ¿cómo van a quedar las cosas? pero lo que sé, es que no pueden ser ni novios y siendo que las cosas son así que mejor ni lo encuentren y sigue y sigue pensando y cuando siente es que Mincho le está hablando a Genito diciéndole: yo sé que estás cansado hijo pero tenemos que irnos temprano, doña Rocinda que lo escucha "salta" de su cama y va a la cocina para que aunque sea un café tomen ellos, mientras Genito se alista y doña Rocinda les prepara algo, don Mincho se dirige al solar a preparar también el caballo que dejó Demetrio en su casa y cuando Genito quiere hacerlo ya don Benjamín lo ha hecho; doña Rocinda tiene listo café y pan.

Se despiden de ella diciéndole: cuando lo encontremos y lo traigamos pasaremos por aquí para que usted lo mire, si, si eso quiero; cuando se despiden lo hace primero Genito y luego Benjamín los dos con un apretón de manos pero Benjamín sostiene su mano mientras le dice mirándole fijamente a los ojos: Rocinda a Dios pongo como testigo que todo lo que has hecho y haces por Demetrio te lo agradezco de lo más profundo de mi corazón y soy capaz de ofrendar mi vida por protegerlo, y de hoy en adelante compartiremos tu yo la preocupación porque él esté bien, por su salud y su felicidad, Genito no escucho todo lo que Mincho dijo a doña Rocinda porque fue a sacar los tres caballos y los tiene listos en la puerta de enfrente de la casa; entonces doña Rocinda contesta a Mincho: que dios te bendiga Benjamín siempre recordaré éstas palabra tuyas ya que me hacen descansar, cuando tengo tu palabra de hombre de proteger a nuestro hijo. Ya te lo digo responde él y salen llevando también el caballo que Demetrio usara; caminan una buena parte del día porque a pesar de que salieron bien temprano de San Lorenzo llegan un poco tarde a el asentamiento militar que don Benjamín conoce, el problema que tienen es que es una área bien protegida cercada todo alrededor y en la entrada solo hay dos soldados y preguntan por Demetrio los dos soldados dicen que no conocen a ningún Demetrio y que no pueden permanecer allí enfrente porque es prohibido y les ordenan que por lo menos muevan esos tres caballos a unos cien pies de la entrada. Don Benjamín dice a Genito tenemos que mentir allí en la puerta para que nos dejen pasar y Genito responde: haga usted lo que tenga que hacer para que logremos entrar.

Se acercan nuevamente a los dos soldados y Benjamín les dice: disculpen ustedes, pero yo soy el padre de Demetrio Valverde y este joven que me acompaña es hermano de él y nos urge ver a mi hijo pues en el pueblo donde vivimos tenemos una emergencia; uno de ellos dice, déjenme ver si saben de él allá en las oficinas luego el soldado dice: aquí la puerta, aquí la puerta, el padre del cabo Valverde pide permiso para pasar viene acompañado de otro hijo aquí la puerta ¿me copió? Aquí la puerta, si soldado si copiamos déjeme consultar. Pasan dos o tres minutos cuando se oye fuerte: puerta, puerta ¿me escucha? Aquí la puerta, aquí la puerta le copio, deje pasar a los dos civiles que vienen de visita, copiado. Si, si, copiado pueden pasar los dos, pero a pie dejen los caballos donde están. Cuando ya están preguntando por Demetrio nadie les dice nada como que no lo conocen. Benjamín muy desconsolado pregunta al soldado que los está atendiendo: disculpe ¿Hay por aquí algún otro regimiento militar? No, le dice el soldado no hay ninguno más y con su permiso me tengo que retirar, y se retira. No puede permanecer más tiempo dando explicaciones, cuando ya el soldado les da la espalda y empieza a caminar, Genito le dice a Mincho: tío, tío pregúntale por el sargento Amaya, Benjamín también recuerda que Demetrio platicaba mucho del sargento Amaya. Disculpe, disculpe le dice al soldado y este se regresa ¿Sí? Dice nos gustaría también ver al sargento Amaya, mi sargento Amaya salió en misión especial esta mañana con un grupo de soldados, no le puedo informar más y se vuelve a retirar.

¿Cree tío que Demetrio se halla ido con ese grupo? No te lo puedo asegurar hijo, pero a lo mejor así fue, aquí ya no tenemos nada que hacer dice Mincho, es mejor que nos vallamos, Así parece tío dice Genito. Cuando ya van hacia la puerta miran que un grupo como de unos diez soldados van hacia unas casas, que parece que es el lugar donde duerme ese grupo, es muy temprano para que vallan a dormir talvez es que van a descansar, uno de los del grupo levanta la mano y los saluda. Mincho y Genito también levantan sus manos, solo que les páreseque es un soldado común y corriente, pero de repente el mismo soldado le grita ¿Que andan haciendo? Pero lo que Mincho le contesta al soldado no se lo escucha y se sale del grupo y se acerca a ellos, pero antes le dice al resto del grupo: solo treinta minutos, si mi cabo, contestan todos, este cabo a quien conoce es a Genito es el cabo González que acompañó al sargento Amaya a la casa de doña Rocinda, después de que el cabo lo saluda les pregunta de nuevo: ¿En qué vueltas andan? Veníamos a buscar a Demetrio, pero nadie nos da informe de él, oh si, dice el cabo González ese es ¡mi cabo Valverde! Algo serio le pasa no nos quiso decir nada pero fíjense que el capitán le dijo a mi sargento Amaya que buscara veinticinco voluntarios, para ir en una misión a la frontera, y allí solo se trata de bala y bala ya que se han metido los del otro lado y la cosa se puso grave, muy peligrosa, yo no quise ir pues eran voluntarios el cabo Demetrio se enlistó y esto que mi Sargento Amaya trato de persuadirlo pues a él ni siquiera lo han enrolado todavía, o sea pues que ni los papeles de reingreso le han llenado todavía, Demetrio dijo que no importaba y que lo único que lamentaba era su madre y a una tal Amintíta que no pudo probarle su grande amor y dijo también que casi deseaba morir en la acción que de todas maneras era mejor estar muerto que no tener su primero único y grande amor. Bueno eso fue lo que él dijo, termina la corta plática y se despiden del cabo González dándole las gracias por el informe.

Salen apresuradamente, agarran sus caballos y se largan. Genito no dice ni una palabra, pero mira a su tío Benjamín que sin decir palabra alguna va llorando, y trata que Genito no lo mire, Genito respeta lo que Mincho hace y se da por desentendido y solo guarda silencio, cuando llegan a San Lorenzo pasan por donde don Bartolo y Mincho solo quiere comprar unos dulces para sus hijos, pero don Bartolo se los regala y les manda besos a sus nietos y los mismo para su hija Bertila.

Genito y Benjamín deciden no contarle a doña Rocinda lo que allá les dijeron,

Genito dice: tío dígale usted a doña Rocinda lo que sea conveniente yo me quedare callado.

Efectivamente Rocinda los recibe muy emocionada y triste a la vez ya que no ve que llegue su hijo y lo primero que dice es ¿Y mi hijo? No viene con nosotros dice don Mincho llegamos un poco tarde él se fue con un grupo de soldados y su amigo el sargento Amaya a realizar unos trabajos y no nos dijeron a donde, pero le dejamos razón de que aquí le vamos a dejar el caballo para que vuelva para el Roble cuando venga; ojala que eso sea muy pronto dice doña Rocinda y luego dice: yo no sé a qué vino ese sargento Amaya aquí; vuelven a dormir en casa de doña Rocinda, en la madrugada del día siguiente después de un desayuno parten para el Roble, doña Rocinda solo le dijo a don Mincho la promesa sigue ¿Verdad? Por supuesto que sigue y eso es mientras yo viva dice Mincho y luego parten para el Roble.

Para llegar al Roble, el caserío se pasa primero muy cerca de la hacienda que también se llama el Roble y don Benjamín y Genito se quedan allí en la hacienda dándole la no agradable noticia a don Geno y después de esa mala noticia Don Geno dice: ¿Y ahora que le decimos a mi hija? Y luego agrega, ¿talvez se le pasa verdad Mincho, tú que crees? Pues ojalá que así sea y aprovechan lo que queda del día para realizar algunas labores en la hacienda, cuando terminan dichas labores parten para el Roble (el caserío).

Cuando llegan a la casa de don Geno encuentran que Amintíta no fue a la escuela el día de hoy y que no ha salido de su dormitorio algo que preocupa a don Geno, cuando Amintíta abre la puerta de su dormitorio don Geno se ve en la obligación de decirle lo mismo que Genito y don Benjamín le dijeron a doña Rocinda allá en San Lorenzo acerca de Demetrio, pero don Geno y Sebastián ya saben la verdad, y también reconocen que Demetrio se ha enlistado en el ejército quizás con el fin de morir en el frente de batalla, que le vamos a hacer; Cuando Mincho llega a su casa la misma historia pero en casa de Bertila, Mincho si cuenta la verdad a su esposa, solo que le dicen que hay que tener cuidado que los niños no se enteren.

La escuela ya está tomando forma no falta ningún material y las primeras hileras de bloques se han puesto y la construcción avanza, los nueve hombres que trabajaron en la casa de don Mincho ya terminaron ahora sus hijos y su esposa gozan de todos los beneficios que tienen, también don Geno y su familia; y hoy esos nueve hombres también trabajan en la escuela.

Las actividades de los pobladores no han cambiado; todo sigue igual, muchas personas recuerdan a Demetrio pero Amintíta no solo lo recuerda a diario sino que a cada minuto, Benjamín igual; los niños de Benjamín, Minchito y Lupito lo recuerdan todos los días y don Mincho no tiene palabras para convencerlos de que muy pronto va a volver y lo que pasa es que ya han pasado tres meses de que Demetrio se fue del Roble ya a la escuela le están dando sus últimos retoques lo mismo que al centro de salud; don Bachán le dice a don Geno: pienso que fui un buen desconsiderado con Demetrio, ¿Porque dices eso? Pues fíjese usted que nosotros, mi familia y yo no tenemos, así como tienen usted y Benjamín los servicios sanitarios y los demás servicios dentro de mi casa... ¿Y eso porque paso? Por tonto porque no quería que fuera Demetrio el que me diera la idea yo también para éste tiempo tendría todo lo que ustedes tienen, pero como le digo, por andar de tonto y egoísta no tengo nada hoy, quería pedirle un favor y es que quiero utilizar la carreta grande para ir a San Lorenzo y comprar los materiales para todos mis servicios. Mira Benjamín a mí no tienes que pedirme permiso para usar esas carretas y si lo que necesitas es dinero dime cuanto y no hay ningún problema, no, no don Geno no, solo ocupo la carreta grande y como la escuela la terminamos en una semana, ya los hombres que trabajaron con usted y con Benjamín pueden hacerme ese trabajo, correcto dice don Geno y ya no se hable más.

La escuela se terminó completamente don Bachán se siente muy orgulloso de la obra, quizás esto ha ayudado que él quiera a tener los servicios que tiene don Geno y Mincho; el día de mañana por la madrugada va a salir para San Lorenzo; lleva apuntado en su mente todo los materiales que va a necesitar para los arreglos en su casa, la maestra Gloria le da una carta para el supervisor departamental donde le dice que la escuela se ha terminado y que puede invitar a las autoridades de educación primaria para que vengan a la inauguración y que también invite a todas las personalidades de San Lorenzo que quieran venir y si es posible traer unos parlantes que trabajen con un motorcito de gasolina para que las personas que quieran dirigirse al público que lo hagan sin ninguna dificultad; y así fue. Don Bachán le dio la carta al supervisor y se fue a BA.DE.G.A.S.A. en busca de sus materiales.

Para ir a BA.DE.G.A.S.A. se pasa relativamente cerca de don Bartolo, Sebastián mira hacia arriba en dirección del negocio de don Bartolo y ve a un hombre que sale de su negocio y que camina ayudado por dos muletas, de repente el piensa que podría ser Demetrio, pero deja de ver en la misma dirección por que una persona lo saluda y le dice ¿Qué tal don Bachán? ¿Va para el banco?, si le dice él, pero no logra recordar quien es ese hombre y quizás por eso deja de pensar que podría ser Demetrio la persona que vio con muletas, el hombre que amablemente le platica hace que don Bachán se sienta avergonzado por que no sabe quién es ese hombre y que le dice, yo también voy para el banco don Bachán sigue sin acordarse de él, pero como también van a la misma dirección lo sube a la carreta. Y cuando llegan al banco los empleados saludan al hombre y le dicen buenos días don Jacobo hasta entonces don Bachán se acuerda de este hombre; don Bachán salió tan de madrugada del Roble que llegó a las nueve y media al banco, quizás por la emoción de la compra de sus cosas, se le borró por completo de haber visto salir de la tienda de don Bartolo al hombre de las muletas, así que compra todo lo que necesita se los cargan en la carreta y se va para el Roble, sin embargo cuando va más de la mitad del camino, se acuerda que en ese lugar él abrazó a Demetrio, y se le esfumaron muchas dudas malas que tenía de él y hasta ese momento es que piensa así: ¿sería Demetrio a quien miré en San Lorenzo? porque hasta en este momento me acuerdo de aquel hombre con muletas. No me puedo regresar con todas estas cosas y lo malo fue que hoy no traje encargos para nadie de la tienda de don Bartolo, y si hubiera traído hubiera ido donde él y hubiera preguntado, pero ahora ¿para qué?, demasiado tarde.

Cuando llega a su casa son aproximadamente las seis y media de la tarde y aún la gente no se acuesta y por eso tiene tiempo de ir donde su vecino don Geno y le cuenta del hombre que vio con muletas pero trata que nadie se dé cuenta ya que han pasado más o menos tres meses que Demetrio se largó y don Geno tiene la esperanza que Amintíta se allá olvidado de Demetrio, aunque don Bachán ya no tiene la esperanza de que su hijo se enamore de Amintíta, parece que ya comprendió que debe dejar que su hijo decida esas cosas. ¿Tú crees Bachán que era él? ¿Por qué no fuiste a preguntar?, así no estaríamos con esas dudas, que no se dé cuenta nadie aquí porque mi niña es capaz de ir a San Lorenzo a ver si era él, ella ya está yendo a la escuela nuevamente y la he visto que se ríe, pero en verdad no sé si lo habrá olvidado ya, don Bachán se despide de don Geno y Amintíta no se dio cuenta que su tío Bachán había regresado de San Lorenzo y se había ido a su casa.

¡Que equivocado estaba don Geno! Todo este tiempo Amintíta se ha acostado más temprano que de costumbre y algunas veces, mejor dicho, muchas veces se ha acostado sin cenar y acostarse más temprano para tener más tiempo de pensar en su Demetrio, parece que ha perdido algunas libras de su peso y eso si lo ha notado don Geno ya que como no cena muchas veces, esa podría ser quizás la razón, pero de todos modos es por la desaparición de su Demetrio.

El día en que la maestra Gloria en calidad de directora convocó a una reunión a los padres de familia, en el mismo lugar, se hará la reunión que al parecer será formidable pues va a coincidir con la inauguración de la escuela y es por eso que en la mañana del esperado día toda la familia de don Geno, de don Bachán, de don Mincho y algunas otras que miran lo que ellos hacen han venido a ofrecerse de voluntarios, y ayudan a sacar todas las bancas de la gran escuela y dejan las que hay en la escuelita que está en el solar de don Bachán.

Volvamos un tiempito atrás cuando don Sebastián fue a San Lorenzo, si él hubiera ido a la casa de doña Rocinda se hubiera enterado por boca de ella misma lo que pasó el día en que cuatro hombres vestidos de militar llevaban en una camilla a Demetrio, ese fue el mayor susto que se ha llevado en su vida y sí, pensó que era su hijo Demetrio pero que se lo llevaban muerto, por poco y pierde el conocimiento, le dio un ataque de nervios que aunque lo miraba que Demetrio estaba vivo, le preguntaba al mismo hijo: ¿Estás vivo? ¡Claro mamá, acaso no mira que le estoy hablando! Acaso cree que los muertos hablan.

Esto paso casi un mes atrás pero ahora Demetrio usa solo una muleta y sí usa las dos cuando tiene que caminar a un lugar más retirado porque se cansa más que con una sola muleta; doña Rocinda se encuentra muy feliz, hoy su hijo se encuentra muy restablecido, lo único es que tiene una barba de dos meses, y no se mira mal, la tiene bien recortada y más bien tiene un "toque" de general.

La noche de anoche tuvo una agradable sorpresa la casa de don Benjamín y es que a la medianoche apareció Demetrio, pero la sorpresa mayor es que no va solo, también van doña Rocinda y don Bartolo, eso fue algo increíble para don Mincho y doña Bertila, los niños se encuentran dormidos y don Bartolo los tendrá que conocer hasta por la mañana, cada uno de ellos vino montado en sus caballos así que en la casa de don Benjamín hay tres caballos, y para dormir se distribuyeron así: don Bartolo en la cama de los niños y a ellos los han pasado a la cama de doña Bertila, doña Rocinda en la cama de Demetrio y don Mincho y Demetrio en sus hamacas, entonces por la mañana continúa el gran movimiento, están colocando las bancas en la parte de atrás de la escuela, se han hecho unas galeras donde se han improvisado unas cocinas hay una cantidad de comida; don Geno donó un torete, don Fausto dos ovejas y tres cerdos listos para asar hay también gran cantidad de tortillas de maíz y ensalada de todos los productos que cosechan los moradores del Roble; la gente empieza a llegar y se sientan en las bancas que se han colocado para tal fin, a la casa de don Geno ha llegado el Supervisor Departamental y su comitiva que consta de la Secretaria y el Profesor Alemán, que no ha parado de platicar con Aminta la hija de Bachán, se encuentra también don Efraín que es el Gerente de BA.DE.G.A.S.A. y como si fuera poco allí está también el Alcalde de San Lorenzo, ya en la casa de Mincho hay una gran alegría pues don Bartolo que no conocía a sus nietos no se cansa de abrazarlos a quienes les ha traído juguetes y dulces pero ya se escucha el "uno, dos, tres…probando, uno, dos, tres… probando", parece que todo está listo y todas las personalidades que se encontraban en la casa de don Geno van para El Roble (el árbol) una vez reunida la mayoría de las personas y quien parece que será la maestra de ceremonia es Gloria también le ayudará la maestra Lucy.

Se empieza y se oye que Gloria dice así: "Estimados padres de familia del caserío El Roble y aldeas vecinas, es para mí un gran honor presentar a ustedes al Señor Alcalde de San Lorenzo, al Supervisor Departamental de Educación Primaria a don Geno quien ustedes conocen muy bien; se los he presentado en primer lugar porque es por ellos que tenemos esta hermosa escuela no subestimamos también la ayuda de don Fausto Del Cid y su apreciable familia, para ellos y todas las personas que de una o de otra forma han ayudado para que esta escuela que hoy inauramos haya sido una gran realidad por eso pido para ellos un gran aplauso. Después de ese caluroso aplauso; vamos a seguir con éste corto programa y mientras lo estamos desarrollando se prepara la comida y que dicho sea de paso hay bastante y vale la pena mencionar la buena voluntad de don Fausto y su familia que donaron para este evento dos ovejas para que comamos ovejo asado y don Geno que donó un torete para el mismo fin, por esto quiero que tengamos un corto programa y como es usual, cedo la palabra al señor Alcalde de San Lorenzo que nos honra con su presencia", dice esto y cede la palabra al Alcalde que empieza diciendo así: "Estimados pobladores de este lugar, (inclina la cabeza y le pregunta al oído del supervisor que está a la derecha ¿como se llama éste lugar? El Roble, le contesta el supervisor a voz baja y el Alcalde repite la frase) Estimados pobladores del Roble no sé si algunos de ustedes me conocen y por esa razón les tengo que decir quién soy, soy el Alcalde del Municipio de San Lorenzo y me ha causado gran satisfacción la invitación que a través del señor Supervisor Departamental me hicieron ustedes llegar para venir a esta inauguración de la escuela, no tienen idea como me satisface estar en este lugar, no sé si se dan cuenta que ésta escuela en una buena parte se ha construido con dinero de mi municipalidad y de lo cual me siento orgulloso, también los sueldos de sus dos maestros, bueno acerca de éste tema de los maestros el señor supervisor les dirá algo más y como les decía a nuestro gobierno le agrada mucho que dineros como el empleado en obras como éstas son las que le dan buenos créditos a él, aunque siempre hay personas que critiquen y que digan que los políticos, llegamos a estos puestos a robar, pero no importa, hay un proverbio que dice "obras son amores" y mientras más obras construyamos vamos a hacer que los que dicen que somos ladrones se traguen sus mismas palabras; y ese olor a carne asada que se viene de la escuela me ha provocado una gran hambre; (al decir esto, todos rieron).

Las maestras de ceremonias retoman la palabra y Lucy dice así: Siguiendo con el programa le damos la palabra al señor Supervisor, Gracias Lucy dice el señor y no logra decir nada porque de repente se viene un tremendo aguacero que todo mundo corre despavorido a protegerse de la lluvia en los corredores de las casas que están alrededor de la plaza, las primeras personas que llegaron a la casa de don Geno se encuentran Amintíta que tiene tiempo de ver de espaldas a cinco personas adultas y dos niños que van a protegerse del agua, solo que de las cinco personas dos de ellas se retrasan un poco y son un militar, que se ayuda con una muleta en su brazo derecho y con la mano izquierda se apoya en una señora, alrededor del árbol se quedó un grupo de personas en las que se encuentra Rigoberto Alemán y Aminta Argüijo la de Bachán y que por cierto Alemán tiene su brazo derecho sobre los hombros de Aminta, tal parece como que ha nacido en ellos alguna buena amistad; el hombre de la muleta y su grupo terminan de entrar en casa de Mincho.

Amintíta siente una gran corazonada y sin pensar en que está lloviendo aparta las personas que bloquean la salida y sale corriendo; deberíamos decir "volando" como una "garcita" que es y cuando va a la mitad del área verde se quita sus zapatos blancos que por ser nuevos le estorban y sigue corriendo descalza; a Demetrio le avisan que como que viene Amintíta corriendo hacia acá, Demetrio se levanta agarra su muleta y sale al encuentro de ella, cuando los dos están a unos veinte pies de distancia Amintíta se detiene bruscamente porque no reconoce a Demetrio con esa barba de tres meses pero que lo hace aún más interesante y le pregunta: ¿Demetrio, Demetrio? Si amor mío claro que soy yo, y de nuevo arranca con gran velocidad que cuando abraza a Demetrio, casi lo tira al suelo, fue de gran ayuda la muleta, y como arte de milagro la lluvia cesa, el agua se consume rápido y el beso prolongado de los dos como que fuera la continuación de aquel que empezaron en casa de Demetrio allá en San Lorenzo, pero se separan por una gran gritería y aplausos de todos los que se protegían del agua en los corredores de las casas que están alrededor del área verde.

Demetrio levanta la muleta como saludando a todas las personas que ya vienen saliendo nuevamente para continuar con la reunión, solo que algunas personas más bien salen al encuentro de Demetrio; en las personas que vienen a saludar a Demetrio están Gloria, Oralia, Lucy que ya conoce a doña Rocinda, Amintíta abraza tan fuerte a doña Rocinda y le pregunta: "¿Cuánto hace que vino? ¿Y qué le paso en el pie? Mire que no lo conocía con esa gran barba", si hija a mí me pasó igual, tampoco lo conocía y con esa barba peor, lo del pie creo que él le va a contar como fue yo solo sé que fue un disparo del enemigo que casi me lo mata, ¡Ni lo permita Dios! Dice Amintíta, Lucy que se separó de ellos ya se encuentra con los parlantes diciendo la frase usual "uno, dos, tres probando... por favor señoras y señores acérquense que vamos a continuar con el programa" todos se sientan pero Demetrio y Amintíta que lo ayuda, se acercan a don Geno, Demetrio va muy preocupado y esta vez en señal de vergüenza no levanta la cabeza pero extiende la mano derecha para saludar a don Geno con un apretón de manos y le dice: buenos días don Geno yo creo que le debo una explicación de todo lo que ha pasado, don Geno contesta y dice: luego tendremos tiempo de platicar, a mi hija la miro muy contenta; pero siéntate que lo bueno es que ya estás aquí, si, dice Demetrio y saluda a los demás, a don Bachán, a doña Minta y los muchachos Genito lo abraza como demostrando que no ha pasado nada.

Lucy siguiendo con el programa dice: escuchemos lo que el supervisor tiene que decirnos, en verdad dice, creo que se me olvidó lo que iba a decir y con ese olor a carne asada, peor, pero si les puedo decir que la ayuda del señor alcalde ha sido grande, pues ésta escuela, ha sido financiada en su construcción con dineros municipales como él ya lo dijo, y yo como supervisor también les prometo que seguiré apoyando en lo que la escuela necesite; por el momento les puedo decir que de hoy en adelante, tendrán también a otro maestro con ustedes y es éste joven que tengo aquí a mi derecha para presentárselos, él se llama Rigoberto Alemán, me parece que muchos de ustedes ya lo conocen, él se queda desde hoy con ustedes, los tres maestros serán pagados por la república; y ya no sabe que es lo que va a decir porque todos sin excepción tienen la cabeza volteada y viendo en dirección de la casa de don Geno porque se baja de una mula un personaje que por sus vestiduras todos lo conocen de sombrerito negro, parece que viene vestido de mujer pero no, no es de mujer, es de color negro y se llama sotana, y es el señor cura de San Lorenzo, pues el señor supervisor le giró una invitación y se va directo donde esta don Geno lo saluda y le dice: que tal Geno, que calladito que se lo tenían y sin más le pide el micrófono al supervisor y empieza su discurso así: queridos hijos míos, aunque yo sé que la invitación que recibí no fue precisamente de ustedes sino que fue una gentileza de mi amigo el supervisor; pero bien, les diré que esta es la segunda vez que vengo a este lugar, y en verdad estoy asombrado como ha crecido, me parece mentira que hoy venga a la inauguración de una escuela, ya la vi, es bien grande, ahora bien, les voy a contar que cuando venía para acá, unos vecinos de mi parroquia me preguntaron ¿Para dónde va el señor sacerdote? Y yo les contesté: bueno, les dije voy para, para, para, no sé y les dije al final voy para un lugar sin nombre ¿Cómo es eso? Me dijeron yo les vuelvo a repetir si es la verdad pues voy a un lugar sin nombre y por eso quiero que antes de que sigamos en este asunto les quiero proponer lo siguiente: ustedes saben que hay nombres de pueblos y ciudades que honran a un santo con su nombre y lo hacen su patrón, y aquí que ¿Se puede decir acaso que en este lugar el santo patrón se llama San Roble? ¿Les parece bien a ustedes habiendo tantos lindos nombres de santos varones y vírgenes que tiene la santa iglesia? Y por eso quiero proponer algunos nombres y así bautizamos hoy mismo este lugar con un lindo nombre de santo o de una virgen, por ejemplo: San Pedro, San Juan, o también Santa Rosa de Lima, Santa Epifanía, en fin podemos escoger uno de esos lindos nombres para que así en lo sucesivo lo llamemos con un nombre verdadero y pido la opinión de todos ustedes, luego dice: opinen pues digan algo, y solo se ve una muleta levantada y es Demetrio se ha sentado con su familia o mejor dicho con su mamá y también Amintíta y está casi a la orilla ósea en las ultimas bancas el sacerdote lo ve y dice, ¿Si hijo mío? ¿Dígame que santo o que virgen le parece a usted que honremos en este lugar? Demetrio dice: con todo el respeto que se merece el señor sacerdote debo decirle que este lugar ya tiene un nombre; ¿Cuál es ese nombre hijo? Que yo sepa aquí no se menciona ningún santo, así que dime cuál es ese nombre; Demetrio le dice: este lugar se llama "El Roble de Valverde", Demetrio como que tiene cierta magia para decir las cosas pues todos se levantan de sus bancas, y con la nuca volteada hacia atrás le dan a Demetrio un gran aplauso en apoyo a él y a el nombre, el señor sacerdote sé dio por contestado y se sentó, pronunciando una palabra casi en silencio, pero los que estaban bien cerca de él escucharon que dijo: herejes.

Lucy toma de nuevo el micrófono y las palabras de regla, continuando con nuestro programa ya que se ha determinado que el nombre de este lugar es El Roble De Valverde; dejamos lo que se conoce con el nombre de: tribuna libre, para que todos los que quieran decir algo, ésta es su oportunidad; nuevamente las nucas se tuercen hacía el mismo lugar donde apareció el sacerdote y es que vienen cuatro militares que no han sido invitados el señor supervisor no les mando una invitación y están allí asustando de nuevo a doña Rocinda y que piensa que vienen por Demetrio nuevamente, la que habla primero es la sargento primero Lucila Aguilar, es la jefa de la comitiva que va compuesta por: el sargento Amaya, el cabo González y el sargento Edmundo Caballero, le piden permiso a Lucy que es la que tiene el micrófono, Lucy se lo presta y la sargento dice así: les pido disculpas por interrumpir esta reunión de ustedes pero es que mis compañeros y yo venimos hasta éste bonito lugar a cumplir con una orden de el señor presidente de la república.

Demetrio desde que miró a los militares que él conoce que son el Sargento Amaya y al cabo González tuvo la intención de ir a saludarlos pero la comitiva se fue directamente hacía donde Lucy que tenía el micrófono y no pudo hacerlo pero se ha mantenido de pie como en señal de respeto y la sargento continua diciendo y bien, quiero que el cabo Valverde se acerque aquí a los micrófonos por favor, Demetrio se acerca y saluda uno a uno con el saludo militar poniendo su mano derecha primero en la frente en posición firme y después un apretón de manos, para hacer esto ha tenido que sostener la muleta con la mano izquierda. Donde está el micrófono también se ha colocado una mesita que es la misma que usó Gloria para la matricula, y además tiene el mismo mantelito bordado por Amintíta, Demetrio se coloca enfrente de la mesita y al otro lado de la mesita los cuatro militares, la sargento dice: es para mí un honor y para mis compañeros también, cumplir con esta misión del presidente de la republica de honrar a éste ciudadano de nombre Demetrio Valverde, con esta medalla de oro, que en reconocimiento de las fuerzas armadas de este país hacen al que de hoy en adelante es el sargento Demetrio Valverde, un reconocimiento a la disciplina militar y el valor demostrado en el frente de batalla donde fuera herido de un balazo certero del enemigo invasor y que aun así ganáramos el enfrentamiento, causando muchas bajas en el ejército enemigo, hoy colocamos las nuevas barras que lo identificarán como sargento segundo dándole en esta cajita especial la medalla de oro que tiene una inscripción que dice: Honor al valor y al mérito demostrado en acción militar.

Demetrio muy emocionado dice: permiso para hablar mi sargento primero, diga usted, dice la señorita militar, ¿Me da permiso un minuto para hablar con mi jefe y mi mamá? Si, le responde puede usted hacerlo; se dirige de inmediato a donde don Geno y su esposa doña Aminta y rápidamente les dice: don Geno, doña Aminta yo sé que les falté el respeto por lo que pasó allá en San Lorenzo les pido perdón por eso, es que mi amor por ella es tan grande que no pude esperar a platicar con ustedes primero, pero por favor permítame ser el novio de Amintíta, mi madre y yo hablaremos más tarde con ustedes, don Geno da una gran escupida pero no le contesta directamente a él sino que le pregunta a doña Aminta de esta manera, ¿Y tú que dices a esto? Yo no sé, dice doña Aminta, para Demetrio que solo tiene un minuto esto se le hace una eternidad, pero para la buena suerte de él don Geno dice: si hijo, si te lo permitimos y luego agrega, lo que no entiendo es porque en este momento nos los pides, gracias, muchas gracias don Geno, luego se lo explico dice Demetrio y sale literalmente corriendo para donde se encuentra doña Rocinda y también le dice: ¿Mamá, no se ofende usted si doy ese premio a mi novia? Por supuesto que no hijito al contrario me parece muy noble de su parte, gracias mamá y sale corriendo nuevamente de regreso; se miraba un poco gracioso verlo correr ayudado por su muleta, y cuando ya está presente enfrente de los cuatro oficiales la sargento Lucila mira su reloj y se sonríe y entrega a Demetrio un documento firmado por el señor Presidente de la Republica, también por el Jefe de las Fuerzas Armadas y para finalizar coloca un listón cruzado en su pecho con los colores de la Bandera Nacional; luego de esto los otros tres militares le dan también un fuerte apretón de manos y felicitándolo.

Le toca el turno a Demetrio, pide permiso para hablar y para darles la espalda y dirigirse a todos los presentes y después dice de esta manera: doy gracias a Dios en primer lugar porque me ha permitido recibir éste reconocimiento en vida y aunque estuve a punto de no venir a esta reunión ya que los enemigos pensaron que había muerto y de haber sido así entonces este reconocimiento habría sido póstumo y por esa razón es que doy gracias a Dios, agradezco también al señor presidente de la república, al señor jefe de las fuerzas armadas de mi país y a éstos cuatro militares de venir hasta acá al Roble de Valverde a darme la sorpresa de este reconocimiento.

Ahora bien, quiero que por favor me acompañe a esta tribuna mi madre doña Rocinda Valverde y a la señorita Aminta Valverde mi querida novia; siempre en cualquier reunión que se hacía en El Roble, Amintíta siempre estuvo sentada con su hermana Oralia o con su mamá y su papá pero en esta oportunidad se ha sentado con Demetrio, doña Rocinda, don Bartolo, don Benjamín y doña Bertila la señora esposa de don Benjamín, doña Rocinda y Amintíta se sienten un poco cohibidas pues no saben que es lo que planea Demetrio, doña Rosinda como que tiene idea de lo que se trata pero Amintíta no, porque cuando Demetrio vino como a consultarle lo del premio lo hizo sin que Amintíta se diera cuenta y le pidió a su mamá que no se lo dijera; entonces cuando ya se encuentran en la pequeña tribuna improvisada doña Rocinda le dice a su hijo ¿para qué nos ha llamado hijo?; ya los cuatro militares están sentados y la tribuna está libre Demetrio contesta a su madre así: en éste momento se lo digo mamá.

Honorable señor alcalde del municipio de San Lorenzo, señor supervisor de educación primaria, respetables representantes de la fuerzas armadas aquí presentes, estimado don Geno Valverde y su esposa Aminta de Valverde, querido don Bachán como le llamamos cariñosamente y su esposa, mi muy estimado amigo Benjamín Altamirano y su querida esposa, apreciable concurrencia: si alguno de ustedes tuviera hijos en la fuerza armadas de éste precioso país, también estarían orgullosos como mi madre Rocinda Valverde, estar en las fuerzas armadas es una decisión que nace de lo más profundo del corazón y es como una consecuencia de amor profundo hacia su Patria y cuando se trata de defenderla, uno está presto para hacerlo, aún si le toca ofrendar su vida; la segunda vez que me enliste en el ejército tuve la oportunidad de defender a mi patria, vi caer algunos cuantos hermanos míos en la acción, aquí mi sargento Amaya lo vio también (y señala al sargento Amaya) por lo que aún siento tristeza, pero saben amigos míos, cuando vi caer a mi lado un hermano militar, moribundo y sin poder hacer nada por él, ver a ese hermano que muere, que ofrenda su vida por defender su patria da mucha tristeza, pero ¿saben qué mis amigos? Se siente un gran coraje y el temor se vuelve valentía y le dices a tu hermano ya sin vida, venceremos porque estamos con la razón y la justicia. Todos, absolutamente todos guardan un profundo silencio; como guardando ése silencio en honor y respeto a los soldados que murieron en el cumplimiento del deber y es que Demetrio tiene un gran problema en su garganta y no puede hablar porque además unas cuantas lagrimas salen de sus ojos y que Amintíta con su pañuelo perfumado seca de inmediato y las de ella también y no solo ellos, parece que todos los presentes sienten un estorbo en sus gargantas, ese silencio fue guardado voluntariamente sin que hoy el Sargento Valverde se los pidiera.

Luego Demetrio les dice, gracias, muchas gracias les doy por ese silencio que guardaron en memoria de mis hermanos caídos. Pero bien, dice después; tenemos que continuar y saca de la cajita forrada por dentro de un material color rojo y sedoso la medalla de oro, la levanta mostrándola a todos, los que están enfrente y los que están tras él y luego con voz seria dice: siento un profundo amor y placer al entregar esta medalla de oro a mi querida novia Amintíta Valverde, para que ella sea su dueña y que cuando nos casemos y tengamos nuestros propios hijos, le enseñemos este hermoso recuerdo de cuando estuvimos en el ejército; le coloca la medalla a Amintíta y le da también un beso y un abrazo, luego también a su madre que tiene su corazón henchido de placer y orgullo, y allá en las bancas de atrás, también hay orgullo en el corazón de Benjamín.

Los aplausos son interminables todos felicitan a Demetrio, Amintíta orgullosa muestra a todo el que quiera ver la medalla de oro que cuelga de su cuello. Luego toma el micrófono y dice en voz más alta: por favor amigos, todos sin excepción les rogamos que pasen a la escuela a compartir con nosotros todo lo que tenemos preparado, por favor pasen que ya se ha terminado ésta reunión. Las personas sin que se les pida empiezan a cargar todas las bancas de la escuela, ya algunos andan comiendo, se han colocado barriles para la basura, Demetrio del brazo de Amintíta y aún ayudado por su muleta se acerca a don Geno y le pregunta, ¿Don Geno, doña Aminta van para la escuela o van a ir a la casa primero? Vamos a ir a mi casa primero y después vamos a ir a la escuela ¿Porque Demetrio? Pues porque yo les dije que quería hablar con ustedes después de esta reunión, muy bien pues, vamos, mientras ellos van para la casa de don Geno, Demetrio, Amintíta y doña Rocinda van donde se encuentra Benjamín que ya vienen caminando pues todos van para la escuela, cuando lo encuentran le dice así: perdóneme don Benjamín y usted también doña Bertila quiero pedirles un favor, claro lo que quieras, dice Mincho, antes de decirle Demetrio se agacha y levanta en brazos a Lupito que lo tenía agarrado de su pierna derecha donde tiene la muleta; Mincho le dice ten cuidado con tu pierna muchacho, no tenga usted cuidado don Benjamín, mi amigo Lupito no me va a estropear mi pierna, además ya casi estoy curado, entonces Demetrio ¿Cuál es el favor? Don Benjamín, usted sabe cuál es mi problema de que no tengo papá, y quiero que como aquí en el Roble esta mi mamá, me acompañe usted con ella en representación de mi papá a la casa de don Geno, es que quiero pedir por medio suyo y de mi mamá el permiso de visitar a Amintíta ya en calidad de novio de ella, yo le dije a don Geno que ya íbamos a llegar, también puede venir doña Bertila, no le digo que en representación de mi madre porque gracias a Dios aquí la tengo, doña Bertila les dice: no, no, no yo me voy con mi papá y los niños a comer a la escuela y allá los espero, Demetrio insiste diciendo: venga con nosotros doña Bertila, solo va ser un momentito; no se preocupe por nosotros, vamos a estar en la escuela y es que además, mi papá, los niños y yo ya tenemos hambre; bueno eso si es verdad dice Demetrio, entonces vamos pues don Benjamín que le dije a don Geno que no me tardaría.

Bertila, su padre y los niños van para la escuela, don Benjamín, doña Rocinda, Demetrio y Amintíta para la casa de don Geno, cuando llegan don Geno les dice pasen adelante que los estoy esperando, si don Geno dice Demetrio y pasan a la sala, don Bachán que también está allí se levanta y dice: con permiso yo me retiro, ustedes tienen cosas que decir yo estoy demás, no hombre dice don Geno ¿que no ves que aquí viene Mincho también? y le pregunta a Demetrio: ¿crees que se puede quedar Bachán, Demetrio? Claro que si, por supuesto dice Demetrio, cuando iban llegando a la casa de don Geno, iba también saliendo de la casa el señor cura, que iba deprisa para la escuela, ya todos sentados en la sala se encuentran Oralia, Genito, Bachancito, don Bachán, doña María la esposa de don Bachán, la empleada sale de la cocina y recoge del comedor una copa vacía y la lleva a lavar y luego la trae de regreso, después de todo esto don Geno dice así: bueno Demetrio soy todo oídos, dime; Demetrio empieza diciendo: don Geno, no sé porque las cosas a mí me han salido al revés imagínese usted el error que cometí allá en San Lorenzo, yo sé que debí de hablar con ustedes primero, pero también quiero decirles que si no hubiera sido por ese error, nunca me hubiera dado cuenta que el amor que desde un principio sentí por su hija Amintíta era correspondido, y el día de hoy tuve que hablar con ustedes a la ligera para poder decir lo que dije en público y pidiéndoles perdón por eso, aquí mi madre y don Benjamín en representación de mi padre le quieren decir a usted; bueno dice don Geno, como ya me imagino por donde viene la cosa, quiero pedirle a esta muchacha que nos prepare algo de tomar, y llama a Hortensia y le dice en voz baja cuente cuantas personas somos aquí y tenga listas una copa de vino para cada uno de nosotros que, y eso incluye a los muchachos y a usted, yo le aviso, le dice, y don Geno vuelve a la sala a sentarse, todos se encuentran sentados pero don Benjamín y doña Rocinda se ponen de pie y Mincho le dice a doña Rocinda, ¿empieza usted o empiezo yo?

Empiece usted mejor Don Benjamín dice ella, muy bien, don Geno dice Mincho: usted sabe que soy un hombre quizás algo parecido a usted, en el sentido que somos de pocas palabras, pero en ésta oportunidad quiero decirle que como Demetrio me ha nombrado representante de su padre, me siento su padre; y por eso quiero decirle y también en nombre de nuestra amistad que es de mucho tiempo, pedir a ustedes don Geno y doña Aminta el formal permiso para que mi hijo Demetrio visite su casa en calidad de novio de mi sobrina Amintíta, doña Rocinda que se mantenía de pie sintió un vértigo y perdió el conocimiento por un instante, le dieron aire le pusieron agua en la frente con un trapito, le pusieron en o cerca de su nariz un algodón con algo como alcohol y se reincorpora diciendo no, no, no Demetrio, y nadie entiende que es lo que pasa pero le dice: ¿qué pasa mamá? ¿Qué pasa? Hay hijo perdóname y también todos ustedes perdónenme, por unos instantes se vino a mi mente cuando te traían en aquella camilla, hay mamá, pero eso ya quedo atrás y hoy es el día más feliz de mi vida y será aún más cuando me case con Amintíta; ya pasado el susto don Geno le dice a doña Rocinda bueno mi querida amiga doña Rocinda ¿Usted no tiene algo que decir o a usted no le parece lo que Mincho dice de su hijo y mi hija? No, por Dios, don Geno, yo pienso que lo que recordé de Demetrio y la gran felicidad que siento hoy me provocó ese desmayo.

Bueno en ese caso la respuesta es…sí, mi esposa y yo damos el consentimiento para que Demetrio visite nuestra casa en calidad de novio oficial de mi hija Amintíta y vuelve ver a Demetrio, bueno Demetrio nada de volver al ejército ¿verdad? No, no, don Geno para que, si aquí está mi felicidad; entonces que no se hable más y a Hortensia le dice en voz alta ya inmediatamente aparece Hortensia con todas las copas a la mitad del vino que don Geno toma, y que es de muy buena calidad, se escuchan aplausos para los recién convertidos en novios oficiales, pero como es el mismo momento en que aparece Hortensia con las copas de vino, ella piensa que los aplausos son por ella, bueno, eso no importa lo que realmente importa es que todos están muy felices y hacen el brindis.

Don Mincho aprovecha un minuto o quizás menos que queda solo con doña Rocinda y le dice: yo no soy ni familia de don Geno muchos menos hermano, ellos me dicen tío lo mismo que a don Bachán pero todo es de cariño; hay gracias a Dios; después del bonito brindis van todo para la escuela donde está toda la comilona y ya algunas se van a retirar, los cuatro militares se encuentran rodeados por mucha gente que les preguntan más detalles de cómo fue el balazo que casi mata a Demetrio, hay mucha gente alrededor de ellos y allí está el señor cura que les está diciendo: así como hicieron el esfuerzo para edificar esta bonita escuela, también lo pueden hacer para la edificación de la santa iglesia católica para cuando venga a bautizar a sus hijos o a casar alguna pareja de novios que no nos saque carrera el tormentón.

Don Geno y todas las personas que se encontraban en su casa, comparten con todos, la variedad de comida que hay, Demetrio saluda nuevamente a sus compañeros porque ya se preparan para regresar a su base, Demetrio que se mantiene abrazado, bueno con su brazo sobre los hombros de su novia les dice a sus compañeros que, ojalá pudieran venir a su boda que será muy pronto, pero que no se ha fijado la fecha todavía y que se los haré saber para que nos honren con su presencia.

Los militares se regresan a su base igual que el señor cura a su iglesia, don Bachán le dice a Demetrio: oye Demetrio quiero que me hagas el favor de supervisar los trabajos que quiero hacer en mi casa, igual al que le hiciste a don Geno y a don Mincho, ya tengo los materiales allí en el solar de mi casa, por supuesto don Bachán con todo gusto, hace un momento vi a Julio por acá y si lo vuelvo a ver le digo y si lo ve usted dígale que el lunes por la mañana lo esperamos con los ocho restantes, o sea los mismos hombres para que empecemos los trabajos de su casa.

Algo raro parece que le pasa a don Geno, pues ya comió y se regresa a su casa solo acompañado por doña Aminta y cuando Oralia los mira ir solos para su casa se acerca a ellos y antes de que pregunte algo don Geno le dice: llama a tus hermanos por favor, Oralia sin preguntar va y llama a sus hermanos y lo que se arma es una preocupación general, pues todos se fijan en eso, ya todos han comido y reparten a familias una gran parte de la comida que no se terminaron, ya limpian el lugar, guardan las bancas, el asunto es que de repente a don Geno le dio algo así como una gran tristeza y se fue para su casa, sus amigos don Bachán, don Mincho, Demetrio y los familiares de éstas personas, siguieron a don Geno, que les dice que bien que vengan mis mejores amigos, acompañarme a mi casa, las personalidades que estaban en casa en la celebración de El Roble de Valverde ya se han marchado para San Lorenzo, don Bartolo sigue encantado con sus dos nietos y juega con ellos allá alrededor del Roble, el árbol.

Don Geno les dice a todos que se sienten en su sala y Demetrio le pregunta ¿Disculpe usted don Geno, pero si usted lo desea, me puedo retirar? digo por si es un asunto personal con ellos De ninguna manera

Demetrio siéntate y aunque sé que tu no vas a tener ningún problema con tu futura familia, quiero que me escuches y talvez me puedes ayudar en algo, así que mejor siéntate por favor.

Cuando los cuatro militares partieron el sacerdote quiere ir con ellos en el viaje pero parece que algo se le olvidaba y cuando ya se encuentra montado en su mula grita a los militares para que lo espere un momentito pues no se puede marchar sin hacer lo que venía a hacer ¡que lastima que el señor alcalde ya se marchó!, también el supervisor y el hombre que lo acompañó y que tomó muchas fotos para los diarios del país mostrando al pueblo en que se invierten los dineros que pagan en conceptos de impuestos en fin, a lo mejor el señor cura le hubiera gustado que ese hombre que tomó muchas fotos estuviera aún allí y le tomara unas cuantas a él haciendo su trabajo; bueno de todas maneras no se pudo, así que antes de que se retire toda la gente, regresa a la escuela y les dice a los que quedan: por favor acompáñenme un ratito que quiero dar la bendición a la escuela que a eso es que he venido, se prepara rápidamente, una especie de ollita que parece de acero inoxidable la tapadera y la base están unidas por tres delgadas pero fuertes cadenitas, también parecen del mismo material, que cuando el señor sacerdote lo balancea sale un humito con un olor muy agradable, la ollita se llama incensario, y lo que se quema y produce el humo se llama incienso pero la verdad es que a todos les gusta ese olor, y como el señor cura camina unos cuantos pasos hacia la izquierda y otros a la derecha echando ese humito, algunos niños caminan casi a la par de él para no perderse el olor que da el "mentado" humito; el señor sacerdote que nunca se quitó la sotana se colocó una especie de camisa blanca, floja, sobre la sotana y sobre su cuello un listón morado con bordos dorados y dos pequeñas cruces doradas también y muy ceremoniosamente dijo: "in nomine Patris et Fili et Spritus Sancti, amen" bien, debo aclarar que así se escuchó, o parecido talvez, pienso que esas palabras son en latín la verdad no lo sé, el señor sacerdote a las pocas personas que quedaban allí, les dijo: ahora sí, que queda bien inaugurada esta escuela y además queda bendecida y es que cuando echaba el humito agradable también echaba agua y él dijo que esa agua era "agua bendita" y para terminar les dijo: alguien aquí tiene que proponer que se construya también una iglesia pero que sea católica, apostólica y romana y se largó apresuradamente porque los cuatro militares le estaban esperando.

Las pocas personas que escucharon lo que dijo el cura no lo entendieron muy bien, sobre todo eso de Romana y se preguntaban entre sí, ¿Que será eso de Romana tú? pues mira yo se lo mismito que tú.

Lo que no queremos perdernos es lo que empieza a suceder en la casa de don Geno, pero será un poquito después de que conozcamos uno y solamente uno de los pequeños incidentes que tienen los militares y es que resulta que los militares caminan un poco adelante del señor cura a unos quince o veinte pies de separación y los militares sienten un aroma agradable y es más agradable para el sargento Amaya porque él es el único que fuma y por eso que le agrada el olor que le llega y no sabe de dónde viene, vuelve la mirada hacia atrás y ve que el aroma que sienten es de un cigarrillo fino que el señor cura va fumando, González y Amaya se miran entre sí, González dice: de allí es que viene el aroma si dice Amaya y yo que me estaba aguantando de fumar por respeto al señor cura, eso quiere decir que yo también puedo fumar, ¿Que dices González? Yo creo que, si lo puedes hacer, porque a lo mejor fumar no es pecado, pues si verdad dice Amaya y enciende su cigarrillo y vuelve a ver al señor cura y los dos se sonríen.

Bien en casa de don Geno todos esperan ansiosos lo que don Geno quiere decir y que de alguna manera tiene un poco preocupados a todos; bueno, dice él ¿Ustedes han escuchado el proverbio que dice un "burro con dinero"? ¿A qué viene eso Geno? Dice doña Aminta, que no sabe que es lo que le pasa a su esposo, pues sí, eso es lo que soy, "un burro con dinero" y en mi ignorancia he arrastrado a mi esposa, a mis hijos y a ti mi buen amigo Bachán ¿Y a mí por qué? Dice Bachán usted ha sido mi gran amigo y protector, así que no sé qué es lo que usted quiere decir don Geno; espérame un momento Bachán, todo lo que tú tienes te lo has ganado trabajando muy duro a la par mía, así que mi protector más bien ha sido tú y no yo pero déjame continuar, tú y yo hemos levantado todo esto, la hacienda que me dejo mi padre la hemos agrandado y tú Mincho que aunque llegaste un poco después has ayudado grandemente también, pero en el caso tuyo Mincho tus hijos están pequeños, pero los tuyos Bachán y los míos los hemos tenido encerrados como a unos terneritos tiernos, como que no hemos querido ver que han crecido; les hemos privado del mundo, nunca les hemos preguntado si son felices al lado nuestro, yo pude tener y tú también Bachán a mis hijos en la mejor universidad de este país o hasta mandarlos a México o a Estados Unidos o a cualquier parte del mundo pero por mi egoísmo de padre; padre analfabeta no lo hice, ese banco de BA.DE.G.A.S.A. casi en su totalidad es mío ¿Y para que me puede servir todos esto? Mis hijos no saben ni siquiera leer y escribir y si los he reunido es para que me ayuden, si es que todavía se me puede ayudar, dígame si hay alguna forma que yo pueda corregir en algo mi gran error.

Dicho esto don Geno guardo silencio y además bajo la cabeza, todos ven que el pobre de don Geno con su cabeza agachada siente vergüenza con su familia y da la impresión como que estuviera llorando, solo siente la mano tibia y suave de doña Aminta que le acaricia su cabeza hacia la nuca, Bachán, aunque no es necesario pero se pone de pie y dice así: pienso que Geno tiene razón, pero solo en cuanto se refiere a los hijos sin embargo no les hemos preguntado si han sido felices aquí o si les ha faltado algo o si nos consideran malos padres, por no haberlos mandado a estudiar a la ciudad, yo pienso también que tenemos tiempo todavía y quiero decir esto de todo corazón; doy gracias a Dios que Demetrio vino a este lugar, ya que creo que todo esto nuevo que tenemos hoy se lo debemos a él y principalmente la escuela y se sentó; bien, dice Mincho; como muy bien a dicho don Geno mis hijos todavía están pequeñitos, tengo la oportunidad de aprender a leer y a escribir aquí en el "Roble de Valverde" cuando dice así don Geno levanta la cabeza y con sus ojos un poco enrojecidos se sonríe y se le ve que está feliz, luego Mincho continua, yo también le doy muchas gracias a Dios porque trajo a Demetrio, no cabe duda de que él nos ha ayudado bastante; también se sentó; Genito se levanta pero al mismo tiempo se levanta Bachancito, se miran entre si Genito le dice: ¿Quieres hablar tu o hablo yo? Como tú quieras, no hombre habla tu dice Bachancito pero se queda de pie; papá, mamá, empieza Genito voy hablar por mí mismo ya que no sé lo que Aminta y Oralia piensen, pero yo no he necesitado nada de la vida, teniendo unos padres como ustedes y unas hermanas como las que tengo, se puede decir que lo he tenido todo, no echo de menos lo que hubiera tenido si hubiera estudiado y créanme que se los digo de corazón si yo pudiera tener a mis hijos así como ustedes me han tenido con todo amor haría lo mismo, cuando se mandan a la ciudad y tiene que esperar quizás un año para volver a verlos eso es mucho tiempo, además nunca sabremos si teniéndonos acá en el Roble de Valverde nos han librado quien sabe de cuantos problemas o accidentes, así que papá, mamá yo soy feliz así como estoy, y ahora más que tengo a Gloria y además me están enseñando a leer y a escribir y también doy gracias a Dios por Demetrio; dijo esto va y da un abrazo y un beso a sus padres y regresa a sentarse, Bachancito se quedó de pie y dijo: en verdad hay muchas cosas por las que hay que dar gracias a Dios, por Demetrio yo también estoy aprendiendo a leer y a escribir y en cuanto a lo demás y como dijo Genito yo he sido y sigo siendo muy feliz con el papá y la mamá que Dios escogió para mí, es verdad que estoy bien joven pero a esta edad yo puedo trabajar como cualquier hombre y eso gracias a mi papá, así que no resiento nada en contra de mis padres, si yo pudiera volver a nacer y me dieran a escoger los padres, escogería a los mismos que Dios ya me dio.

Ahora Demetrio y para empezar dice: escucharlos a ustedes es tan hermoso, todos los que hasta hoy han hablado los escucho como esos hombres que llaman letrados, me siento como si estuviera en medio de una reunión de hombres salidos de la mejor universidad del mundo, pero eso tiene una explicación y es que todos ustedes han hablado con la verdad, con el corazón, han dicho lo que realmente sienten en su sincero corazón; ¡que distinto es cuando uno se encuentra escuchando a personas que todo lo que dicen es porque tienen interés en algo! hablan con hipocresía sin sentir para nada lo que dicen; así que yo solo puedo decirles, que también me siento muy orgulloso de mi madre y que gracias a ella que siempre me apoyó aún a costa de sus sufrimientos y desvelos, me dejó hacer lo que yo quise, así que no tengo que resentir de ella y en cuánto a mi papá, creo que lo he perdonado y hoy que nombré como representante de mi padre a don Benjamín para que hablara con don Geno y doña Aminta, sentí algo así como si él fuera mi papá de verdad y se lo agradezco don Benjamín, muchas gracias, también quiero darles las gracias a todos ustedes por agradecerle a Dios por mí, así que el día hoy he tenido muchas bendiciones y por eso muchas gracias a todos ustedes.

Amintíta que siempre ha estado del brazo de Demetrio, se suelta por un instante porque Oralia le dice al oído así: ¿Y nosotras no vamos a decir nada Aminta? Decí algo y dilo por las dos de una vez, Aminta cree que Oralia tiene razón y dice: papá, mamá quiero hablarles por mí y por Oralia y es que las dos tenemos el mismo sentir que nuestro hermano Genito, y como dijo Bachancito si nos dieran a escoger también escogería a los mismo padres que los considero los mejores padres del mundo y el habernos tenido acá quizá fue lo mejor que me haya pasado, de no haber sido así no hubiera conocido a Demetrio, a quien quiero bastante y él me quiere también, somos tres personas sanas, hasta acá no ha llegado la contaminación, aunque no lo creas papá yo soy mucho más sana que los que viven en las grandes ciudades, yo pienso también que cuando nazcan mis hijos me gustaría que crezcan aquí, apartados de las multitudes de la contaminación y los peligros que se tienen cuando se viven en las grandes ciudades, así que gracias papá, gracias mamá.

Bien, Oralia mi amor y usted ¿Que dice a todo esto? dice don Geno, pues en verdad, no tengo nada o casi nada que decir, estoy de acuerdo en todo lo que dijeron mis hermanos, no tengo nada que reprochar, gracias mami, gracias papi y les da un beso y un abrazo a sus padres, don Geno y doña Aminta; y cuando quieren levantarse los demás don Geno les dice que se queden, el solo va a buscar a Hortensia para que les sirva café a todos y manda a Genito a buscar a Gloria la maestra que vive allí mismo en la casa de don Geno.

Don Geno regresa y lo que quiere es hablar con don Rigoberto y doña Sandra ya que ellos no se han marchado todavía se irán hasta mañana por la mañana, también don Geno quiere que todos los que están allí se queden, ya que quiere que lo acompañen en una plática que quiere tener con ese matrimonio, a solicitud de Genito; doña Aminta regresa con Hortensia y varias tazas de café y las pone en la mesa del comedor y les dice a todos que se sirvan, va llegando don Rigoberto y doña Sandra a solicitud de don Geno, llegan a tiempo del café y mientras todos toman y platican de distintos temas Mincho pregunta a Demetrio oye Demetrio y ahora que será? Ni idea don Benjamín, ni idea.

Cuando todo mundo quiere saber qué es lo que viene a continuación, don Geno les dice: quisiera que me dieran un poco de atención ya que lo que ahora tengo que decir también es muy importante para mi esposa y para mí, don Rigoberto y doña Sandra no estuvieron con nosotros en una pequeña reunión que acabamos de tener y antes de que empecemos esta otra pequeña reunión; quiero decir que en nombre de mi esposa y mío les damos las gracias por haberse expresado tan bonito de nosotros; este día ha tenido para mi esposa y para mi unas cuantas sorpresas muy agradables, la agradable sorpresa de conocer a don Rigoberto y su querida esposa doña Sandra, así como las otras visitas que tuvimos; nunca había pensado en lo que es y lo que aparenta ser lo más fácil del mundo, y que en este momento lo hare.

Que te parece Mincho primero tú y doña Rocinda, ahora nos toca a mí y a mi esposa, dice esto y da la espalda a Mincho y se acerca un poco a donde don Rigoberto y doña Sandra, siempre acompañado de su esposa doña Aminta, y como un adolescente nervioso o como un cantante que por primera vez va a cantar en público aclara su vos con un "tosidito" y antes de decir lo que quiere decir, dice en voz baja, muy baja: hubiera sido mejor un trago de mi vino primero, Amintíta que sigue del brazo de su novio y a unos cuantos metros atrás de su padre dice: ¿Que dijiste papá? Don Geno y doña Aminta volvieron a ver a Amintíta y don Geno le contesta diciendo: hay hijita te falta mucho tiempo para que hagas lo que voy hacer en este momento, se coloca de nuevo frente a los padres de Gloria y lo primero que hace es saludar a don Rigoberto y a doña Sandra como si en este preciso momento estuvieran llegando, él ya lo había hecho, es decir ya los había saludado, pero lo que sucede es que eso es parte del nerviosismo que tiene, luego vuelve a aclarar su vos y de nuevo dice: don Rigoberto, doña Sandra lo que les voy a hacer a ustedes nos lo acaba de hacer Mincho y Rocinda a nosotros; el matrimonio visitante no sabe a qué realmente se está refiriendo el señor Valverde y después dice: pongo a Dios, a mis hijos, a mi esposa y a todos estos amigos como testigos, que aquí en esta casa a su hija la señorita Alvarenga no le ha sucedido nada que a ustedes les desagrade, pero como esto no lo he decidido yo ni mi esposa sino que mi hijo Genito y por esa decisión que él ha tomado le pedimos a usted y a su esposa, permiso para que mi hijo Genito pueda ser el novio oficial de la señorita profesora; y dijo después ¡al fin! Casi todos se ríen, pero de gozo al ver al pobre de don Geno lo difícil que se le hizo hablar; don Geno como que agarro valor para hacerlo, pues hacia un poquito de tiempo una hora talvez que Mincho y Rocinda le habían pedido el mismo permiso a él y lo vio tan fácil.

Como dice el dicho popular "no es lo mismo verla venir que platicar con ella" pero bien, don Geno ya salió de su apuro y para nada, ya que don Rigoberto y doña Sandra abrazan a don Geno y le dicen: si don Geno para nosotros no es ningún problema, sabemos que su casa es de respeto y mi esposa y yo estamos de acuerdo, Pero... ¿Qué? dice don Geno, es que, dice don Rigoberto ya Genito nos había dicho; el día de hoy nos había pedido permiso y se los habíamos dado; don Geno solo dice que muchacho éste, ¡no le digo pues!, ya formalizado el noviazgo de Genito y Gloria y de Demetrio y Amintíta se siguió la fiesta en casa de don Geno, él tiene allí un buen tocadiscos que funciona con baterías y se empezó a escuchar música que se escuchaba también allá por el Roble, dos personas que allí se encontraban dijeron: parece que la fiesta siguió en casa del Patrón, y es que no es para menos, don Geno y su esposa estaban desbordantes de felicidad sus primeros dos hijos ya habían crecido, tenía ya Amintita su novio y Genito su novia.

A doña Aminta le parece que fue ayer cuando no dejaba que Hortensia lavara los pañales de ninguno de los tres, tenía la costumbre que después de lavarlos los hervía en un caldero u olla que tenía para ese fin; cuando piensa en eso, se ríe, don Geno la mira y que no sabe porque le pregunta, mi amor parece que lloras, sin embargo, te ríes ¿Porque? Perdona Geno, si supieras; no me puedo olvidar la tarde en que llegaste a mi cocina y destapaste la olla y me preguntaste ¿Sopa de que vamos a tomar hoy? Y luego también dijiste ¿Sopa de esto? Y lo tapaste, mira hoy no puedo creer que Amintíta este de novia ya y mi niño Genito también, ¡Quién lo diría! solo me falta mi bebé Oralia ¡hay! Ojalá que todavía no.

Bueno recordemos que Lucy la maestra es hermana de Veralia y cuñada del abogado Miguel el hermano de don Fausto. Entonces por consejos que Lucy le dio a Gloria su compañera de trabajo en la escuela acerca del nombre completo de su novio Genito; y es por eso que tiene una cita para mañana con el abogado Miguel. No podemos cubrir todo lo que pasa en casa de don Geno, pero mientras llega el día de mañana que será esa cita terminemos de ver qué fue lo que sucedió, pues casi nada más; Mincho, su señora, Demetrio y los niños ya se retiran y también, la mayoría de ellos ya que mañana es lunes y todo el mundo a sus respectivos trabajos.

Hoy lunes por la mañana los niños estrenan escuela hay también oficinas para la dirección y su respectivo mobiliario donde tendrán la cita con el abogado; esta vez a Sarita y a Faustito los trajo don Miguel su tío y en lo que se organizan los niños en las respectivas aulas, don Miguel y Genito ya están en la oficina de Gloria la Directora pero no tuvieron mucho tiempo que esperar, pues ya llegan Gloria y Lucy, la primera en hablar es Gloria y dice así: don Miguel en nombre de mi novio y el mío propio le damos las gracias por venir el día de hoy, también le damos las gracias a Lucy por servir de mediadora entre usted y nosotros, como Lucy ya sabe de qué se trata todo esto, te quiero pedir que me ayudes un momento con mis alumnos mientras terminamos aquí, con todo gusto dice Lucy y toma el lugar de la directora dando la clase que ella da.

Luego de esto Gloria le dice al abogado, pienso que Lucy le explicó que es lo que quiero preguntarle y tu Genito quiero que sepas que si no estás de acuerdo con todo esto, de ninguna manera trastornará nuestra relación, en otras palabras todo seguirá igual, Genito responde, bueno mi amor aunque en verdad no se con claridad de que se trata el asunto yo creo que sí puedo hacer lo que usted quiere, así que diga usted señor abogado; muy bien dice don Miguel, y agrega, Genito yo se que tu nombre completo es Genocidio Valverde y entiendo; porque también entiendo a tu papá, fíjate que el primer hijo de mi cuñado Fausto, se llama Faustito y mi primer hijo se llama Miguel igual que yo, así que es como una costumbre que hemos heredado a través de la historia de poner al primer hijo el nombre del padre, imagínate Genito que el mismito Dios hizo lo mismo ¿Sabes Genito que el nombre de Dios es Jehová? Pues su hijo se llama Jesús que también es lo mismo. Ósea que Jehová es lo mismo que Jesús, y de esa manera quizás se sigue esa tradición, pero en el caso de tu nombre; tengo que decirte lo siguiente. Como dice Gloria los nombres también son caprichosos y por eso es que tu abuelo, y quizás tu bisabuelo lo mismo que tu papá se llaman así y por tal razón tu sigues con esta tradición por eso es que tu novia quiere saber si tu quieres cambiar tu nombre; entonces Gloria interviene y dice, pero a mi me parece que Geno, suena bien y que a mi hasta me gusta, si yo también pienso igual dice Genito; mientras Gloria y el abogado Miguel se están refiriendo al nombre de Genito este dice: bueno, bueno; por favor díganme cual es la razón que ustedes encuentran para bautizarme con otro nombre, no Genito, no es eso, le dice el abogado mejor déjame que medio te diga que significa tu nombre.

Genocidio significa el exterminio de una raza, cultura, o religión, exterminio en este caso es matar toda una raza cultura o religión, eso es lo que significa más o menos ese nombre yo creo que tu papá te puso ese nombre porque él así se llama, bueno yo quiero proponerte que si tú quieres yo puedo arreglar lo de tu nombre, puedo presentar un escrito a la corte para que por medio de un acuerdo firmado por el juez cambiemos en el libro donde se asentó tu nombre allá en San Lorenzo, inscribir el nuevo nombre que puede ser, como dice tu novia o sea el de Geno Valverde y así cuando se casen, Gloria se case con Geno Valverde y no con Genocidio Valverde; Genito sonríe y más cuando el abogado dice "Y Gloria se case con Geno Valverde", esa frase lo hace decir, esta muy bien como dice mi novia, pero tengo que explicarle a mi papá y explicarle bien y en presencia de mi novia pues no quiero que él piense que me avergüenzo de mi nombre ya que es el mismo de él; por supuesto Genito, te entiendo muy bien, solo hazme saber porque mañana martes voy a San Lorenzo y si tú me lo permites, puedo empezar el trabajo; muy bien responde Genito, hoy mismo hablo con mi padre y mañana mismo le aviso, a mi me parece muy bien ya que cuando me nazca mi primer varón quiero que también tenga el mismo nombre mío.

El abogado dice a Genito, ¿No crees que es mejor que le digas hoy? Ya que pienso salir muy temprano mañana por la mañana porque tengo muchas cosas que hacer allá en San Lorenzo, bien dice Genito solo que me gustaría que Gloria y usted me acompañaran, mi papá hoy no fue a la hacienda porque quería saber de que se trataba esta entrevista que tenia hoy con usted, bien entonces vamos dice don Miguel, Gloria recomienda a Lucy los alumnos.

Cuando llegan a donde don Geno, el abogado, Genito y Gloria, don Geno como que los estaba esperando pues estaba en el corredor de su casa e inmediatamente los pasa adelante y don Miguel se sienta allí mismo en el corredor, Genito le dice a su papá; bueno papá antes de empezar quiero decirte que necesito que me comprendas, yo me siento a gusto como están las cosas y si lo que quiero proponerte no te agrada pues se quedarán como están, don Geno le dice, yo estoy para complacerte hijo mío solo que estoy un poco nervioso pues no pensé que necesitaras un abogado para algo que quizás podríamos resolverlo sin abusar de nuestro amigo; bueno pues molestarlo. No hay cuidado don Geno para eso es que estamos los amigos responde don Miguel, entonces bien hijo dígame, papá yo quiero que Gloria te lo explique porque creo que ella lo puede hacer mejor o talvez el abogado, bien, dice la maestra; es el caso don Geno que como le decíamos a Genito los nombres de las personas se los ponen los padres al gusto de ellos y es que se puede; y no hay ningún problema, el problema es que en algunos casos los nombres significan algo que no va de acuerdo con las personas por ejemplo: conociéndolo a usted, un hombre bondadoso, muy dadivoso, usted nos donó el terreno para la escuela y siempre tiene la disposición de servir a los demás y todas estas buenas cosas que usted tiene no van de acuerdo con lo que su nombre significa y el de

Genito también y es por eso que Geno y yo hablamos con el abogado para corregir el nombre de Genito y que quede legalmente inscrito en el registro con el nombre solo de Geno Valverde, y eso dice el abogado, que con su permiso lo puedo corregir allá en San Lorenzo donde usted inscribió a su hijo, además dice el abogado que solo necesito el permiso suyo y en un par de meces eso estará resuelto. Mañana martes empezaría, pero como le digo con su permiso.

Bueno dice don Geno hoy que recuerdo, cuando fui a San Lorenzo a inscribir a Genito la persona que lo inscribió me preguntó porque le pone así. Ella no me explico nada, solo me pregunto, le dije pues porque así me llamo yo también y así se llamaba mi señor padre, entonces la muchacha me dijo como usted guste y lo inscribió así, pero hasta hoy ustedes también no me han explicado que es lo que mi nombre y el de mi hijo significa y porque hay que cambiarlo hoy, como le repito don Geno nada se va a hacer sin su consentimiento, déjeme explicarle lo que quiere decir su nombre como muy bien explicara la maestra Gloria a Genito.

Genocidio quiere decir el exterminio de una raza, cultura o religión, en este caso exterminio quiere decir matar de una forma violenta ósea por medio de las armas a toda una raza, cultura o religión… eso es lo que significa Genocidio, dijo esto y el abogado guardo silencio, don Geno dice al recordar que la señorita del registro le dijo que porque iba a ponerle ese nombre, pienso que si la señorita me lo hubiera dicho así de claro a lo mejor no le hubiera puesto ese nombre a mi hijo y pienso también que si se lo cambiamos no va a ser un problema porque así le llamamos, Genito, creo que tienen razón muchachos por mi parte pueden cambiarlo de todas maneras siempre le diremos como le hemos dicho Geno o Genito, está bien Gloria y don Miguel… que no se hable más del asunto, pueden ustedes proseguir, Gloria pide permiso para retirarse pues a dejado a Lucy en su puesto, Geno también tiene que estar en clases; hoy por la tarde creo que de ser posible van a organizar a los alumnos en mayores y menores así ha estado, pero hoy hay gran espacio y los mayores estarán en una aula separada; Genito desea caminar con el brazo puesto sobre el hombro de su novia pero sabe que los niños lo miran y por eso no lo hace.

Demetrio que en su trabajo todo sigue igual ,pide permiso para ir a dejar a su madre y a don Bartolo a San Lorenzo, don Geno le dice que puede ir a la hora que él quiera solo a Amintíta que le da un poquito de temor, y le ruega que venga pronto y que lo del ejército ni lo piense, si mi amor soy yo el que no quiere separarse de usted, le prometo que solo voy y vengo… pero también tiene otros planes pero no le puede anticipar nada a ella porque tiene que hablar primero con don Geno y es que el día que fue al banco la primera vez vio allí un gran motor muy fácil de manejar, porque para arrancarlo solo se le oprime un botón rojo y para apagarlo uno azul porque además el gran motor tiene una pequeña batería que se carga ella misma cuando el motor arranca y por eso es muy fácil arrancarlo, Demetrio quiere que don Geno lo compre y antes de partir para San Lorenzo con su madre y don Bartolo, tiene una entrevista con Don Geno y le dice del proyecto, pero cuando tiene la entrevista ya tiene un plan, no ha olvidado ningún detalle, encuentra a don Geno en el corredor de su casa en la parte de atrás Demetrio lleva todo por escrito para no olvidarse.

Don Geno lo ve acercarse con unos papeles y le pregunta ¿Que está pasando hijo?... Bueno don Geno solo quiero presentarle un proyecto quiero que me escuche y como usted dice sino le parece no se hablara más del asunto, don Geno dice, si Demetrio, aunque sé que todo lo que me propones es siempre para un bien, ojalá que no me equivoque, resulta don Geno que me tomé la libertad de contar personalmente todas las esquinas de este lugar y lo tengo apuntado aquí y para cada una de esas esquinas los postes, y empezar a electrificar el Roble de Valverde, sin embargo don Geno este proyecto no es con servicio gratis a la comunidad, bueno quiero decir que es medio gratis ya que la idea es vender energía eléctrica a los moradores de aquí, tendría usted que estudiar cuanto se les puede cobrar a cada uno que solicite el servicio y para eso hay medidores de energía que se colocan en las entradas de las casas; el alumbrado público ósea el de las esquinas se puede proporcionar gratis, este negocio don Geno va a crecer así como la comunidad del Roble de Valverde y a la larga esto será un gran negocio pero para eso hay que empezar ya, antes que a otra persona se le ocurra lo mismo, podemos decirle al abogado don Miguel que solicite para usted el permiso exclusivo y permanente a la municipalidad de San Lorenzo y así tener las garantías necesarias para correr este negocio permanentemente, yo veo don Geno que el futuro de El Roble de Valverde es muy prometedor, y aunque no nos guste el modernismo de las ciudades grandes no vamos a poder frenarlo y todo lo que usted invierta en estos negocios es lógico que tendrá mucha utilidad, a ganancias me refiero, mira Demetrio a mí me parece una buena idea y la acepto así que hazte un papel y yo te lo autorizo con mi huella ya Efraín de BA.DE.G.A.S.A. conoce y además te conoce a ti, en el papel que diga que te dé a ti todo lo que necesites y que lo mande aquí ¿Te parece? Por supuesto que sí me parece muy bien contesta Demetrio.

Al día siguiente que es un día martes coincide el viaje a San Lorenzo del abogado don Miguel, Demetrio, don Bartolomé y Doña Rocinda, cuando doña Rocinda pregunta si don Geno aún no se ha marchado para la hacienda, le dicen que allí esta y le dice a Demetrio que le ayude a bajarse de su caballo porque quiere despedirse de don Geno y de su familia, aún doña Rocinda no ha tenido tiempo de darle las gracias por el gran regalo que le dio y casualiza que en ese mismo momento sale don Geno y viene a despedirse de ella con un cariñoso abrazo, ahora ya son consuegros, éste es el momento que doña Rocinda esperaba para decirle así: muchísimas gracias don Geno por el gran regalo que me hizo cuando viajó a San Lorenzo, no sabe cuánto se lo agradezco, también fue para Demetrio una agradable sorpresa, doña Rocinda dice don Geno, ¿Recuerde que le dije que hubiera deseado que usted fuera mi hermana? Pues bien, no es mi hermana, pero va a ser la abuela de mis nietos ¿Que no le parece a usted suficiente razón? Mejor no se hable más del asunto.

Aparece en ese momento doña Aminta, Demetrio y Amintíta que trae del brazo a Demetrio; Amintíta le recuerda a doña Rocinda diciéndole, la nombro responsable de que mi novio regrese muy pronto, si hija no tenga usted cuidado no se preocupe ya que usted es la razón para que mi hijo regrese pronto; bueno todos tienen que partir Demetrio guarda en su bolsillo un papel que él escribiera con unos encargos que doña Aminta le ha pedido que traiga y parten para San Lorenzo.

Despedirse de Bertila a don Bartolo le costó mucho, lo mismo que de sus nietos Minchito y Lupito, pero ya van hacia su destino solo que él se entristece de recordar, pero se conforta así mismo sabiendo que el volver al Roble de Valverde se le hará muy fácil; a transcurrido el tiempo, y ya llegan a San Lorenzo don Bartolo no abrirá hoy el negocio y lo hará por la mañana porque según él se siente muy cansado.

    Demetrio, porque su novia lo espera con impaciencia muy de mañana salió para el banco porque el departamento de ventas al público lo abren más temprano por esa razón se encuentra ya en el banco, escogiendo todo lo que necesita en el proyecto de electrificación de el Roble de Valverde, le ha dado la lista de todas las cosas que necesita al encargado y le entregó también el papel que tiene la huella digital de don Geno para que se la dé a don Efraín para su aprobación y luego él regresará, Demetrio fue a una imprenta a ordenar unos cuantos talonarios de recibos y escogió un "eslogan" (frase breve, fácil de recordar, que sirve para publicidad) muy bonito con la imagen de un hombre uniformado en lo alto haciendo trabajos de electricidad y una escritura que dice: electrificación Valverde y dice al dueño de la imprenta que cuando estén listos que será dentro de dos días que lo manden al banco y de allí lo mandarán al Roble De Valverde, Demetrio regresa al banco ya don Efraín está allí, Demetrio firma la factura de todo y sale apresurado para la oficina del Abogado Miguel, cuando lo encuentra le dice que es urgente que se lleve ya mismo el permiso a la municipalidad ya que se han comprado todos los materiales; el abogado Miguel le dice que no habrá ningún problema, pero Demetrio quiere acompañar al abogado para llevar el permiso autorizado para empezar con los trabajos, aunque todos los terrenos donde se encuentra el Roble de Valverde pertenecen a don Geno, Demetrio no quiere que la comunidad adquiera título de Aldea o en el futuro de ciudad y como consecuencia adquiera también hegemonía o independencia y que se le puedan adelantar al proyecto; salió todo como lo dijo el abogado no hubo ningún problema pues toda el área pertenece a don Geno y le otorgan el permiso solicitado, Demetrio lo lleva con él y solo pasa despidiéndose de doña Rocinda y comprando las cosas en la tienda de don Bartolo; pero lo que más disfruta de esas despedidas, es la de su mamá que lo conforta tanto, porque en verdad él sí siente esas bendiciones de su madre cuando le dice que los ángeles de Jehová me lo protejan y me lo libren de todo mal y que me lo traigan tan pronto como él pueda, ya se pone su sombrero y va muy confiado. ¡Qué bueno!

En Roble de Valverde todos se extrañan porque en todas las esquinas del lugar están colocando postes y la gente se dice como que van a poner luz ¡hay ojalá!

Pues bien, las maestras han mandado otra vez invitación a los padres de familia solo que esta vez no se trata de asuntos relacionados con la escuela, pero lo que sucede es que no hay otra forma de comunicarles las noticias más que a través de los alumnos, aunque estos ya saben leer y escribir, pero en su mayoría los padres de ellos no saben, y es la razón para que se siga usando el mismo sistema.

En el Roble de Valverde hoy les puedo contar que las cosas van de maravilla se han instalado en todas las esquinas y también entre las esquinas o sea en el medio de cada cuadra, postes con el alambrado ya tendido y los focos listos para alumbrar el Roble de Valverde y el próximo sábado se piensa inaugurar si es que los alumnos dieron la invitación a sus padres; las oficinas de electrificación Valverde son en donde funcionó la escuelita en un principio y que queda en el solar de don Bachán, aunque esto será temporalmente y quien está encargado de ella es Amintíta.

Es el mes de diciembre y éste año las cosas en éste lugar serán un tanto diferente; Demetrio y el grupo de personas que lo ayudan en el proyecto de la electrificación están trabajando muy fuerte, quieren inaugurar este proyecto antes del veinte y cuatro de diciembre sin embargo dos de las personas que trabajan con Demetrio son Bachancito y Genito y no han dejado ni un tan solo día de asistir a sus clases y por cierto son alumnos muy aventajados en sus clases, la maestra los ha calificado a ellos y unos cuantos más para que no tengan que hacer el segundo año escolar y matricularse a un tercer año escolar, bien por ellos. Aclarado esto volvamos a los trabajos que realiza Demetrio y su grupo, resulta que tienen dos días de estar trabajando en el árbol de Roble, han colocado cienes o quizás miles de lucecitas de colores en todo el árbol y tienen que terminar el sábado ya que la maestra mandó invitación para ese día, solo que esta vez es para las siete de la noche.

Llega el gran día, es sábado y son casi las siete la hora en que debe iniciar la reunión en el caserío de Valverde, las personas han estado llegando desde temprano y el lugar está repleto de gente esperando el gran evento.

Como es muy posible que el Roble de Valverde pronto adquiera título de aldea o quizás de municipio; se encuentran en el lugar algunas personalidades de San Lorenzo como son: el alcalde, el supervisor departamental de educación primaria, don Efraín gerente de BA.DE.G.A.S.A. y algunas otras personalidades que han venido a la inauguración de este gran proyecto y minutos antes del gran evento, el alcalde como todo un buen político aprovecha la oportunidad de dirigirse a la multitud y que cada vez es mayor y dice así: queridos pobladores de el Roble de Valverde ésta es la segunda vez que me encuentro entre ustedes y también es para algo muy importante como lo es la inauguración de la electrificación de este lugar tan hermoso y tan prometedor y lo es por la calidad de moradores que hay aquí todos ustedes son muy laboriosos, emprendedores, muy trabajadores, por eso es que ésta comunidad crece en cantidad y en calidad, quiero decirles que la realización de éste proyecto ha sido posible, por el emprendedor y hombre de negocios don Geno Valverde, en ésta oportunidad mi municipalidad no ayudó económicamente pero les prometo que los gastos del alumbrado público, de la escuela y el centro de salud serán pagados por mi municipalidad, y para terminar quiero decirles que son pocos las comunidades que son tan laboriosas como ésta de ustedes; ésta comunidad se proyecta a grandes pasos para ser una aldea y en un futuro muy cercano una ciudad de un crecer económico, político y cultural y en nombre de mi municipalidad los felicito y sigan adelante.

En la parte de atrás de la casa de don Bachán está el enorme motor que apenas se oye en donde está la multitud, pero ya está encendido,

Demetrio le explicó a una persona que después de que el árbol se ilumine unos cinco minutos después que suba una palanquita que es la que dará paso a la corriente eléctrica que alumbrará a toda la comunidad pero por el momento en la escuela está el control que iluminara el árbol, es una pequeña palanquita, es un switch, don Geno tiene colocada su mano derecha sobre esta palanquita y sobre la mano de don Geno doña Aminta tiene colocada su mano derecha también, las instrucciones que Demetrio les ha dado es que cuando la gente diga cero, la suban; todos están ansiosos por ver que es lo que va a pasar, también se encuentra en el lugar doña Rocinda y don Bartolo que no quisieron perderse tal evento, bien llega el gran momento y por instrucciones de Demetrio toda la multitud empieza un conteo regresivo y al mismo tiempo se oye diez, nueve, ocho, siete, seis, cinco, cuatro, tres, dos, uno, cero don Geno y doña Aminta que también han recibido instrucciones de Demetrio que al escuchar número cero deberán subir una palanquita que está dentro de la escuela y como un milagro aquel inmenso árbol de Roble y como en la Capital del Mundo, el árbol de Roble se ilumina con miles de luces de colores y en la noche oscura se ve aquel inmenso y "orgulloso" árbol que en todas, absolutamente todas sus ramas se ven las luces y que cientos de ellas titilan para la alegría de niños, jóvenes y adultos, de inmediato el grande y prolongado aplauso de toda la multitud, a don Geno y a doña Aminta le tomaron una fotografía de ese momento histórico en el que su mano y la de su esposa dieron paso a la iluminación de el gran Roble.

El señor alcalde y su grupo se acerca a don Geno y le da un fuerte abrazo y muy efusivamente le dice: don Geno no encuentro palabras para expresarle mis felicitaciones y admiración a su persona y a su digna esposa por lo que hacen por esta comunidad, don Geno que quizás en otra oportunidad hubiera dado un buen escupitajo pero hoy por la emoción del momento como que se le olvido el tabaco pero le contesta al alcalde diciéndole mire usted señor alcalde de parte de mi esposa y mía le agradecemos sus felicitaciones pero tengo que decirle que sin la ayuda, la gran ayuda de nuestro yerno Demetrio todo esto no se hubiera podido hacer y en ese preciso momento Demetrio se acerca a ellos porque ya viene la segunda parte y es que se cambiaron los planes y un grupo de muchachas y el fotógrafo salieron corriendo hacia la casa de don Bachán y serán ellas las que suban la otra palanquita o switch para la iluminación de la localidad y por eso llega Demetrio a donde don Geno y le dice: don Geno ponga usted atención que viene la segunda parte allá, también en el lugar donde está el motor las muchachas hacen sus conteos regresivos del diez al cero, un pequeño grupo de las muchachas se quedan en el corredor de la casa de don Bachán y pide a la multitud que empiecen un conteo regresivo nuevamente del diez al cero y se empieza el conteo diez, nueve, ocho, siete, seis, cinco, cuatro, tres, dos, uno, cero y suben la palanquita o switch y de pronto la oscura comunidad se ilumina; nuevamente se escuchan gritos de alegría y aplausos prolongados incluyendo al alcalde, a don Geno, Demetrio, Bachán, Mincho y sus familiares que se encuentran cerca de don Geno, es el momento que el alcalde le da un fuerte apretón de manos y un abrazo a Demetrio diciéndole, don Geno dice que usted ha sido una importante pieza en el desarrollo de este proyecto, así que lo felicito de todo corazón, Demetrio responde, muchas gracias señor alcalde pero, es verdad que he ayudado en algo pero don Geno y todas estas personas ayudaron grandemente en el proyecto, así que comparto con ellos sus felicitaciones.

Esta por ser la primera noche y noche de inauguración de "Electrificación Valverde" el alumbrado se apagara por la madrugada, mientras tanto todos los moradores del lugar disfrutan del enorme árbol iluminado y también del resto del alumbrado de la comunidad; en las tres casas más importantes que son la de don Geno, de don Bachán y la de don Benjamín han alojado a las personalidades importantes que han venido de San Lorenzo, don Rigoberto y doña Sandra están como siempre en casa de don Geno, Demetrio, Genito y Bachancito han preparado si es que se puede decir una sorpresa, Amintíta que ya sabe de qué se trata la sorpresa y aprovechando que aún hay mucha gente viendo el árbol allí también entre ellos están don Víctor Gómez que ya hace varios meses trabaja en la hacienda de don Geno nuevamente, doña Carmelina de Gómez y no digamos de Olimpia que no se aparta ni un segundo de Bachancito, Demetrio y Amintíta van del brazo donde se encuentran ellos y luego dice Amintíta a doña Carmelina: ¡qué lindo niño doña Carmelina! Permítame cargarlo y mientras acaricia al tiernito Amintíta vuelve a ver a don Víctor y se dispone a decirle algo, pues en realidad a eso es que iba, pero no puede hacerlo porque don Geno y doña Aminta se han ido detrás de ellos y como hay mucha gente ni Demetrio se enteró que sus suegros iban tras ellos y sin perder tiempo don Geno dice a don Víctor: ¿Oye Víctor quieres venir con nosotros a mi casa a compartir juntos un momento? Con todo gusto, es un placer; Amintíta mira a Demetrio muy sorprendida y cuando va todo el grupo para casa de don Geno Amintíta dice a Demetrio ¿Dime Demetrio le dijiste algo a mi papá? no mi amor no, ¿cómo crees? A don Mincho y a doña Bertila ya Genito los invitó a don Bachán no se necesita invitarlo ya que él es como un hermano que siempre se encuentra en su casa, doña Rocinda también está en casa de Don Geno.

Todos departen alegremente hay música de fondo, los más pequeñitos chupan conejos de leche que hoy son gratis para ellos y los adultos platican sus cosas, don Geno y don Efraín platican de un nuevo proyecto que también es idea de Demetrio, don Efraín le dice a don Geno: óigame usted don Geno este Demetrio si hubiera estudiado sería algo extraordinario y aun así, todo lo que propone resulta de muy buen provecho, si dice don Geno, por eso es que yo no tengo ninguna desconfianza a cualquier proyecto que él me proponga, pues bien don Geno usted solo dígame cuando quiere que mandemos todo esto para que Demetrio arranque, esperemos que Demetrio y Bachán me terminen el presupuesto; don Geno y don Efraín están muy ocupados en su plática cuando Demetrio golpea cuidadosamente con una cuchara a una copa y lo hace varias veces como pidiendo atención, don Geno le dice: ¿ahora que nos tienes muchacho? En este momento se lo digo jefe, le contestó Demetrio y agrega volviendo a ver a Bachancito y a Genito, ¿Y ustedes qué?

Los dos se levantan a la par de Demetrio, y luego Demetrio empieza nuevamente diciendo: Con su permiso doña Bertila quiero que mi buen amigo don Benjamín y mi madre Rocinda Valverde vengan acá a la par mía, don Mincho dice con todo gusto "mijo" (él y doña Bertila así lo tratan de hijo), quiero mi querido amigo nombrarlo por segunda vez como representante de mi padre, para que juntamente con mi madre pidan a mi buen amigo y patrón don Geno Valverde y a su honorable esposa doña Aminta de Valverde, la mano de su hija Aminta Valverde para unirme a ella en santo matrimonio; y acto seguido doña Rocinda, Demetrio y don Benjamín se separan del pequeño grupo que esta frente a la mesa y se dirigen dónde están don Geno y su esposa, quienes se ponen de pie ya que saben a lo que vienen, don Mincho es el que habla y dice: bueno don Geno esta es la segunda vez que Demetrio me nombra representante de su padre ¿y sabe usted don Geno?, me siento muy orgulloso de este muchacho y en verdad me hace sentirme su propio padre y como ya escuchó usted él desea unirse en matrimonio con su hija Amintíta y para lo cual me siento honrado de pedir a usted y a su esposa la mano de ella para que pueda casarse con Demetrio Valverde, y lo hago en nombre de su padre.

Por su parte Doña Rocinda, al escuchar eso vuelve a sentir mareos tan fuertes que estuvo a punto de perder el control de sí misma, le dan a beber una copa de vino tinto y casi se convierte para Demetrio este precioso momento en una tragedia, pero no, doña Rocinda reacciona y luego dice: perdone usted don Geno y perdone usted doña Aminta, pero como comprenderán Demetrio es mi único hijo y por un instante volví a sentir el fantasma de la guerra a la que mi hijo sobrevivió y casi pierdo el control por eso les pido que me disculpen yo también les pido que acepten a mi hijo Demetrio como esposo de su hija Amintíta y dando gracias a Dios que le ha escogido una novia y si ustedes lo permiten una esposa maravillosa a la que ya quiero entrañablemente y la querré tanto como la hija que nunca tuve; dijo eso y guardo silencio, en el grupo de personas que se encuentran allí, algunas y quizás muchas han derramado lágrimas extrañas porque todo mundo está feliz y contento pero escuchando las palabras de Doña Rocinda cualquiera se quebranta y se pone a llorar, don Geno y doña Minta se ponen en pie y dicen, por supuesto Benjamín y doña Rocinda, mi esposa y yo damos a Demetrio la mano de nuestra hija Amintíta y nos place en permitir que Demetrio se una en matrimonio con ella; Demetrio responde muchísimas gracias don Geno, y coloca en la mano de dedos alargados de Amintíta, la respectiva sortija en la que se comprometen en matrimonio y que solo falta fijar la fecha para ese evento; inmediatamente después de éste acto Demetrio agradece a Benjamín y se dirige donde Genito y Bachancito y les dice así: bueno pues ahora ustedes, Bachán contesta y le dice a Demetrio; mejor dilo tu Demetrio por favor, bien dice Demetrio y agrega; don Bachán lo que su hijo quiere es…Bueno Demetrio lo diré yo… y empieza papá, mamá, espero que esto no los tome a ustedes por sorpresa pero quiero que hoy, en éste momento pidas a don Víctor y a doña Carmelina, que… que... ¿Qué? Bueno pues que hagas lo mismo que don Benjamín y doña Rocinda, o sea que me quiero casar con Olimpia Gomes y te pido papá que pidas su mano ahora mismo; seguidamente un gran silencio y lo que rompe el silencio es lo que Genito dice: papá, mamá, yo también necesito que ustedes pidan a don Rigoberto y a doña Sandra la mano de mi novia Gloria porque yo también me quiero casar.

Don Geno dice: bueno, ¡que lío!, me piden la mano de mi hija y luego tengo que pedir la mano de la novia de mi hijo, pues bien, hagámoslo y se aproximan a don Rigoberto y doña Sandra y sin perder tiempo Don Geno dice así: don Rigoberto y doña Sandra quiero decirles que yo ya me esperaba esto y pienso que también mi amigo Bachán y vuelve a ver a don Bachán y doña María les pide que se acerquen pues don Víctor y doña Carmelina se encuentran junto a don Rigoberto y su esposa, Don Geno continua así que Don Rigoberto y Doña Sandra en nombre de mi esposa y mío les pedimos formalmente la mano de su hija Gloria para que se una en matrimonio legal con nuestro hijo Geno Valverde; don Bachán que se aproxima junto con su esposa y les dice a su amigo Víctor y doña Carmelina de esta manera: bueno Víctor yo solo puedo repetir lo mismo que Mincho y don Geno han dicho así que mi esposa y yo les pedimos la mano de su hija Olimpia para que también se una en matrimonio con nuestro hijo Bachán; don Geno dice: oye Bachán no has dejado que don Rigoberto y doña Sandra nos contesten a nosotros, no hay cuidado don Geno, replica don Rigoberto nosotros gustosamente aceptamos y de una vez que los muchachos fijen la fecha; don Víctor y Carmelina dicen igual al mismo momento Genito y Bachancito colocan en las manos de sus respectivas novias las sortijas que simbolizan el compromiso matrimonial; en todo momento el fotógrafo ha estado tomando fotos de todo lo que ha acontecido, por eso habrán muchas fotografías que servirán de recuerdo de este gran evento del compromiso de las tres parejas de novios y futuros matrimonios.

Las tres parejas ya comprometidas formalmente en matrimonio, se han apartado de las demás personas y lo que están planeando es la fecha y quieren que sea el mismo día y en la casa de don Geno, que quizás es la más apropiada y después de unos cuantos minutos las tres parejas piden la atención de todos ellos.

La profesora Gloria dice: Atención por favor solo les distraeremos un minuto, y es que queremos comunicarles que hemos llegado a un acuerdo y hemos considerado hacer las tres bodas el mismo día y hemos decidido que sea el día tres de mayo, no me pregunten porqué pues no lo sé, fue que se propuso esa fecha y yo estuve de acuerdo, yo solo sé que, esa fecha es el día o el mes de las flores; les mandaremos las invitaciones pero ya de una vez les quiero decir que si por alguna razón alguno de ustedes no la recibe, dense desde el día de hoy por invitados formalmente, dicho esto por la maestra y ya se empiezan a retirar de la casa de don Geno, aunque mañana es domingo pero es que todos están acostumbrados a acostarse temprano, don Víctor y doña Carmelina, andan con el tiernito en brazos y son los primeros en despedirse, antes que Mincho y Bertila se retiren don Geno llama a Demetrio y como se encuentra platicando con Efraín le dice: Ya platique con don Efraín acerca de tu nuevo proyecto y te queremos decir que puedes retirar de BA.DE.G.A.S.A. todos los materiales que se ocupen en ese proyecto que tienes en mente así que cuando quieras puedes proceder; que bueno dice Demetrio.

Cuando Demetrio estuvo en el ejército recibió un curso intensivo de inseminación artificial para el ganado y es algo que quiere poner en práctica en la hacienda de don Geno, solo que siempre necesita de la aprobación de don Geno y se encuentra en éste momento obteniendo con don Geno la aprobación para implantar el sistema y le dice a don Geno: En verdad don Geno es un aspecto muy avanzado en el área de la ganadería y he estado viendo que los terneritos que están naciendo últimamente los veo muy desmejorados y ese es el problema, ¿Cual problema?, responde don Geno, bueno trataré de explicarle un poco como es esto, el hecho es que si los terneritos están naciendo desmejorados es por el problema del toro semental que usted tiene, mejor dicho los toros sementales que tiene usted y no es por el hecho de la edad de ellos, no, ese no es el problema lo que sucede es que las madres de los terneritos son hijas o nietas del mismo toro semental y de esa manea se desmejora la raza; pero teniendo el sistema de inseminación artificial no tendríamos ese problema ya que podemos tener un control exacto de paternidad de todas las nuevas crías, yo le sugiero a usted que me deje probar un tiempo y después de que nazcan las primeras crías y a usted no le gusta suspendemos el sistema, ¿Qué le parece?, mira Demetrio yo sé que eres una persona muy capaz e inteligente pero yo no comparto esa idea de lo artificial, y es que me parece que en el ganado de engorde la carne a lo mejor es insípida, o sin el valor de la "verdadera carne" y si es en el ganado de ordeño a lo mejor también la leche y sus derivados no tengan el mismo sabor, en verdad Demetrio creo que esta vez no te podré complacer; muy bien don Geno ahora quiero explicarle el nuevo proyecto que usted ya aprobó ordenándole a don Efraín me de todos los materiales que necesito, Demetrio, le dice don Geno, por favor no me des explicación alguna de ése proyecto, ya está aprobado y que no se hable más del asunto; como usted diga don Geno le contesta Demetrio.

La vida diaria en el Roble de Valverde sigue igual, en la hacienda se han empleado tres personas más además de don Víctor que como ya había dicho hace algunos meses trabaja nuevamente allí, en este momento don Bachán, Mincho y Víctor tienen una plática acerca de los muchos terneritos que están naciendo y quien opina es Don Bachán, imagínense ustedes lo que Demetrio piensa de estos animalitos y me lo comentaba ayer, como ustedes saben hoy por hoy en esta hacienda se lleva un rigoroso plan de vacunación contra esas enfermedades y gracias a Dios todo marcha bien pero me decía Demetrio que el problema que estamos viendo acá es por las madres, ¿Como por las madres? Dice Víctor, bueno dice Mincho, no se le puede negar a Demetrio que todo lo que él dice sale, que está en lo correcto y digo esto no porque sea mi amigo pues también es amigo de ustedes ¿No? Pues sí, dice don Bachán siempre ha dado justo en el blanco no se le puede negar nada a este muchacho, pero explícanos Bachán que es lo que dice Demetrio y porque es que él cree que el problema está en las madres, Mincho les responde, él dice que los mira muy, muy, miren dice Víctor allí viene Demetrio, que nos lo diga él; Demetrio que ya está frente a ellos les dice: Buenos días mis queridos amigos, ¿Se puede saber de qué se trata el tema? Por supuesto que sí, le dice don Bachán precisamente hablábamos de ti, o sea de lo que tú me dijiste de éstos terneritos, explícales a Víctor y a Benjamín que es lo que tú dices, muy bien mis amigos, casualmente ayer platiqué con don Geno lo de este problema, que quien lo notó primero fue don Bachán y que no cabe la menor duda que es por su gran experiencia en el cuido de animales, y como les digo, le dije a don Geno que el problema es que las madres de estos terneros son hijas o nietas del semental o mejor dicho de los sementales que tenemos acá en la hacienda y que ese problema lo podemos arreglar ya sea cambiando todos los toros sementales o usando la inseminación artificial pero si cambiamos o reemplazamos los sementales con el tiempo vamos a tener el mismo problema mientras que con la inseminación artificial ese problema no lo vamos a tener nunca, como le decía a don Geno, se llevaría un control exacto de la paternidad y tendríamos el sumo cuidado de no cruzar a las hijas o nietas con los padres y abuelos, pero don Geno…Demetrio no continua porque don Víctor lo interrumpe y le pregunta así: pero Demetrio ¿Quién crees tú que puede hacer ese trabajo? Eso es sencillo dice Demetrio eso lo aprendí en una semana y media en un curso intensivo al que me mandó el ejército y junto con tres compañeros más, tuvimos practicas con genitales de vacas que sacrificaban para el consumo; allá en el rastro municipal, un técnico que vino de los Estados Unidos y que hablaba muy bien el español nos enseñó eso yo les podría enseñar a Genito, a Bachancito y a ustedes también pero el patrón dice que a lo mejor la carne o la leche de los animales nacidos por este sistema no sean igual en sabor, bueno mis amigos él es el que manda y yo no le voy a insistir al patrón en algo que él no esté de acuerdo.

Luego Demetrio cambiando de tema le dice a don Bachán; quisiera que me acompañara allí a la planada esa, y apunta con su dedo donde está el lugar, es una planada hermosa que queda a la orilla del camino real, Demetrio lleva consigo un maletín con unas libretas, lápices y una gran cinta métrica y quiere que don Bachán le ayude a medir el área de construcción para el proyecto que ya fue aprobado por don Geno, don Bachán no tiene la menor idea, ya que Demetrio no le ha dicho a nadie de que se trata el dicho proyecto, pero a don Bachán le está diciendo que es una gran escuela la que van a construir allí y la quiere construir casi al doble o más de la escuela que construyeron en el Roble de Valverde, don Bachán no va a contradecir nada ya que ese proyecto está aprobado por don Geno, aunque nadie sabe de qué se trata, pero sí don Bachán muy extrañado le dice a Demetrio: ¿Una escuela acá? Y casi el doble de la que tenemos allá en El Roble de Valverde; si don Bachán, solo quiero que lo sepa usted porque de lo contrario la gente va a creer que estoy loco y es que de hoy a mañana vienen los bloques de construcción y quisiera que con estas medidas que usted y yo tomamos, arranquemos con esta construcción y dejaremos en el centro un área donde colocaremos una vaca de cemento que ya me están haciendo el molde, don Bachán que sigue sin entender solo le dice: como tu dispongas Demetrio, como tu dispongas. Gracias don Bachán sé que cuento con toda su colaboración y el día de hoy le aseguro a usted que sus nietos y los de don Geno también los hijos de don Mincho y los míos estudiarán aquí y serán hombres y mujeres mencionados en éste país; de San Lorenzo han llegado algunos albañiles que ya han oído de un trabajo grande que habrá en el Roble de Valverde y han venido en busca de trabajo y los que ya han llegado y bajo la dirección de don Bachán ya están zanjeando y haciendo zapatas de hierro para las columnas pues ya se cuenta con ese material, los bloques de construcción llegarán pronto don Bachán y Demetrio se retiran de la construcción y se marchan para la hacienda, el día de mañana revisarán lo que se hizo el día de hoy, Demetrio se siente muy cansado y solo pasa saludando a su novia y se marcha para la casa de don Mincho.

Ya han pasado muchos días y la construcción que se había empezado en una parte del terreno donde está la hacienda ya se está terminando, por fuera están pintando y por dentro poniendo muebles para los estudiantes, pizarrones, en fin, es un edificio que reúne todas las condiciones para el fin que se construye.

El día de hoy, Demetrio recibió una visita allí mismo en la construcción y es la de un mensajero que trae mucha correspondencia para él; lo que pasa es que desde el mismo día en que se empezó la construcción Demetrio colocó unos avisos en los diarios de mayor circulación del país avisando que se estarían abriendo matriculas en las carreras universitarias de Ingeniería Agrónoma, y Medicina Veterinaria porque también él anunció que sería para la última quincena de febrero.

Demetrio ha estado muy preocupado a tal grado que sus amigos piensa que está enfermo, Amintíta le dijo así: Demetrio mi amor desde el día que nos comprometimos en matrimonio lo he visto, triste y pensativo y yo quiero decirle que si ya se arrepintió de nuestro compromiso por eso no debe de preocuparse ni por mi ni por mi familia al fin y al cabo no seré la primera ni la ultima novia que queda como se dice "vestida y alborotada" cuando Demetrio escucha esto se queda atónito, no puede ni siquiera hablar lo que le perjudica aún más su situación al extremo que su novia terminó de decir lo que dijo y al ver que su novio no dijo nada, según ella se dio por enterada, que estaba en lo correcto por eso salió corriendo a su cuarto y se encerró, cosa que preocupó a doña Aminta su madre, que vio en la forma que su hija entró, también la vio Oralia la que solo dijo así: Yo por eso mejor no tengo novio, porque dice eso usted hija, hay mamá eso es cosa de novios, doña Aminta dijo ¿Usted cree? Y de inmediato va y toca la puerta del dormitorio de Amintíta quien esta ahogada en llanto doña Aminta insiste en repetidas veces y la niña no abre la puerta, gracias a Dios que en ese momento aparece Demetrio y le pregunta a Oralia por su novia, Oralia que chupa afanada un "conejo" ni siquiera le contesta, pero hace una señal con el dedo que le indica a Demetrio donde esta Amintíta.

¿Qué está pasando hijo que mi niña llora y llora y ni siquiera abre la puerta?; parece que Amintíta ha escuchado que su madre habla con alguien y cree que puede ser su papá y para de llorar, luego vuelven a tocar la puerta y al fin ella contesta y dice: mamá no me pasa nada, no esté preocupada, de la parte de afuera de su cuarto se oye que no es la voz de su mamá sino que es la de Demetrio que le dice soy yo mi amor, me temo que usted está muy equivocada, ábrame la puerta y le voy a explicar cuál es mi preocupación, ábrame la puerta por favor, aparece Amintíta con sus grandes ojos almendrados, rojos por el llanto y Demetrio demuestra una gran tristeza pues nunca pensó que el problema que él tiene le causara ésta gran dificultad con su novia a la que tanto ama y que no hay nada en el mundo para que el la haga sufrir y como él no puede entrar al dormitorio de ella le ruega que lo acompañe hasta el Roble (el árbol) y allá le va a aclarar cuál es la razón de su problema.

Amintíta aparentemente de muy mala gana lo acompaña y una vez que están sentados bajo el gran árbol, que hoy por hoy ya se le han apagado las miles de lucecitas que tenía pero no las han recogido de sus ramas le quedarán para el próximo año o para cuando haya algún evento especial, Demetrio empieza diciendo: amor el problema que tengo solo quiero que lo sepa usted y se lo voy a contar para que no piense otra cosa y antes de contarle quiero que sepa que me arrepiento, sí, pero de haber aceptado la fecha de nuestra boda que cada día me parece más distante yo quisiera que nos casáramos pero mañana mismo si se pudiera, no ve que cada día que pasa me enamoro más de usted y que hasta me parece un sueño que estemos comprometidos y que vamos a casarnos, luego de esto se dan un gran abrazo que borra cualquier malentendido, Oralia y doña "Minta" que miran por una ventana de una manera muy discreta todo lo que pasa, se miran entre si y Oralia le dice: ¿Ve mamá? Cosa de novios como le dije, solo que no se dan cuenta que detrás de ellas se encuentra don Geno que silenciosamente las ha visto espiar y les dice así: ¡Qué bonito! ¡Qué requetebonito! Mi propia esposa y mi niña espiando por la ventana, ¿Porque no salen al corredor para que miren mejor? Dice eso, pero se acerca a la ventana, hace un ladito la cortina y pregunta, ¿Y qué es lo que miran tanto desde acá?, vaya, vaya, pero si están espiando a mi hija y a su novio no lo puedo creer ¿Qué es lo que esperan ver? Ya le voy a decir a Amintíta que se cuide de ustedes dos, no papá le dice Oralia, no le vayas a decir eso a mi hermana porque se va a enojar con nosotras, no vamos a volver a hacerlo ¿Verdad mamá? Si hija nunca más, vaya pues dice don Geno que se va hacia el otro corredor que está al lado del solar donde está su hamaca preferida y se acuesta.

Si mi amor es un proyecto de muchísimo dinero y aún no terminamos, aunque lo que falta para terminar la construcción es muy poquito me encuentro muy pero muy preocupado, yo quería que esto fuera una agradable sorpresa para su papá, su mamá y para todos, pero me temo que estoy en un gran problema y de paso el otro día que fui a San Lorenzo don Efraín el de BA.DE.G.A.S.A. me dijo si su papá ya sabía lo que yo he gastado en este proyecto, ¿Se imagina usted mi amor como me siento? Lo entiendo dice ella, pero si mi papá le dijo que usted podría disponer de todo lo que necesitara no tiene por qué estar preocupado; y a propósito me podría decir para que es ese gran "caserengón" ¿Para qué lo necesita? Si es que su futura esposa lo puede saber.

¿Mira usted estas cartas? Son 78 y tengo que contestarlas y para eso necesito la ayuda de Gloria y de Lucy y por eso quiero que usted también les ayude, solo que yo quería que todo esto fuera una gran sorpresa para su papá y su demás familia y parece que el que se va a llevar una gran sorpresa seré yo, al no poder cumplir con lo que he prometido, mire mi amor, todas estas cartas son inscripciones o sea matriculas o mejor dicho son reservaciones en las carreras universitarias de Medicina Veterinaria Ingeniería Agrónoma y también Ingeniería Dasonomía, en otras palabras amor mío, lo que estamos construyendo es una universidad a la que muy probable nuestros hijos asistan también y para colmo de males tres catedráticos que ya están contratados no van a poder venir en la última quincena de febrero sino que hasta la primera quincena de marzo y yo necesito cubrir esos quince días en algo porque no puedo decir que no se van a empezar las clases en la fecha anunciada, porque eso sería una informalidad y no podemos empezar con el pie izquierdo.

# CAPÍTULO 7

Como las clases en la escuela se han separado en dos jornadas una en la mañana para pequeños y la otra en la tarde para mayores esa es la razón por la que Oralia y Amintíta no están en clases en este momento y los niños han salido a un recreo y Demetrio llama a uno de ellos y con él le manda a llamar a la profesora Gloria y a Lucy las dos maestras quedan asombradas de ese proyecto de Demetrio, no se pueden imaginar una universidad allí en esa zona; les parece que eso es como un sueño descabellado, no hay quizás en todo el país algo así y el asombro de ellas es mayor cuando Demetrio les muestra las primeras setenta y ocho inscripciones y para eso es que las ha mandado a llamar para que le contesten aceptando las setenta y ocho inscripciones, Demetrio quiere que siga siendo una sorpresa para don Geno y la demás familia, Gloria y Lucy encantadas de ayudar a Demetrio en esto, la maestra Lucy dice: me parece que fue ayer que llevamos a los niños en una excursión a ver esa construcción, así es Lucy, dice Demetrio que a continuación dijo: quiero que sea la misma contestación a todas las setenta y ocho cartas como una copia y dejan una para nosotros, y digan también además de que aceptamos las inscripciones, que a vuelta de correo pueden mandar su cheque en dólares y a nombre de UNIVERSIDAD VALVERDE o a la cuenta número 04041939 que es el pago de la matrícula y también sumaremos el pago por adelantado del mes de marzo este dinero deberán mandarlo en cheques certificado al banco de BA.DE.G.A.S.A. en la ciudad de San Lorenzo.

Las cartas que se van a contestar serán firmadas por Lucy quien aparecerá como la secretaria de la universidad, estas primeras cartas se irán sin el sello de la universidad pues no me lo han entregado, pero si cuando llegue a San Lorenzo me lo entregan yo las sello, por eso las cartas entréguenmelas abiertas por si el sello está listo allá en San Lorenzo.

Las dos maestras regresan a su escuela, Demetrio y Amintíta se dirigen a la casa de don Víctor Gómez, pero cuando van a la mitad del área verde Lucy los detiene y le grita a Demetrio y éste se detiene y le dice a su novia ¿Que querrá Lucy? Cuando la maestra Lucy se acerca a ellos le dice a Demetrio ¿Ya te distes cuenta que acá hay dos alumnos hermanos que vienen de Dallas Texas de Estados Unidos? Imagínate Lucy no me había fijado, ¡qué bueno! Me alegra mucho que me lo hayas dicho; como todos sabemos Demetrio aprendió a leer y a escribir en el ejército y no tiene ninguna preparación académica y él reconoce que sin la ayuda de Lucy y Gloria no hubiera podido contestar esas cartas, la carta que viene de Texas viene en español y es obvio que los jóvenes que vienen también lo hablan.

Lucy regresa, Demetrio y Amintíta continúan su viaje a donde doña Carmelina de Gómez la mamá de Olimpia, por eso es que Amintíta le pregunta a Demetrio, Amor ¿Y a qué es que vamos a casa de doña Carmelina? Fíjese amor que tengo en las neveras de la universidad toda la comida o casi toda para alumnos y maestros que vendrán y necesito de alguien que maneje esto y quiero saber si ella se puede encargar de manejar la cocina, es decir que sea ella que maneje eso de la comida de los internos y los maestros, pienso que necesitará unas tres o más muchachas que le cocinen, talvez usted o su mamá me puedan decir cuánto se les puede pagar a las muchachas y a doña Carmelina como encargada; también he pensado que usted puede desempeñarse como tesorera de la universidad y puede manejar todo lo relacionado con dinero, pagos a empleados incluyendo los maestros, etc., etc., etc. Yo encantada mi amor, encantada de cooperar, y llegan donde Carmelina y quien los recibe es Olimpia que también recibe clases por la tarde.

¿Esta tu mamá? Le pregunta Amintíta, mamá te buscan, ¿Para que la quieren? Dice Olimpia, Demetrio contesta: necesitamos de su ayuda; luego que aparece doña Carmelina y como Amintíta ya sabe a lo que van, le explica todo a doña Carmelina, pero Demetrio las interrumpe y le dice a su novia, amor ¿no cree que sería un poco mejor que fuéramos a la universidad? allá le mostremos a doña Carmelina el lugar, el equipo y las alacenas y todo donde están los alimentos para que doña Carmelina tenga un control de esa comida y que cuando mire que solo queda como para una semana se lo diga a usted, para que usted haga el pedido a BA.DE.G.A.S.A. A mí me parece muy bien ¿Que dice usted doña Carmelina? ¿Podemos ir a la hacienda y allá le termino de explicar todo lo demás?

Esto es si a usted le parece bien, lo de su sueldo lo discutirá conmigo después, es decir después por si usted acepta o no la posición; me parece bien contestó ella de todas maneras allá esta Víctor y de paso le pregunto también si él lo permite, muy bien dice Demetrio y como diría mi suegro ¡Que no se hable más! Y vámonos para la hacienda.

Cuando ya han llegado a la hacienda, Víctor ve a su esposa, va y le pregunta ¿Qué hace usted aquí? ¿Quién se quedó con el tiernito? ¡Hay Víctor! ¿Y quién se va a quedar? Pues Olimpia...ya nos vamos a regresar, solo venimos a ver un trabajo que la señorita Amintíta y el Joven Demetrio quieren que yo haga, pero esto si usted está también de acuerdo ¿Trabajo para usted? ¿Aquí en la hacienda? ¿Haciendo qué? No don Víctor, interrumpe Demetrio, es como encargada de la cocina de allí y señala el edificio que está a unas cinco cuadras o bloques de donde están ellos, Demetrio no menciona la palabra Universidad pues aún ni los empleados de don Geno saben para que construyeron semejante edificio y agrega pero como dice doña Carmelina esto es si usted lo aprueba; no tengo ningún inconveniente solo habrá que ver como manejamos el cuidado de Victorcito ya que no quiero que Olimpia pierda clases, ella también es una alumna aventajada según me dijo la maestra Lucy, por supuesto que si dice doña Carmelina.

Luego de este corto atraso se van hacia la universidad y cuando están en la cocina las dos mujeres doña Carmelina y Amintíta quedan asombradas de lo hermosa que es esa cocina, Amintíta dice: Que belleza de cocina hasta a mí me gustaría cocinar acá, ¿Cuándo vamos a traer a mi mamá, a Oralia y a mis amigos para que miren esta belleza? solo en algunas revistas he visto algo parecido a esta linda cocina. Si mi amor dice Demetrio tenemos solo 13 días más para estar listos, por eso la urgencia y por eso quiero también que como dentro de dos sábados es catorce de febrero tengo programada la inauguración y es cuando estarán acá los primeros setenta y ocho alumnos, aunque sin los maestros, pero no importa la inauguración va, se lo prometo, aunque usted y yo tengamos que cocinar para todos, pero como le repito la inauguración va.

Después que han visto todo y que las dos mujeres han quedado asombradas de todo lo que vieron, de comida almacenada y de equipo para cocinar, doña Carmelina ya va pensando en tres muchachas que piensa contratar, Demetrio que ha tenido el gran cuidado de no olvidar ningún detalle le enseñó a doña Carmelina un pequeño ropero donde hay nueve uniformes para las muchachas que ayudarán a doña Carmelina, los uniformes son blancos y a la altura de el bolsillo en la blusa tiene bordado en color verde siete letras que son U.N.A.GE.VA. Amintíta pregunto a Demetrio el significado de esas siete letras. Amor mío, no me pregunte eso pues quiero que, aunque sea eso, sea una sorpresa para usted, bueno amor como usted disponga… responde Amintíta. Demetrio dice a doña Carmelina: quiero que para el día sábado contrate unas diez personas para que preparen mucha comida, así como la que se preparó para la inauguración de la escuela y pienso que se tienen que preparar desde el día viernes y lo que más vamos a tener es carne asada y usted mire como prepara todo yo me encargo de que tenga toda la carne lista.

Hay en la hacienda una cantidad de toretes que están listos para la venta y hay un comprador que viene en cierta época del año a comprarlos, Demetrio le dice a don Bachán: quiero comprar un torete para tener lista esa carne para el día sábado que será la inauguración de todo esto. No te preocupes por eso Demetrio y si necesitas dos en vez de uno solo dime y yo los pondré a tu disposición, también traeré al mismo hombre que me preparó la carne que asamos en la inauguración de la escuela y como te digo Demetrio, deja eso de mi parte; muchas gracias don Bachán no sabe cuánto le agradezco, estoy tan ocupado que usted no tiene idea, Demetrio se dirigió a la escuela a recoger las cartas que tiene que contestar con urgencia a cada uno de los alumnos ya aceptados y entre los setenta y ocho se encuentran tres señoritas que vienen de la República de Argentina.

Cuando Demetrio llega a la escuela las cartas ya las tienen listas y sale de allí sin perder tiempo para San Lorenzo; cuando llega allá pasa primero por la imprenta y ya tienen listo el sello para sellar las cartas, pues el sello tiene logotipo de la universidad y de hecho da más seriedad a las cartas que se han contestado, luego se dirige a la oficina del correo a depositarlas después se dirige al banco, lo recibe don Efraín con una buena noticia, todas las setenta y ocho inscripciones habían mandado el pago de la matrícula y un mes por adelantado y que significaba una buena cantidad de dinero por eso Demetrio le dice a don Efraín: quiero que de todo el dinero que venga a ésta cuenta el cuarenta por ciento sea para amortizar la deuda adquirida con BA.DE.G.A.S.A..

Don Efraín, quiero además pedirle un favor especial y es que deseo que una de sus secretarias envíe una nota separada a los setenta y ocho matriculados diciéndoles que no pongan atención a la petición de sus pagos porque el banco ya tiene recibido todo ese dinero por lo cual le estamos altamente agradecidos; le ruego a usted don Efraín firmar esas setenta y ocho cartas y enviarlas a los matriculados; y no se olvide usted don Efraín que el sábado es la inauguración y deseo que usted, su esposa y amistades suyas nos acompañen al evento, muy bien dice don Efraín. Demetrio se despide de él ya que en su apuro ni siquiera ha podido ver a su madre, cuando Demetrio ya está con su mamá y está casi listo para marcharse aparece un empleado de don Efraín que trae una caja para Demetrio y le dice: dice don Efraín que ya llegó también esto pero que está vacío bueno y que el termo de almacenar vendrá dentro de trece a quince días y que la compañía "Toros para escoger" espera que usted para ese tiempo tenga ya su primer pedido.

¡Otro problema para Demetrio! Parece que ésta vez, ha querido abarcar mucho y por eso su preocupación aumenta, doña Rocinda lo consuela y le dice todo lo que usted planee le saldrá bien, ya lo verá hijito mío porque nosotros confiamos en Dios, así que no se preocupe más; si mamá usted tiene mucha razón, y mientras acomoda la caja en las ancas de su caballo y al terminar dice a su madre: mamá bendígame porque ya tengo que partir y espero que el sábado llegue con don Bartolo pues tenemos planeada la inauguración de aquello; nuevamente el confort de Demetrio con las palabras de su madre: que los ángeles de Jehová me lo protejan, me lo lleven con bien y me le conceda todos los deseos de su corazón, amen, mamá, amen y se coloca su sombrero, le da un beso a su madre y se marcha con la tranquilidad de siempre con las bendiciones de su madre.

Cuando Demetrio llega a la Universidad solo deja la caja y se dirige al Roble de Valverde y como ya es un poco tarde solo pasa saludando a su novia y se dirige a casa de don Mincho que también lo espera y le dice así: Demetrio hijo, ya casi no lo miramos por acá, me parece que usted está trabajando mucho, si don Benjamín, pero no estoy cansado, mi trabajo no me cansa mucho, lo que pasa es que tengo en mi cabeza muchas cosas que quiero hacer, pero parece que todo está saliendo bien, me quisiera recostar don Mincho, por supuesto hijo por supuesto, acuéstese... buenas noches don Benjamín, Buenas noches hijo le contesta.

La Universidad se pintó de un color verde acua o sea de un color verde tierno y en la fachada principal tiene un letrero de color verde olivo que dice **"Universidad Agrícola Geno Valverde"** nadie de la familia de don Geno lo ha visto, por recomendaciones de Demetrio el letrero está tapado, nadie lo ha visto solamente los trabajadores que lo colocaron y que ni siquiera saben quién es ese Geno Valverde, los alumnos y catedráticos se podrán preguntar acerca de ese nombre porque generalmente el nombre de un centro educativo se hace con el propósito de honrar a un maestro sobresaliente, un prócer de la independencia o algún personaje importante, Demetrio consideró que don Geno se merece ser honrado, dando a la universidad su nombre ya que gracias a él y el dinero de él, la universidad, la escuela y algunos beneficios comunales han sido por él y por esas razones don Geno se lo merece.

Siete de los setenta y ocho alumnos ya matriculados incluyendo las tres señoritas que vienen de Argentina ya han llegado a la Universidad y ellas mismas han escogido su cuarto el problema que tienen es que solo hay dos camas y no tienen a quien acudir para resolver el problema las tres jóvenes se van para el Roble de Valverde en busca de Lucy quien figura como la secretaria, son tres caras extrañas que se dirigen a la escuela pues ya averiguaron que Lucy también trabaja en la escuela, las tres señoritas llegan a la dirección de la escuela y la directora que es Gloria les dice: Mi nombre es Gloria y soy la directora del plantel díganme ¿Cómo les puedo servir? La primera dice mi nombre es Leticia y me dicen Leti, luego la otra, el mío es Ana María y me dicen Ana y la tercera dice yo solamente me llamo Zulma, luego de las presentaciones la primera que es Leti dice: queremos ver a la señorita Lucy que es la secretaria de la Universidad; así es dice Gloria siéntese que ya mando por ella, cuando Lucy aparece en la dirección las tres jóvenes se ponen en pie ¿Lucy? Dice Leti, sí ¿En qué les puedo servir?... mi nombre es Leti ella es Zulma y ella Ana y somos alumnas de la Universidad y tenemos el problema de que en el apartamento que escogimos solo tiene dos camas como todas, pero nosotras queremos estar las tres juntas y necesitamos otra cama y nos mandaron donde usted. Lucy se sonríe; contenta de resolver el primer problema que hay en la universidad luego les dice, en éste momento no puedo ir a la universidad, pero dígale a la misma persona que los mandó para aquí que saque de cualquier apartamento una cama y la coloque en el cuarto de ustedes; y el sábado desde la mañana estaremos la señorita directora y yo con ustedes para que platiquemos "a rienda suelta", todas se ríen salen de la escuela mientras Lucy regresa al salón de clases.

Las tres jóvenes recorren el poblado y entraron a un lugar donde venden pescado frito también tajadas de plátano maduro y un refresco que hacen de arroz y que llaman "horchata" y a las tres les gustó todo; cuando ya van hacia la universidad Ana les dice: yo creo que seremos las mejores veterinarias del mundo, ¿Porque lo dices? Ni siquiera conocemos a los maestros dice Leti, si dice Zulma, ¿Porque lo dices?, Bueno yo no sé si ustedes están ciegas o miopes, pero en este lugar no hay una discoteca o cualquier lugar donde divertirse y pienso que el único entretenimiento que vamos a tener es estudiar y por eso digo que seremos las mejores veterinarias del mundo y eso te párese mal a ti ¿Anai? No me digas Anai ya sabes que me repugna que me llamen Anai yo soy Ana y yo no sé en qué estaba pensando mi mamá cuando me bautizo con ese nombre, luego dice Leti: fíjate que a mí no me importa eso, me llamo Leticia y me dicen Leti, a mí me da igual no veo porque molestarte a tu mami le gustó y eso a ti y a mí no nos debe preocupar, yo por eso solo me llamo Zulma y ya.

Cuando llegan a la Universidad ven un gran grupo de caballos que cuando se fueron no estaban allí y es que ya han llegado unos cincuenta alumnos más y se les dificulta lo de la cama; Lucy fue a casa de don Geno a buscar a Demetrio que muy tranquilo platicaba con su novia pero cuando Lucy le cuenta lo de las tres jóvenes Demetrio sale a prisa hacia la Universidad, solo que como se trata de tres señoritas de ninguna manera Amintíta va a permitir que vaya solo y sin que Demetrio le diga algo ella dice: tenemos que ir para allá Demetrio, Demetrio sonríe y dice desde luego amor mío y parten hacia la universidad luego Amintíta resuelve el problema de las tres señoritas y Demetrio se presenta con el resto de los alumnos y los instala, les enseña la universidad a todos, también quieren ir a la hacienda pero Demetrio no los deja diciéndoles que por el momento no se puede ir para allá pero que ya se dará el momento en que puedan ir; una vez instalados todos Demetrio y Amintíta regresan al poblado.

Hoy es sábado, es el gran día de la inauguración de la universidad y han venido las mismas personalidades de San Lorenzo, pero esta vez viene un Ministro y es el de Educación y viene de la capital y lo acompaña el Supervisor Departamental de Educación Primaria, El Alcalde de San Lorenzo, el fotógrafo también, y por supuesto el señor Cura que no puede perderse la ceremonia religiosa que le gusta hacer.

En la casa de don Geno también hay un gran movimiento y es que doña Aminta quiere que su esposo se ponga un saco y una corbata que guarda en el ropero desde hace muchos años, ¿Porque tengo que ponerme este saco y esta corbata? Lo guardo de recuerdo pues fue con el que me casé, lo importante papá es que aún le queda bien dice Oralia; en la universidad todo es bullicio, doña Carmelina y sus tres muchachas uniformadas se ven bien elegantes con sus uniformes blancos y las letras verdes que se lee U.N.A.GE.VA.

Todo está listo para empezar la ceremonia, parece que cinco asientos que están en el centro del salón de conferencia están vacíos, pero ya aparece la familia de don Geno, a Demetrio nadie le dijo que el traje con que don Geno hace un gran tiempo atrás se casó, es de color verde pálido y su corbata verde olivo, es una gran casualidad que la universidad está pintada del mismo color. Don Geno se coloca en el centro, su esposa a un lado de él, Genito al otro lado de don Geno, Amintíta al lado de doña Aminta y Oralia al lado de Genito.

La verdad es que don Geno y su familia a excepción de Amintíta, no sabe que es lo que van a inaugurar, pero toda la familia ya notó que hay un gran grupo de caras desconocidas y son los setenta y ocho alumnos y sobresalen los dos hermanos norteamericanos que están allí, la maestra de ceremonias es Gloria ayudada por Lucy.

Su atención por favor, su atención por favor, es la voz de Gloria que ya está dando por iniciada la inauguración, un evento muy especial; queremos dar inicio a este gran evento y quiero leerles el programa, primero, introducción y presentación de nuestros invitados y su participación, segundo, historia de la universidad, tercero palabras de Demetrio, seguido de un receso y el almuerzo, develar el nombre, después de el cuarto punto regresaremos al salón de conferencia con el quinto y último punto que culminará con un paseo por la universidad y para comenzar cedo la palabra a la señorita Lucy que además de ser maestra en la escuela **"El Roble de Valverde"** es también la secretaria de la universidad; Lucy toma los micrófonos y dice: queridos invitados en esta oportunidad reconozco algunas de las personalidades que nos honran con su presencia y también es un gran honor saber que nos honra con su presencia el Señor Ministro y su distinguida esposa, quien ha venido en representación del Señor Presidente de la Republica en su condición de Ministro de Educación a quienes ruego acepten nuestra cordial bienvenida así como también les pido que después de mi participación en éste primer punto nos digan algunas palabras, pero antes déjenme decirles que este primer punto incluye la historia de la universidad, pero resulta que esa historia es tan corta que aquí solo unas cuantas personas sabemos que este edificio que hoy inauguramos, es para la formación de nuevos médicos veterinarios, ingenieros agrónomos y también ingenieros dasónomos, y si hay que decir algo de la historia de este centro educativo, se puede decir que nace de la idea de un hombre humilde al que muchos de ustedes ya conocen y que éste hombre aprovechando que otro hombre con un gran corazón, que le dio todo su apoyo incondicional sin reparar en gastos de tiempo, dinero y que no ha sido poco lo que acá se invirtió, el día de hoy, este hombre bondadoso que dio su dinero para que esta universidad sea una realidad se encuentra entre nosotros y su nombre es Don Geno Valverde a quien pido se ponga de pie junto con su querida familia para los que aún no la conocen la conozcan hoy.

Don Geno y su familia se ponen de pie y todos los allí presentes aplauden muy cordialmente y luego se sientan, probablemente no es el momento para que él se dirija a la concurrencia, luego Lucy dice: ahora le pido al otro hombre, el que puso todo su empeño para que esta universidad esta lista este otro hombre es Demetrio Valverde a quien también pido que se ponga en pie para que también lo conozcan los que aún no lo conocen. Demetrio se pone en pie, hoy también está usando su nuevo uniforme de gala que hoy luce como sargento primero del ejército de su país al cual honra con su conducta personal. También le aplauden cariñosamente.

Luego se sienta, no es también el momento de dirigirse a la concurrencia; Lucy nuevamente dice: damas y caballeros, luego de presentar a estos dos hombres que jugaron el papel más importante para que este centro educativo sea una realidad, quiero ceder la palabra al señor Ministro de Educación que el día de hoy nos honra con su presencia.

El señor Ministro se pone en pie y como se encuentra un poco cansado dice: bueno mis amigos la verdad es que el señor Presidente de la Republica me encomendó venir a comprobar que tan cierto era esto de esta universidad porque, no es el caso de ustedes pero hay lugares que, anuncian algo colectan mucho dinero y el resultado es que todo es un fraude, y nuestro presidente es muy celoso cuando se trata de la educación; pero al ver que esto es una realidad lo único que puedo decir es que felicito a esos dos hombres que se pusieron de pie y decirles que el gobierno quisiera que hubieran más personas como el señor Valverde y como el señor Valverde, no sé si me equivoque pero así escuche, todos se sonríen pero Lucy que está muy cerca del señor Ministro le dice así es señor, como usted lo dijo, son dos personas distintas con el mismo apellido.

El Ministro dice bueno, ya que estoy en lo cierto, en nombre del señor Presidente de la República y en el mío propio los felicito nuevamente, pero tengo una pregunta, como hoy es sábado y las clases según se anunció por la prensa empiezan el día lunes mi pregunta es ¿Ya se encuentran acá algunos de los estudiantes que empezarán a recibir clases el día lunes? Y si ya los hay ¿Se pueden poner de pie por favor? Demetrio se preocupa grandemente pues no ha llegado ningún catedrático y no vendrán hasta en quince días. Ojalá que el señor Ministro no pregunte por ellos. Cuando se ponen de pie los setenta y ocho alumnos que ya se encuentran allí; Demetrio no los conoce ya que acaban de llegar en este preciso momento, el ministro se sonríe muy complacido, y los que le llama un poquito su atención son los dos norteamericanos y las tres señoritas, y les pregunta; ¿Me pueden decir por favor de dónde vienen? y ¿Cuáles son sus nombres? Me llamo Lety dice la primera, me llamo Ana dice la segunda, me llamo Zulma dice la tercera y las tres venimos de la república de Argentina, y aún ellas de pie la misma pregunta para los dos norteamericanos, ellos se ponen de pie y dicen "mi nombre es Byron y mi hermano se llama Branny y venimos de Dallas, Texas; Luego el ministro les dice ¿No hay más extranjeros? Como nadie le contesta, el señor Ministro sigue diciendo: me siento muy pero muy complacido que esta Universidad y el nombre de mi país haya llegado hasta allá a la hermana república de Argentina y a Dallas Texas y también donde los demás compatriotas que han llegado de diferentes partes de nuestro querido país a todos los felicito en el nombre del señor Presidente de la Republica y del mío mismo. Algo más, si para la primera graduación de esta Universidad ya no soy su Ministro de educación, les prometo el día de hoy que, aunque ya no sea ministro quiero estar aquí y verlos a todos y a los nuevos profesionales por el momento pido para todos ellos un merecido aplauso.

Lucy de nuevo dice damas y caballeros como segundo punto en nuestra agenda quiero presentar a las siguientes persona que ya nos han honrado con su presencia en otras oportunidades, y les quiero pedir que cuando escuchen sus nombres se pongan de pie y enseguida nombra al señor Alcalde de San Lorenzo, al señor Supervisor Departamental de Educación Primaria, al señor Gerente de BA.DE.G.A.S.A., al señor Párroco de la iglesia de San Lorenzo y sus respectivos acompañantes, Lucy dirigiéndose a la concurrencia les dice aplaudamos a estas honorables personas que han tenido a bien acompañarnos en esta ocasión después dice Lucy el señor alcalde y demás invitados se pueden dirigir al público si así lo desean.

El primero en dirigirse a la concurrencia es el señor Alcalde que dice lo siguiente Lo que yo sé y creo que todos ustedes también estarán de acuerdo conmigo, es que uno primero aprende a gatear, luego a caminar, y después aprende a correr; pero acá no sucedió así, aquí sucedió algo mágico que como por arte de magia nace nada menos que una Universidad y que no es una ilusión y ni tampoco cuestión de magia es una linda realidad, ya hay un buen grupo de jóvenes que han depositado la confianza en esta universidad acá en esta lugar tan hermoso y apartado del bullicio. Fue una idea maravillosa la escogencia de un lugar como este, bonito, tranquilo, que permitirá a los universitarios concentración en sus estudios. Como alcalde de San Lorenzo siento celos, pero de los celos buenos digno de imitar lo que estos dos Valverdes han realizado en este lugar y solo me resta decirles, muchas felicidades, en hora buena señores Valverdes gracias.

Lucy cede la palabra al señor Supervisor Departamental de Educación Primaria y este dice así Estimado y respetado señor Ministro, señor Alcalde municipal, querido Párroco de San Lorenzo, queridos estudiantes, queridos, Valverde, público en general: es la segunda vez que tengo el gusto de estar entre ustedes, en la primera vez y de esto no hace mucho tiempo fue en la inauguración de una escuela muy bonita por cierto y hoy como segunda vez en la inauguración de esta Universidad, créanme que me parece que esto no es cierto, que estoy viviendo un sueño y que esto solo se puede leer en cuentos de fantasía pero puedo ver y tocar las paredes de esta universidad que no es un sueño ni mucho menos una fantasía, es una hermosa realidad y en la que me uno al gozo de todos ustedes, al contar con este gran centro educativo, seremos y me incluyo también al orgullo de este departamento, ¡qué va! de toda la República, les puedo asegurar que la historia los va a recompensar, me agrada también y debo decirlo que el señor Ministro esté con nosotros y que pueda ver que esto es una hermosa realidad, felicito a los dos hermanos que vinieron de Dallas, Texas a las tres Señoritas que vienen de la hermana República de Argentina y a mis compatriotas que han decidido estudiar en esta Universidad, muchas gracias.

Lucy cede la palabra al señor Cura, que un poco inconforme dice: bueno, yo estoy acá con ustedes cumpliendo con mi deber de sacerdote católico y al servicio de mi Santo Padre que vive en Roma al cual le debo mi obediencia de cumplir con mi deber y acudir donde sea necesario; en esta oportunidad he venido también a bendecir este centro educacional y ruego a Dios que aquí se formen personas de bien, respetuosas de Dios y amantes de sus prójimos; bendeciré este centro antes de partir, se disponía a sentarse pero se para de nuevo y dice "¡Ah! me siguen debiendo mi iglesia católica, apostólica y Romana". Se sienta conforme. Lucy después de esto dice así: estimados amigos como tercer punto en nuestra agenda quiero y me siento contenta de presentar también a nuestro grande y querido amigo Demetrio Valverde, todos aplauden pero aplauden sentados, el primero en ponerse de pie es el Ministro y seguidamente el Alcalde y a el momento todos estaban de pie, el aplauso que Demetrio recibió fue notorio, doña Rocinda que se encuentra cerca de la familia Valverde, llora, llora copiosamente, no puede detener sus lágrimas, complacida y orgullosa de su único hijo y con gran satisfacción de todo lo que él hace; por otro lado Benjamín que es su padre goza, y mucho, siente también gran orgullo y corre por su mente cuando el comprador de ganado le dijera así, "que hermoso hijo tiene usted don Benjamín y como se le parece" en este momento Mincho aplaude quizás con más amor y respeto que todos pero no puede decir que es su hijo, talvez algún día tenga el valor de contar a Demetrio como sucedieron las cosas pero por el momento, quiere escuchar lo que su hijo va a decir.

Demetrio, que anda vestido con su uniforme de oficial, uniforme de gala que se ganó en el ejército en el campo de batalla y que el luce con un gran orgullo y que además le asienta muy bien; mira alrededor observando a todos que han guardado silencio, pasa la mirada adonde esta su novia y le da una amorosa sonrisa y que Amintíta también hace lo mismo, solo que también tiene muchas lágrimas pero tanto en su madre y ella esas lágrimas son de orgullo; una porque Dios le dio un hijo como Demetrio y la otra porque Dios le dio un novio y muy pronto esposo como Demetrio; Demetrio empieza diciendo "Muchas gracias a todos especialmente a las autoridades educativas que se encuentran entre nosotros, Señor Ministro, Señor Supervisor, Señor Alcalde, estimado Párroco, bienvenidos sean todos ustedes; pues bien, sin hacer ninguna pretensión personal, yo lo sabía, estaba seguro, no podía equivocarme, tenía tanta seguridad y que quizás me excedí un poco utilizando la confianza depositada en mi por mi amigo, protector, y ahora gracias a Dios mi suegro Don Geno Valverde, digo esto, porque en un principio cuando quise decirle del proyecto él me dijo: no me digas nada de ese proyecto solo hazlo, utiliza todos los recursos que yo tengo para que termines con ese tu proyecto, no digas nada hasta que lo termines (don Geno hablaba en secreto a su esposa y le decía; es verdad lo que está diciendo, así le dije en aquel momento) pues bien Don Geno, ya hemos terminado este proyecto con la ayuda de Dios y con la ayuda suya y tengo la esperanza que mis hijos que serán también sus nietos en esta universidad se formaran, gracias Don Geno por su confianza, gracias por creer en mí, hoy es el día en el que entrego a usted esta Universidad y al mismo tiempo, a las autoridades educativas para que esta universidad sea regida por las leyes educativas de nuestro gran país, muchas gracias a todos por venir y con esto termino mi intervención, pero creo que después de esto tenemos un receso y mejor que Lucy se los esplique; nuevamente se escuchan muchos aplausos por Demetrio, Lucy pide que guarden silencio y dice ya lo dijiste tu Demetrio y así es, bueno señores y señoras pueden pasar al comedor y tendremos dos horas de receso para que todos tengamos tiempo de almorzar y luego continuaremos con el cuarto y quinto punto de la agenda.

Tenían preparado un pequeño lugar apartado para el señor Ministro, el Alcalde, el Supervisor, sus acompañantes y también para Don Geno, su familia y Demetrio, pero cuando ven que Demetrio y don

Geno que quizás ignoraban ese preparativo se dieron un abrazo y se dirigieron para el comedor, allá se les unieron el Ministro, el Alcalde, el Supervisor y el Sacerdote. El cura que es amigo de Don Geno y conoce a Demetrio les dice: mira Geno, te presento al Señor Ministro y a su familia, al Alcalde y a el Supervisor ya lo conoces y luego dice el Cura: y este es el ya "famoso Demetrio"; Demetrio sabe que lo de "ya famoso" lo dice en tono despectivo, pero Demetrio con su prudencia no dice nada, solo se limita a estrechar las manos de los presentados y dice "pasemos a que nos sirvan". Cuando ya han pasado casi las dos horas programadas y se aproxima el quinto y último punto aparece Lucy y como ya casi todos han terminado de comer les dice así: bueno señoras y señores el quinto punto desarrollar empezará afuera y en la parte de enfrente del plantel, les ruego que me acompañen ya que estamos listos para continuar; todas las personas que se encuentran allí pasaron para el frente de plantel allí habían colocado unas cuantas sillas y en un lugar muy preferencial colocaron a Don Geno y a su familia, cerca de ellos el Ministro, el Alcalde, el Supervisor y el Sacerdote. Todas las demás personas permanecían de pie pues era muy poco tiempo el que permanecerían así.

Bien, todos están listos, la mayoría de ellos no saben que es lo que van a ver, pero el quinto punto de la agenda se terminará adentro del plantel, lo que acá se va a ver es prácticamente la finalización del cuarto punto programado; cuando están listos Demetrio les dice: queridos visitantes, este momento es para mí muy importante, pues cuando iniciamos este proyecto me visualicé haciendo esto y me parecía muy distante cada día que pasaba en la construcción lo veía muy lento. Para mí no avanzaba en nada el proyecto, casi llegué a pensar que nos tardaríamos muchísimo más tiempo; esto que tengo en mi mano es una cuerda que cuando tire de este extremo, quedara descubierto el nombre que llevara por siempre esta Universidad que ya es una linda realidad, y me digo a mi mismo ¡Al fin! La verdad es que lo hemos logrado luego; bueno, mis querido amigos, quiero que hagamos igual que cuando alumbramos el árbol y quiero que mi prometida me ayude en esto y dice además "¿Puedes venir mi amor?" Amintíta complicada por el gesto de su novio se acerca a él, Demetrio le dice que se coloque en el otro extremo donde pende la otra cuerda que tiraran al mismo tiempo y despacio, luego dice al público: quiero que contemos de diez a cero y así se inicia el conteo, diez, nueve, ocho, siete, todos están muy emocionados principalmente la familia de Don Geno, seis, cinco, cuatro, tres, dos, uno, Demetrio y Amintíta han ido tirando muy despacio la cuerda a medida que va el conteo y luego el esperado "cero" y queda al descubierto el nombre de la Universidad y se lee así **"UNIVERSIDAD NACIONAL AGRICOLA GENO VALVERDE"** (U.N.A.GE.VA.). Gloria que se ha ido acercando poco a poco a la familia de Don Geno les lee lo que dice lo que se develó.

Después de un par de minutos de aplausos Lucy interviene y les dice "bueno señores con esto terminamos y para finalizar damos comienzo al quinto punto que será solamente las palabras de aquellas personas que quieran hablar, seguidamente daremos el recorrido por toda la universidad. Demetrio y Amintíta se acercan a Don Geno y le dicen ¿Papá crees que puedes decir algo a todos nosotros? Creo que sí, dice y se pone de pie, todos guardan silencio, sabemos que Don Geno es un hombre de pocas palabras, dice: ¡Este muchacho! ¡Este muchacho!

Don Geno inicia: Todo esto es por éste muchacho, yo creo que no me merezco todo esto, si todo lo ha hecho él, yo le ayudé nada más, ahora resulta que el que se gana los laureles soy yo, me parece que no es justo, es él el que lo hizo todo, pero si a mi yerno le complace darme los honores los recibo con todo mi corazón y aquí públicamente y en el nombre de mi familia y el mío solo puedo decirte Demetrio, muchas, pero muchas gracias. Como Demetrio se encuentra muy cerca de él, le estrecha su mano y le da además un fuerte abrazo.

Con eso se termina prácticamente la reunión y antes de ir al recorrido el sacerdote pide permiso a Lucy para que anuncie la bendición de la Universidad. Acto seguido se coloca allí mismo su atuendo y empezó con el humito agradable caminando de un lado hacia el otro del frente del plantel, como siempre algunos niños detrás de él disfrutando del humito, luego echa igualmente de un lado al otro un "agua bendita" como él dice y termina su participación; luego el recorrido por toda la

Universidad. Ya han llegado muchos alumnos más que se han instalado, el lunes supuestamente empiezan las clases, pero gracias a Dios nadie ha preguntado por los catedráticos y de todas maneras las cosas salieron a la perfección.

Mañana es Domingo y todo el movimiento empieza, y todas las camas deberán ser arregladas por los estudiantes solo el aseo será echo por los empleados, el comedor también empieza sus funciones, y doña Carmelina y su equipo tiene que encontrar un ritmo en el trabajo. Es evidente que las tres muchachas que le ayudan no serán suficientes por lo que deberán contratar por lo menos cinco más, buscar también aseadoras para la Universidad, así que doña Carmelina como jefe de personal le espera mucho trabajo que hacer. Hasta el momento no hay ningún problema, todo marcha bien, don Bachán como caporal de la hacienda a petición de Demetrio ha construido en la parte de atrás de la Universidad un matadero o rastro donde se sacrificarán las reses que se consumirán en la Universidad y ya se tienen contratadas las personas para ese trabajo.

Antes de que se retiren a sus habitaciones, Demetrio les da una noticia a los estudiantes en presencia de Don Geno y su familia cuando les dice lo siguiente: el Lunes por la mañana nos reuniremos en el centro de conferencias pero de una vez les puedo decir que los catedráticos no pueden venir el día Lunes, esperábamos que tres de ellos ya pudieran estar aquí pero no contaban con algunos contratiempos, pero durante los quince días que es lo que tardarán en llegar empezaremos un curso de inseminación artificial y creo que en ese tiempo lo terminaremos; quiero saber si ustedes están de acuerdo, creo que es muy importante que todos ustedes, no solo los que estudiaran medicina veterinaria lo reciban, yo sé que les va a gustar, tendremos dos jóvenes que no son estudiantes de la Universidad pero me dijeron que desean recibirlo, así que quiero que levanten las manos los que quieran recibir este curso.

## Capítulo 8

Todos levantaron la mano con excepción de una de las señoritas, la señorita Zulma, muy bien los que levantaron su mano los espero el lunes en el salón de conferencias a las ocho de la mañana entonces pues, hasta el lunes.

Hoy es Lunes, todos están en el salón de conferencias cuando Demetrio llega; buenos días jóvenes, me retrasé un poco porque fui en busca de ésta caja allí a la hacienda, pero ya estoy acá y podemos empezar; y empieza abriendo la caja, lo primero que saca es un termo, esta tapado, luego Demetrio dice esto es un termo, cuando dijo así apareció Zulma la que no pensaba llegar Demetrio le dice "veo que cambió de parecer, pase adelante que recién empezamos" la señorita se sentó, solo que no se pudo sentar junto con sus dos amigas. Demetrio continua - este termo está vacío lo levanta y lo sacude pero en el interior del termo suena algo, luego lo coloca en la mesa y dice este termo se llena hasta cierto nivel de nitrógeno líquido, este líquido es mucho más helado que el hielo mismo, si se metiera o introdujera un dedo dentro de este nitrógeno líquido al momento el dedo se congelaría y podría quebrarse como vidrio, por eso cuando se trabaja con él, se utilizan guantes y no se tiene contacto directo, luego, abre el termo y el ruido que se escuchó cuando lo meneó es que adentro trae unos panfletos e instrucciones; en la misma caja viene un puñado de fotografías de unos toros ceméntales muy famosos que algunos de ellos cuestan arriba de $50,000.00, estas fotografías las vamos a colocar en esta pizarra para que todos puedan verlos, de todos estos hermosos animales tenemos disponibilidad en otras palabras, podemos comprar semen de todos estos toros e inseminar las vacas; estos "tubitos" plásticos redondos que tienen aproximadamente 18 pulgadas de largo se llaman catéteres Demetrio levanta uno y dice esto es un catéter; esto es dice y luego agrega en este momento no me acuerdo como es que se llama, pero lo llamaremos expulsador creo y si no me equivoco, se llama bulbo, estos son los guantes plásticos que se colocan en la mano izquierda, además dijo todos los inseminadores usan el reloj en la mano derecha después les explico porque.

Genito y Bachancito que están recibiendo el curso están muy emocionados de todo lo que Demetrio les está enseñando; los dos ellos reciben clases por la tarde en la escuela por eso no tienen inconveniente alguno.

Dentro de la caja venía un dibujo bien grande de una vaca donde se pueden apreciar muy bien todos los órganos reproductivos del animal también lo colocan en el pizarrón y siguen las explicaciones.

El tiempo ha transcurrido tan rápido que Demetrio solo ve que muchos de los estudiantes miran con frecuencia su reloj de puño, por eso les dice discúlpenme, el tiempo se nos ha ido rápido, tendremos un receso para almorzar y dentro de una hora nos reuniremos de nuevo, pueden retirarse.

Genito y Bachancito se dirigen a la hacienda donde se encuentran Don Bachán y Don Geno, Genito le dice a su papá, papá eso que Demetrio nos está enseñando es algo muy bonito y muy interesante, bueno es el primer día, pero para nosotros es un misterio de cómo es que podemos tener nosotros por ejemplo terneras o terneros hijos de toros que cuestan más de $50,000.00 ¿Cómo es eso? Dice Don Geno Si papá Demetrio nos mostró unas fotos de varios toros, ¡Lindos toros papá! Uno de ellos se parece a Lucero el que tenemos con el ganado de Quebrada Seca, igualito papá, ¿Verdad Bachán? Es cierto tío Geno, dice Bachancito, tu puedes ir a ver esas fotos papá, Demetrio las tiene colocadas en el pizarrón, o dile que te las traiga y las ves con mi tío Bachán y se regresan a la Universidad.

Don Geno y Don Bachán comentan ¿Qué crees tú Bachán de eso? Demetrio me hablo hace un tiempo acerca de algo así y yo le dije que no me interesaba, aún sigo sin entender bien, por eso es que te pregunto ¿Qué crees tú de eso? Imagínate que me dijo que los terneritos están naciendo desmejorados y que él cree que el problema son las vacas porque dice que esas vacas o son hijas del mismo toro o son nietas, ¿Qué crees tú Bachán? Mire Don Geno cuando andábamos con Demetrio el otro día fuimos a ver un lote de vacas que recién habían tenido sus crías, esas vacas son animales que antes han tenido crías, Demetrio me pidió que le mostrara algunas hijas de estas mismas vacas y me dijo mire usted Don Bachán que diferencia y es que es verdad se ven distintas aun siendo del mismo toro semental, por eso Demetrio cree que no podemos dejar que se sigan cruzando con el mismo semental; Mira Bachán, como los muchachos ya han regresado a la Universidad quiero que tú vayas allá y le digas a Demetrio que me traiga las fotografías de esos toros cuando termine la clase y así las miramos acá también con Demetrio, muy bien Don Geno y partió a lo recomendado por Don Geno.

En el salón de conferencia de la Universidad Demetrio continuo con la clase y se terminó a las cuatro de la tarde. Este fue el primer día de clases en la "Universidad Nacional Agrícola Geno Valverde". Al salir de la Universidad Demetrio llevo donde Don Geno las fotos de los toros y en verdad Don Geno quedo impresionado, sobre todo como es que pueden tener terneros o terneritas de estos preciosos sementales.

Don Geno dice Bachán yo comparto con usted la duda de este sistema pero que no se pierde mucho con probar, yo creo que si después de probar, a usted no le parece bien puede parar el programa; estoy de acuerdo dice Don Geno, le diré a Demetrio que probemos con unos cuantos animales.

Han pasado varios días y las clases se han tornado cada día más interesantes a tal grado que se pidieron una gran cantidad de termos, nitrógeno líquido y equipo suplementario y serán propiedad de cada alumno el cual podrán llevarse cuando ellos quieran pero por el momento las clases continúan y cada día se entusiasman más; como en el matadero que hay en la universidad muchas veces sacrifican vacas para el consumo de la misma, porque lo que generalmente se sacrifican son toretes engordados para tal fin; de esas vacas Demetrio pide que le traigan los genitales para hacer prácticas físicas y eso emociona a todos los estudiantes, pero hasta el momento no han tenido practica con animales vivos.

Las clases ya están por terminar ya han llegado los primeros tres catedráticos y se dan cuenta del curso de inseminación que Demetrio está impartiendo lo saben por las pláticas que tienen con los alumnos y al día siguiente se presentan al salón y preguntan ¿Quién es el doctor que imparte el curso? Bueno dice al que le preguntaron en verdad solo sé que se llama Demetrio, nada más.

Falta uno o dos días para que termine el curso y cuando Demetrio empieza la clase dice: parece que tenemos tres alumnos más pero desgraciadamente estamos por terminar. Con tal mala suerte que no podemos hacer prácticas con animales vivos pues no disponemos de ellos, pero no hay ninguna diferencia con estos genitales de vacas muerta y es por eso que…que…Demetrio para un poco su intervención, pues Genito tiene la mano levantada queriendo decir algo y por esto es que Demetrio dice bueno Genito, veamos que nos quiere decir usted, Genito dice: es que mi papá dijo que le dijera a usted que en este momento hay unas cuarenta o quizás más vacas en celo que pueden ser inseminadas si así usted lo desea; para ese tiempo Demetrio tiene ya su termo listo y con varias escalerillas de semen congelado de diferentes toros, de todos estos toros se tiene la historia de ellos al que Demetrio le llama "pedigrí" y tiene además las fotos y nombres de cada uno de esos sementales.

La alegría es enorme cuando escuchan lo que Genito a dicho por eso se dirige al grupo de estudiantes donde ya don Bachán tiene todas las vacas listas en los corrales.

Don Geno que ha querido ver como es todo esto está allí también. Toda esta listo. Se coloca la primera vaca en posición y Demetrio dice la primera la voy a tratar yo y así ustedes verán que es lo mismo lo que ya aprendieron teóricamente con los genitales de animales muertos, y empieza el procedimiento.

¿Recuerdan lo del reloj en la mano derecha? Si dicen todos es por esta razón cuando dice esto ya ha sacado una botellita en miniatura la cual llaman ampolleta, con el semen que ha estado un corto tiempo en hielo para que se descongele, con una sierrita corta la punta de la ampolleta, en un extremo de el catéter tiene colocado el expulsador o bulbo lo aprieta y lo mantiene así y con eso saca el aire que está dentro de catéter, suelta el impulsador o bulbo y succiona el contenido de la ampolleta.

Todo está listo para proceder; bien dice Demetrio, se pone un poquito de gelatina lubricante sobre el guante que ya tiene en la mano izquierda y la introduce en el recto de la vaca y les dice, recuerden que una vez que la mano está dentro se jira hacia abajo, luego con la mano derecha introducimos el catéter en el genital de la vaca y el cual lo sentimos en la mano izquierda; empujamos cuidadosamente el catéter y con la mano izquierda lo sostenemos hasta que sentimos que la punta del catéter entra en un pequeño agujero luego movemos el catéter hacia arriba, hacia abajo, y a los lados, para estar seguros que estamos dentro del pequeño círculo, en este momento se aprieta fuertemente el expulsor o bulbo que está en el extremo que está afuera y el contenido que está en el catéter se dispara, luego sacamos cuidadosamente nuestra mano izquierda y retiramos con el mismo cuidado, el catéter que sostenemos con la mano derecha, siempre apretado para evitar que succione el semen que se deposito. El guante desechable se retira agarrando primero de la parte de arriba asía los dedos quedando de esa manera al revés y luego lo tiramos.

Señoritas y señores hemos terminado con esto y la primera vaca de la hacienda de el Roble, queda inseminada de una manera artificial; se apunta el día el mes y el año para que dentro de un tiempo prudente si se quiere, se puede palpar para saber si ya está el feto creciendo, esto de palpar muchos no lo hacen porque si no se tiene un sumo cuidado la vaca podría abortar, ya todos ustedes saben que si después de inseminada la vaca vuelve a tener celo no significa que no tenga ya su feto por eso es que algunos hacendados llaman al experto inseminador para que la palpe y si no tuviera su feto en crecimiento tendría que repetirse el proceso.

Bueno ahora te toca a ti Genito y después Bachancito para que se puedan ir a la escuela, después continuaremos con los demás estudiantes.

Mientras preparan la vaca que hará Genito uno de los doctores catedráticos se acercan a Demetrio y le dice así "discúlpeme doctor" necesito encontrar a Demetrio, pues nosotros somos los catedráticos que vamos a trabajar en esta Universidad y recién llegamos; yo soy Demetrio, pero no soy doctor, contesta Demetrio entonces el médico veterinario dice: Es que usted lo hace con tanta seguridad que creí que usted era un colega; pues bien Demetrio, quiero que sepa que estamos listos para empezar nuestro trabajo cuando usted nos diga; bien, dice Demetrio, con esta práctica terminamos el curso de inseminación artificial, cuando ustedes quieran estos alumnos son todos suyos, lo único que me falta por hacer es entregar los certificados de participación, y ya que ustedes están aquí quiero que me ayuden, será un placer, dice el doctor.

Cuando ya todos han visto y participado en la inseminación artificial Demetrio les dice: bueno muchachos sabemos que en este momento no hay suficientes animales para que todos practiquen, pero en un corto tiempo los que no pudieron practicar lo harán después. Por el momento volvamos al salón de conferencias para que les sea entregado el certificado de participación.

Este acto fue muy importante pues los tres catedráticos darán a cada uno su certificado, un certificado que es muy bonito, tiene un hermoso dibujo de un toro, de una vaca, y un ternerito y en la parte de abajo dice "**Instructor inseminador**", y allí aparece la firma de Demetrio Valverde, uno de los tres catedráticos dice, "por favor guarden silencio que vamos a empezar" y llama al primer participante y dice así Leticia Murillo y le da su certificado y la felicita, luego llama a Ana y después a Zulma. Para cada una de las señoritas se les aplaudió y por ser tres damas las llamaron primero. Luego llaman a los hermanos que vienen de Texas o sea a Byron y a Branny y así sucesivamente a todos los que participaron. El día lunes empiezan formalmente las clases.

Cuando Demetrio anunció por los diarios más importantes que circulan en el país que se abrirían las matriculas en la universidad se dijo también la ubicación del lugar o sea lo apartado de lugar y creemos que ese fue un factor decisivo para que los padres se decidieran por matricularlos en esta universidad.

En el Roble de Valverde no hay autoridades, pero como todo el lugar donde está ubicado el poblado la escuela y la universidad son la propiedad de don Geno y por tal razón todo el respeto gira alrededor de él, en todo el poblado no hay bebidas alcohólicas, don Geno no lo permite y por la misma razón no ha querido construir un buen puente en el río, como que no quiere que lleguen carros al lugar.

Los dos jóvenes de Texas se encuentran en la casa de Don Geno haciendo una solicitud, están en el corredor del frente de donde Lucy y Gloria los pueden ver desde la escuela. Los dos jóvenes universitarios quieren la autorización de don Geno para pedir a su papá en Texas, que les envíe una motocicleta que ellos tienen allá, pero sin el permiso de don Geno no lo pueden hacer y lo único que Don Geno les dice es que el día de mañana por la mañana les dará la respuesta por medio de Demetrio, los jóvenes están de acuerdo le dan las gracias a Don Geno y se retiran.

En ese mismo momento, los niños de la escuela salen a un recreo y los tres maestros también salen a el área verde y van a sentarse debajo del gran árbol, los dos tejanos que los ven se acercan a ellos a platicar, Don Geno que los ha visto solo dice para sí mismo que lindos sombreros.

Lucy estudio en los Estados Unidos y por eso ella habla muy bien el inglés, los dos jóvenes Tejanos ya lo saben y cuando empiezan a hablarle en Ingles ella les contesta en español, Gloria le dice háblales en inglés si Lucy dice el maestro Alemán que quiero que entiendan bien, lo que decimos.

Parece que Lucy quiso hablar en español porque noto que el tejano empezó a decirle cosas que la sonrojaron, y como es muy bonita no quiso que el tejano siguiera cortejándola; ya es hora de regresar a clases y los dos jóvenes tejanos también se retiran y se dirigen a la universidad.

Cuando Demetrio está en la casa de Don Geno, éste le pregunta qué opina de la petición de los dos jóvenes acerca de lo de la moto. Demetrio le dice a mí me parce Don Geno que eso no perturba en nada a nuestra comunidad, pero de todas maneras eso lo decide usted, mira Demetrio lo que yo pienso es que por algo se empieza, hoy quieren traer una motocicleta mañana van a querer traer un carro y así se nos va a llenar de motocicletas y carros todo el lugar y me parece que así estamos bien, como usted diga Don Geno, a mí también me parece que así estamos bien.

Demetrio después de estar un buen rato con su novia se dispone ir a casa de Don Benjamín; cuando llega, Minchito y Lupito, abrazan a Demetrio. Minchito dice Demetrio, Demetrio, fíjate que el león se quedó a vivir en la colonia de monitos y ellos ya no temerán a ninguna fiera pues el león los cuidara por siempre, Demetrio si sabe a qué se refiere Minchito, pero se hace el desentendido y le pregunta ¿Que león Minchito? el león Demetrio, el león a quien el monito le saco la espina que no lo dejaba caminar, ¿Acaso no te acuerdas? ¡Ah, sí! Dice Demetrio, pero ¿Quién les termino de leer la historia? nosotros mismos y se la leímos a mi mamá y a mi papá, ¿Verdad papá? si es verdad hijos, ellos ya saben leer y escribir dice Don Mincho. Demetrio muy contento los abraza y les dice felicidades campeones ya lo lograron y a seguir estudiando si Demetrio, así será, contestan ellos.

Al siguiente día por la mañana el mismo movimiento, todos a trabajar, el grupo que va para la hacienda se ha dividido en dos pequeños grupos; en uno de ellos platican Demetrio, Genito y Bachancito. Demetrio les dice así bueno muchachos yo no sé ustedes, pero yo estoy muy angustiado, pero eso ¿Porque? dice Bachancito bien dice Demetrio, hoy es cuatro de abril, falta exactamente un mes para que sea el tres de mayo, ¿no se les hace familiar esa fecha? pues a decir verdad no, dice Genito, ¿qué es lo que hay para esa fecha? Pues, par de cabezas huecas, yo para esa fecha me caso, así que les invito a mi boda par de tarados; Genito y Bachancito detienen sus caballos, pero Demetrio sigue adelante; Genito y Bachancito se quedan viendo fijamente a la cara y se dicen ¿Qué fue lo que Demetrio dijo? se quedan un momento así y luego reaccionan, espolean sus caballos y le dan alcance a Demetrio y la misma vez le dicen ¿Qué fue lo que dijiste? lo que oyeron, me caso el tres de Mayo, ósea dentro de un mes, yo no sé ustedes, ¡santo cielo!

dice Genito, he pasado tan feliz con mi novia que se me había olvidado pues a mí también dice Bachancito, luego Demetrio les dice: bueno, mañana voy para San Lorenzo, tengo que verme con el abogado Miguel en su oficina y me dijo que le llevara mi partida de nacimiento y la de Amintíta porque tiene que anunciar mi boda durante quince a veinte días en un lugar que hay en la municipalidad de San Lorenzo y el abogado Miguel dijo que eso se llama publicación de edictos, así que si ustedes también se quieren casar, me dan sus partidas de nacimiento y el de sus novias o van conmigo a San Lorenzo.

Párate Demetrio, párate, mira Demetrio dile a mi papá y a mi tío Bachán que no vamos a trabajar el día de hoy y de aquí nos regresamos y yo mañana voy contigo pues los padres de Gloria viven allá y de inmediato se regresan para el Roble de Valverde. Cuando han recorrido un buen trayecto Bachancito se detiene y le dice a Genito, ándate tú Geno, yo a nada voy, tengo que hablar con don Víctor y él esta acá en la hacienda y con doña Carmelina que está en la universidad, mi partida de nacimiento la tengo yo, que la use cuando me matricule en la escuela" "bien" dice Genito yo si sigo pues no sé dónde tengo ese papel.

Doña Aminta se sobresalta cuando ve que Genito ha regresado, desmonta de su caballo y se dirige a la escuela cuando Gloria lo ve, también se sobresalta y le pregunta, "¿Que pasa mi amor?" "¡Ay amor mío! Tengo que ir con Demetrio mañana por la mañana a buscar su partida de nacimiento y también tengo que llevar la mía y ni siquiera se en donde la puse, solo me acuerdo que se la di a usted cuando me matricule, pero no recuerdo si me la devolvió o no". Cálmese mi amor yo tengo la mía acá conmigo la suya se la di a su mamá y yo vi donde la guardó así que no se preocupe.

Precisamente ayer hablábamos Olimpia, Amintíta y yo de eso, y está bien que lo lleve donde el abogado Miguel para que él haga lo que él tenga que hacer.

Los días sábados y los Domingos no hay clases en la universidad y Doña Carmelina descansa esos dos días y solo deja dos muchachas en la cocina, ha organizado un ciclo rotativo y así de esa manera todas tienes sus dos días de descanso. Todos los empleados de la universidad ya han recibido varias veces su sueldo, esto incluye a Doña Carmelina como encargada de personal recibe un sueldo diferente a las demás.

Como Bachancito no regresó para el poblado sin perder tiempo va para la Universidad y busca a Doña Carmelina y ella le dice "que busca por acá hijo" Bachancito como que tragó algo y luego dice mañana y repite mañana, va Demetrio para San Lorenzo y yo necesito la partida de nacimiento de Olimpia para que el abogado Miguel anuncie nuestra boda en la municipalidad, pues ya solo falta un mes.

¡Santísimo Dios de los cielos! dice Doña Carmelina, se me había olvidado por completo lo de la boda de ustedes, mira hijo por la partida de nacimiento de Olimpia no estés preocupado yo la tengo bien guardada y te la entrego hoy en la noche cuando llegues a visitar a Olimpia, pero yo si tengo que madrugar el día sábado para ir a San Lorenzo a ordenar el vestido de mi hija, bueno suegra llego allá en la noche para que me dé la partida de nacimiento, si muchacho no estés preocupado por eso.

Cuando regresan de la hacienda, Genito y Bachancito se miran en la escuela; Genito le dice Ya estoy listo, lo tengo todo, voy con Demetrio a San Lorenzo mañana y ¿Tú? pues creo que también, hoy doña Carmelina me va a dar el documento de Olimpia, el mío lo tengo en mi casa. Los dos jóvenes están muy preocupados el único que está tranquilo es Demetrio. Cuando Bachancito y Genito salen de la escuela primero van a sus casas y luego van donde Doña Carmelina por el documento. Estando ya los dos jóvenes cerca de la casa ven que las dos madres están en la casa de Genito luego Bachancito dice a su madre imagínate mamá que a Doña Carmelina, bueno y también a nosotros se nos ha hecho tan corto el tiempo que pensábamos que faltaba mucho tiempo para lo de nuestra boda, si no es por Demetrio que nos dice; por eso cuando le recordé a Doña Carmelina dijo que el sábado por la mañana va para San Lorenzo a comprar uno de los vestidos para Olimpia porque dice que son dos, y mamá, a mí me gustaría darle el dinero de esos dos vestidos, Genito dice, igual mamá yo también. Las dos madres sonríen y dicen no se preocupen por esos vestidos eso ya lo tenemos resuelto nosotras; estamos haciendo seis vestidos tres para que usen en la iglesia y tres para la recepción dile a doña Carmelina que no esté afanada por eso y que mejor venga el sábado acá a ayudarnos, mamá que buenas han sido parece que a ustedes no solo no se les olvido sino que ya están casi listas, pues si hijo, dice doña María "no todos los días se le casa un hijo a una" y a mi dos dice Doña Minta, bueno Geno ¿me acompañas donde Olimpia? claro vamos.

Llegan a casa de Don Víctor quien ya ha llegado de su trabajo y los encuentran platicando a los tres, Doña Carmelina les entrega el documento que les tiene listo. Don Víctor gentilmente les dice que pasen adelante, pero Bachancito dice que tienen que buscar a Demetrio, Genito dice, yo también voy a ir con el mañana así que dámelo a mí y yo se lo entrego a Demetrio, tiene razón dice Bachancito y entran un rato a la casa de Olimpia; momento que Bachancito aprovecha para decirle a Doña Carmelina, mi mamá recién me acaba de decir que les diga a ustedes que no estén preocupados por los vestidos y zapatos de Olimpia para la boda, todo lo demás lo compraremos nosotros, es más los vestidos ya casi están listos, mi mamá quiere que el sábado venga a mi casa para que Olimpia, mi hermana y la profesora Gloria se midan los vestidos, también nos advirtió a Demetrio, a Geno y a mí que no podemos mirar cuando se los midan porque dice que es mala suerte.

Cuando Bachancito y Genito se van para sus casas, Don Víctor comenta con su esposa y Olympia ¿Se fijaron que Bachancito dijo que eran dos vestidos? Sí Víctor como cuando nos casamos nosotros ¿Acaso no te acuerdas que fueron dos vestidos? Claro que me acuerdo muy bien, yo lo digo porque uno lo usaste en el cabildo (la municipalidad) y el otro en la iglesia pero aquí no hay ni iglesia ni cabildo es por eso que lo digo de veras Víctor ,tienes razón, ¿Será que van a ir a la iglesia de San Lorenzo a casarse allá? yo no sé, yo creo dice Olimpia, que como la boda va a ser en casa de Don Geno es muy posible que las dos ceremonias la civil y la religiosa sean en la misma casa, pues Don Geno es muy buen amigo del Señor Cura, pero yo pienso que Demetrio no tiene muy buena amistad con Don Baltasar Mejía dice Doña Carmelia, no sé de qué hablas, pues estamos hablando de la boda por la iglesia dice Don Víctor ya lo se contesta ella, entonces interviene Olimpia y dice ustedes ya me confundieron a mí también pues ahora ya no sé de qué hablan, entiendo que los tres hablamos de mi boda, yo voy a hacer lo que mi Bachán diga, nadie dice lo contrario hija, yo solo dije que Demetrio como que no se lleva con Don Baltasar, ay va usted otra vez dice Don Víctor ni va con lo que platicamos ni nos interesa quien es ese tal Baltasar Mejía, por Dios Víctor, ¿acaso usted no se acuerda que el nombre del Cura es Baltasar Mejía? De veras Carmelina, se me había olvidado que el Señor Cura se llama Baltasar, ya me acuerdo que cuando le dicen Don Balta no le gusta, y él dice yo no me llamo Balta, me llamo Baltasar mi nombre debe de recordarles que así se llama uno de los santos reyes magos, ya me acorde bien del nombre del cura se me había olvidado.

El día siguiente por la mañana Demetrio y Genito van para San Lorenzo y van directo a las oficinas del abogado Miguel ya que el abogado solo atiende tres días a la semana; ya una vez presentados los seis documentos y como en cada uno de estos documentos se menciona el padre y la madre de cada uno de los contrayentes y sus fechas de nacimiento, el abogado no necesita nada más para la publicación de los edictos, solo ocupa los nombres y las fechas ya que él tiene muchos de esos papeles listos y por eso los llena rápido y los manda a colocar con su secretaria a un lugar especial que hay en la municipalidad. El papel más o menos dice así: "por este medio y de acuerdo con la ley se publican estos edictos anunciando el compromiso matrimonial del Señor Demetrio Valverde con la Señorita Aminta Valverde, boda que se llevará a cabo en casa de los padres de la novia Don Geno Valverde y Doña Aminta Valverde, y en el lugar denominado el Roble de Valverde, poblado que pertenece a este municipio y será el día tres de mayo del año en curso", y así las otras dos. El abogado Miguel dice a los dos jóvenes eso es todo, y el día tres de mayo voy a estar allá con las tres actas matrimoniales, así que no tengan ningún pendiente de esto.

Demetrio y Genito solo pasan por donde Doña Rocinda antes compran unas cositas donde Don Bartolo. Doña Rocinda bendice como siempre a su hijo y luego parten para el Roble de Valverde. Solamente han pasado tres días que se están publicando los edictos cuando Doña Rocinda tuvo que ir al banco donde se encontró con el Señor Cura, momento que el Señor Cura le dice a Doña Rocinda de esta manera: dime Rocinda, ¿cómo es eso que tu hijo, el hijo de Geno, y el hijo de Bachán se casan el tres de mayo? he visto la publicación de edictos en la municipalidad y a mí no me han dicho que corra los edictos en mi iglesia ¿Que acaso esos tres matrimonios no desean la bendición de nuestra santa iglesia católica? Dímelo mujer, Doña Rocinda nota el mal humor del Sacerdote y no encuentra otra forma de contestar y le dice: Mire usted Don Balta, yo no… el Sacerdote interrumpe y le dice para empezar Rocinda no sé si tú lo sabes o no, pero si no me quieres decir Señor Sacerdote dime Don Baltasar pues como veras yo no me llamo Don Balta y volviendo al tema ¿Que me ibas a decir? Espero que tu no los hayas influenciado con eso de los aleluyas y por si no lo sabes, debes de saber que esas gentes no tienen autorización de nadie aquí en la tierra de bendecir a una pareja matrimonial, mucho menos de usar el agua bendita, Doña Rocinda solo le dice mire usted Don Baltasar los asuntos personales de mi hijo los determina él yo creo que lo mejor que usted puede hacer es preguntárselo, yo realmente no le puedo contestar eso, creo que bien has hablado mujer y no es a él al que le voy a preguntar es a Geno quien es mi amigo de años, a Bachán que es su empleado de él igual que su hijo y a ese Víctor que sé que estuvo viviendo acá por un montón de meses y nunca lo vi por mi iglesia, a mí me parece que ese hombre es como lo dice la santa Biblia católica, es de los tibios, de los que dice Dios: los arrojare de mi boca, pues no son ni fríos ni calientes, mi Biblia dice igual Don Baltasar dice Doña Rocinda, que bien dice el Señor Cura, pues ya lo sabes y te dejo mujer pues tengo que hacer cosas más importantes y se retira.

Doña Rocinda va a curiosear a la municipalidad a ver cómo es que dicen esos tales edictos, ella sabe más o menos de que se trata y también sabe que los de ella nunca se publicaron y a estas alturas nunca se publicaran, pero cuando lee el nombre de su hijo en ese papel siente una sensación algo rara, siente algo así como si fuera ella la que se va a casar y se sumerge en sus propios pensamientos dando "rienda suelta" a lo que pudo ser, talvez si las cosas se hubieran hecho mejor, si no hubiera probado de aquel vino, si se hubiera esperado un poco, no era, ni es fea, muy bien me hubiera casado y así Demetrio tuviera a su padre y a su madre para que lo acompañara en este gran momento y creo que él se sentiría aún más seguro, pienso que a lo mejor se me truncó mi futuro cuando hice aquello y creo que fue un error pero…pero…y ¿Demetrio entonces? se pregunta, ¿Dónde estaría? Dios mío que cosas las que estoy pensando, no todas las mujeres tenemos la misma suerte, pienso que muchas mujeres desearían tener un hijo como el mío y es que en verdad Demetrio si tiene un padre y que también se siente orgulloso de este varón y la suerte que tiene que mira a su hijo todos los días y hasta está viviendo en su propia casa ¡qué suerte!, bien, no me arrepiento de haber tenido a mi hijo y mejor sigo con mis cosas y vuelve a la realidad, sabe que su hijo se casa el tres de Mayo y falta muy poco y le quedan más o menos unos veinticinco días para preparar sus cosas y que en eso incluye un vestido nuevo; ahora Demetrio no le da dinero personalmente, sino que se lo pone en una cuanta en el banco y ella retira cuando lo necesita, y en eso andaba cuando se encontró con el Cura Baltasar Mejía.

Allá en el Roble de Valverde se les dio el ultimo arreglo a los vestidos que usarán las muchachas, el que usarán en la iglesia es muy hermoso, las tres jóvenes se pusieron sus respectivos vestidos en un ensayo y lucían como tres princesas de "cuentos de hadas", sobre todo las expresiones de sus rostros irradiaban gran felicidad, se nota a simple vista que las tres jóvenes están bien enamoradas de sus respectivos novios.

En una parte de la partida de nacimiento de Genito se lee algo así: En sentencia dada por el juez de letras de esta ciudad, su señoría el Señor Ramiro Ramírez dictó lo siguiente: en el libro de actas de nacimientos y en su página siete folio siete dice: "a los quince días del mes de Abril del presente año se presentó el Señor Genocidio Valverde a esta municipalidad dando parte que en su casa de habitación ubicada en la comunidad conocida como el Roble lugar perteneciente a este municipio de San Lorenzo, le nació el día cuatro de Abril de mil novecientos ochenta y nueve, un varón, a quien pusieron por nombre Genocidio

Valverde, hijo legítimo del demandante y de su esposa Aminta de Valverde; pero el día de hoy seis de Marzo del año en curso y por sentencia dada por su señoría Ramiro Ramírez el nombre de Genocidio queda borrado y en su lugar se leerá Geno Valverde".

Un día sábado por la mañana se encontraban en casa de Don Geno las tres parejas que muy pronto se van a casar, están haciendo arreglos en la casa, pintando algunas áreas, a Don Geno le gusta el color verde tierno, y de ese color han pintado la sala grande; pero parece que un problema se les avecina y es que Minchito le avisa a Demetrio que el Señor Cura se acerca y lo acompaña como siempre el Sacristán, todos se preguntan cuál será la razón de su visita, y cuando el señor cura llega amarra su mula en una argolla, ay varias de estas argollas por el lado de enfrente del corredor y son usadas precisamente para amarrar las bestias, el señor Cura termina de amarrar la mula pero sigue inclinado como si aún no hubiera terminado de hacerlo, tal parece como que si estuviera rezando y por esa razón Don Geno que ha salido a recibirlo no lo interrumpe, las tres parejas salieron por la puerta de atrás, como para no encontrarse con el Señor Cura; luego se pone recto y saluda a Don Geno así: "buenos días mi amigo Geno," cuanto trabajo cuesta ser Sacerdote, bueno ser un buen sacerdote ya lo creo dice Don Geno dándole su mano y ayudándolo a subir los dos escalones que la grada tiene, que agradable visita en un día sábado, pasa adelante y siéntate que has de venir cansado, no lo creas Geno todavía estos huesos que Dios me dio los tengo fuertes y creo que tengo mucho terreno que recorrer todavía.

Después de un corto saludo ya está bien sentado, Don Geno le pregunta ¿Que le puedo dar de beber? ¿Quiere un café o prefiere un vinito? Mira Geno gracias por tu amabilidad, pero café solo tomo una vez al día, porque si tomo más en el mismo día me da una cierta acides, así que antes de almorzar mejor lo segundo que mencionaste, muy bien amigo dice Don Geno y de inmediato sirve dos copas de un vino que ya ha tomado otras veces el Señor Sacerdote en casa de Don Geno y siempre dice este sí que es un buen vino, tiene un cierto parecido con el vino de consagrar.

En este preciso momento Demetrio, Bachancito y Genito andan por la hacienda de Don Fausto y se encuentran animosa mente platicando y le cuentan lo del cura.

En casa de Don Geno y dígame usted mi amigo Don Baltasar ¿en qué diligencias anda el día de hoy?, si es que se puede saber, o dígame ¿en qué le puedo servir? Bien Geno, la verdad es que con quien quisiera hablar es con ese yerno tuyo, con ese Demetrio, imagínate que fue a San Lorenzo a la municipalidad de allá y dejo corriendo la publicación de los edictos del casamiento de él, el de Bachancito y el de tu hijo Genito y por mi iglesia ni se asomó y creo que eso es en contra de tu voluntad, porque yo creo que ni tú ni Aminta van a permitir que tus hijos se casen solo por lo civil, ¿Qué opinas tú de eso Aminta? dice Don Geno, mire Geno yo en eso no quisiera meterme y lo que yo creo que sea más prudente es preguntarle a ellos, yo por mi parte no quiero que Demetrio o mi hija crean que les estamos poniendo obstáculos para que se casen, por eso les repito no me quiero meter.

Mira Baltasar, yo entiendo tu preocupación y veo que has hecho este viaje solo por esto sin embargo pienso que mi Aminta ha sido bien clara en lo que dijo, no crees que es mejor que hables con los muchachos y así no nos comprometes a nosotros, en verdad no queremos que Demetrio piense que le estamos poniendo esa condición y que él lo mire como un obstáculo, vaya, vaya, vaya quien lo iba a creer, que un muchacho que hace muy poco era un desconocido y ahora el mismísimo Geno Valverde no quiera resentir al muchachito, si tú eres el que manda Geno, se tiene que hacer como tú digas, no como un casi desconocido diga, lo que pasa Baltasar es que ese casi desconocido como tú lo llamas ya es nuestro yerno, ¿qué quieres que haga? Me la pones muy difícil, mejor como te dije y mira, mira, mira qué casualidad, hay vienen los tres muchachos y salgamos de este enredo de una vez por todas.

Demetrio, Geno y Bachancito que han visto la mula del cura haya afuera se preguntan ¿que pueda andar haciendo en día sábado por acá el Señor Cura? Y ¿porque no se habrá ido? Alegres entran a la casa ya que traen muy buenas noticias de Don Fausto, pero cuando ven que el

Señor Cura se ha puesto de pie, Bachancito y Genito se quitan el sombrero y le dan la mano diciéndole muy buenos días tenga usted Señor Cura, Demetrio hace lo mismo, solo que este no se quita el sombrero. El señor Cura que viene muy molesto precisamente con Demetrio le dice en éste tono: Aquí dentro de la casa no pega el sol, así que no veo la necesidad de que tú no te quites el sombrero, ya lo creo Señor Cura, pero yo estoy tan acostumbrado a mi sombrero y así como mi suegro lo tiene puesto creo que tenemos la misma costumbre, sin embargo, si mi suegro me dijera que con mi sombrero puesto le estoy faltando el respeto a él y a su casa, de inmediato me lo quitaría.

Doña Aminta, que mira que las cosas puedan tomar otra dirección les dice, ¿Les podemos servir el almuerzo ya? Si suegra, traemos mucha hambre, si Aminta dice también el Señor Cura, no sin antes decirle a Demetrio no hemos terminado…sírveme el otro Geno y empecemos a comer. Cuando sirven la comida todos se disponen a comer pero Demetrio se quita el sombrero inclina su cabeza y en alta voz dice: Padre nuestro que estas en los cielos aquí reunidos todos tus hijos te damos las gracias por estos alimentos que vamos a comer, bendiga también las manos que cocinaron estos alimentos y reconocemos Padre celestial que todo proviene del cielo y de su misericordia le damos las gracias en el nombre de su hijo nuestro Señor Jesús Cristo Amen, "amen" todos repiten y el Cura también, y entre dientes dice menos mal la cena fue muy suculenta, el Señor Sacerdote se sirve la última copa pues tiene prisa por empezar con el motivo de su viaje.

Amintíta que está a la par de Demetrio y como ya se terminó el almuerzo quiere levantarse, es allí cuando el Señor Cura dice Amintíta discúlpame y usted también Gloria por favor, quédense un ratito que a platicar con ustedes es que he venido, por favor mejor quédense todos y resolvemos este serio problema, bueno pues, diga usted, el Sacerdote empieza así: creo que es obvio que todos ustedes saben que el tres de Mayo van a ser sus bodas y mi preocupación es que los edictos se están publicando en la alcaldía de San Lorenzo, pero no en mi iglesia, y esto se publica al mismo tiempo, lo que yo quiero saber con urgencia, ¿qué es lo que está pasando? es que ¿acaso no se van a casar por la iglesia? Díganmelo.

Demetrio, dice don Geno, el Señor Cura nos hizo ya esa pregunta y le dijimos que tú estabas manejando esto y que te lo pregunte a ti. muy bien dice Demetrio, con el respeto que el Señor Sacerdote se merece quiero decirle que eso ya lo tenemos resuelto y en este momento venimos llegando de donde Don Fausto, el allí en la hacienda tiene una hermosa capilla de la iglesia Bautista, es la misma a la que mi mamá pertenece en San Lorenzo y a la que yo también pertenezco y hemos decidido ya, que nos vamos a casar allí y todo con la buena voluntad y el permiso del hermano Fausto, hemos empezado a arreglar la capilla, mañana regresamos a continuar con ese trabajo, así que no tenga usted cuidado porque si nos vamos a casar por la iglesia.

Mira Demetrio, sé que gozas de la confianza de todas estas buenas personas y a mí no me párese mal, pero en estos asuntos creo sin equivocarme que yo tengo más conocimientos que tú, no tienes ni la menor idea lo que estudiamos los sacerdotes, sé que tú eres un militar y que en el ejército ay mucha disciplina, pero te aseguro que no tienes idea de la disciplina que se observa en el seminario Sacerdotal y además tenemos aquí en la tierra un representante de Dios es un Santo Varón que llega a ocupar ese lugar por una elección de santos varones y cualquiera de ellos que sea electo no incomoda o molesta en lo más mínimo a los otros porque allí la elección no es Democrática que ya de por si es buena, pero aquí es teocrática no es basada en leyes terrenales y ese Santo Varón es el que nos da a los Sacerdotes la autorización de unir a las parejas en Santo matrimonio y como tú dices, con el respeto que tú te mereces esas personas a las que tu mencionas, no tienen ese líder espiritual aprobado por Dios, y hasta han perdido el respeto a todos los Santos de la Santa iglesia católica, así que piénsalo o mejor dicho piénsenlo, muy bien, yo no voy a forzarlos a que cambien de opinión, solo quiero que lo consulten entre ustedes mismos y también con sus padres y como acá ya no tengo nada que hacer, permítanme retirarme, y de corazón les digo no voy enojado solo siento que perdí una batalla, pero no la guerra, es un decir muchachos; nos veremos acá en el día de la boda, porque pienso que estoy invitado ¿verdad?, ¡por supuesto que estas invitado! dice Don Geno, y se largó; Don Geno y Doña Minta lo fueron a despedir hasta el corredor, el Cura levanta la mano hace en el aire una señal de la cruz enfrente de Don Geno y Doña Aminta y les dice queden con Dios y se despidió.

Cuando Don Geno y Doña Aminta se regresan al comedor Demetrio les dice siento mucho si les cause un problema, pero mi mamá y yo somos Cristianos evangélicos y yo nací en esa corriente cristiana y siempre pensé que el día que me casara, si es que me casaba, lo haría en la iglesia evangélica, pero también quiero explicarles, yo no he influenciado ni en Genito, ni en Bachán para que se casen en la misma iglesia que yo, ellos lo determinaron así y creo que aún están a tiempo de cambiar, pero yo sintiéndolo mucho lo tengo decidido.

Amintíta dice: papá, mamá, creo que pueden comprender que yo le debo obediencia a quien será mi esposo y por otro lado a mí me parece una buena iglesia, y miren ustedes, Doña Rocinda, Don Bartolo, Doña Bertila, mi tío Benjamín y Demetrio todos ellos son de esa iglesia y nadie puede decir que son malas personas, así que mañana acompañaré a Demetrio a la hacienda de Don Fausto a seguir poniendo lindísima la iglesia, Doña Aminta se emociona igual que Oralia y sin pensarlo al mismo tiempo dicen ¿Te acompaño? Don Geno como jefe de familia dice ¿Y tú Genito? que dices a todo esto, Papá, mamá, yo estoy muy contento de casarme el mismo día y en la misma iglesia que se va a casar mi hermana, Demetrio y Bachán, Bueno pues, dice Don Geno con el perdón de mi amigo Baltasar, que no se hable más.

El día primero de Mayo, Demetrio se encuentra solo debajo del árbol, es un día viernes, no se sabe porque se encuentra sentado debajo del Roble y solo, bueno, Minchito y Lupito corretean cerca de él, de vez en cuando los mira pero, piensa en algo por ratos, también mira una revista que trajo de San Lorenzo hace varios días y hoy quiere verla más detenidamente, la compró porque leyó algo que le intereso, pero hasta hoy que es viernes y son casi las cinco de la tarde, recién ha venido de la hacienda y parece confuso y ha querido estar solo, y es que está haciendo una escogencia; resulta que en la revista Demetrio leyó de una publicación de unos hoteles que hay en un lugar de la republica de Honduras y que anuncia tres islas en el mar atlántico, que se llaman, Utila, Roatan, y Guanaja y le llama mucho la atención Utila aunque es la más pequeña, bueno eso es lo que dice el anuncio pero también dice cosas muy bonitas y muchas fotografías de las playas, y que en el centro de esta isla ay un árbol y en lo alto de sus ramas ay un lugar donde venden bebidas y aunque él no toma bebidas alcohólicas, le llama mucho la atención, porque hay muchas fotografías de curiosidades que el desearía ver y está pensando seriamente en ir unas cuantas semanas en su luna de miel a éste pintoresco lugar. Y como los tres jóvenes han estado hablando de algo así, Genito y Bachancito ven, que él está solo. Se dirigen hacia él y le preguntan ¿en qué estás pensando Demetrio?, te estamos viendo que estás muy pensativo, ¿Pasa algo malo? no hombre, ¿porque habría de estar pasando algo malo? si solo me faltan dos días para ser el hombre más feliz de la tierra, contesta Demetrio, entonces ¿qué es lo que te pasa? dice Bachancito, solo veo esta revista y he visto un lugar que me gustaría conocer, ósea que me gustaría pasar mi luna de miel allí y eso es todo.

Fíjate Demetrio que le decía a Genito dice Bachancito que Don Víctor el papá de Olimpia me decía el otro día que en la república Mexicana hay unos lugares muy bonitos, sobre todo uno que se llama Cancún, es un lugar a la orilla del mar y que como te digo es un lugar precioso, bien, dice Demetrio, éste lugar que digo y está en esta revista no se encuentra a la orilla del mar sino que está en medio del mar, es una isla pequeña pero muy linda, bueno Demetrio si tú crees que es un lugar muy bonito y tú quieres ir allá yo voy donde tú vallas, yo sé que tú no te equivocas dijo esto Genito y luego Bachancito dijo: bueno pues, como dice mi tío Geno, no se hable más; los tres vamos para Utila, Honduras.

Cuando las tres jóvenes parejas planearon su boda dijeron el tres de mayo, pero se referían a la boda por la iglesia, ósea que la boda por lo civil será el día sábado que es mañana, pero no hay ningún problema todavía hoy es viernes y creo que todos piensan que a la boda que hay que ir bien vestidos, es la boda religiosa que se llevara a cabo en la iglesia Bautista que tiene Don Fausto en su hacienda.

El día de hoy el abogado Miguel ya está en el Roble de Valverde y le dice a Demetrio que todo esté listo para mañana. Mientras Demetrio platica con el abogado ven que están llegando algunas personas, pero se sorprenden cuando ven que en el grupo de esas personas (que son como algunas diez) se encuentran entre ellos el Señor Ministro, su esposa y sus tres hijos, (dos varones y una niña), el abogado y Demetrio van a su encuentro y se saludan. Demetrio muy complacido dice que alegría de volver a verlos y ¿estos tres jóvenes vienen con usted? el ministro dice son mis hijos, a mi esposa ya la conocen y luego agregan, no quisiéramos incomodar a nadie pero sé que es obvio que aquí no debe haber algún hospedaje y quisiera saber cómo puedo alojar a mi familia, Demetrio que siempre tiene una solución para todo le dice tenemos resuelto ese problema señor ministro, no tiene que decirme Señor Ministro Demetrio, todos ustedes son mis amigos y mi familia y yo también estamos a la orden de ustedes allá en la capital, y mi nombre es José María, y mis amigos así como ustedes, me pueden llamar 'Chema' o 'Don Chema', si así lo desean, entonces Demetrio ¿cómo cree que nos podemos alojar?

Todo el mundo está muy ocupado es un movimiento grande en todo el poblado sin embargo Demetrio manda a llamar a Don Víctor para que le ayude y cuando llega Demetrio le pide de favor, que lleve a Don Chema y a su familia y que les asigne dos o tres apartamentos que queden juntos en la universidad, y que nombre a alguien de la hacienda para que reciba y atienda a las personas que mandemos para ser alojadas allí; la universidad tiene más de cuatrocientas habitaciones que este año no están ocupadas todas, así que siempre habrá lugar para acondicionar algún visitante.

Entonces mi querido amigo Don Chema queda resuelto el problema, y por los alimentos no se preocupen, que Don Víctor dará también instrucciones a las dos jóvenes de la cocina para que estén atendidos, y le recuerdo que la boda a lo civil será en casa de mi suegro a las seis de la tarde, pero se pueden presentar a la hora que ustedes deseen siempre y cuando sea antes de las seis.

Llegaron muchos invitados que quisieron estar desde el viernes en el lugar, parece mentira pero hasta el Señor Cura ha venido este día y también fue alojado en la universidad, personas que estuvieron en la inauguración de la escuela y de la universidad también se encuentran en el lugar, ay también tres fotógrafos, dos de ellos son de la capital que acompañan a Don Chema, y el otro es de San Lorenzo, quieren saber cómo estará ubicado el lugar de la boda ósea que los tres fotógrafos quieren ver los mejores ángulos para tomar las respectivas fotografías y luego que hacen un pequeño ensayo parten para la universidad.

Cree usted mi amor que me debo de casar en la boda civil con mi traje de gala que tengo del ejército o lo dejo para la boda por la iglesia? le pregunta Demetrio a su novia y esta le responde así a mí me parece que usted puede usar su uniforme en las dos bodas pues le queda muy lindo, yo me Fijo como lo miran todos, pero si a usted no le parece, puede usar su uniforme de gala para la boda civil y usar otro en la boda religiosa, muy bien, dice Demetrio, me parece muy razonable, me casare con mi uniforme militar de gala en la boda civil y por la iglesia con el otro traje que mande hacer en San Lorenzo, Amintíta le dice y porque no al revés, ¿porque no se casa por la iglesia con el uniforme? amor pienso que no es correcto, bueno ese es mi pensar, yo no sé si los militares pueden casarse con traje de militar por la iglesia, pero yo, bueno es lo que yo creo, que casarse con un traje de militar podría no gustarle a Dios ya que pienso que la iglesia no tiene nada que ver con el ejército; bueno mi amor usted cada vez que dice algo me sorprende, pues como diría mi papá no se hable más de él asunto.

Llega el gran día, hoy es sábado dos de mayo y ya empezaron a llegar muchas personas, el abogado Miguel tiene un pequeño libro además de las tres actas matrimoniales, todo esto está colocado en una mesa algo pequeña, nuevamente Demetrio vuelve a ver el mantelito blanco bordado por Amintíta y que también usaron el primer día de las matriculas, cuando se empezó la escuela, en el solar de la casa de Don Bachán.

Todos están listos, Demetrio y Amintíta, Genito y Gloria, pero no aparecen Olympia y Bachancito, Demetrio que nota que todo está listo para empezar y no aparecen Bachancito y su novia, dice a Amintíta amor vaya a ver ¿Qué es lo que está pasando? Amintíta va y encuentra que Olympia esta abrasada de su madre y no la quiere soltar, Amintíta pregunta ¿Qué es lo que pasa? Afuera todos están listos, Hay Amintíta dice Carmelina, esta niña dice que si Víctor se vuelve a marchar de la casa que no quiere que yo quede sola con Victorcito y esta llora que llora, Amintíta un tanto incomoda dice a Olympia con tono casi agresivo, entonces Olympia no te vas a casar, dímelo ya porque el abogado no puede esperar, sí o no, pero ya, Olympia se separa de su mamá y dice claro, claro Aminta, claro si Aminta, Amintíta le corrige un poco su arreglo de la cara pues con sus lágrimas se desmejoro un poco, mientras Amintíta hace esto Olympia tuvo que cerrar sus grandes ojos y Amintíta le guiña un ojo a Carmelina como diciendo ya estuvo.

Una vez ya listas las tres parejas el abogado empieza; cabe mencionar que Don Geno se siente como si fuera un "pavo real" orgulloso y muy complacido, sabe que su hija se casa con un hombre excelente y que su hijo se casa con una joven profesional y muy bonita; Bachán también y se dice así mismo cuando ve a Olympia que está a punto de convertirse en su nuera y esposa de su único hijo varón, "¡no me había fijado en lo linda que es esa Olympia!, creo que es la más linda de las tres, no es porque sea mi nuera pero es la verdad, ¡que ojo el de ese Bachancito! Como se pudo fijar bien en lo lindo que es esta niña, se lleva la hembra más bonita de todos estos alrededores". Esta tan ensimismado que la esposa tuvo que darle un golpecito con el codo para que pusiera atención a lo que el abogado está diciendo, el abogado que ya casi esta por dar fin a la primer acta matrimonial que es la de Demetrio y de Amintíta y dice así "ya el novio puede besar a la novia" realmente había terminado la primera boda y Bachán el padre se dedicó a mirar lo linda que es Olympia y es que no es para menos, todos comentan que aquella niña pescadora y que quizás nadie reparaba en ella se está convirtiendo en la esposa legitima de una de las personas más importantes de la zona como lo es Don Sebastián Argüijo, la mano derecha del hombre fuerte de todos estos lugares y por tal razón es admirable que la humilde niña que vivía de la pesca junto con su madre, hoy será de apellido Argüijo.

A Don Geno le pasó igual mientras se casaba Amintíta y pensó así: "yo mande a investigar a éste joven no por desconfianza de él, sino que porque tenemos el mismo apellido por lo demás todos nosotros creemos que hacen una buena pareja, y por otro lado Mincho es mi amigo".

Doña Rocinda por lo consiguiente pensaba de esta manera: "¿Que estará sintiendo el Benjamín? ¿Que estará pensando?, ¿pensara en aquella noche que para mí fue por mucho tiempo un mal recuerdo? Yo siempre estuve orgullosa de mi hijo no me arrepiento de haber dedicado mi vida a él hoy se me casa, pero se me casa bien, y muy bien".

Benjamín se dice así "yo estuve enamorado y lo sigo estando de mi señora Bertila lo que pasó aquella noche fue una jugada del destino, no lo puedo corregir, ¡cómo me hubiera gustado tener este hijo con Bertila! Pero de lo que sí puedo estar seguro es que Rocinda es una excelente madre, sin mi ayuda y sin la de nadie crio a mi hijo que hoy se me casa y es el orgullo de todos, pero el que más orgulloso esta soy yo, aunque mi castigo es grande al sentir ese orgullo por dentro y no poder gritar que Demetrio es mi hijo".

La última palabra que el abogado dijo lo hace volver en sí y como se encuentra a la par de Doña Rocinda siente un impulso y la abrasa fuertemente y le besa la mejía y le dice "gracias, muchas gracias". Su esposa Doña Bertila que también está a la misma distancia también la abrasa y le dice de esta manera "yo también la felicito Doña Rocinda usted ha hecho un gran trabajo con este muchacho"; Doña Rocinda que no paro de llorar mientras su hijo se casaba solo le dijo "muchas gracias Doña Bertila".

El abogado Miguel dice así, "bueno pues prosigamos con el siguiente y que es precisamente Bachancito. Los tres jóvenes lucen bien elegantes, los tres lucen un clavel rojo en la solapa de sus sacos, los tres están relucientes, no solo en su vestir sino que en sus rostros se les ve una expresión que sus padres nunca habían visto, se miraban asta extraños, Don Geno y Doña Aminta por su parte miraban casi extrañados a sus hijos que se le están casando, sus mentes casi no están allí, los recuerda correteando en la hacienda cada uno en su respectivo caballito, no puede ser cierto que se estén casando; "y si a Demetrio se le ocurre

¿llevársela para San Lorenzo?, no, no creo que Geno lo permita, pero ahora Geno ya no manda en ella, ni yo se dice Doña Aminta y ¿si a la maestra la trasladan a otro lugar? Tampoco Geno los va a dejar, ¿Que iremos a hacer Dios mío?"

¿Y Don Víctor qué? Don Víctor también tiene su mente muy ocupada; "que ira a pasar hoy soy consuegro de mi jefe Don Bachán, mis nietos le dirán abuelo a él también, pienso que en vez de sentirme muy seguro en mi empleo, tratare de ser quizás mejor que antes y que mis compañeros de trabajo no piensen que me siento grande porque soy el suegro del hijo del mayordomo de Don Geno; no, no, no, será lo mismo, solo haré mi trabajo igual, nada ha cambiado, sigo siendo el mismo, lo único que me preocupa es que mi niña ya no va a estar con nosotros y mejor ni pienso en eso pues ni siquiera me estoy dando cuenta de lo que el abogado Miguel está diciendo."

El abogado dice: Bachancito ya puedes besar a tu novia, ¿Qué?, piensa de nuevo Don Víctor ¡que rápido!

Mientras Bachancito y Olympia se dan un hermoso beso, estruendosos los aplausos que se oyen; después de esto, el abogado Miguel continua; ahora con el acta de Genito, casi todas o mejor dicho todas las actas dicen lo mismo, lo que varían son los nombres y por eso es que van a escuchar casi lo mismo, pero la ley me manda que deben ser leídas aunque sean varias, así que leeré la de Genito y Gloria; yo Miguel Avilés, abogado y notario, colegiado en el colegio de abogados de la ciudad de San Lorenzo bajo el número "026573742" y con el poder que me otorga la ley, doy comienzo a la lectura del acta matrimonial, que unirá el matrimonio civil a los contrayentes Geno Valverde y Gloria Alvarenga ambos mayores de edad, el primero de oficio ganadero y técnico en inseminación artificial y la segunda maestra de educación primaria y licenciada en psicología infantil, son padres de los contrayentes, del primero Don Geno Valverde y Aminta de Valverde y la segunda Don Rigoberto Alvarenga y Sandra de Alvarenga; en ese momento hay un gran silencio pero se oye una voz que no se sabe en que estaba pensando que dijo 'que suerte!' todos volvieron a ver quién fue el de la expresión y aparentemente nadie se dio cuenta quien fue, solo Doña Aminta supo que fue su hija Oralia, pues se encontraba a la par de ella.

Para este tiempo ya todas estas personas como Don Geno, Doña Aminta, Benjamín, Bertila, Don Bachán y Doña María y algunos otros adultos de la comunidad han aprendido a firmar. Don Geno ya no usa su huella digital, sino que firma todos sus documentos, firmas que todos tendrán que usar hoy, pues el abogado esta por mencionar los testigos de esta última boda. Efectivamente el abogado dice así: "y para los fines que la ley manda, firmaran como testigos de esta boda, Don Sebastián Argüijo y Doña María de Argüijo ambos de mayor de edad y vecinos del poblado el Roble del Valverde, a los dos días del mes de mayo del año en curso".

"Bueno" dice el abogado Miguel "hemos terminado y pueden firmar las actas matrimoniales" y señala diciendo a Genito y a Gloria, ustedes firmen aquí, usted Don Bachán y Doña María firmen aquí, luego en el acta de Demetrio y Amintíta el abogado le dice a Don Benjamín usted firme aquí y su esposa Bertila firme aquí. Por último, el abogado llama a Veralia pues ellos son los padrinos de Olympia y Bachancito; "firme aquí mi amor", y Veralia procede a firmar muy complacida de ser testigo de la boda de una señorita muy linda, luego el abogado Miguel estampa su firma con la rapidez de un rayo, una firma ilegible y unas rayas bajo su firma rubricando así la misma.

"Bueno pues mis amigos" dice Don Geno, "ahora a divertirnos un poco que mañana esto sigue pues es la boda por la iglesia que será en la propiedad de mi amigo Fausto, todos ya conocen el lugar".

El sacerdote que está presente le dice a Don Geno "Geno, como tú sabes a esa boda yo no puedo ir mis principios católicos no me lo permiten, esas iglesias que ni deberían llamarse así, no encuentras Geno, ni un tan solo santo que se le pueda rezar y en verdad te digo yo no creo en esas bodas que se hacen en esos lugares porque pienso que no se reúnen los requisitos sacramentales para entregar en matrimonio a una señorita, como real mente lo manda la iglesia católica, pero en fin Geno aquí me voy a quedar y rezaré para que Dios reciba a estas tres parejas en su santa protección"; gracias Baltasar, te agradezco que le pidas a Dios por la felicidad de estos seis jóvenes.

Hoy es Domingo tres de Mayo, es el día que alguno de las tres parejas sugirió para su casamiento y hoy es el gran día, la emoción a contagiado a todo el poblado es realmente indescriptible y como la boda será por la mañana las personas se ven vestidas de una manera que es obvio que van de fiesta, pues se casan nada menos que dos hijos del hombre más querido del poblado y el hijo de su mano derecha como lo es Don Sebastián Argüijo, hoy en la mera madrugada como a eso de las cuatro de la mañana se escucharon grandes ruidos ocasionados por unos cuetes que tienen una varita en la parte de abajo y hacen su explosión en el aire, algunos otros cuetillos que hacen su explosión en el suelo y algunos otro que solo dan luces multicolores, el enorme árbol de Roble tiene sus miles de luces de colores que solo serán apagadas cuando salga el sol, pero que por la tarde le serán encendidas nuevamente ,como se encendieron anoche, todo es fiesta, las tres señoritas universitarias que son buenas amigas de Lucy y los dos hermanos tejanos están invitados por Lucy a las bodas y ya se ven por allí como listos para partir hacia la hacienda de Don Fausto, es fiesta por todos lados.

Como el sol salió hace un par de horas, las luces del árbol de Roble se han apagado ya, pero solo por un corto tiempo, enfrente de la casa de Don Geno se ve una preciosa carroza adornada como para conducir una reina y será donde viajaran las tres jóvenes Amintíta, Gloria y Olympia, debidamente vestidas ataviadas con sus vestidos blancos las tres de el mismo color y estilo. La carroza es el coche de Don Fausto que lo han acondicionado para tal evento, es prácticamente el segundo viaje que hará la carroza, los tres caballeros ya están en la capilla.

Como si fuera un cuento o algo ficticio, y que no fuera una realidad, los muchachos se miran a la cara y no logran entender que este momento, es una realidad, que faltan pocos minutos para que sean unos hombres casados, los tres permanecen callados y cada uno de ellos tiene algo en su mente, y por esa razón no hablan entre sí. Genito por ejemplo; está recordando cuando vio a Gloria aparecer de una manera improvisada acompañada de él joven maestro Alemán, cuando también recibió la primera clase de Gloria, pero vuelve a la realidad y ve que no es un sueño, que dentro de muy poco tiempo esa mujer que le parece tan fina e inalcanzable para él, está por convertirse en su esposa con todas la de ley; "creo que nunca voy a pagarle a Demetrio esta gran felicidad que mi corazón siente, porque de no haber sido por él, nunca hubiéramos tenido escuela ni a la maestra Gloria, no sé cómo sería mi vida sin ella, seria rutinaria, así como era antes, hoy cada instante de mi vida quiero estar cerca de ella, ¿Cómo será casarse sin amor? Yo creo que eso no puede ser yo siento que el día que no la miro, es un día desperdiciado, tengo que verla, aunque sea un minuto en el día y con ese minuto llena mi corazón para todo el resto el día, como será de bello tenerla todo el día y toda la noche junto a mí, ¿Cómo será? Tengo tanto amor para darle que siento algo así como miedo, pero han de ser nervios yo creo".

"¿Cómo o que estará pensando Bachán?", la casa humilde de Olympia tiene una ventana pequeña que da al pequeño corredor, hasta esa ventana la recuerdo con amor, allí en esa ventana intente besarla, no pude, como la recuerdo con aquellos vestidos largos un tanto raídos, maltratados y descoloridos, aun así yo sabía que debajo de esa apariencias había una hermosa hembra, de un corazón puro, una virgencita que Dios estaba cuidando para mí y como le agradezco a Dios que la halla cuidado y guardado para mí, como le puedo demostrar mi agradecimiento, cómo? Yo pienso que, amándola siempre, serle fiel hasta la muerte y a ver cuántos hijos me da, a quien se irán a parecer, a mi yo creo pues yo voy a ser el papá, y si son hembritas que se parezcan a ella, es tan linda, bueno mi mamá es bonita también, yo miro como mi papá es muy feliz con ella, bien pues que se parezcan a las dos a mi mamá y a mi esposa".

Demetrio piensa de la manera siguiente, piensa en los últimos años de su vida y piensa en primer lugar en Dios "y es que no es para menos, le debo tanto" se dice, que faltó tan poquito para perder la vida cuando se enfrentó al enemigo invasor, a él nunca le hubiera gustado que eso pasara, "yo soy, me considero que soy un hombre de paz, ¿Porque serán las guerras? ¿Porque habrá de matarse que al final ni se sabe porque y que uno no puede decir no? No es la voluntad de uno mismo, uno es un soldado, debe obediencia al ejército y no se puede negar, al fin y acabo de alguna manera hay que defender lo que es de uno, mi país es mío y yo tengo que defenderlo, pero pienso que la paz entre hermanos es la mejor arma que el hombre tiene para vivir en armonía, que la violencia engendra violencia y la paz engendra paz, y que a lo mejor no estaría aquí, lo reconozco y doy todos los méritos a mi Dios, que es quien me dio la vida y es quien me la preservó y hoy estoy a punto de casarme con la hija del hombre más rico de acá y no sé cuántos catrines de la ciudad darían por estar en mi lugar, gracias al Dios mío que me ha dado tanta felicidad aunque no la merezco, su misericordia a sobre abundado en mí y Padre mío que este matrimonio que es bajo su protección que me dure mientras yo viva, le pido Padre que no haya razón alguna para separarme de mi Amintíta que la recibo como mi esposa, como un regalo suyo y le pido señor que sea para siempre y deme por favor Señor todos los hijos que usted crea que convienen y desde ya los entrego a usted para que sus ángeles estén siempre con ellos, gracias Padre porque todo lo que viene de usted es bueno, proteja también a mis dos amigos y a sus esposas que el día de hoy así como yo nos entregaremos a nuestras esposas y queremos llegar a ser una sola carne como bien dice su palabra. Gracias Señor, amen"

Luego de esta corta pero muy sincera oración suelta su pensar en la que ya va a ser su esposa y se dice así "me acuerdo como me sentí después de hablar con Don Geno, la conocí, ¡Que linda! Pero ni pensar, ni mirarla, ni mucho menos imaginarme de poder abrigar esperanzas, intocable, sagrada para mí, ya debe de tener un novio rico de por acá, o un catrín de reloj de puño y de cadena de oro, además de manos finas, de uñas recortadas, zapatos bien limpios y talvez hasta de diente de oro y de muy buen mirar y de finos modales de una risa contagiosa y a lo mejor hasta de un buen bigote, en fin, me lo imaginaba como un figurín, pero por eso le doy las gracias a Dios porque no fue para ninguno como yo me lo imagine, era para mí, y solamente para mí, y será mía con el permiso de Dios para toda la vida, esos figurines no caben en el corazón de mi Amintíta" piensa eso y se ríe" y se ríe tan fuerte que sus amigos le dicen: "hey Demetrio no es para que te vuelvas loco hombre, te entendemos, pues creo que así estamos todos, pero ten cuidado porque si te trabas te trabas y así trabado te quedas, y entonces solo Geno y yo nos vamos a casar con nuestras novias y a ti habrá que amarrarte", ahora si se rio a carcajada, entonces Demetrio les dice: No es para menos cualquiera se puede volver loco, creo que loco, pero loco de felicidad.

De la casa de don Geno ya salió la carroza en el segundo viaje y allí van las tres preciosas novias y además van los niños bien vestidos también y ellas son Sarita y Faustito que llevarán y entregarán los anillos de Genito y Gloria. Minchito y Lupito que harán lo mismo a Demetrio y a Amintíta y Romancito y Raulito los hijos de Hortensia Perdomo que también darán los anillos a Bachancito y Olimpia; en este viaje va una gran caravana se puede decir que va todo el poblado, todos los contrayentes son muy queridos y sus padres también, ni una tan sola persona va montada en su bestia, ni siquiera don Geno quiso hacerlo, él dijo que quería ir caminando, igual que todos pues aquí dijo no hay nadie mejor que nadie, además no estoy viejo, y me gusta caminar; han llegado a la hacienda "El Buen Pastor" así se llama la hacienda de don Fausto y de doña Romilda, la capilla lindamente decorada con flores de muchos colores, son naturales y se siente aquella fragancia como estar dentro de un jardín, los asientos de la capilla acordonados con flores en el centro para que por allí pasen los novios, la capilla no es pequeña pero hay un problema y es que esta vez no hay cupo para tanta gente, a don Fausto esto no le preocupa y lejos de estarlo le dice a su esposa, ¿Qué lindo verdad? Qué lindo, ojalá y así fuera siempre y que me obligaran a agrandar mi capilla, bueno la capilla de ellos quiero decir, si amor que lindo fuera; sin embargo previendo esto don Fausto mando a instalar unos "alta voces" fuera de la capilla para que los que no logren entrar que por lo menos escuchen la ceremonia, que a propósito ya va a empezar, pues las novias y los niños están ya por entrar a la iglesia, el pastor Alan Doblado y su esposa doña Rosario de Doblado que han venido de San Lorenzo se encuentran sentados en la primera fila de asientos de enfrente, doña Rosario le dice al oído, Alan, ya vienen, el pastor se levanta y que anda impecablemente bien vestido de acuerdo a la ocasión, se prepara para recibir a las tres parejas contrayentes, no se ha olvidado ni un detalle pues se escucha ya la marcha nupcial, Amintíta va al frente, le sigue Gloria y por ultimo va Olimpia; los fotógrafos estratégicamente colocados no paran de tomar fotografías, entre esos fotógrafos se encuentra uno que todo mundo conoce pues tiene un estudio fotográfico en San Lorenzo y que coincidentemente tiene el mismo nombre que el dueño de la hacienda donde se encuentra la capilla, él se llama Fausto Galdámez.

El pastor preguntó ¿Quién entrega esta novia? refiriéndose a Amintíta, nosotros, sus padres, Geno Valverde y Aminta de Valverde, dice don Geno. Luego de esto, Amintíta es entregada a Demetrio que se coloca a la par de ella y enfrente del pastor.

Los asientos de enfrente han sido reservados para los padres y los padrinos de las tres bodas. Le toca el turno a Gloria; la marcha nupcial no ha parado de tocarse solo que le han bajado el volumen al sonido, pero que siempre se escucha muy agradable; ¿Y quién entrega a esta novia?, dice nuevamente el pastor, nosotros sus padres dice don Rigoberto y doña Sandra, acto seguido la entregan a Genito y que se coloca enfrente del pastor. Y por último la misma pregunta ¿Y Quién entrega a esta novia?, sus padres que somos nosotros, Víctor Manuel Gómez y Carmelina de Gómez responde don Víctor.

Ya una vez las tres parejas enfrente del reverendo, empieza diciendo, bienvenidos sean todos ustedes a este evento que creo que es la primera vez que se realiza en todos estos lugares y principalmente en la capilla de mi hermano Fausto y que esta lindamente adornada para esta inolvidable ocasión. El matrimonio es la base fundamental de la sociedad, mis queridos hermanos y hermanas, en el descansa la seguridad de los ciudadanos en general, si los matrimonios anda mal así también anda mal la iglesia y como consecuencia de esto la sociedad definitivamente tendrá que marchar mal también, pero esto no sucede si los matrimonios andan bien ya que sucede todo lo contrario, los matrimonios, la iglesia y la sociedad, tienen que andar bien y ¿Saben por qué suceden esto mis queridos hermanos y hermanas? Por qué el matrimonio es la primera institución creada por Dios, él formó la primera pareja humana y las unió en matrimonio, y el enemigo desde ese momento empezó a querer demostrar que el matrimonio no funcionaría y empeñado en destruir lo que Dios hace, logró engañar a Eva la compañera de Adán y peor aún pues el enemigo sabe que en ese momento, Dios anuncia que será vencido el enemigo; destruido por su hijo que aunque en ese momento falta mucho tiempo; el Dios creador del universo le profetiza su fin, cuando le dice así: Y Jehová Dios dijo a la serpiente: Por cuanto esto hiciste, maldita serás entre todas las bestias y entre todos los animales del campo; sobre tu pecho andarás y polvo comerás todos los días de tu vida. Y pondré enemistad entre ti y la mujer, y entre tu simiente y la simiente suya; ésta te herirá la cabeza, y tú le herirás el calcañar, esto está en Génesis 3 versículo 14-15.

Como ven mis queridos hermanos y hermanas un descendiente de Eva destruirá la cabeza del enemigo, aunque este herirá el talón o calcañar de él, esto se refiere al señor Jesucristo. Como pueden ver también mis queridos hermanos y hermanas yo creo que nadie, ni persona o animal puede vivir con la cabeza aplastada, sin embargo, una persona o animal bien puede vivir aún con un solo pie, y no digamos con una herida en el calcañar; esta es la razón hermanos por la que el enemigo tenga tanto interés en destruir los matrimonios, porque sabía que vendría uno que le destriparía la cabeza. La palabra de Dios también dice así: Y de la costilla que Jehová Dios tomo del hombre, hizo una mujer y la trajo al hombre; dijo entonces Adán: esto es ahora hueso de mis huesos y carne de mi carne; ésta será llamada varona, porque del varón fue tomada; por tanto, dejará el hombre a su padre y a su madre, y se unirá a su mujer, y serán una sola carne; esto está en Génesis capítulo 2 versículo 22-24. Como ven queridos hermanos lo serio que es el matrimonio, ustedes que son tres parejas de jóvenes que dan comienzo a una nueva vida, cuídense el uno al otro, cultiven el amor que hoy sienten y logren el precioso propósito de Dios de llegar a ser una sola carne, hoy por hoy hay muchos matrimonios que se casan hoy y se separan mañana, esa clase de matrimonios nunca llegan a ser una sola carne, por tanto, no llegan a cumplir las funciones de un matrimonio como lo manda la ley de Dios.

Bueno mis queridos hermanos quiero pedirles a los señores Sebastián Argüijo y su esposa María de Argüijo, don Benjamín Altamirano y su esposa Bertila Altamirano y al señor Miguel Avilés y su esposa Veralia de Avilés, como padrinos de estas tres jóvenes parejas; después que las personas llamadas por el pastor están a la par de la respectiva parejas que apadrinan; el pastor le dice a los tres varones: repitan conmigo, antes de esto se a cerciorado que los niños que entregarán los anillos también están a la par de la pareja correspondiente; cada uno de los niños da al novio el anillo y el pastor les vuelve a decir repitan conmigo: con este anillo símbolo de lo mejor que soy y tengo; te deposo a ti, ya los niños entregaron los anillos a los tres muchachos y luego de repetir al mismo tiempo lo que el pastor dijo, aquí los tres muchachos pronunciaron el nombre de su respectiva novia, en señal de matrimonio y te pido que lo aceptes. Cada una extiende su mano izquierda para que cada varón coloque el anillo; luego se repite la operación, pero esta vez son las señoritas las que repiten las palabras del pastor Doblado, y para finalizar el pastor dice: Y como ministro autorizado por mi iglesia Bautista los declaro marido y mujer; y la última palabra que quizás es la más bonita y que el hombre espera con ansia cuando dice: el novio ya puede besar a la novia. Las tres parejas se funden en un hermoso beso sellando con él, el amor eterno y dando inicio a la vida matrimonial. Las madres de las parejas tienen sus pañuelos blancos, húmedos por las lágrimas que, de tanta felicidad, han derramado; los padres haciéndose los fuertes tienen un gran nudo en la garganta y don Geno dice: necesito tomar algo. ¡Que boda! ¡Que boda! luego el gran cortejo empieza a salir, don Geno se acerca al pastor y le dice: Pastor, muchas gracias le agradecemos infinitamente mi esposa y yo y queremos que nos honren con su presencia a la recepción que tenemos preparada en mi casa de habitación aquí en el poblado El Roble de Valverde, por favor doña Rosario. No falten. Con mucho gusto don Geno dice doña Rosario allí estaremos.

# CAPÍTULO 9

Don Alan Doblado y su esposa doña Rosario de Doblado son muy buenos amigos de don Fausto y de doña Romilda, así que se quedarán a dormir acá en la casa de ellos, pero van a ir a la recepción, y van a ir en sus caballos pues la carroza que lleva a los novios es el coche de don Fausto, van con las tres parejas y los seis niños, no hay más cupo. Un empleado de don Fausto es el cochero; para llegar a la casa de don Geno, se pasa primero por la casa de don Víctor que también está bien bonita. ¡Qué fiesta!

Muchas personas departen alegremente por todos lados, muy cerca de la casa de Víctor el papá de Olimpia se escucha música de marimba, y cuando se dan cuenta que la caravana que viene de la hacienda de don Fausto y que por allí va a pasar el gran cortejo, se aproximan al camino y continúan tocando música que a todos gusta. Una de las primeras personas que hace un alto es el señor ministro y que su nombre es José María o sea don Chema, párese que le encanta la música de marimba, pues cuando los tres jóvenes que la tocan terminan, don Chema les dice: por favor muchachos ¿Podrían tocar otra pieza para mí? ¿Cuál quisiera escuchar el señor? ¿Se saben Adelita? Una que dice: Si Adelita se fuera con otro, si, si, si la sabemos. Todos se han detenido y les gusta ver como a don Chema le gusta escuchar la marimba. Cuando terminaron de tocar, don Chema les dice: muchísimas gracias jóvenes ¡qué bonito estuvo eso! y luego agrega me gustaría comprar una marimba; los jóvenes músicos solo se sonríen, don Geno se acerca a ellos también y les pregunta; ¿Creen muchachos que pueden ir a tocar un buen rato allá debajo del árbol? Claro patrón si a eso es que hemos venido, los tres músicos piden que les ayuden a cargar la marimba, pero es para que ellos pueda ir tocando por el camino hacia al árbol, y así la caravana arranca nuevamente, solo que esta vez van escuchando música, y quien va bien cerca de ellos es el señor Ministro y su familia, todo el trayecto fue de tocar y tocar, algunas de las interpretaciones como que se las sabia don Chema pues las iba "tarareando", cosa que agradaba grandemente a los músicos y así hasta llegar al árbol, que dentro de algunas horas le serán encendidas todos los cientos de luces que lo adornan.

Si pudiéramos escuchar lo que el árbol "piensa" o quizás dicho de otra manera si nos pudiéramos imaginar lo que "piensa"; Él es parte muy importante de esta comunidad, no solo cumple con su trabajo que se le ha encomendado de purificar el aire y mantener seca el área que está alrededor de él, también da una gran sombra, sus miles de hojas purificando la poca contaminación que podría haber y lo que es más importante, el poblado tiene su nombre en honor a él, este poblado se llama el Roble igual que me llamo yo, dirá; bueno el Roble se encuentra de fiesta y que fiesta; en todo el ambiente se siente un agradable olor a comida y lo que más se percibe es el olor a carne asada, en casa de don Benjamín, tienen tres lechones enteros, asados al carbón y todo el que quiera ir a comer lo puede hacer, Demetrio mismo les dice así: en casa de mis padrinos también tenemos comida y me gustaría que fueran; de hoy en adelante Demetrio ya no llama a don Benjamín por su nombre sino que le llama padrino, y le gusta bastante decirle así, a Benjamín por su parte también le agrada que le diga padrino y en su mente se dice: "ya que no me puede llamarme padre, me conformo con que me llame padrino"; en casa de don Bachán por lo consiguiente mucha comida, característica del lugar como ser tamales, montucas, tamalitos de maíz tierno, pupusas de queso y de chicharrón con olorocos (es una florcita blanca que da un rico sabor a las pupusas) de toda esta clase de comida es la preferida de don Chema también, y que mientras él y su familia disfrutan, él comenta: "¿Cómo me iba perder todo esto? Imposible, tengo mucho tiempo, quizás desde que era un niño, no comía comida tan exquisita;" Y como se encuentra cerca de don Geno y su grupo le dice; lo comprendo muy bien don Geno, lo comprendo, yo si pudiera haría lo mismo que usted. Viviría aquí por siempre en un lugar tan sano y comiendo de esta comida que me recuerda a mi mamá; bueno Chema, le dice su esposa que es de la capital, yo creo que, si alguien de acá me enseña a cocinar así de rico, creo que pudiera también darte de comer así.

La casa de don Geno no fue suficiente para atender a todos los que les gustaría estar con él, porque hasta en los corredores de su casa y de la de Bachán se encuentran repletas, o sea llena de gentes que acompañan a los casados, don Fausto, y doña Romilda que están con don Alan y doña Rosario de Doblado, también disfrutan del festejo, don Fausto y doña Romilda ya conocían al señor Ministro, pero al pastor y su esposa no, pero don Fausto se encarga de presentarlos, lo que el pastor ignora es que desde hace unos cinco minutos, platica con un hombre que al pastor le parece que es un hombre preparado, sin embargo el pastor como que está acostumbrado a ese tipo de personas que se acercan a él como para saber más de las cosas de Dios, pero éste hombre sabe bastante y es que es nada menos que don Baltasar el sacerdote de San Lorenzo, que se confunde con todos ya que no viste nada que lo identifique como sacerdote y solo se separa del pastor cuando el señor Ministro se acerca a ellos, ya que el señor cura estuvo un rato platicando con don Chema y por eso dice, con el permiso de ustedes permítame retirarme un ratito, quiero ir al corredor a fumarme un cigarrito que me está haciendo falta. Pase usted le dice don Alan y agrega fue un placer haberlo conocido; don Balta, responde el gusto ha sido mío señor, pero no me retiro todavía, al momento vuelvo y podemos continuar ya que no hemos tocado los temas que me gustaría tocar, y se retira al corredor, don Geno que acompaña al Ministro le pregunta a don Alan; ¿Se conocían? Nunca me imaginé a un pastor evangélico y a un sacerdote católico en tan amena conversación, ¿él es sacerdote? Dice don Alan, con razón recalca.

En la escuela también hay mesitas improvisadas donde también sirven de comer, se ven además de los dos tejanos que ya se están aburriendo de andar con sombrero pues todas o casi todos les dicen que, que bonitos sombreros, los hermanos son hijos de un ganadero fuerte de Texas y el sombrero es parte integral de su vestir así como con pantalones apretados y sus botas que caracterizan su origen tejano; otras personas que vienen de la universidad, incluyendo uno de los maestros catedráticos y que es un doctor veterinario.

A Lucy y Byron se les ve muy juntos se han hechos grandes amigos.

Las luces del gran árbol ya se han encendido, a los tejanos les ha contado y han visto por televisión que, aunque la televisión que tienen allá en Dallas es blanco y negro ya que es una de las primeras que han salido al mercado, no se puede apreciar las luces multicolores que en navidad y en la ciudad de Nueva York colocan en un gran árbol. Y cuando ven ese enorme árbol lleno de luces de todos colores, Branny le dice a Byron: ¿Qué te recuerda ese gran árbol? Byron le dice: ya se lo que estas pesando, que irónico, ¿verdad? En este pequeño poblado con ese hermoso árbol que no tiene nada que envidiar al árbol en el que tú estás pensando.

Bien se está haciendo tarde y el primero que quiere retirarse es don Alan y su esposa, también don Fausto y su familia, pero parece que la esposa del pastor tiene alrededor de ella varias muchachas y algunos muchachos que platican muy amenamente con ella pero vuelve a ver a su esposo y rápidamente mete su mano en su cartera y saca algo de ella mientras ya para terminar les dice, bueno muchachas, me temo que mi esposo me espera, pero les ruego que no se olviden lo que les he dicho y léanse ese tratadito que les será de mucha importancia, además pueden ponerse de acuerdo con don Fausto y que les digan que días pueden ir a la hacienda de él para que se reúnan; muy cerca de ella ha estado un hombre que ha estado escuchando todo lo que la esposa del pastor les ha dicho a las jóvenes y cuando se despide de ellas, el hombre le dice; ¿Se retira ya la señora? La señora contesta, "si buenas noches, mi esposo creo que ya me espera". ¿Cómo aprendió todo eso que les dijo a las jóvenes? ¿Es usted o fue monja? Doña Rosario se ríe muy feliz y le contesta, soy la esposa de un pastor evangélico; es aquel que platica con don Fausto y señala a don Alan. A ya veo le dice, pase usted señora dice el hombre muy educado, don Alan le dice ¿Que te decía el señor cura, mi amor? ¿Cuál cura? Con el que platicabas por ultimo ¿Es un cura? Si mi amor es un cura; vaya, vaya, dice doña Rosario, imagínate mi amor me halló talle de monja, no creo que con este lindo vestido que tengo puesto puedo parecerme a una monja, ¿O a ti te parezco una monja? Claro que no mi amor, es que escuchó lo que le decías a las jóvenes, vámonos que se nos hace tarde; mientras el grupo que se va con don Fausto se despide; el sacerdote dice entre dientes así entre dos quien no.

La fiesta siguió y siguió, las tres novias desaparecieron por un momento porque fueron a ponerse otro vestido, fue notorio para todos ya que salieron bien lindas también y las preguntas de regla ¿Donde los compraron? ¿Son muy caros?, ¿los pidieron al extranjero? en fin muchas preguntas, no, no, no la repuesta, mi suegra doña María de Argüijo con ayuda de doña Aminta la suegra de Gloria dice Olimpia los hicieron, pero ¡que belleza de vestidos! no sabíamos que costuraran tan bonito.

Así es, recalcó Gloria; Los jóvenes a quien doña Rosario dio unos folletitos para leer y otros para que los regalaran aprovechan que hay mucha gente y se aglomeran alrededor de él que reparte los folletitos y uno de los que pide uno, es el párroco y fue el último ya se terminaron, el sacerdote ya empezó a leer y parece que le gusta porque dice así: bien no está mal y se lee así: El evangelio según San Marcos; y lo guarda en el bolsillo y pensó: como diría San Francisco de Asís ahorita estoy jugando futbol, y se incorporó al festín.

En el corredor donde hay menos gente se encuentran los padres, madres y padrinos de los recién casados a excepción de don Fausto que ya regreso a su hacienda junto a sus amigos Alan Doblado y su esposa doña Rosario de Doblado, las personas que están en el corredor están pensando en cómo van o mejor dicho dónde van a dormir los recién casados, pero Demetrio que se imagina en parte lo que puede estar pasando ya que muchas personas se han retirado a sus casas y los que quedan en casa de don Geno también se quieren ir ya para la "U" eso hace que Demetrio les diga a los padres y padrinos; no quiero que se preocupen por nosotros, ya que esta noche y probablemente mañana también, dormiremos como hemos dormido siempre y el día miércoles salimos para San Lorenzo, allí hay un carro que nos llevaran a la capital y el mismo día tomaremos el avión que nos llevará a Utila, en la republica de Honduras, donde pasaremos cinco semanas coordinando nuestra luna de miel y nuestra vacaciones que también nunca hemos tenido. Al señor Párroco ya lo han acomodado en casa de Don Geno, allí dormirá; todos se retiran a sus casas, a él gran Roble se le apagaran las luces dentro de media hora; Benjamín y su esposa Bertila, don Bartolo y los niños y Demetrio caminan a la casa de Mincho y en ese camino Benjamín comenta con Demetrio, que buena idea tuvieron ustedes tres de celebrar la boda el día tres de Mayo se recordará como el día de "El Roble de Valverde" y a mí personalmente me gusta, la idea de que todos los tres de Mayo que vengan, se celebrará el día del Roble de Valverde será como una feria y se recordara el día tres como el día de las tres bodas.

El único que quiso protestar como siempre fue el señor Párroco, ¿Y tú sabes Demetrio lo que comento allí entre nosotros? No padrino, no, ¿Qué dijo? Dijo que estaba un poco de acuerdo porque por suerte dijo es el día de la "Santa Cruz". "El Párroco como siempre" dijo Demetrio cuando ya entraban en la casa, luego de esto y unos diez minutos más tarde, los miles de luces que alumbran tarde el área, fueran apagadas pues ya casi está amaneciendo y serán encendidas nuevamente hasta la siguiente navidad y posteriormente el siguiente tres de mayo.

Don Bachán y doña María ya están también en su alcoba y ella quiere como referirse a su hijo recién casado, y por eso don Bachán le dice, ¿Que piensa mi querida mujercita? Ha, dice de nuevo, ya lo sé ¿En qué cree usted que estoy pensando? Dice ella, pues si no me equivoco está pensando en todos los elogios que recibió por esos lindos vestidos que lucieron las tres novias, pues no dice ella, con una leve sonrisa, entonces en que piensa esta linda cabecita, dice así y acaricia la cabeza y pelo largo de su esposa, lo que pasa es que usted no sé en qué estaba pensando cuando su hijo Bachancito se estaba casando, y que tuve que darle un golpecito para que pusiera atención. Yo creo que no escucho lo que dijo el abogado de mi niño y como sé que usted no oyó, le voy a decir lo que dijo y que a mí me agrado tanto cuando dijo así: "Hijo de Sebastián Argüijo y María de Argüijo y luego agregó" de oficio ganadero y técnico en inseminación artificial; ¿Qué le parece a usted? ¡De veras!, me lo perdí. En verdad siempre hay algo por que agradecer a Demetrio, se puede decir que gracias a él nuestro Bachancito es un profesional, Demetrio me estaba diciendo el otro día que muchos universitarios más quieren que repita el curso y Demetrio lo está pensando. Y me dijo también que nuestra niña Aminta lo puede recibir; fíjese mi amor que las primeras vacas que se les hizo el trabajo ese, ya están por tener sus crías, yo tengo mucha curiosidad; Geno también, bueno todos, pues a todos nos párese que eso no es verdad la que atendió Bachancito es de un toro que Demetrio tiene la foto es un hermoso animal si lo viera usted, hay Bachán cuando usted empieza a hablar de vacas, terneros, toros y caballos no para de hablar, y yo tengo que preparar las maletas que mi hijo llevara, así que buenas noches mi amor.

Que noche para los seis casados, no pueden reconciliar el sueño y también algunos padrinos, Benjamín por ejemplo, está muy pensativo, recuerda como pasaron las cosas aquella noche, hoy se casó su hijo, que bueno ha sido Dios conmigo, y si yo cometí pecado, veo que Dios me ha perdonado, la forma en que ha bendecido a mi hijo lo demuestra, y yo di un pasito más y me siento bien, ya no me dice mi nombre, hoy me llama "Padrino", que bonito lo escucho; Ahora es a él que doña Bertila pregunta; ¿En qué piensa usted que no se puede dormir? En nada, en nada, bueno pues si estoy pensando en cómo Demetrio vino a casarse con la hija de don Geno, ¡no me explico, las cosas que tiene el destino! Casarse y, y bien casado con la hija del patrón, eso solo en los cuentos pasa, pero esto no es un cuento, es una realidad y sus hijos serán nietos de don Geno Valverde ¡quién lo diría! Así es dice doña Bertila yo pienso que este muchacho se lo merece todo, yo siento también que lo quiero como si fuera mi hijo, él quiere a mis hijos como si fueran sus propios hermanos; cuando va a San Lorenzo, siempre trae algo, aunque sea una cosita pero les trae, él se ha ganado todo mi corazón, y no deja de darme tristeza al pensar que a lo mejor se irá a vivir a otro lado con su esposa; bueno que se va a hacer, el casado, casa quiere, es cierto dice don Benjamín, lo que me consuela es que de irse no se irán tan lejos pues esas tres casas que se están construyendo en la calle que está en la parte de atrás de la casa de don Geno y de Bachán han de ser para ellos, Demetrio me lo comentó, él y Bachán dirigen eso y Demetrio aún que no ha preguntado nada a Bachán piensa que para ellos son; bueno amor durmamos que mañana hay que trabajar como todos los días.

¿Y don Víctor? ya se ha acostado, pero no puede dormirse por dos razones, la boda de su hija y que su esposa, sigue platicando con Olimpia, las mujeres, se dice así mismo, platican cosas de mujeres y los hombres, cosas de hombres; tiene razón.

Doña Bertila la esposa de Benjamín, le ha dicho buenas noches a su esposo, pero sigue pensando, ¡Qué bello es casarse! Mi papá debió de haber aceptado a Benjamín para que se casara con migo, me hubiera puesto un vestido o quizás dos vestidos tan bonitos como el que andaban la muchachas y hubiéramos tenido un pastel de boda, padrinos y todo eso, pero que se le va hacer no se pudo, he sido y soy feliz con mi Benjamín, tenemos dos lindos niños, y no la pasamos mal, no nos hace falta nada, ¡qué bien gracias a Dios!, yo creo que mi papá no lo acepto por que no era de la religión; bueno trataré de dormir mañana será otro día. Carmelina y Olimpia por fin terminan su plática y se retiran a dormir ya don Víctor ha logrado dormirse también.

El Roble de Valverde amanece como siempre, gran movimiento, es que en verdad es un poblado muy laborioso, y esa es la razón de su progreso, son respetuosos del ambiente, aunque viven rodeado de montañas no cortan los árboles solo por cortarlos, a los niños en la escuela se les ha enseñado a respetar los árboles y cuidarlos, los maestros han explicado por qué hay que cuidarlos, por todo eso es que hasta el señor Ministro dijo que le gustaría vivir allí, porque es muy agradable.

Cada una de las personas que se casaron, se encuentran muy ocupados preparando una maleta con cosas personales para llevar, Demetrio ya les explicó que el lugar a donde van es una isla, ninguno de ellas conoce el mar, les ha dicho que no llevan tantas cosas porque a lo mejor de allá para acá tengan que traer.

En la casa de Olimpia, tienen un caracol grande se lo ha enseñado a sus amigos y les dice que en ese caracol que por cierto es bien bonito, tiene unos colores lindos por dentro, pues que en él se escucha el mar y todos quieren oírlo y quiere llevarlo con ella en el viaje, como para presumir y enseñarlo a los moradores de Utila, don Víctor le aconseja que no lo lleve pues esas personas probablemente no necesitan escuchar el mar por que lo tienen allí y que como ese caracol es del mar a lo mejor también tienen, hay papá ¿y si no tienen? Bien hijita como usted quiera, no papá no lo voy a llevar a lo mejor es así como usted dice, y coloca el caracol en una mesita y el dicho caracol la adorna.

Día de partir, Demetrio tiene todo sincronizado con el tiempo que necesitan para llegar a San Lorenzo y el carro que los lleva a la capital y de allí una corta escala en una ciudad que se llama San Pedro de Sula y de allí directo a la isla de Utila que ya conocen en fotos; todo el viaje fue de un placer incomparable por algunos momentos se sintieron nerviosos, con miedo al ver la gran altura en que viajaban, las nubes blancas no dejaban ver la tierra y por unos momentos en que la miran la ven tan distante y por eso les da un poco de temor, de todos ellos solo Demetrio había viajado y por unos minutos en un helicóptero, pero llevan ya varias horas en el aire y solo han dejado de ver cuando la aeromoza les dice: ¿Pollo o carne? ¿Qué dice usted? Le dice Olimpia, que es lo que desea comer, si ¿Pollo o carne? ¡ha! dice Olimpia para mi pollo y para usted le dice a Bachán, para mí lo mismo que a mi esposa, luego todos dijeron lo mismo, lo mismo, lo mismo. Llegan ya a San Pedro de Sula y en la sala de espera solo tuvieron que permanecer un corto tiempo ya que ven a una señorita que se acerca a ellos y les dice ¿Ustedes van para Utila? Si le dice Demetrio; Entonces entran por esa puerta que dentro de cinco minutos partimos para Utila, el avión que abordan es quizás la mitad del tamaño del que viajaron anteriormente y tal como lo anunciara la señorita pasan los cinco minutos y luego despegan siete minutos o talvez diez de vuelo y lo que miran no lo entienden, es un solo plan inmenso plan sin fin, miran pequeñas olas que revientan en la orilla, pero no saben que es, aunque desconozcan muchas cosas ellos van muy felices, ¡quién lo diría! hoy por la mañana en el Roble de Valverde y hoy mismo también sobrevolando el inmenso Océano Atlántico, ¿qué cosas diría mi mamá y mi papá? piensa Olimpia, y es que como ella fue una niña pobre le parece que las otras personas no se extrañan de lo que ven, refiriéndose a las cinco personas más, pero parece que ni Gloria que vino de la ciudad, había viajado así y sobrevolando el mar mucho menos, pero todos se hacen los fuertes y miran con cierta indiferencia todo lo que Olimpia extraña; como por ejemplo dice; que inmensidad de agua, parece que no tiene fin, da hasta miedo, parece que nunca vamos a llegar, y es que el pequeño avión no va tan alto como el que venía de la capital, los seis sienten cierto mareos pero no lo dicen sin embargo, parece que si les preguntaran, si volverían a hacer el viaje todos dirían que sí, ya que por encima de todo van todos muy encantados.

El piloto a través de unos parlantes dice: les habla el capitán Juan Francisco Centeno, estaremos aterrizando en nuestro destino en aproximadamente cinco minutos, mantengan sus cinturones puestos y les doy las gracias por volar con nuestra compañía "Alas del Atlántico" y les deseamos, nuestras aeromozas y yo, que tengan una agradable estadía en esta preciosa isla, gracias; dijo eso y ya está aterrizando; los seis jóvenes ni se dieron cuenta, pero como dice el popular refrán a dónde vas Vicente…ya que como oyen que todos los viajeros aplauden cuando el avión aterriza, ellos muy contentos también los hacen.

En el aeropuerto los están esperando una muchacha y pregunta ¿quién es el señor Valverde? Genito y Demetrio levantan su mano y dicen yo al mismo tiempo, ¿tenemos acaso dos Demetrio Valverde? Dice la simpática joven riéndose, no dice Demetrio riéndose también, solo hay un Demetrio Valverde que soy yo, y el otro es mi cuñado que también es Valverde, bien; aclarado el incidente, la joven dice: bueno acompáñenme que los conduciré al hotel "La Estrella Marina" son conducidos en dos carritos de tres ruedas y en uno van las maletas de las tres parejas y en el otro van ellos; hasta ese pequeño detalle les gusta, el corazón les palpita distinto, en un solo día muchas emociones. Ya instalados en el hotel la primera que se sorprende de sobremanera es Olimpia, bueno mejor dicho todos, pero lo que pasa es que el hotel que es muy bonito y acogedor, el nombre que tiene es el que hace que Olimpia se ría pues se llama hotel "EL CARACOL" le recuerda el caracol que ella tiene en su casa.

Bien los jóvenes han iniciado una nueva vida, todo lo que hicieron, lo hicieron muy bien; pidieron permiso para ser novios, luego se comprometieron y después con todo el apoyo y consentimiento de sus padres se casaron, que bien, y por eso hoy los seis son felices pues todo lo hicieron con la bendición de Dios y de sus padres, el siguiente día en que llegaron no resisten el deseo de ir a ver de cerca el mar, y corretean por la orilla del mar, andan descalzos y miran el horizonte y solo ven agua y más agua, muchas personas también están allí, algunas de ellas a pesar de que es muy de mañana ya están adentro del mar y los jóvenes dicen: quiere decir que no es profundo miren a esos dos están de pies y el agua les llega al pecho quiere decir que es más seco que la posa del "Guaginiquil" del río de allá, dijo Bachancito, no te creas dice Genito eso debe ser que es la orilla, así pienso yo dice Gloria, las pequeñas olas que mojan sus pies, los asustan ya que el agua cuando va de regreso al mar sienten como que si se los va a llevar y se alejan aunque riéndose pero con la impresión de temor; luego miran unos niños de aproximadamente siete años que se meten tranquilos y caminando hacia adentro el agua no les llega ni a la cadera y eso los anima a meterse también; las muchachas tienen sus trajes de baño que usan para bañarse en el río de su lugar, los muchachos tienen pantaloncillos cortos, pero eso es lo de menos; deciden meterse así como lo hicieron los niños, cuando tienen el agua como a la rodilla, Amintíta mete sus dos manos en el agua y se moja la cara y exclama: que feo, esto es como una "salmuera" al momento los cinco jóvenes también lo hacen y dicen de veras ¿por qué será que es tan salada? dice Bachán, esta agua sería buena para el ganado, ya lo creo dice Demetrio. No querían mojarse la cabeza, pero Olimpia lo hace primero y después todos; ¡Que divertido! Sacaban cositas como piedritas del mar y Olimpia dice se las voy a llevar a mi papi.

¡Que linda la inocencia! Qué lindo cuando las cosas se tienen por primera vez, que lindas también esas tres parejas. Como inocentes criaturas, talvez de distintos estatus sociales, pero con la misma cultura, disfrutan tanto del mar que como que se les olvidara que es su segundo día de casados, se ven tan alegres que no han querido ni salir a almorzar; ahora salen del mar, pero se acuestan boca abajo en la arena que está cerca del mar pues la que está un poco más lejos está muy caliente nunca han visto a nadie hacer eso, pero a ellos les nace el hacerlo y lo disfrutan. Se han pasado todo el día en el mar y solo comieron algo que un niño paso vendiendo por la playa.

Se está haciendo tarde y deciden regresar al hotel y la misma joven que los fue a traer al aeropuerto los recibe y les dice; ¿es primera vez que vienen a Utila? Si dice Olimpia y es la primera vez también que vemos el mar; que bien dice la joven se ve que han disfrutado de la playa en su primer día, suban a sus habitaciones que han de venir cansados y después que se den un baño puedan bajar para que cenen. Si dice Bachancito me muero de hambre.

Cuando los jóvenes bajan a tomar los alimentos, Olimpia pregunta a la persona que los atiende: perdone Ud. ¿Cómo es que se llama éste Hotel? enfrente se lee Hotel Estrella Marina y acá adentro se lee "Hotel Caracol," ¿Cómo realmente es que se llama? Lo que pasa es que éste Hotel ha tenido dos dueños, el primero le puso Hotel Caracol. El segundo quitó el letrero y no lo destruyó, sino que lo colocó allí donde usted lo vio; el nombre que tiene es Hotel "La Estrella Marina" esta bonito también, dice Olimpia.

Ese mismo día fueron a conocer el restaurante que tiene la barra en la copa de un árbol y allí se divirtieron de lo lindo, ese lugar tiene tanta curiosidad, que dijeron que una tarde no era suficiente para mirar, tanta variedad de cosas que allí hay.

Regresan a su hotel y allí la pasaron muy bien durante toda su luna de miel.

Pero lo que les entristeció fue que ya han pasado las cuatro semanas y hay que volver. El mismo recorrido de regreso, y cuando están en San Lorenzo, Demetrio decide quedarse una semana más con su madre y por esa razón es que cuando doña Aminta y don Geno ven llegar a Bachancito y a Genito y sus esposas se alegraron y también se asustaron cuando no vieron a Demetrio y Amintíta; después de los abrazos y besos preguntan ¿Dónde están Demetrio y Amintíta? Dice Don Geno, ellos quisieron quedarse una semana más pero allí en San Lorenzo con su madre y después vendrán, que susto dijo doña Aminta. Gloria y yo nos íbamos a quedar también, pero Gloria dijo que tenía que trabajar y por eso no nos quedamos; Don Benjamín tenía razón, las tres casas bonitas que se construyeron en la calle de atrás de la casa de Don Geno eran para ellos pues y se alejan hacia sus respectivas casas, Genito y Gloria, Olimpia y Bachancito. Olimpia no quiso entrar a su nuevo hogar en este momento ya que lo primero que quería a hacer es ver a su mamá y a su papá y a su hermanito y así lo hizo.

Una semana después aparece Demetrio con Amintíta y también se instaló en su nueva casa, pero también fueron a casa de Benjamín, él ya estaba allí pues ya había regresado de la hacienda, fue de gran alegría, todos están muy contentos de ver a Demetrio y a su esposa, los dos niños se alegran, pero también les da tristeza de ver que Demetrio ya les contó que ya no va dormir allí pues ya tiene su propia casa y de hoy en adelante allá vivirán.

La gran novedad que Mincho tiene es que todas las vacas que trataron con inseminación artificial ya han tenido sus crías y son muy hermosas y hermosos y don Geno se encuentra muy feliz y quiere generalizar el sistema; lo mismo les está contando don Geno a Bachancito y a Genito, dice que fue una gran sorpresa para el cuándo vio a la primera cría es fantástico dijo, se puede decir que es un milagro; realmente podemos tener una gran cantidad de toros sementales metidos en un pequeño termo con ese líquido ¡quién lo diría! y todo esto es gracias a mi yerno.

El día siguiente, siempre es casi lo mismo, Demetrio y su grupo a seguir trabajando en la hacienda, lo primero que quiere hacer y se lo dice a su padrino, no sabe usted padrino las ganas que tengo de ver a esas crías, quiero compararlas con las fotos de cada uno de los sementales, quiero ver que parecido tienen; ¿Que comentan los estudiantes que tomaron el curso padrino? ¡Hay Demetrio!, si los vieras, todos están bien felices, se hacen bromas entre ellos, y cada uno de esos muchachos que recibieron el curso, le pidieron permiso a Bachán para ponerles el nombre de cada uno de ellos a los terneritos, y dicen bromeando éste es mi hijo, aquel, tu hijo y así bromeando de esa manera se sienten bien felices; ¿y que dijo don Bachán? Les dijo que si, y que podía ponerles los nombres que ellos gustaran ¿y las que hicieron las muchachas? No lo vas a creer, don Geno dice que esas muchachas tienen buena mano, pues las tres que ellas hicieron, nacieron hembras, hasta de eso los muchachos dicen: es verdad lo que dice don Geno, tienen buena mano; ya te digo hijo, todos están contentos, creo que te anotaste otro gol con tu suegro, nos ha dicho que a las madres de esos animalitos las tratemos bien y que no las ordeñemos mucho, que dejemos suficiente leche para sus crías; que bueno padrino.

Cuando llegan a la hacienda, Demetrio y Benjamín, fueron directo a ver los animalitos. Demetrio los acariciaba y le dice a Mincho así: padrino, en verdad esto es un milagro, ¡Cuanta capacidad ha dado Dios a los hombres para que hagan estas cosas! ¿Y a usted, que le parece? A mí también me parece como un milagro y a lo mejor algún día quizás hasta lo hagan con la gente, si verdad padrino – pero si eso llegara a pasar, abra también que averiguar, si eso es agradable a Dios, a mí me da la impresión padrino, que el hombre como que abusa de la bondad de Dios, y pienso también que antes de hacer cualquier cosa que para el hombre es desconocido hay que santificarlo primero entregándolo dando el nombre de Dios, antes de hacer cualquier cosa por interesante que a uno le parezca, ¿Que cree usted padrino?

Creo que eres un hombre que goza de muchas bendiciones y no sabes cuánto me satisface ver eso; todo lo que tú haces, Dios lo acepta, que bueno. Bachancito y Genito no dejan de ver los terneritos con mucha satisfacción, quien lo diría nunca se les ocurrió ni pensar que ellas harían cosa semejante, bueno por eso es que Demetrio siempre está en sus mentes.

Ya van de regreso para el poblado y Benjamín pregunta a Demetrio: Hijo ¿Porque usted se quedó una semana más allá con su mamá? Sabe padrino que cuando íbamos para Utila antes de llegar a esa ciudad donde hicimos escala, que se llama San Pedro y que nosotros decíamos de Sula pero nos dijeron que era San Pedro Sula, bueno pues antes de llegar allí mi esposa se sentía bien aun cuando llegamos a Utila pero al regreso se sintió mal, algo así como con nauseas, bueno la verdad es que a todos nos dio algo así, pero no tanto coma a Amintíta y pues yo quise que descansara una semana más yo lamento que haya tenido que perder más que los demás las clases en las escuelas, pero hoy tiene que trabajar el doble para anivelarse y ¿sabe que más padrino? no está del todo bien aún, le voy a preguntar a la esposa de don Bachán, dicen que ella sabe mucho de hierbas medicinales; quiero pedirte un favor Demetrio, ¿diga Ud. Padrino? cuando hables con doña María la esposa de Bachán y te recomiende algunas medicinas, me lo cuentas antes que tu esposa se la tome, no digas nada a nadie de esto, pero si ella te da alguna medicina ya preparada para que Amintíta la tome, por favor me la enseñas primero. ¿De acuerdo hijo? Como usted diga padrino, pero no veo el motivo de eso, o ¿Que piensa Ud.? No es por nada, solo que soy más viejo que tú y quiero también saber que es, sabes Demetrio hay hierbas que a algunas personas les caen mal, pero no es para que te preocupes hombre.

Cuando llegan a el Roble el poblado, se despiden porque Demetrio se va a su casa nueva y Benjamín se dirige a la suya, pero Demetrio le dice: padrino, salúdeme a los niños y a doña Bertila y cuéntele lo que le paso a Amintíta y que por esa razón hoy no voy a ir a su casa pero que mañana si, muy bien hijo y se despiden.

Benjamín da unos cuantos pasos y se detiene y le repite, hijo no dejes que doña María o doña Aminta le den masajes a tu esposa, principalmente en el estómago, después te voy a explicar por qué no quiero que permitas eso, no se preocupe padrino no lo voy a permitir.

Cuando Demetrio llega a su casa encuentra que su esposa como que sigue mal pues no ha mejorado mucho y anda con un recipiente en la mano que está usando para escupir y lo hace a cada momento efectivamente lo que su padrino le recomendó.

Ella sale al encuentro de su esposo, y le dice: Que bueno que ya llego usted. Lo estoy esperando para que vayamos a casa de mi tía María me dijo que me va a "sobar" y darme algo para tomar ya que ella cree que esas nauseas son del viaje o que alguna comida me ha de haber caído mal y ella cree que con eso se me pasará; Amor no quiero llevarle la contraria, pero por el día de hoy quiero que se aguante no pregunte por qué, pero no quiero que tome nada y mucho menos que la soben como dice usted, en este momento voy donde mi padrino y regreso muy pronto, no se mueva de acá por favor, solo hágame caso y todo saldrá bien, solo quiero decirle algo a mi padrino y es de mucha importancia, a lo mejor cuando regrese vamos a ir a que doña María le de esa medicina que ella dice, solo espérame, dice eso y sale de prisa a casa de Benjamín.

Cuando Demetrio llega a casa de Benjamín, lo llama al corredor, los niños como siempre lo abrazan y le dan un beso, Benjamín que ya lo escuchó que está allí sale con doña Bertila después que saluda a doña Bertila, Demetrio dice: Padrino quisiera preguntarle algo, pero, pero, pero, Bertila entiende que quizás es cosa de hombres y se retira y llama también a los niños cuando están solos Benjamín un poco preocupado pregunto ¿Qué es lo que pasa hijo? Padrino mi esposa sigue igual o quizás peor pues hoy no solo tiene nauseas, sino que no para de escupir, se quedó esperándome para ir donde doña María para que le dé algo de tomar y que le dé una "sobadas" pues ella dice que lo que tiene es un "empacho", y que el viaje en avión y alguna comida le pudo haber caído mal, ¿Que cree usted que debo hacer padrino? ¿La llevo donde doña María? Ya le digo, me quedó esperando.

Benjamín le coloca una mano en el hombro y se ríe, Demetrio que está muy asustado no entiende su actitud y le dice, padrino, ¿Por qué se ríe? ¡Hay hijo! me lo imagine; ¿Que se imaginó? Mire hijo hoy más que nunca no dejes que tome ninguna medicina ni mucho menos que la soben, pues si no me equivoco lo que le pasa a tu esposa es que ya te hizo papá. Demetrio dio una vuelta en círculo y en el mismo lugar y sin decir nada miró a su padrino asustado y le salieron lágrimas y muchas, no dijo nada y salió corriendo como si Mincho le hubiera dicho que su casa se estaba quemando, Bertila sale al corredor y lo mira que ya va pasando por la casa de don Geno y no se detiene allí, si no que sigue de paso y llega a su casa ahogándose; hoy es él que empieza a vomitar, Amintíta se asusta mucho y solo dice verdad que le dije ya le empezó a usted también, vámonos para donde mi tía.

Las tres casas construidas, en la calle de atrás de don Bachán y don Geno tienen una puertecita que comunica entre si las casas, y es por una de esas puertecitas que aparece doña Aminta que vio a Demetrio correr y ni siquiera la saluda, y cuando llega, ve a Demetrio que no para de vomitar; Amintíta le sostiene la frente. Al tiempo que le dice a su mamá, mire mamá ya le empezó "eso" a Demetrio también, ahoritita mismo vengo, voy por María que te estaba esperando, para esa toma, y así la toman los dos de una vez, Demetrio oye lo que doña Aminta dice pero no puede hablar sin embargo, levanta una mano y hace una seña que quiere decir no, y la hace varias veces que Amintíta le dice a su mamá, no mamá, no vayas por mi tía, Demetrio parece que no quiere que vayas, pasan unos dos minutos para que Demetrio reaccione, doña Aminta le trae un vaso de agua. Demetrio se lava su boca y se incorpora, se le queda viendo a su esposa, esta vez con su cara mojada por las copiosas lagrimas que le salieron, pero esta vez por la gran fuerza que hizo, pero se empieza a reír, abraza a su esposa y la levanta en brazos y con gran cuidado y la lleva a su dormitorio, no la deja hablar y no para de besarla, doña Aminta que les va siguiendo tampoco entiende que es lo que pasa y les vuelva a preguntar, ¿Puedo ir ya por María? Demetrio coloca a su esposa muy delicadamente y contesta a su suegra así: no suegrita mi Amintíta no tiene ningún "empacho" lo que tiene mi amada esposa se llama "embarazo", o sea que ya está esperando un bebé. Amintíta se sentó como si la hubieran asustado, doña Aminta, no lo puede creer dice: Demetrio no creo que sea ya un embarazo, es que no puede ser, yo salí en cinta de Genito casi a los dos años de casada con Geno, por eso digo que no puede ser; yo que tú Demetrio dejaría que María la sobara y le diera esa toma que ya la tiene lista allí, el pobre de Demetrio siente como que le hubieran metido el dedo en la boca por que sale corriendo para el sanitario y siguió vomitando, cuando se calma le dice a su suegra, perdóname suegra pero mi padrino dice que mi esposa no tiene nada de eso y que lo que tiene es que está embarazada, doña Aminta dice, mira Demetrio, yo sé lo que tu respetas a tu padrino, pero dime tu ¿qué puede saber un hombre de cosas de mujeres? pero tu mandas, yo sé que ya no mando más en mi hija, por favor suegra yo no quiero ofenderla en lo más minino, pero le ruego que nos esperemos, creo que me muero si mi esposa está embarazada y que por permitir que tome algo, llegara a abortar, ¡ay no hijo no digas eso!. Hay no; doña Aminta dice eso y acaricia a su hija y deja de mencionar lo de la toma y lo de la sobada. Luego de unos cuantos minutos, Amintíta se quedó dormida, doña Aminta se va a su casa, Demetrio que venía con una gran hambre se le quito por completo y también se quedó dormido.

El día siguiente en la madrugada salió a San Lorenzo y le dijo a doña Aminta que la cuide que va para allá porque quiere consultar un doctor lo que a su esposa le está pasando, también le ruega que no permita que la soben o que le den nada de hierbas a beber; si hijo como usted diga.

Salió a San Lorenzo y cuando llega aún es muy temprano para ver al doctor, se está con su madre y esta le dice. No se acongoje mi niño, todo saldrá bien, si está en "cinta". Bendito sea Dios y si es solo un malestar también Bendito sea mi Dios. Solo acatemos la voluntad del Señor lo que vamos a hacer en este momento es pedirle al Señor Jesús para que todo salga bien; luego empiezan a orar los dos, en medio de la oración Demetrio dice: Padre el día en que me casé pensaba en los hijos que me daría y recuerdo que desde ese momento se los entregué a usted, hoy le pido Señor por su misericordia, esté conmigo en este problema y si mi esposa ya está "esperando" quiero su bendición y que como dice mi madre todo saldrá bien. Amen. Amen.

Antes de ir al doctor, Demetrio fue a la capilla de don Alan, pero tiene a una persona en su oficina y Demetrio no lo puede ver, pero cuando se disponía a partir lo miró doña Rosario y le dijo: Demetrio, Demetrio, Alan ya va a salir, espérelo un momentito. Demetrio muy cortes con doña Rosario, le dice: discúlpeme hermana tengo que ir a ver al doctor y regresar al Roble lo más pronto que pueda, mi esposa esta con malestares y mi padrino Benjamín dice que es que a lo mejor está de "encargo" como se dice; y a eso es que vengo, quería ver a don Alan para que me la lleve en oración, pero ya que la miré a usted, es lo mismo, se lo suplico hermana, oren por mi Amintíta, Demetrio siente un nudo en su garganta, como que quisiera llorar, pero se controla y se despide de doña Rosario.

Ya está donde el doctor y le dice todo lo que le pasa a su esposa y el doctor le dijo, bueno joven Demetrio todo parece ser que si es así como usted dice su esposa está embarazada, usted hizo muy bien en no permitir que le den a tomar esas "cosas" y mucho menos a sobarle el estómago, esas cosas son peligrosas en estos casos, así que si usted quiere estar seguro de si está embarazada o no, me puede traer en este botecito plástico una muestra de orines de ella y entonces si vamos a estar seguros. Pero por el momento le puede dar estas pastillas que son unas vitaminas, tiene que tomarse dos por la mañana y dos por la noche, mire Demetrio, estas amarillitas la fortalecen a ella y estas otras fortalecen a su hijo. Son lindas canciones para Demetrio las palabras del doctor sobre todo cuando dice "su hijo" y sin perder nada de tiempo sale con tanta prisa que se le olvido pagar al doctor su consulta, el doctor solo dice: no lo culpo, solo paso por donde doña Rocinda a contarle, doña Rocinda quiere ir con él para cuidar a la esposa, pero Demetrio teme que a su suegra no le agrade mucho. Y él piensa que primero tiene que acondicionar las cosas allá en el Roble, pero no quiere perder tiempo y sale apresuradamente a su casa y encuentra a su esposa un poco más tranquila y al momento Demetrio da las primeras dos pastillas del tratamiento, y le dice todo lo que el doctor dijo y que es casi confirmando su embarazo pero para estar más seguro y si ella quiere mañana puede regresar con una muestra de orines, ella se sonroja un poco pero le dice a su esposo que se haga como es conveniente, Demetrio le dice que es mejor estar seguro y así tener los cuidados apropiados para una mujer en su estado, algo que convence a Amintíta.

Al siguiente día, nuevamente por la mañana sale para San Lorenzo y esta vez va directamente donde el doctor y le entrega la muestra, al mismo tiempo que le dice, disculpe usted doctor que ayer me largue sin pagarle, pero hoy lo voy a hacer. No hay cuidado por eso. Si usted quiere, dice el doctor puede esperar unos diez minutos o quince minutos por los resultados o quiere regresar. No, no, no dice Demetrio aquí espero. Pasan aproximadamente cinco minutos cuando el doctor aparece de nuevo y viene riéndose y dice: lo que dije ya es usted papá - ah, pero esta vez no se valla usted sin pagar, en cierto tono de broma, porque lo dice riéndose, pero aun así le recuerda al feliz papá que son los primeros gastos que se tiene con los hijos.

Demetrio lleva el secante de la prueba para enseñárselo a su esposa el doctor le explicó cómo es que funciona, es algo más que ahora sabe Demetrio. Amintíta está ansiosa de ver a su esposo, para saber los resultados y cuando llega Demetrio, no necesita preguntarle nada ya que la cara de Demetrio lo dice todo, doña Aminta también está allí y se regocija por la noticia y quiere decirle a don Geno pero él no se encuentra en su casa, se encuentra en la hacienda, por allí paso Demetrio pero no quiso entrar pensó que era perder tiempo y por la preocupación de la toma y la sobada que podrían darle a su esposa, no quiso ver a nadie en la hacienda, luego doña Aminta dice: a mí me parece que no debemos contar a ningún particular del embarazo de mi niña dicen que no es bueno, ¿Que dices tú a eso Demetrio? Bueno yo pienso que si Dios le da a uno algo tan maravilloso como lo es un hijo, debe uno de compartir con los demás de esa alegría, por ejemplo, a mí me gustaría contárselo ya a mi padrino Benjamín y a su familia, no creo que haya algo de malo en eso, pero si usted quiere que guardemos el secreto lo guardamos; no dice doña Aminta, Mincho y su familia no lo consideramos un particular con el no hay problema, yo me refiero a otras gentes, bien, dice Demetrio como usted diga, si hijo solo por un corto tiempo ya que luego no lo vamos a poder ocultar, tal como lo dijera doña Aminta tardaron unos cuantas meses para que todas notaran el nuevo estado de Amintíta, don Geno decía, ojala que mi nieto sea un varón, así como nosotros que el primero fue un varón, es muy bueno así, ya que dicho varón, cuando viene primero, cuida a los otros y máxime si son hombres como es el caso de Aminta y yo, pero si es una hembra no importa, también es bienvenida y también será mi nieta, en otras palabras lo que mande Dios; si dice doña Aminta lo que realmente importa es que todo salga bien en el alumbramiento.

Los dos compañeros de boda aún no "piden" y solo se limitan a decir que suerte la de ustedes, Gloria dice, yo me pongo a pensar que, aunque el cuerpo le cambie un poco a uno, bien vale la pena de ser madre, yo también pienso igual dice Olimpia.

Una mañana que doña Aminta platica con su hija comenta así: quien cree usted hija que la debe de atender aquí, ¿doña María? o usted y Demetrio han dispuesto otra cosa, mire mamá a mí me gustaría que me atendiera mi tía. Por más cerca y que es aquí en mi casa, pero fíjese que ella dice que cuando la mujer es primeriza o sea que es la primera vez que va a ser madre, a ella le da un poquito de temor. Y a Demetrio eso lo asusta mucho y dijo que el doctor donde se me hizo la prueba del embarazo le dijo que me llevara allá y eso creo que es lo que Demetrio tiene ya determinado. Yo creo dice doña Aminta que es lo mejor, aunque María no es la primera vez que atiende a una primeriza, como dice ella, pero bien, no podemos contradecir a Demetrio, si mamá, así como él dice así vamos a hacer.

Los médicos en algunos lugares no pueden ser muy claros en un diagnostico ya que no tienen el equipo adecuado para hacerlo, pero la práctica del mucho tiempo de ejercer los hace muy profesionales, pero en el caso de Amintíta el doctor se ha limitado a decir "Todo está muy bien, no tienen por qué preocuparse pero les puedo asegurar que esto va hacer muy pronto", y como ustedes dicen que viven fuera de San Lorenzo y el viaje de allá para acá en un estado muy avanzado podría acarrear algunas dificultades, así que, como esto ya se aproxima, me temo que el niño o niña viene a lo más tardar en un mes, yo les aconsejo que si tienen donde esperar ese mes aquí en San Lorenzo, es mejor que estemos listos aquí, y a mí no me importa a la hora que sea el parto yo vivo aquí en la misma casa donde tengo el consultorio, así que en el mismo momento que se presente este parto aquí voy a estar. Demetrio dice gracias doctor no habíamos pensado en ese detalle, tiene Ud. toda la razón, hoy mismo dejo a mi esposa acá con mi mamá, para que no se maltrate más en esos viajes a caballo para el Roble, haces muy bien muchacho dice el doctor y se despide de ellos.

Se dirigen a la casa de doña Rocinda quien los espera muy ansiosa, porque desea saber que dijo el doctor, también los espera con un rico almuerzo, ya Amintíta no tiene ningún malestar en su estómago y almuerzan ricamente.

Después que Demetrio le dice que quiere que su esposa se quede allí doña Rocinda le dice: Encantada de cuidarla personalmente, es lo mejor que usted ha determinado además ésta también es la casa de ustedes, gracias suegra dice Amintíta.

Demetrio se regresa a El Roble de Valverde. Y doña Aminta se preocupa cuando no ve a su hija, pero Demetrio le explica lo que el doctor le dijo. Don Geno que escucha lo que Demetrio dice a su esposa interviene y dice a Demetrio, mira Demetrio creo que mañana debes a regresar a San Lorenzo y te quedas allí, hasta que me traigas mi nieto o nieta lo que sea, pero no debes de estar lejos de mi hija y por el trabajo ni te preocupes, y si necesitas dinero solo tienes que ir al banco, ya Efraín te conoce muy bien, y como te digo que el dinero no sea problema para que atienda bien a mi Amintíta, gracias don Geno así lo voy a hacer.

Al día siguiente muy de mañana se lo dice a su padrino y Benjamín le dice creo que don Geno tiene toda la razón, váyase luego para allá y solo vaya donde su madrina doña Bertila y se lo dice y después "vuele" a San Lorenzo, claro padrino así lo haré. Luego que Demetrio se despide de doña Bertila y de haberle explicado todo se dirige a San Lorenzo llevando algunas cosas que por recomendación de doña Aminta ya había comprado.

Cuando llega a San Lorenzo las dos mujeres no se extrañaron de verlo de nuevo, pues doña Rocinda le dijo a Amintíta: a mi hijo lo vamos a tener aquí mañana por la mañana ¿Cree usted doña Rocinda? Claro que si hija, conozco a mi hijo y efectivamente, solo se ríen cuando lo ven llegar. Algo que a Demetrio le extraña pues las dos se ríen al mismo tiempo, vaya, vaya, dice Demetrio, en lugar de darme un beso y un abrazo mis dos adoradas mujeres se ríen, no las entiendo. Cuando dice así Amintíta por supuesto lo abraza y lo besa, su madre también y esta le dice, hijo, nos reíamos con su esposa porque lo estábamos esperando hasta con su desayuno listo, ¿Verdad Amintíta? Si dice ella, y esa es la razón por lo que reíamos o sea que no nos equivocamos, si mamá no quiero dice, estar lejos de mi esposa en estos momentos, porque según el doctor mi hijo nacerá muy pronto, y tu mamá, creo que quieres que tu nieto venga cuando yo esté cerca, si hijo, si usted tiene toda la razón.

Ya ha pasado algún tiempo y Demetrio tiene que ir a la tienda de don Bartolo y se ha quedado a platicar con el señor y le pregunta, ¿Dime Demetrio ya días te veo acá ya no trabajas allá en el Roble? Si, don Bartolo siempre trabajo allá, pero tengo el permiso de don Geno para estar acá, hasta que Amintíta tenga el niño, y yo creo que... no dijo más pues doña Rocinda va a pasos ligeros para donde don Bartolo en busca de Demetrio y le dice ya, ya, ya ,calmase mamá y dígame que es eso que ya, hijo su hijo mi nieto, su nieto no, no, Amintíta dice, bueno hijo vámonos para la casa y perdóname usted don Bartolo pero ya nos vamos y toma de la mano a su hijo y un poco más calmada le vuelve a decir, hijo apurémonos que su esposa ya está de parto, ¿Cómo? ¿Quién?, mejor dicho, ¿Amintíta?, mamá lleve estas cosas y atienda a mi esposa por un momentito que yo a nada voy a mi casa, mejor voy corriendo donde el doctor, pues él me dijo que cuando esto pasara que lo viniera a ver de inmediato, él tiene un carro y vamos a llevar a mi esposa a su consultorio, corra mamá por favor.

Cuando Demetrio llega donde el doctor llega en el momento en que la enfermera dice: la siguiente por favor, no es Demetrio el siguiente, pero ni siquiera oyó lo que la enfermera dijo y entro al consultorio sin ni siquiera pedir permiso. Y ahogándose por la gran carrera le dice al doctor, ya doctor ya, ya empezó, ella está donde mi mamá ¿Qué hacemos doctor? Cálmate mi amigo que en éste momento vamos por ella, el doctor cancela todas las consultas y les dice a sus pacientes que por favor regresen mañana por la mañana que él tiene una emergencia, también le dice a la enfermera que prepare todo pues tiene un parto, dicho esto salen a casa de doña Rocinda por Amintíta.

Doña Rocinda más o menos sabe lo que Amintíta va a necesitar y lo tiene listo tanto que cuando miran el carro del doctor salen al encuentro, solo que Amintíta, camina muy despacio y con gestos en su cara de dolor, se apoya en su esposo y luego al carro y acto seguido al consultorio del doctor, ya tiene todo listo, la enfermera tiene todo arreglado y Amintíta va de paso al cuarto de maternidad, mientras la preparan Demetrio y doña Rocinda esperan afuera, pero sale el doctor y dice a Demetrio ¿Quieres presenciar el parto? ¿Yo? dice Demetrio, Si tu dice el médico,

¡claro! dice Demetrio y luego dice el doctor, así también puedes cortar el cordón umbilical, cuando el médico entra acompañado de Demetrio, Amintíta que ya está lista, se cubre, siente vergüenza de su esposo y le dice amor ¿Qué hace usted aquí? Espere con su mamá allá afuera, no quiero que usted me mire, siento vergüenza, después de esto y cuando usted me mire voy a sentir vergüenza con usted todo el tiempo. El medico dice: no tiene usted de que avergonzarse, él es su esposo y no hay por qué. Sí, pero es que ¡hay, hay, hay! Grita Amintíta y Demetrio sale corriendo del cuarto de maternidad, muy asustado y le dice a su mamá, ya empezó mamá, ya empezó, y que hace usted allí adentro le dice su mamá, bueno es que el doctor quería que yo viera el momento del parto; que raro dice doña Rocinda, no se para que quiere el doctor que usted mire, si eso no es muy agradable que el marido mire, bueno eso es lo que pienso yo, pero hoy parece que es distinto, ¿Qué cosa verdad? Hay mamá eso no importa, lo que importa es que todo salga bien, –si– dice doña Rocinda y en el mero momento se nos ha olvidado orarle al Señor por eso, dice eso y toma de sus dos manos a Demetrio y empiezan a orar, algunas personas que están en la sala los miran pero ni a Demetrio ni a doña Rocinda les incomoda el hecho que los miren, una de las parejas que están allí comentan y el esposo en voz baja le dice a su esposa, mira mujer, esos deben de ser de los aleluyas como dice nuestro párroco, si dice la señora, pero que bueno lo que hacen, inmediatamente que terminan la oración, aparece el médico que da unos dos pasos hacia Demetrio y Rocinda, cuando se escucha del cuarto de maternidad un llanto de niño pero también se escucha un grito más y es la enfermera que dice: doctor, doctor, doctor; cuando el médico escucha eso ya no se dirige donde Demetrio sino que entra nuevamente al cuarto de maternidad y ve que Amintíta está en posición de parto y pujando nuevamente algo pasa, el médico asombrado se coloca guantes limpios nuevamente y ve con asombro que "corona" otro niño, lo recibe el médico con una gran satisfacción y dice: Amintíta es otro varón, ella que tenía la cabeza un tanto levantada como para ver qué era lo que pasaba, pues según ella, el niño ya había nacido y cuando oye lo que el doctor dice, deja caer la cabeza y exclama, ¡gracias Dios mío!

Ya cuando tiene listo todo, que han limpiado el otro niño el doctor dice a Amintíta, felicidades campeona, lo hizo muy, pero muy bien.

Yo notaba algo y por un momento lo pensé, pero como yo no tengo una máquina para saber con seguridad si van a ser dos o uno, no quise opinar nada pero bien, todo ha salido a la perfección, quiero ver la cara de ese joven esposo cuando mire esto, le acomodan los dos niños a la joven madre uno a la izquierda y el otro a la derecha, y van por Demetrio y doña Rocinda, el médico quiere decirles, pero Demetrio no lo deja hablar y por un momento los dos hablan al mismo tiempo porque Demetrio no para de preguntar, el médico le dice en medio de su preguntadera, ¡son dos!, Demetrio dice claro que son dos, el médico se asombra y le dice: ¿Cómo lo sabias? Demetrio le contesta ¿Sabía que doctor? Eso que te dije y ¿Qué es lo que me dijo? Que son dos. ¿Dos qué? Vuelve a contestar Demetrio, vengan, vengan, vengan, dice el médico, cuando entran miran aquel cuadro, Amintíta sonriendo sostiene un niño a cada lado, Demetrio no lo puede entender; bueno decimos que no lo puede entender por qué pregunta, ¿Son míos? Me refiero a los dos, ¿Son míos los dos? Claro amor son nuestros dos hijos, Demetrio que al fin párese que entiende que su esposa tuvo dos hijos, se postró de rodillas y exclamo ¡Gracias Dios mío, gracias, Dios mío, gracias! Se incorpora y besa a su esposa y no sabe a qué niño cargar, le dice al doctor; quiero tener en mis brazos a los dos al mismo tiempo ¿puedo Doctor? Claro muchacho, son suyos, mamá, mamá deme el otro. Con mucho cuidado mamá, con cuidadito por favor mamá, no sé por qué no cierra la boca, después que le habló a su madre se ha quedado con la boca abierta.

Amintíta que lo ve le dice, ya mi amor ya, cierre su boquita, Demetrio traga saliva y dice: ¿La tenía abierta acaso? Y empieza a platicarles a los niños que mantienen sus ojitos cerrados y le pregunta al doctor, que no se ha perdido ni un momento todos los gestos que Demetrio hace y las cosas que dice: ¿Por qué los niños no abren los ojos? ¿Qué será? ¿Pero todo está bien doctor? Por supuesto que todo está bien Demetrio, son dos niños bien saludables, luego abrirán los ojos no se preocupe por eso, mejor coloque ya los niños como estaban con su madre, ya tendrá suficiente tiempo para que los cargue usted, Demetrio coloca a sus dos hijos como los tenía Amintíta y le dice al doctor: ¿Ya me los puedo llevar doctor? El doctor se sonríe y le dice, no hombre, no, todavía no, eso será dentro de dos o tres días, ¿Y porque tanto tiempo? Bueno dice el doctor, a su esposa no es conveniente que camine ya, y, en segundo lugar, tengo que revisar unos dos o tres días a los niños también; eso sí que está bien doctor, dice Demetrio, ¿Me puedo quedar yo también aquí esos tres días con ellos? No lo creo necesario, dice el doctor ya que, si usted está aquí, su esposa no va a descansar muy bien, pero no se apure hombre, luego se los podrá llevar, además puede venir todos esos tres días a verlos aquí.

Usted o su mamá o los dos pueden venir, el horario de visita aquí es desde las diez de la mañana hasta las tres de la tarde, ya el ultimo día se los puede llevar a su casa, como a eso de las cuatro de la tarde y me los trae dentro de cinco o siete días para darles una revisadita y darle algunas instrucciones a tu esposa; me parece bien dice Demetrio así vamos a hacer.

Cuando ya han pasado los tres días, Demetrio tiene que llevar los niños a casa de su mamá, pero es en el Roble que tiene las cosas para los niños entre esas cosas la cuna que por cierto va a necesitar otra, el doctor los lleva en su carro a casa y allí estarán cinco días más para que el doctor les dé una revisada antes de partir para El Roble de Valverde.

Que gran alegría dice Amintíta quiere que Demetrio les avise a sus padres por si están preocupados, pero ellos piensan que aún no han nacido de acuerdo a sus cuentas.

El día que hay que ir al doctor es hoy, pero Demetrio y Amintíta primero van a la municipalidad, pues hay que asentar a los recién nacidos.

Que lindos niños dice la secretaria tienen mucho de los dos, yo le veo a este más parecido con él dice otra de las secretarias y los felices padres muy orgullosos cuando ya han terminado de elogiar a los gemelitos, les preguntan, ¿Cómo se llaman los niños? Pregunta la secretaria, este dice Demetrio y toca al que él tiene cargado se llamara Demetrio Benjamín y este otro señalando al que tiene su esposa se llama Geno

Sebastián, los dos de apellidos Valverde, Valverde. La secretaria deja de escribir y le dice, con solo una vez es suficiente, Demetrio dice, no la comprendo, es que me refiero a que con una sola vez es suficiente que escribamos Valverde, eso es lo que quiero decir dice la secretaria. Ahora soy yo el que no entiendo yo sé que mis hijos también tienen que llevar el apellido de mi esposa, eso es precisamente lo que trato de decirle, con una sola vez que pongamos su apellido basta y en lugar de poner dos veces Valverde, escribamos una sola vez el suyo y después el de su esposa, es que el apellido de mi esposa también es Valverde dice Demetrio, eso lo explica todo dice la señorita y agrega, ¿Pero eso no significa que ustedes sean familiares? No, dice Demetrio, no tenga usted cuidado. Muy bien entonces los niños se llamarán Demetrio Benjamín Valverde Valverde y este otro Geno Sebastián Valverde Valverde. Muy bien dice la secretaria y luego vuelve a decir yo personalmente no sé quién es quién, ojala y ustedes no tengan el mismo problema, no dice Amintíta por el momento los reconocemos porque este que tengo yo tiene un lunar en su piernita y ese lunar lo tengo yo también y creo que cuando crezcan un poquito los identifiquemos mejor, eso creo yo también dice el orgullo papá; eso espero dice la secretaria al momento que les entrega las dos actas de nacimiento, salen de la alcaldía y se dirigen al consultorio médico después que el doctor los ha revisado dice: siguen siendo muy saludables.

En el Roble de Valverde hay un centro de salud, aunque el doctor solo llega dos veces a la semana los puede revisar allá, que bien les dice el doctor.

Salen de allí y pasan por donde doña Rocinda para que los acompañe a la capilla de don Alan esta vez sí lo encuentra desocupado y muy contento de hacer la presentación de los gemelos.

Como sus dos manos sostenían a los dos niños, doña Rosario le sostuvo la Biblia mientras el leía algo que hay alusivo a la presentación de los niños ante Dios. Luego de la presentación de los niños salen a casa de doña Rocinda muy complicados por lo que habían hecho don Alan y doña Rosario. En casa de Rocinda los afanosos padres se preparan para partir para El Roble de Valverde, pero antes de este viaje dan a sus hijos las primeras gotas de una medicina que recomendará el doctor que será por un corto tiempo.

Empieza a caminar para el Roble de Valverde pero antes doña Rocinda los reúne y ora por ellos, como lo hacía antes solo para Demetrio hoy ora por los cuatro, para proteger a los niños del sol, Demetrio y Amintíta llevan sombrillas, no pueden ir muy rápido pero aun así ya están llegando al Roble, no entraron a la hacienda ya es muy tarde, solo unos grupos de estudiantes dicen adiós a la feliz pareja, antes de llegar a casa, Amintíta se entretiene un poquito con alguien que quiere ver al niño y por esa razón Demetrio se adelanta pero antes han determinado que irán primero a casa de don Geno, pero cuando ven llegar a Demetrio solo y con el niño es una gran alegría y es Oralia la que toma el niño en sus brazos, y dice que lindo niño se parece a mí, don Geno pregunta bueno y mi hija Demetrio? Por allí viene dice Demetrio y el niño que anda de brazo en brazo todos lo quieren tener en brazos doña Aminta pregunta: ¿Qué nombre le piensan poner hijo? Bueno, Demetrio Benjamín y Geno Sebastián dice Demetrio, que bien dice don Geno que le pusiste Geno Sebastián, pero a mí me parece dice doña Aminta que es bueno que el primer hijo se le ponga nombre del papá y por eso creo que sería mejor así como dijiste, Demetrio Benjamín deja las cosas así como dijo Demetrio primero y no se hable más, Amintíta está aún en su caballo enfrente del corredor de la casa y ni siquiera han notado su presencia porque todos están viendo y hablando del nombre del niño, hasta que Amintíta les grita ¡Demetrio, Demetrio ayúdeme! Entonces, es la gran sorpresa Amintíta da a Demetrio el otro niño y todos salen detrás del nuevamente, Amintíta sola en el Caballo y tiene que repetir Demetrio, Demetrio; ¡mi esposa! Dice todo afligido y regresa aun cargando al niño, ¿Qué es esto Dios mío? Dice doña Aminta, don Geno por su parte se sentó, tampoco entiende, Oralia vuelve a tomar en sus brazos al otro niño y Demetrio ayuda a su esposa a bajar del caballo. Y ella en un tono de broma dice: se olvidaron de mí, los gemelos son la gran novedad, lo de los nombres ya está aclarado, ya han mandado a avisar a Benjamín a Bertila y a los niños también a don Sebastián, y a doña María, Bachancito y a Olimpia, a Genito y a Gloria, don Víctor y

Carmelina que lleva cargado a Victorcito, Benjamín y Sebastián llegan al mismo tiempo y la alegría de Benjamín es desbordante, él se goza de saber que esos tiernitos son sus nietos, pero nuevamente el gozo es solo para él, no lo puede decir, y pregunta ¿cómo vamos a llamar a éste hombre? Dice Benjamín y es que él tiene cargado a uno de ellos, ese que usted tiene padrino, se llama Geno Sebastián, ¿qué te parece Sebastián? dice don Geno a don Bachán, y don Bachán dice ¡qué bonito nombre escogiste Demetrio! qué bien, todos se ríen y luego el mismo don Geno vuelve a decir: no te pongas celoso Mincho, dile Demetrio como se llama el otro; si padrino dice Demetrio el otro que tiene doña Aminta se llama Demetrio Benjamín. Benjamín coloca en su pecho al niño que doña Aminta le entrego lo sostiene abrazado y llorando como un niño exclama: ¡Demetrio hijo mío! el llanto de Benjamín es contagioso, a pesar que son lágrimas de hombre, todos tienen sus ojos enrojecidos, y es un sentimiento que no se puede explicar.

Doña Bertila carga una toallita y con ella seca las lágrimas de su esposo. Don Geno, que mira lo que le pasa a Benjamín ya que es el único que sabe la verdad y como para calmar la emoción de todos dice: Oye Mincho, el otro niño se llama Geno Sebastián y nosotros no estamos llorando por eso, si don Geno, tiene razón es que me emocionó, por el gesto de Demetrio de ponerle mi nombre al niño. Yo también tengo un hijo que se llama Benjamín como yo que soy el papá, ¡pero nunca me imaginé que Demetrio pusiera el mismo nombre a su hijo! Bueno hombre, repite don Geno, es el mismo caso que el mío, mi hijo tiene mi nombre y ahora mi nieto también, se queda callado y dice no hablemos más del asunto y que nos sirvan una copa del mejor vino que por esto si vale la pena brindar.

Todos quieren cargar a los niños y hay un momento en que Benjamín y don Geno quedan solos por un momento, perdóname Benjamín, sé que te destrocé el corazón, soy un viejo tonto y con la emoción que siento dije eso de mi nieto, yo sé que también son tus nietos, si don Geno dice Mincho solo que yo no lo puedo decir y usted si, por eso es que te pido perdón repite don Geno, por eso. Y además agrega, ¿sabes una cosa Benjamín? Dígame usted don Geno, mis nietos son tus nietos los dos, nosotros somos los abuelos de esos gemelitos, y ellos también son mis herederos, ¿No te da alegría saber que tú y yo estamos trabajando para ellos? Todo lo que hagamos allá en la hacienda tú y yo será para esos gemelitos también. Y no solo eso, de todo lo que yo tengo, pero de todo, ellos son ahora dueños también. No te preocupes hermano que ni tu hijo ni tus nietos pasaran problemas, y tú de gran manera has trabajado en mi hacienda para ellos también; son palabras muy alentadoras y sabias don Geno, gracias por decírmelo, siento una gran satisfacción de mirar las cosas como usted las ha dicho, me hace sentir que de alguna forma he recompensado a mi hijo que ni mi apellido le pude dar. Ya no te preocupes mi hermano que de ahora en adelante ya estamos en familia, aunque solo tú y yo lo sepamos la realidad está allí en esos gemelitos y que a lo mejor uno de ellos cuando crezca tiene que tener un parecido a ti, el otro por supuesto será a mí que se parezca, porque no creas que el mérito es solo para ti, y ¿Sabes qué Benjamín? Que no se hable más.

www.ingramcontent.com/pod-product-compliance
Lightning Source LLC
LaVergne TN
LVHW021655060526
838200LV00050B/2358